异人崛起
13
辰东 著
继《完美世界》后
辰东又一东方幻想之作
后文明时代的全新历程/突破想象力的极限之作
逃离炼狱 脱胎换骨
进入浩瀚星海 营救受难恩人
世间的枷锁被打开
全新的世界就此揭开神秘一角
异人崛起
13
辰东
逃离炼狱揭开宇宙真相
隐瞒身份暗中夺取机缘
脱胎换骨进入浩瀚星海
九幽禁地营救受难恩人
神秘猛人 / 长刀所向 / 遨游域外
继《完美世界》后辰东又一东方幻想之作
定价：32.00元/册
《异人崛起》第1~13册
全国火热销售中

完美世界8

PERFECT WORLD

Oriental Fantasy

辰东◇著

山东画报出版社

图书在版编目（C I P）数据

完美世界. 第8册 / 辰东著. – 济南 :山东画报出版社, 2015.10（2022.1重印）
ISBN 978-7-5474-1656-3

Ⅰ. ①完… Ⅱ. ①辰… Ⅲ. ①长篇小说 - 中国 - 当代
Ⅳ. ①I247.5

中国版本图书馆CIP数据核字(2015)第218430号

WANMEI SHIJIE 8
完美世界8
辰东 著

责任编辑 李新宇
总 监 制 梁洁
策划编辑 黄香春
统筹编辑 欧阳玉婷
装帧设计 杨洁
主管单位 山东出版传媒股份有限公司
出版发行 山东画报出版社
社　　址 济南市市中区英雄山路189号B座 邮编 250002
电　　话 总编室（0531）82098472
市场部（0531）82098479
网　　址 http://www.hbcbs.com.cn
电子信箱 hbcb@sdpress.com.cn
印　　刷 湖南天闻新华印务有限公司
规　　格 710毫米×1000毫米 1/16
20印张 300千字
版　　次 2015年10月第1版
印　　次 2022年1月第3次印刷
书　　号 ISBN 978-7-5474-1656-3
定　　价 34.80元

CONTENTS

目录

WANMEI SHIJIE

WANMEI SHIJIE

第258章 戮神阵

WANMEI SHIJIE

石昊让战王将城门封锁，自己一人留在石国皇宫中独对三教强者。他浑身皇道气息澎湃，施展鲲鹏法，瞬间将三教修士袭杀了一大片。

月婵仙子、秦仑、丈六这三大高手，见情势危急，纷纷使出最强宝术，向石昊冲来。

只见补天术横空而出，光辉灿烂，当中夹着的一柄玉剑，直冲着石昊的颈项斩去。补天术一出，可以“有悔”，能够补救施法者。

另一边，秦仑五行神通展现，在那五行环中颠倒乾坤，混乱天地，几乎演化出混沌。

丈六通体金黄，一下子生出十八条手臂，施展“世界神通”，全力镇压石昊。

可惜，石昊得皇道果位，实力大涨，他们终究难以将其压制！

此刻，他勇猛无敌，左手鲲鹏术，右手一株剑气茫茫的草，再加上三头六臂，三者叠加，简直有天下无敌的威势。

这一次碰撞，秦仑咯血，三位高手都被撞出去很远。

石昊皇道气息暴涨，数十条天龙绕体而鸣，那笼罩他的氤氲霞雾越来越浓郁，磨灭了各种攻击。

他知道，这三人现在虽然受了伤，但一时间还是难以斩杀，因此他没有继续出击，而是转回去继续袭杀他们带来的那些人。

与此同时，整个皇宫都在发光，仿佛有了生命般自主与石昊产生了某种联系，源源不断地为他传送秘力。

皇宫内，三教修士在石昊的攻势下吓得全都亡命奔逃。

“怎么会这样?!”补天教一位长老悲呼道。

三大高手脸色难看，他们自己虽然还能与石昊相抗，却难以阻挡眼前这一切。

三人一叹，大势已去，此次只能认栽，否则再这样下去的话他们带来的人非被杀光不可。他们倒也果断，守护己方人马，迅速退出这片阵纹即将复苏的皇宫，逃向远方。

这一役震惊皇都，不知道有多少人在看着，也不知道有多少大势力在等待，他们都没想到结局竟会是这样。

小石独自一人，竟横扫诸雄，大败三教，简直让人难以想象。

而这一战还没有结束。三教分开后，石昊挟无上威严皇道，先追西方教，再赶不老山，杀得他们几乎全部败亡，只有主要人物遁走。最后，他更是追着补天教而去，直击月婵仙子等，要将他们擒杀。

石国皇都外，龙吟阵阵，大气磅礴。以石昊为中心，数十条天龙腾起，震动虚空，而后这些天龙全都暴起，向前俯冲而去。

这一刻，那一群人充满了绝望，纷纷祭出法器以及宝术，进行最后的抵挡，不甘就这样结束生命。然而，这一切并不能改变什么。只见真龙横空，穿透那些宝具，击散那成片的神通符文，碾轧那些修士。

“嘭！”

二十几人霎时一命呜呼。眼看前路在望，很快就要冲出石都了，结果却被石昊追了上来，这让剩下的人感到绝望与不甘。

余下的人飞奔到城墙前，腾空跃上黝黑而冰冷的墙体，赶忙施展秘法，想要穿透护城符幕。可惜终究还是差了最后一步。石昊展开凌厉手段，将他们扫下城墙，施以致命一击。

这是补天教的人马，城中就剩下这么一群人了。石昊一路追来，死死咬住他们不放，对他们进行了一次绝杀。

“哪里走！”

石昊喝道，周身皇道龙气并起，数十条大龙腾空而起，一起扑向城墙上的一个白衣女子。

月婵仙子回眸，美丽的瞳孔若星河炸开，射出一片符文。符文伴着朦朦胧胧的白雾，竟有湮灭虚空之势。

“咦?!”石昊吃了一惊，心中感叹这月婵仙子真不简单。她美丽的瞳孔中仿佛坠出一条星河，这种神通她此前从未展现过。

那里白茫茫一片，将数十条大龙困住，并且星光流转，竟将要它们炼化。

不过，她并未恋战，转过身去抬起素手，猛力将护城的光幕切开，而后整个人纵身一跃，逃离这座上古就存在的浩大城池。

城墙上有许多兵士，战王恰好也巡视到此，他们见到这一场景全都吃惊不已，心中感叹这护城大阵能拦住一般的修士，却阻不住这个女子。

石昊自然不会止步。他双臂一展，展开鲲鹏法，化成一道光，击穿光幕，追出城外。

而此时，皇城已沸腾。这一战太惊人了！新皇以一己之力扭转乾坤，杀得三教大败，全都溃逃，这真是令人难以置信。

域外大教自古不朽，何其强大，而荒域的王朝却已更迭很多次了。一般情况下，后者难以比肩前者。可是，今日一个少年人皇却展现出与他年龄极不相符的霸气，以摧枯拉朽之势横扫千军，杀得无上大教溃败。

“昆王、兰王、肃王等皆被当众诛灭，而且都是新皇亲自出手！”

皇宫中战局刚定，这些消息便传了出去，并在石国上下引发了一场大地震。城中的一些“墙头草”受到了极大的震慑，再也不敢有二心，而一些原本投靠域外的王侯家族也都噤若寒蝉，不敢轻举妄动。

战王等一些强大的王侯在城内亲自巡视，免得城中有变。此时新皇追杀出城，也许会让一些人起别的心思，趁乱发难。毕竟，部分投靠了域外的战将而今还没有被擒拿。

此时街道上好似有一股洪流在奔涌，只见一众兵士身穿黑色甲胄，手持战戈铁剑，排着整齐的队列，在城内来回巡查，威风凛凛。

今日，全城戒严。各座城楼上人影晃动，街道的主要路口全是甲士，城中到处都是强者。一时间整座皇城气氛紧张，庄严中带着腾腾战气。

石昊继位，大杀四方，追击三教强者，震动天下各方。这注定是一场剧变，必将载入史册。

城外，石昊仍在追击。他通体被氤氲的光雾裹着，双臂一振，若一颗金色大星横过平原，掠过山地。

这一追一逃间，他们已经远离皇都八百多里，身边各种峰峦谷地飞退。

“缩地成寸大法！”石昊双目中流动精芒，心中恍然大悟。难怪一时间难以追上月婵仙子，原来对方也掌握了这样一种神行之法。

这种大神通是人族的一位前辈开创的，号称“可化天涯为咫尺”，一步迈出，追风逐电，若是实力足够强大，直接就能步入星空中。

缩地成寸，并不是虚言，可以化千里万里甚至更远的距离为一寸，比肩鲲鹏神速。只要掌握此法，便可以横行天下，即便是遇上大敌，也能逃走，可以说这是一种保命大法，天下修士皆想习得。

同时，它也是一种攻击法门。速度提升上来了，出手自会快如闪电，对战自能进退自如，能够使战力得到极大的提升。

不过，可惜的是，一般人根本没有机会修炼这一神通，即便是在补天教中，也只有少数几人可观阅此宝典，因为这是该教的镇教神通之一。

前方，一个大湖十分清澈，湖内散出一缕缕灵气，四周古树很多，其中有瑞兽出没，一看便知这是一处修行宝地。

月婵仙子一口气奔行三千里，最终停步于此。她莹白的额头上挂满了汗珠，自进入荒域后她还从来没有这样过。

石昊也停了下来，挡在前方，与她相距不过数十步，缓缓抬手，捏拳印，准备进行最后的雷霆攻击。

月婵仙子虽然一路逃来，但是并不紧张。她美眸如水，轻启朱唇，摇头道：“你拦不住我。”

“你太自信了！”石昊冷笑道，不过他似乎感应到了什么，不禁一阵蹙眉。

“你离开皇都，身上龙气渐薄，不可能依旧万法不侵，毕竟你才继位，目前根基还只是局限在石都。”月婵仙子淡淡地说道。她的头发光滑得如绸缎般在风中飘散，一双灵动的眸子中霞光流转，声音柔美动听。

石昊眉头微挑，他自然感应到了在自己远离皇都后，那丝丝缕缕而来的皇道气息变弱了。

这个女子这样一路飞遁，就是想冲到一个崭新的地方，摆脱那种国运的压制，避过一劫。

石昊想到这里，不禁哂笑。即便离开皇都，他怀中还有一块宝印，一样可以汲取那种皇道宝气加持在身，依旧能够法不临体，劫不加身。

不过，他倒不至于非要依靠这块宝印的力量。他有自己的神通，一样可以镇压各路王侯级强者。

他现在有一种大威严，坚信自己能在战斗中不败。或许在敌人看来这是一种自负，但他就是有这种感觉，觉得自己可以胜过所有对手。

这是一种无敌的“势”，对修士来说十分重要。石昊一路走来，横扫诸敌，曾击碎了“重瞳不败”的神话，今日更是大败三教强者，将这种“势”推向了顶峰！

月婵仙子感觉到了这种“势”。她横移修长玉体，避其锋芒，而后通体发光，莹白的肌肤仿佛成了羊脂玉，她在施展一种特别的法。

她横在虚空中，娇体摆动，满头秀发随风飘散，姿态优雅至极。石昊惊异地发现，她的身上竟也出现了一股龙气。

才一开始，月婵仙子就施展出一种至强宝术，爆发出一股惊人的力量波动。她的身体开始发生变化，玉体修长宛若白玉龙躯。

她依旧是人形，但在模仿真龙。她横在空中，身形虽有些怪异，可那股霸道至极的力量足以震惊世人。

“真龙宝术！”石昊心中一惊。那种波动太剧烈了，而且与传说中描述的很像，其威力绝对能够傲视当世。

“哧！”

月婵仙子如一条白玉蛟龙般冲了过来。她肌体洁白，衣袂飘舞，满头秀发向后纷飞，露出一张俏脸，双手捏龙拳印，击向石昊。

这太快了！一道白光冲至，月婵仙子此时的气质与平时不一样，有一种别样的美感，矫健与力量并存，若一条洁白的真龙俯冲。

“轰！”

石昊亦施展鲲鹏法，自身宛若一只金色的鹏鸟，爆发出展翅击九天的力量。他探出一双手，而后疾速变大，显化出一对金黄色的鹏爪，抓向那条洁白的“美蛟龙”。

两人剧烈地碰撞，而后均被震得倒飞，各自都吃了一惊。好长时间后，石昊才确定这真龙宝术有瑕疵，不然月婵仙子也不用模仿真龙形体。

不过这个宝术的威力依旧惊人，若是换了旁人，绝对在石昊全力运转鲲鹏法时遭受重伤，甚至爆碎。

月婵仙子呼吸急促，露出异样之色。刚才这一击她的消耗很大，石昊没有动用皇道龙气还这般难缠，果然是她的劲敌。

很快，她平静了下来，精致的面孔完美无瑕，灵眸闪烁，露出杀意。

“嗯？”石昊心头一凛，感觉不对，心想分明是自己占上风，为何心中悸动，觉得有危险。

他低头一看，只见就在两人碰撞之处，竟有一个六芒星符亮起，那是他与月婵仙子的激烈冲击导致的。

“戮神阵，开启！”月婵仙子轻叱。既然对方已察觉，她也就不再掩饰了。

石昊汗毛倒竖，疾速倒退。他终于明白月婵仙子方才为何施展那真龙宝术且如此吃力了，原来她是要开启这座法阵。

这是一座巨大的法阵，里面释放出炽盛的光芒。这是什么时候布下的？应是很久之前了。这个女子真不简单，即便是三教强势而进共乱石国皇都她也没有大意，早就提前给自己留了退路。

石昊疾速倒退，但是已来不及。只见这片灵湖以及周围的山川摇动。山峰与大湖中有光芒冲霄，竟搅动了天上的风云！

“轰！”

一道粗大的闪电落下，劈向石昊。那粗大的银色电芒骇人心神，让人难以对抗。

石昊祭出一件上古法器，当即就被震裂，而后虚空中银芒一闪，那电光开始吞噬法器碎片，将其融入阵中。

“晚了，你逃不了了。”月婵仙子立身在远处，脸上带着微笑，温柔地说道。

石昊双手合十，开始施法。他的身体变得模糊，而后从原地消失了。这座法阵名为“戮神”，由此就可以看出它威力强大，石昊清楚自己若是硬扛多半会殒灭。

“是障眼法吗？你无论如何也走不出大阵。”月婵仙子平静地说道，眼中闪烁慧光，全力开启法阵。

这一刻，电芒交织，神光劈舞，将此地淹没。

整整一个时辰，这里全都是雷暴。它们强到极致，足以将尊者活活劈死。

戮神阵曾震动天上地下，以月婵仙子的修为以及她所动用的材料肯定难以将其布出，因此她只是布下了戮神阵的雷部符文，但即便是如此，其威力也能斩天下至强者。

过了很久，月婵仙子才踏进这片焦黑的劫土中。她在这里感觉不到石昊的气息，蹙着眉头自语道：“在这里，即便是一群尊者，也都会化成劫灰，他应是殒灭了吧。”

“咦，一块青铜?!”月婵仙子惊讶地发现在大劫中还有一物留下。

“哧！”

突然，这块青铜发光，从里面射出一条金色的通道，直通到她身前！

“砰！”

一只大手探出，而后疾速变大，一把抓住她的小蛮腰，把她拎了过去。

月婵仙子原本嘴角噙着淡淡的笑意，俏脸晶莹，以为战斗结束了，不承想发生这等变故，笑容霎时僵住了。

这一切发生得太突然了。偌大的山地与湖泊化成劫土，变得一片焦黑，谁能想到石昊竟会再现，并一把抓住了她纤柔的柳腰。

“哧！”

她反应迅疾，双眸发光，从中落下一片星河。这片星河银光耀眼，璀璨无边，全部打在那只大手上。

这是什么宝术，石昊不知。他不曾见到过这一宝术，只是感觉手掌剧痛，若非他肉身足够强大，换作他人，这只手掌便被击碎了。

刹那间，石昊的手掌发光，金黄中带着黑色斑纹，演化鲲鹏法。那只大手握在小蛮腰上，感觉到了一阵柔软。但是，紧接着一股巨力袭来，对方那圆润晶莹的小腹若龙身一般，猛力挣动，差点就挣脱了出去。

这一切都发生在电光石火间，两人继续激烈地对抗着。

那大手牢牢地抓住细腰不放，将月婵仙子向那金色通道中拽去，要将她镇压。月婵仙子似乎已落下风，难以抵抗，处境十分危险。

石昊继续发动猛攻。即便是攥住了月婵仙子他仍能感觉到对方是一个强者，因为她的肌体看似晶莹雪白却十分强大，很难震裂。

在这一瞬间，他甚至觉得月婵仙子的肉身比西方教那丈六的肉身还厉害，特别是她催动真龙宝术后就变得更可怕了。

这一刻，她通体莹莹发光，若一条蛟龙在翻腾，想从石昊的掌中挣脱出去。

“轰！”

石昊毫不留情，掌指间喷薄出无尽霞光。他动用了至强的力量，要震裂其小腹，不然的话，她多半会逃脱，以至于产生变数。

月婵仙子没有恐惧，没有惊叫，有的只是平静。她叹息了一声，美丽的面孔发光，而后竟变得有些模糊了。

“嗯？”石昊心头剧跳，心中疑惑自己分明控制住了这个仙子的身体，为何还会这般？

“补天术！”

很快，他明白了，对方施展了这种大神通。这种神通能让整片时空都紊乱，使世间万物都有“悔过”的机会。

刹那间，时间仿佛在倒流，虚空仿佛在扭曲，月婵仙子扭动着小蛮腰，如水蛇一般，修长的妙体横移，逃脱了石昊的手掌。

这一刻，石昊生起一股诡异的感觉，掌中空空落落，为什么会这样？补天术太奇异了，让他中招，没能捉住月婵仙子。

他不得不感叹这种宝术太神秘了，不愧为补天教第一神术，简直无与伦比，惊世至极。

都到了这份光景，石昊掌握了一切主动，即将镇压月婵仙子，结果硬是让她成功翻盘，挣脱了出去。

而且，月婵仙子施展的这一宝术，石昊竟然难以察觉，其中的奥妙真是超凡绝俗，比当初石毅施展的不知强大了多少倍。

这并非重瞳者天赋不够，主要是他那时境界低，且修习补天术的时间也不长。月婵仙子就不同了，她而今已在王境，并且自幼就开始接触补天术，早已将其修炼得精通圆满，没有瑕疵。

故此，在她的施展下，即便是石昊都没能察觉，让她如一条溜滑的鱼儿挣脱了。

月婵仙子飞身倒退，站到安全区域。她虽然面色平静了下来，但还是长出了一口气。刚才太惊险了，只差一点她就被石昊镇压了。她的小腹处露出一片晶莹的雪白，那里有个掌印，白衣已被震碎，若非补天术，她绝对被击穿了。

地上的青铜块敛去光芒，金色通道消失，石昊已经跃了出来。

这是世界宝盒，内蕴小世界，是太古时期的天神存放珍稀宝物的盒子，坚固无比，当世难见，一般的人不懂此盒密咒，根本无法开启。

这一次，若非有此宝盒在，石昊将十分危险，可能会被无尽雷电击穿，毕竟这是戮神阵的雷部符文，可以灭尽天下至强者。

若非这天神遗物，后果不堪设想。

第259章 擒拿仙子

WANMEI SHIJIE

石昊看着这个白衣女子。她圣洁而美丽，看似恬静温柔，但着实危险，只差一点就将他困杀在大阵中。

“你明知自己占据绝对的主动与优势，在进皇都前还布下这样一座法阵留作后手，心思还真是不少。”石昊说道。这个女人心机很深，容貌美丽，宛若天仙，却有这等手段，差点将他置于死地。

“唉，错失良机。”月婵仙子叹道，凝脂美玉般的肌肤流动光泽，小腹雪白裸露却并不在意，眼中满是遗憾，看着前方的少年。

石昊咬牙看着月婵仙子，心中愤恨对方竟还在遗憾没有灭掉他，同时又懊恼自己只差那么一点就将这个世人眼中的仙子生擒活捉了。

他现在已经没有十足的把握能将她再次捉住，毕竟同等阶的强者，一方若是想逃，另一方不见得能将其截下，况且对方还掌握“缩地成寸大法”这一天下极速的神通。

“虽然有点难度，但是我发誓，今日要将你拿下！”石昊说道。

月婵仙子调整心绪，嘴角露出一丝淡笑，笑中既有自负又有轻蔑，与她平日端庄圣洁的样子有点不同。显然，她虽然在控制情绪，但依旧有些恼意，毕竟刚才被攥住了小蛮腰，小腹还差点被击穿。

她虽然身为补天教的仙子，号称“圣洁少女”，但再怎么超凡脱俗，遇到这种情况，心情还是会有波动的。

“小石，今日你捉不到我，他日会付出代价的。”月婵仙子嘲弄道。

“你居然会说出这种话，看来你已经失去了从容，就要败了。”石昊笑道。

“是吗，那你就来试试看！”月婵仙子旋转身体，腾空而起，青丝如瀑布般飞舞，洒下无尽的光辉。

她率先发起了攻击。只见一片剑气交织着从她手中的玉剑中飞出，发出无比炽盛的光芒。

与此同时，她的双眸灿灿，银色星河再次从中映照而出，那片星河释放出一种巨大的压力，令人身体颤抖。

石昊心头一凛。他觉得月婵仙子的气息强大了很多，比在皇宫时要厉害很多，让人有点看不透。

“她言语轻浮，这是故意的！她是想让我误以为她心绪不稳，放松警惕?！”石昊心头一动，觉察到了月婵仙子的计谋。

“哧！”

下一刻，他爆发了，无尽剑芒从他手中冲出，这是一株草的剑道奥义！在绝对强大的实力面前，一切都是虚的，他有信心迎战任何一个对手。

在铿锵声中，石昊与月婵仙子激烈大战，杀得日月无光，天地失色，转眼就是上百回合。

月婵仙子气机无边，背后浮现一条真龙。这条真龙威猛无比，将她衬托得如女帝一般。这一刻，她那超尘脱俗的气质尽显，令她看起来越发不凡。

紧接着，她的身后有赤霞冲起，霎时整片虚空霞光澎湃，火光腾腾，当中竟又浮现一只亮丽的神凰。这只神凰羽翼鲜亮，霸气逼人。

“这是?!”石昊大吃了一惊。

他知道，无论是之前的真龙宝术还是现在这个神凰宝术都是残缺的，否则十凶中的两种一起出世，绝对要震惊世人。可是，他也明白，这样两种残缺的宝术合在一起的威力会有多么恐怖。

因为，世间一直有传言称“龙凰相合，天地和鸣”这种伟力无与伦比，就算说它天上地下无敌也都不过分。

石昊没有犹豫，果断使出鲲鹏法。霎时一只鲲鹏浮现，气息恐怖，伴他而鸣，并随着他而气息暴涨到极致。

与此同时，漫天碧霞闪烁，只见一株又一株草扎根虚空中，全都在鸣动铮铮剑气，震慑人的魂魄。

“杀！”

这一刻，惊世大战爆发。现在已是生死攸关之时，月婵仙子不可能再有所保留，她动用所有手段，使用这种组合，当真是破釜沉舟。

这一回合，杀得昏天暗地，日月无光，鬼哭神嚎，足足持续了半个时辰。

石昊自踏入江湖以来，一直是横扫诸敌，极少陷入这般苦战中，更很少像现在这样呼吸急促，浑身是汗。

“你的皇道龙气不管用了，我看现在是该我擒你了。”月婵仙子揶揄道。

石昊没有动用宝印，直接还以颜色。只见漫天草叶飞舞，其中一道剑光自一株草上亮起，几乎斩中她的眉心，让其眉心间沁出几滴血珠。

这一回合十分激烈，在持续了一个多时辰后，两人都疲累了，因为这不同于一般的战斗，而是动用极致手段、潜能尽出的生死之战。

“看你如何逃！”石昊冷笑道，随即探出大手，开始强势镇杀。

“召唤诸天星辰！”月婵仙子嘴角露出一丝淡笑，轻声道。

他抬头望去，不禁一怔。只见虚空中有成片的陨石燃烧着火光，正密密麻麻地砸落而下，向着他镇杀。

这丫头成神了吗？石昊心中震动惊叹，召唤陨星，这可是通神手段啊，她怎么可能做到?!

“可恶！”

忽然，石昊感觉到了什么，忍不住诅咒道。

这个地方符文闪烁，早先戮神阵耗损后所残余的阵纹竟变了，而且演化成了另一种法阵，在召唤附近的石山一起从虚空中砸来。

月婵仙子所布下的法阵竟有另一种变化。戮神阵废了，还有演化的可能，化成了另一种杀阵。虽然这个杀阵的威力大不如前，但石昊现在也很疲累了，这样无边的“陨石”砸来，对任何修士来说都是一场噩梦。

“轰！”

此时，石昊也不再掩饰，开始动用自己的极尽力量。只见他胸口发光，至尊骨复苏，引得虚空扭曲，天地轰鸣。刹那间漫天的“陨石”纷纷爆碎，那碎裂的石块犹如一片灿烂的烟花在空中散开。

月婵仙子色变，她没想到石昊那被挖走的至尊骨竟能涅槃再生。这种重生的至尊骨最可怕，孕育出的力量强大到难以想象!

她想都没有想，仅一瞬间而已，就祭出十种宝术，让这个地方都沸腾了!

这是一场惊世大战，无比激烈，他们在神光中仿佛永生，成为天地间最绚烂的风景。

奈何，月婵仙子施尽各种宝术，补天术用了一次又一次，最终还是没有改变结局。

她终是被擒住了。石昊以胸部发出的光将她定住，而后一把抓到手中将其封印，最后直接把她扔进了世界宝盒内，使其无法逃脱。

“噗！”

石昊咯出一口血。这至尊骨涅槃再生后的威力让他自己都有些吃惊，但这也使他消耗过大，伤人之时也伤了自身。

石昊伤得相当重，胸部有一些裂痕，鲜血从其间汩汩淌落。他运转骨文，迅速止血并封住了伤口，而后他将精气运转到至尊骨内，修补其损耗。

至尊骨虽然已经复苏，但仍属于涅槃新生，石昊还没办法将其悟透，也无法摸索出其终极奥义，故此很难掌握住它那可怕的规则神力。

很长时间后，石昊才长出一口气。他在皇宫大战三教最强传人、独对各方高手时都没有受伤，而且强势横扫所有修士，没想到却在这里洒血并受伤不轻。

月婵仙子的实力超乎想象。她在皇都时并未动用全力便已那么强大，而在这里布下的大阵又足以灭杀天下至强者，若是稍有疏忽，这次可能就身死了。想到这儿，石昊的背后不禁生出些许凉意。

不过很快他又笑了。他嘴角微翘，带着一丝欢愉，又带着一丝冷意，心想这补天教的圣洁仙子都被他擒住了，这若是传出去，一定会震惊天下！

这绝对是一个爆炸性的消息，一定会让八域震动，引起一场轩然大波。

月婵，号称“仙子”，这是一个凡人难以企及的殊荣，这世间有几人可以被这样称呼，并且得到世人的认可？

但她的名字却传遍各教。在年轻一代的眼中，她高不可攀，圣洁无瑕；在老辈人看来，她的天赋无与伦比，难有人比肩。

这样一个天纵之资的仙子而今被人捉住，其造成的风波多半会比石昊想象的还要惊人。他摸了摸鼻子，站起身来，暂时丢开了这些念头。

他开始全力修复伤势，运转各种神霞与符文，吸引天地精华弥补其肉身伤口。天地精华在他的体内流转，使他的每一寸血肉都晶莹发光，伤口也在慢慢愈合。

天色已黑，星光洒落。诸天星辰的银辉被石昊的穴窍不断吸收，他整个人都变成了一个银茧。

他全力运转，吞吐十方天精，伤势恢复得极快，原本至尊骨这种逆天的东西被伤害后很难在短时间内痊愈，但石昊身上的伤现在就已经在好转了。

银辉如瀑，洗礼血肉，炼化伤痕，终于让他的体内重新充满了勃勃生机。

在此过程中，石昊又饮了一些猴儿酒，吃了几株灵药，终于让伤势好得差不多了，身体也恢复了旺盛的血气与神力。

此时，已是深夜，石昊停止运转，因为剩下的伤势用不了多长时间就可以自动愈合。毕竟，他的体质超凡脱俗，肉身无比强大，自愈能力极强，可以清除坏血，再修复血肉与骨骼。

夜里，石昊一个人在这片焦黑的劫土中行走，眼睛清亮，认真观察了这片山川的地形，嘴角露出一丝冷笑，心中有了一些打算。

月婵仙子虽被擒住了，但是补天教高手众多，其中有隐伏的尊者甚至更强的人，他们也许现在还不会出现，但过段时间说不定就会跨域而来。

石昊若是扣下月婵仙子不放，补天教必定会寻找这位天女。而且月婵仙子不仅天赋惊世还是上界中人，在补天教中有非凡的地位，该教寻找她时定会非常细致，多半会来此寻找线索。

"小塔，帮我布下一座能斩至强者的杀阵，管他是尊者，还是更强的人，全都能绝杀于此。"石昊说道。

"因果太大，多准备点天材地宝。"小塔淡淡地说道。

"这你也要打劫，我只是请教你阵法，又没让你出手。"石昊瞪眼道。

"一般情况下，我不理会红尘中事。"小塔答道。

"你……"石昊就知道这家伙肯定会趁火打劫，想了想，跟它交易太吃亏，便不打算用它了。

他决定立刻返回石国皇宫，说不定那宝库中便有神阵，可以引来在此布出，斩尽来此寻觅的尊者众人。

"大哥，你求我啊，我也能帮忙。"就在这时，他发丝中的打神石狡黠地说道，带着一丝蛊惑的味道。

"就连你也想敲诈我？"石昊回应道。他哭笑不得，心想自己怎么尽遇上这种家伙，还都被自己挂在发丝上，一个个亮晶晶的，结果都又贪心又黑心。

"不敢，大哥，你误会了。"打神石相当谦逊，称石昊为大哥，而后又有些不好意思地说道，"我只有一个条件，你若把我放在那块宝印旁，我便告诉你一个法阵，保管能收拾那些对头。"

石昊闻言，料想这家伙也做不出什么出格的事，便将它放在宝印旁，不过他还是揶揄道："记得最初见到你的时候，你说你是偶然被点化的，原先只不过是一块顽石，现在怎么越来越成精了？"

"人总会变，石头也会越来越圆，我这是在进行人生的蜕变，这可是有意义的改变。"它显然是在胡诌。

石昊没有深究，因为他知道这家伙绝对不简单，也许是上古的某块极富盛名的打神石遁迹在百断山，这一世随他而出。

很快，打神石便传下一幅阵图。石昊认真琢磨良久后，不禁吃惊地感叹这家伙的肚子里还真有料，这绝对是一个可怕的杀阵。

越研究，他的眼皮就跳得越厉害，心中不禁猜想这座法阵多半能对付上古大能吧。

但是，他发现布下这座法阵所需要的材料太多了，甚至还要一些神料。这让他觉得用这些来对付补天教的人，真是过于挥霍和浪费了。

“不用布下完整的法阵，只需布下其中的部分就行。不过，你尽管放心，即使这样也能来多少人就镇压多少人。”打神石得意扬扬地说道。

石昊听后放下了心。他可不愿将那些珍贵的神料用来布置此阵，他要留给石国皇宫，用它们来修补那儿的神灵法阵，好抵御三教强者的反攻。

“我还有个问题。我希望那些在此地探寻的一般人不能启动大阵，只有尊者以上的修士才能将其触发，否则会白白消耗了这法阵的神力。”石昊说道。

“大哥，你真有种，要镇压就镇压厉害的，我喜欢。”打神石闻言兴奋地说道，“你放心，我布下的法阵绝对没问题，甚至还能探察人的内心。那些越是在此地用心搜寻的人，法阵发动的威能就会越强烈。”

小塔见打神石这般神气，心中不悦，冷冷地说道：“你这块顽石也算不错的宝料，我觉得若是吞下去的话功效肯定不错。”

“大哥，我无意与你为敌，也不想抢你生意，只这一次而已。”打神石赶忙讨好道，生怕惹怒了小塔。

石昊没有在此地过多地停留，因为他身上没有那么多布阵的材料，他得回石国皇都进行搜集。

他横空而过，在夜空中若一颗金色的大星，璀璨夺目。他浑身散发出的强大气息，惊得山林中的凶禽猛兽都一阵骚动。

清晨，当第一缕金色的朝霞洒落在石国皇都时，石昊出现在了皇都的不远处。

这一夜，整座皇都气氛紧张，几乎所有大势力的人马都彻夜难眠，他们都在等待消息。

石昊强势无比，一人横扫三教，英勇之姿震惊当世。可是他只身一人追杀出城外，整整一夜一去不返，这让城中的气氛越来越凝重。

“新皇！”城门楼上，一名眼尖的战将一眼看到了不远处的石昊，忍不住惊呼出声。

这一嗓子顿时引起城中喧沸。城中一些大势力都觉得十分压抑，而另外一些人则欢呼雀跃，兴奋地在城中呼喊。

那些守城的兵士全都心潮澎湃，每个人都举起手中的战戈、铁剑等冲天而击，大声呼喊“人皇”二字。

城中有许多人都聚集到城门口迎接新皇入城，战王等也在其中，他们显得格外兴奋。

旭日东升，朝霞绚烂，金色阳光洒落在石昊的身上，让他看起来宛若披着一件黄金战甲，神圣无比。

尤其是在城门口迎接他的众人眼中，这个年少的人皇更是器宇不凡，迎着朝霞，若一位金黄的神人下界，英武过人。

“人皇万岁！”

石昊刚到城门口，众人便跪倒一片，口中大呼。在他们的跪拜声中竟有阵阵龙气蒸腾而起，将他笼罩，并没入他的体内。

石昊觉得自己在进入皇都后，那种万法不沾身的感觉便越发强烈了。这令他多了一种明悟，心想气运加身，永不坠劫，这难道就是人皇果位吗?

“人皇！”战王等十分激动地迎了上来。昨日一战，他们既震撼又欣慰。一个少年只身战敌，击溃三教修士，古来有几人能与之相比?

“月婵仙子她……”一位王侯小心谨慎地询问道。因为石昊就是追杀她而去的，如今他一个人回来，而且血气鼎盛，这似乎预示了什么。

“嗯！”石昊含糊地应了一声，因为他现在还不能打草惊蛇，而后他又随意地问道，“我的命令执行了吗？”

“执行了！那几家修士都被封在府中，由我等亲自坐镇，禁止他们出去半步！”一位王侯答道。

“皇宫的宝库被击毁了部分，但其中的宝料还有剩余，被毁的部分现在也被封住了。”战王上前禀报道。

“好！”石昊点头道，并吩咐各路王侯继续戒备。而后他让战王带路，去了皇宫宝库。

第260章 皇家宝藏

WANMEI SHIJIE

到了皇宫宝库后，石昊十分激动。他觉得这里可能有至强宝术，有一国镇教神通，甚至有无上法器。

“你去帮我取一些材料。”石昊列出所需，暗中传音，吩咐战王道。

过了一会儿后，战王便将找齐了的材料放到一个大包裹里给了石昊。紧接着，石昊的身影渐渐模糊，最后从虚空中隐去了。在离去前，他叮嘱战王，若有人问起他，只说他在皇宫宝库便可。

石昊如风似电地离开了石都，再次返回数千里外的那片劫土，而后小心翼翼地布阵。

“若是不帮我将那些补天教的尊者等镇杀，还真是对不起我这么认真。”石昊自语道。

半日后，石昊抹去了法阵的痕迹，故意留下了一些指引“真相”的线索，而后化成金鹏状的神曦，飞回了皇都。

新皇继位，石都恢宏，龙气蒸腾，但凡强大的修士都能感受到这些，他们每个人都十分震惊。

“人皇万岁万万岁！”

街道上有人在呼喊，声音十分洪大，许多百姓也跟着大喊，引发共鸣。那些皇道龙气便源自他们，他们是皇道龙气的根本所在。

一队又一队的兵士从主街道上走过，城中依旧在戒严。因为新皇初登宝座便横扫三教修士，接下来必然还有许多事要部署。

皇宫内的主要建筑都是用黄金岩筑成的，通体流动淡金色光辉，看起来宏伟而神圣，散发着一种大威严。

石昊回来了，他行走在皇宫中，感受着这种宏伟和沧桑，在这座古老的宫阙群中更清晰地体悟到了皇道力量。

“陛下！”

战王来了，这种称呼让这个老王自己都感觉有些怪异。当年他十分欣赏石子陵，不承想有朝一日石子陵的儿子竟成了人皇。一个十五岁的少年，在他眼中还是一个孩子，却这般强大，创造了一个奇迹。

“战王不必多礼。”石昊说道。

七八年前，石昊一把火烧掉石国第二祖地，导致雨族的人在西疆十分被动，战王前去调查，直接斩了雨蒙，此举很明显是在偏袒石昊这一脉。后来，石昊知道了这些事，心中自有一份感激。

“不知那月婵仙子……”战王暗中传音，秘密地问道。这件事他也很好奇，同时无比担忧。

这个女子太不一般了，若真被斩杀，必定会引得补天教震怒，到时候他们肯定会不惜破坏一切规则，进行疯狂报复。

石昊笑了，笑容很阳光也很灿烂。历经昨日的厮杀，在许多人眼中，他虽年少，却威严而强大，现在他竟露出这般温和与清澈的笑容，就连战王都吃了一惊。

他嘴角噙着一丝笑意，暗中传音道：“她决定在我身边做一个侍女。”

“啊？”战王惊讶地叫出了声。战王十分神武，虽说已到知天命之年，但是依旧黑发披散，气血旺盛，通体都有一层神辉，若一轮太阳。而这则消息着实把他给惊住了，让他这位老成霸气的王侯都有点头脑发蒙。

很快他就醒转了过来，而后在心里不安地思量着。这则惊天大消息要是传出去，天下都将沸腾，强大如补天阁，怎么会让他们最圣洁的仙子去做别人的侍女？这弄不好可是要引发跨域大战的。

“陛下，您还年轻，天下总能寻出几个绝色侍女，莫要与她……”战王劝说道，但始终难以将理由说明白。

石昊笑了笑，他自然知道战王的想法，更明白战王是怕他沉迷女色，最终误己误国。

“这个侍女还不错。”石昊温和地回应道。

战王一听便有点焦急了，心中忧虑这月婵仙子国色天香，而新皇还年少，若贪恋美色恐怕会误了前程。

战王自己也是从年轻时走过来的，自然明白这等少年俊杰多以“醉卧美人膝，醒掌天下权”为志，可石昊现在是人皇，若以此为志终归是不妥。

“我连三教修士都杀了一片，即使把月婵仙子放回去也难以善了，与其如此，还不如将她留下来。”

“这样啊……”战王欲言又止，一脸为难，而后他又硬着头皮说道，“陛下，若要留下也可以，但是您可千万不要将其册封为皇妃，也不要暴露其真身，否则不要说是补天教，就是其他教的年轻一代都会敌视我石国人皇。”

战王还真将他当成孩子了，以为他会沉迷美色而误事，这令他哭笑不得，不知道该说些什么好。

“嗯，短时间内我不会让她出现在皇宫中，战王请放心。”石昊随和地说道，言语中并无新皇的威严。

“绝色虽好，但陛下一定要注意修行，莫要沉迷。”战王仍不放心，又叮嘱了一遍。

石昊闻言额上的青筋跳了又跳，感到有点不耐烦了，不过最后他还是忍了下来，点头道：“我知道了。”

战王听到他的回答，额上的青筋也跳了又跳，心想这个少年人皇还真打算收月婵仙子为其女人啊，这件事情可真的严重了！不过他看到石昊的表情有些不悦，便也没有多说什么了。

在战王的陪同下，石昊在皇宫内迅速转了一圈。看着这片宫殿群，他不禁皱起了眉头，因为大劫过后，这些殿宇虽仍屹立不倒，却受损严重。

“这些宫殿并无大碍，倒是那布下的大阵受损很严重。”战王叹道。

石国皇宫中曾布下了许多上古神阵，威力强大无匹，但是这次大战来的高手实在太多，不仅这些古阵被击破了，中央天宫那里的法阵更是残缺得厉害。

据宫中一位老侍卫说，石皇在大劫中为了避难，动用了所有防御力量，以无尽国运还有上古神阵与之对抗，终是活了下来。

而今，石皇去了哪里，若是活着怎不现身？石昊心中疑惑，蹙眉深思。

“可能去上界了。”一位老侍卫说道。他曾隐约间看到一条通道击穿虚空，而后石皇与侍卫统领便消失了。

“希望老陛下无恙。若有朝一日我等能大闹上界，定要斩杀那些自以为是的生灵！”战王说道。

石昊觉得法阵被毁大半是最大的损失，毕竟那可是神灵法阵，绝对能用以镇杀尊者等。他当即决定无论如何也要将这些法阵修补好，甚至要进一步完善它们，因为只有这样他才能拉开大网，等着那些前来复仇的三教修士自坠其中。

但是想到那所需的无尽材料，石昊就觉得一阵肉痛，心想那皇宫宝库该不会因此而空掉吧？

清香阵阵，药草发光。不知不觉间他们穿过御花园，来到了皇宫内的灵药田。

“怎么如此之少？”石昊愕然，不可置信地说道。这堂堂皇宫灵药田，占地很广，且土壤特别，并以灵泉浇灌，绝对可以成片栽种灵药。但是，眼前的这些药田中植株稀疏，与石昊想象的完全不一样。

他之前最期待的便是石国的药田。他本以为这里灵药成片，这样他就能早日熬炼己身，再次突破，可没想到现在见到的竟是这幅景象，这让他十分失望。

“大劫发生后，三教修士闯入宫中，摘走了很多稀世灵药。”一位老侍卫说道，而后他又透露还有一些皇子、公主以及王侯等也参与当中，他们中有的是为自己采摘，有的是为了让域外大教的人扶持自己登基而采摘。

“三教修士，真是当杀！”石昊冷声说道。这太嚣张了，一国皇宫中的灵药田居然被人这样洗劫，这也太不将石国当一回事了。

“陛下放心，那些王侯和族人都被勒令待在府中，禁止离开皇都。”战王道。

“好，这一次有些人得为自己的行为付出代价！”石昊冷冰冰地说道。一些王侯大逆不道，一些战将投向域外，这次他必须出动雷霆手段一一严惩，以儆效尤。

“这宝库？！”刚一踏进宝库，石昊再次震怒，只见偌大的一个宝库中根本没剩下多少材料。

“石皇在大劫中取出无尽材料炼化惊天法阵，对抗天罚，因而耗去了一部分。”战王说道。石昊早已知道这件事，只得叹了一口气。

“还有一大部分是被别人洗劫的，参与者还是那些皇子和三教修士等人。”老侍卫补充道。

若将宝库中剩下的材料堆积起来，也还能堆成一堆，但这与石昊想象中的那种珠光扑面、宝气腾腾的景象完全不同，这让他失望不已，心中懊恼地想着这怎么去修复皇宫内的各座上古神灵大阵。

“陛下莫急，这是外库，里面还有一个内库，那里的材料不比这个宝库的少。”一位老侍卫说道。

石昊闻言大喜，赶紧叫这位老侍卫带其前往。

他们向里走去，停在一座巨大的石门前。那座石门高而坚固，一般人根本难以撼动。

“必须要有人皇印才能打开此宝库。”老侍卫说道。

石昊心头一动，看了一眼战王，又看了一眼这位老侍卫，觉得这两人忠心耿耿，十分可信。他便不再隐瞒，从怀中取出那块晶莹透亮的法印，按在石门上。

不一会儿，这石门发光，上面的符文密密麻麻，数以万计，不停闪烁着。这么复杂与可怕的法阵石昊还是头次见到，他不禁啧啧称奇。

而后，石门缓缓开启，石昊刚踏进去，就惊得目瞪口呆。只见门内金色瑞气蒸腾，宝光万道，氤氲彩雾弥漫。这简直是一片神藏宝地，比石昊之前在脑中想象的皇宫宝藏还要壮观!

仅一会工夫而已，他就已经看到了两种神料。石昊激动不已，要知道他这才刚踏进这个内库中，里面还有更多神物等着他去发现。

这里不仅有各种材料，还有诸多法器，皇家的一些重宝也都封印在这里，今日它们都得以重见天日。

“这是四柄神灵法剑？好惊人的宝库！”石昊惊呼道。他看到四柄古朴的剑依次摆放在一起，它们样式不同，年代不同，但皆气机惊世，锋锐无比。

而后，石昊又惊喜地说道：“这四柄神灵法剑若是悬在皇宫四门前，并布下一座与之对应的超级法阵，其效力肯定会十分惊人！”

逛了好长一段时间后，石昊他们退出了内库。石昊整个人都晕乎乎的，还没有从那一大堆宝物所带来的惊喜中回过神来。他在里面挑了一杆战戟，背在背上。这杆战戟据传来历极大!

“这是上古年间的一位大能模仿鲲鹏的天荒大戟，而祭炼成的一件神灵法器！”战王与老侍卫的话还在石昊的耳畔回响。

这杆战戟十分古朴，通体黝黑，暗淡无光，可一旦催动起来，其上便能散发出冲天的黄金气，威力强大无边!

“陛下，陛下！”耳畔传来战王的呼声，石昊终于醒转过来，平复了自己的心情。

“怎么了？”石昊问道。

“现在带陛下去经文楼、宝术殿看一看。”战王道。

石昊闻言，顿时睁大了眼睛，心脏剧烈地跳动。相比较而言，这才是他最关注与最渴望去的地方!

石国皇宫很大，一般人在里面非常容易迷路，而且这里的一些区域布下了空间法阵，因此那些区域超乎想象的广袤，进去之后很难走出。

此时，石昊他们踏进一片草木稀疏之地。那片土地呈赤红色，沙砾遍地，宛若一片戈壁，一眼望不到边。

他们没走多远便到了目的地。这里有一座古庙，在朝霞中流动光彩，神圣而又祥和。

这便是皇族的最重要之地——典庙。

这座古庙内有经文楼、宝术殿等不同的区域，整体看起来庄严而肃穆，在阳光的照耀下其上的瓦片荡漾出淡金色的光晕，虽然古朴沧桑，但亦显皇家威严。

古庙的四周寂静空旷，庙前只有一株老松树。这株老松树十分苍劲，树干上的树皮都开裂了，看起来如一条虬龙盘卧在此。除此之外，周围连一名兵士都没有，使这里显得格外荒凉而幽寂。

这座古庙自上古至今一直屹立不倒，皇家所有秘典都存放在这里，乃是石国之大道根基所在。

石昊站在庙前，心中激动不已，比之前在内库中见到各种神料和法器时都还要振奋，因为这是他做梦都想到的地方。

“咦？”石昊心中一惊，因为他在登临典庙的台阶时竟感受到了一种难以言说的道韵，这令他有点精神恍惚。

战王惊讶地看着石昊，旁边的老侍卫也张了张嘴，想说什么但又赶紧闭口了，怕惊扰了石昊。

在无尽岁月中，历任人皇都会在此研究典籍，这里自然也留下了难以磨灭的大道气息。久而久之，这典庙仿佛通灵了，变得很不一般。

曾有人在此地不借助典籍、不翻阅经文便陷入悟道境，就是因为这座古庙蕴含大道气息。不过，这么多年以来，只有极少数的人能这样。

石昊第一次到此就触到了“道”，并立即与其共鸣，陷入悟道中，这自然令人惊讶。

转瞬间，庙门前生满金莲，将站在中央的石昊淹没。金色莲花朵朵绽放，吐出一道道金霞，环绕在他的身上。

他自身也发出金色的宝光，而且弥漫出一股清香。这是肉身近道的体现——与天地共鸣，与大道共存。

“了不得啊，后生可畏！”战王轻叹道。他不是不知道石昊天赋绝世，但看到这种奇景，还是十分感慨。

老侍卫也点头道：“这般天资，在上界也罕见吧。真希望新皇有朝一日能打上去，将那些自以为是的生灵全部镇压。”

半个时辰后，石昊醒转，心中空明，那些在大劫中所得到的感悟在此全部凝练、巩固，进一步升华。

这一刻，他的肉身更加有灵性了，不仅坚固不朽，还与道亲和，更加容易铭刻符文。

从某种意义上来说，这比进阶更重要。因为这是在积蓄潜能，拓展自身的无尽宝藏，长此以往，早晚会打开肉身神库，一飞冲天。

从此以后，石昊的修行将更加顺利，因为他的身心与道相融，空灵无比。

石昊眼睛清亮，心情平静地踏进典庙。此时他才发现这里并非没有护者，几个威力极强的战偶站在庙门内，守护着古庙。

走进庙宇中，石昊顿时感受到了一种宏大与神圣的气息，那是一种皇道威严，十分肃穆与庄严。

然而，当他往里细看时，当即皱起了眉头。这庙宇中摆放着一些白玉桌，上面的骨书明显少了很多，显然是被人搬走了。

战王也不禁蹙眉，有些愤懑又有些无奈，他向石昊解释道："大劫过后，一些皇子、公主和王侯曾闯入此地，带走了一部分典籍。"

石昊闻言眉毛一挑，怒瞪双眼。又是这群人！他们不仅与域外大教勾结，还这样大肆劫掠皇宫宝藏，真是不可饶恕。

"原本这里有一张金翅大鹏冲霄图，是一张极其宝贵的道图，刻有金鹏族的真义。"老侍卫手指着一面墙壁，惋惜地说道。那里已是空空如也。

石昊闻言心头一跳，看向那空空的墙壁。金翅大鹏族的宝术是遗种所留，价值连城，若非他早已掌握真正的鲲鹏法，一定会愤懑无比。

"这里有一幅狻猊戏天图，可以凭此挟万丈雷电，冲上九霄，轰击上苍。"老侍卫继续说道。另一边也是空白一片。

这一次石昊不淡定了。他修有雷法，精通狻猊宝术，此宝术虽是遗种所留，但他依旧十分希望得到该族更完善的法，此图若是不失，正好可以与之相互印证。

"可知这张图是被谁夺走的？"石昊沉声问道。

"陛下无须动怒，狻猊戏天图虽然丢失，但这门宝术老臣很精通，可以献出。"战王忽然开口道。石昊闻言有些惊讶，而后露出喜色。

石族王侯当年都是由皇族分出去的，只不过多年过后，都只能称为王族了，由此可见他们自然也掌握了一些十分重要的皇族宝术。

老侍卫笑了笑，道："陛下不用担心，事实上我石国共有两种镇国神通，都为天阶太古凶兽的宝术，其中一种就是狻猊法。"

言下之意，这狻猊戏天图所记的不过是遗种宝术，石国还留有真正的纯血神通，不用太在意。

战王闻言，摇了摇头，道："我等已在此找过，并没有发现。"

“不用担心，这两种宝术必为人皇所掌握，应该记载于别处。”老侍卫听到过一些秘辛。

两种镇国神通，一种为狴犴术，一种为狻猊法。在漫长岁月前，还有第三种法，那是祭灵传下来的，只不过在一次动乱中失传了。

“我听闻狴犴术看似完整，其实也缺失了一部分，真正无缺的只有狻猊法了。”战王蹙眉道。

“的确有这种说法，狴犴术在一次动摇国运的大乱中遗失了一些符文，因此现在看似威力无边，但已不完整。”老侍卫叹道。

石昊闻言，心中震动不已，感叹上古年间石国当真是鼎盛到了极点，竟拥有三种震世宝术，而且皆为天阶，这是何等的惊世啊！

只可惜，三种宝术一种彻底失传，一种有缺，而今只剩下狻猊法完好无缺，却还得要他自己去寻找。

不过，他已相当满意了。他本就修有雷电神通，而今若能得到纯血天阶凶兽的传承，正好可以弥补他所缺的法术，让他的狻猊宝术真正完满。

他们继续向前走去，发现这里有不少骨书，其中记载了不少修行法门。这些法门虽然无法与《原始真解》相比，但石昊一路翻看，也从中受到了启发。

可惜，一些玉骨块、银色秘典等重要骨书都被人劫走了，令这里失色不少。

“这里曾有一张孔雀图，上有五色神光冲天，十分玄妙。”

石昊闻言脸色铁青，因为但凡异常珍贵的宝术都被人盗走了，这让他很是不悦。

战王笑了笑，道：“无妨，陛下若是想修习这些宝术，我可以召集各路王侯向他们征要，毕竟我们都是从皇族分家出来的，都有从祖上那儿传下来的一些皇族大神通。”

“可以吗？”石昊高兴地问道。

“没问题。”战王点头道。

石昊当即放宽了心。典庙中的骨书虽遗失较多，但只要能追回来一些重要的法门，那也不错。

随后，他一路上听老侍卫介绍各种神通的奥妙，内心一片火热。他觉得只要能再次得到这些神通，那将是一场大收获。

石昊心绪难平。他没有想到继承皇位后会有如此巨大的好处，宝库就不用说了，光是这典庙，若是其中的宝术不失，绝对会让人疯狂。

细想下来也本该如此，毕竟这是一国大道的根基地，无论是其中的神料、法器，还是神通，自然震世，一般的大教远不能与之相比。

“举国之资源皆为我所用，若是这样还不能力压当世，那我也枉为少年至尊了。”石昊自语道。

之后，石昊他们来到典庙中的一间静室，那是专为人皇翻阅典籍所设的。石昊见当中有一个蒲团，便坐了上去，他想试一试能否再次陷入悟道境。

战王与老侍卫见状便退了出去，在典庙门口守护。

“狻猊大法究竟在什么地方？”石昊自语道。而后他心中一动，将人皇印取出，仔细观察，并尝试运转。

“嗡！”

突然，整座石室一颤，紫气滚滚东来，当中交织着金色闪电，让这里化成一片雷霆，而后在那墙壁上出现了一头巨大的狻猊。这头狻猊通体金黄，身上还带着紫色的条纹，它面目狰狞而凶猛，恐怖无比，仿佛要透过石壁扑出来。

“狻猊宝术！”

石昊惊呼，而后忍不住大笑，感叹这宝术还真与人皇印有关，居然就这样被他得到了。

这次的收获实在巨大，得到一种天阶凶兽的至强宝术比什么都重要。毋庸置疑，自此以后他的战力又要突飞猛进了。

雷电，乃是世间最可怕的一种力量，狻猊大法出世，石昊必将更加神勇无敌。

“现在还不是研究宝术的时候，得先去处理了那些作乱的战将、王侯等。”石昊轻语道，而后他将那狻猊印记牢牢记在了心中。

“对了，还有一个美丽的俘虏。”石昊说罢便取出一块青铜，青铜块在他的掌中绽放出霞光，而后开出一条金色通道。

第261章 惩罚叛将

WANMEI SHIJIE

青铜宝盒开启，成片的符文环绕，石昊通过金色通道进入一个特殊的小世界内，里面没有草木，灵气稀薄。

月婵仙子被俘后，便一直被关押在这个小世界里。

一张石桌，两个石墩，便是里面的所有陈设。

月婵仙子一身雪衣，青丝光亮如绸缎，眸子闪动慧光，容颜绝世。她坐在石礅上，尽显完美身段。她正看着石桌上的小塔，与之密切交谈着，像在许诺什么。

“我可以送您十种顶级神料，让您吞食。要知道补天教有多年的积累，其中的任何一种神料都是至宝。”

“让我考虑下。”小塔回应道，在石桌上摇来摇去，最后它慢吞吞地说道，“怎么也得二十种神料吧。”

石昊进来后，正好见到这一幕。他眸光闪动，盯着小塔，神色不悦，心中暗骂这小塔真是太不厚道了。

“小石啊，你来了，有人要出二十种神料让我镇压你。”小塔漫不经心地说道。

见石昊没有理会，它漫不经心地继续说道：“条件相当优渥，并且盛情难却，你说我要不要推辞呢？”

“当！”

石昊直接摘下发丝上的打神石，用力砸了过去，正中小塔，“砰”的发出一声脆响。

小塔轻摇，一缕混沌气扩散而出，将打神石撞到小世界的一角，虚空中传来一阵撕心裂肺的惨叫声。

这一次，打神石并不是装的，而是真的全身剧痛。隔了好长时间后它才缓过神来，喊道：“两位大哥，这不关我的事啊。”

“小子，你可对我相当不敬啊。”小塔淡淡地说道，语气中并无怒意。它只有寸许高，通体雪白剔透，但的确强大到震世。

“你这个白眼狼，给了你那么多神料，总共才为我做了几件事，现在还威胁我？”石昊咬牙道。

石昊知道，这家伙肯定知道他获得了石国的宝藏，现在是想敲诈他，因此假装禁受不住月婵仙子的诱惑。

月婵仙子美眸闪动，肌肤雪白细腻，吹弹可破，俏脸上第一次露出惊容。她自然看出这个羊脂玉般的小塔修为惊天，但她没想到的是石昊会对这件超凡绝伦的法器如此随意。

自从进到这个小世界后，她一直对小塔循循善诱，想将它争取过来，用以镇杀石昊。

“唉，这让我很难做啊。我虽然跟你相熟，但是她对我许诺说将来补天教的宝库会为我敞开，可以在里面随便挑选。你说，如果你是我你会怎么做？”小塔慢悠悠地说道。

“真的假的？你收买我如何？你要是给我各种土行神料，我就豁出去了帮你干一票大的！”远处，打神石嚷嚷道。

“砰！”

石昊弹出一道电弧，将它击飞。它再次惨叫，撞到小世界的一角。

月婵仙子明眸皓齿，没有说话。她聪慧无比，自然知道那块石头是在故意调侃，并非真心想与她交易。

不过，对于那座小塔，她倒是真心想要与之交易。若可以，她不介意许下一个惊世的诺言请它出手。

她沉默不语，只是看着小塔。因为该说的早就说了，现在石昊来了，聪慧如她，自然不会当面激怒他。

“小子，看到了没有，人家可是愿将补天教的一堆神料都送给我，你就没有一点表示吗？”小塔不满道。

石昊闻言哂笑道：“那算什么，我将补天教的宝库都送你了。”

“你又不是补天教的人，凭什么这么说？”小塔不屑地说道。

“凭啥？”石昊反问道，而后指向月婵仙子，道，“她又凭啥，身为我的俘虏，连她带宝库都是我的。”

“好像有点道理。姑娘，我从不赊账，且需要预付，你现在没有神料，不顶用啊。”小塔为难地说道。

“规矩都是人定的，您改变这一次，就能获取无尽的神料。”月婵仙子的声音十分动听，带着磁性，若天穹上的仙音。

石昊冷笑一声，大步逼近，一把抓住她那白皙的手臂，将她制住，而后上下摸索，检查她全身。

“你……”月婵仙子早已被封印，此时难以反抗，这样被石昊搜身，她的心中自然怒气冲天。

她一向恬淡，面对任何敌手都能超然物外，若美丽出尘的谪仙一般泰然自若。但她此时已再难自控，咬牙切齿，恨不得挥剑斩向石昊，但无奈自己已无神力可用，只得怒目视之。她身为补天教的仙子，平日高高在上，圣洁无瑕，以前谁敢对她这般无礼！

一柄流动梦幻色彩的玉剑、几罐宝药，还有一些女儿家的衣物等，这就是月婵仙子身上的东西。

显然，那柄玉剑的价值最高，其威力超乎想象，不过对目前的石昊来说并无大用。最终，他将这些东西都放到石桌上，并未带走。

“你有什么想说的吗？”石昊平静地问道。

月婵仙子明眸皓齿，颈项雪白，身材高挑，小蛮腰盈盈一握，双腿笔直而修长，整个人美丽得有点不真实。

平日间，她无论走到哪里都万众瞩目，是人们关注的焦点，各大教的年轻一代都为她痴迷，其追求者数不胜数。而且，那些追求者的修为极强，堪称一方翘楚，皆围绕在她的身边，唯她是从。

但如今她竟成了一个男子的阶下囚，不仅被俘在此，还被封印了神力，两相对照，她自己都觉得心中苦闷，难以接受。

“你天资如此之高，在这下界呆得过久，实在被埋没了……”月婵仙子缓缓地说道，声音柔美，如天籁般动听。

石昊知道她的用意，不等她把话说完，便冷笑一声，道：“是我在问你，不是要听你说那些陈词滥调，别想用进入上界来诱惑我，再者说若是下界不好，你为何被人送下来磨砺？”

两人都是聪明人，有些话无须多说。月婵仙子默默不语，坐在那里，宁静而柔美，宛若画卷中走出来的绝世佳人。

“大哥，你想怎么处置她？”打神石屁颠屁颠地跳了回来，不怀好意地说道。

“自然是留下来当侍女，我此前便说过，绝不食言。”石昊笑道。

月婵仙子娥眉微蹙，心中不悦。补天教的仙子行走在人间，为天下礼遇，怎能被人这样亵渎。

石昊也皱眉，自语道：“她心机这么重，以后若是生了娃，后代该不会也这样心思过多吧？”

“啥，大哥，你是要收侍女，还是要收通房丫头啊？”打神石叫道。

“不都一样吗？”石昊诧异道。

“禽兽啊！”打神石怪叫道。

堂堂补天教圣女，惊艳天下，傲视同辈，何况她来自上界，有着极大的来头，若成为别人的侍女，其后果就已经不堪设想，要是成为通房丫头，估计上界都要震怒，说不定会横扫下界。

至于月婵仙子，则更是惊得差点歪身倒在地上。她贵为一代仙子，不食人间烟火，平日从容而自信，镇定无比，可现在也花容失色。

月婵仙子第一次感觉怕了，她不自禁地倒退，再也难以保持平日的出尘与圣洁。

“你要有做侍女的觉悟。当然，若是能有补天术、真龙大法等，我也许会忙着参悟，那样我就没时间让你陪在身边了。”石昊漫不经心地说道。

说罢，他开启金色通道，向外走去。他没有时间在这里耽搁，进来也只是想看一看月婵仙子状况如何，他还有更重要的事要去做。

“他在吓我，意在宝术。”月婵仙子轻语道，而后长出了一口气。

然而，石昊去而复返，像是知道她所想的一般，一本正经地说道：“我可不是说笑，没有宝术，就当侍女吧。族长一直催促我，说同龄人的孩子都会满地跑了。你若不肯交出神通，那就生个娃后再回上界吧。”

说罢，他就此离去。

月婵仙子目瞪口呆，而后满脸羞愤，气得跺脚。这种神态平日在她脸上根本见不到，她一向很端庄，这次实在是被气到与吓到了。

“禽兽啊禽兽！”打神石嗷嗷怪叫道。

石昊走出了典庙，与战王等相商，决定开始修复皇宫内的神灵法阵。战王他们刚才已经清点完宝库，发现有足够的材料可用作修补。

“神灵法阵十分恐怖，要依照图纸才能修复，而且一般的人难以去实施。”老侍卫蹙眉说道。

“我来！”石昊说道。

无论如何，这皇宫大阵必须要修补好。他相信不久之后石国会有一场恶战，这大阵必须能够发挥出最佳效果才行。

他站在皇宫大阵前，一手持图纸，一手持宝印，默默体悟。他总觉得这人皇印蕴含了太多的秘密，因此想在修补法阵时试试它的反应。

“轰！”

突然，人皇印剧震，释放出无尽的龙气，把整个皇宫都淹没了。

“咦，还有这等妙用?!”石昊震惊地说道。人皇印居然在修补法阵，它释放出无尽龙气，从宝库中取出的一些神料都被那龙气裹着，布到了阵中。

整整三日，这皇宫内的龙气浓郁得化都化不开。石昊、战王和那位老侍卫亲自动手，将各种天材地宝运送到位，没有动用任何外人。

其他人都惊疑不定，猜想着这皇宫内龙气滚滚，难道是新皇继位所致？没有人能想到，那是神灵法阵在被人皇印主导与修补。

“很好！”石昊的眼睛越来越亮。他手持人皇印能清晰地感应到这法阵正在不断修复，而且其中的气机也越来越强盛。

石昊将那四柄神灵法剑也布入了阵中，而后这四柄法剑被分别悬在法阵四方，这是人皇印主导一座又一座神灵法阵，最后调整所致。

“我希望三教人马多来一些，不然真对不起这样的神灵大阵！”石昊自语道，双眸湛湛生辉。

皇宫内，殿宇巍峨，龙气腾腾，一片氤氲彩光将这里笼罩，使这里宛若神境。

战王和老侍卫非常满意。这样的修补速度非常惊人，他们没有想到人皇印这般惊人，竟可以主导各座上古法阵。

随着时间的推移，整个皇宫的气象都不同了，显得越发庄严与神圣，各座宫殿散发金光，犹若上界的天宫。

“差不多了，法阵被恢复了九成，余下的可以慢慢进行。”战王说道。

石昊也很满意，这种进度很超凡，原本在大劫中破碎的神灵法阵全都复苏，渐渐恢复了那种强大的气息。

不过这个过程却也让人咋舌。因为皇宫宝库中的各种材料的数量急剧下降，尤其是那些稀世神料，它们都是世间罕见的珍品，成百上千年都难以寻到一块，此次消耗巨大。

这些都是石国自古至今历经漫长岁月的积淀，大多举世难求，绝对算得上瑰宝级材料，外界几乎很难看到。石昊看着宝库，阵阵心疼，不禁感叹这法阵也太奢侈了。

皇宫内大阵很多，成片相连，皆是神级法阵，毕竟石国上古年间的祭灵还有始皇都成神了，自有这种能力造出这些大阵。

当大阵复苏得差不多后，战王哈哈大笑，认为即使三教强者云集来扰，也都是有去无回。

石昊点头同意，而后又想到了一些问题，不禁蹙眉，道：“这法阵虽强大，但一些王侯以及皇子公主等也知道一二，他们若是引狼入室，可能会出问题。”

石昊点出了这种隐患。因为数日前肃王就是这么干的，他告知三教修士皇宫内的法阵秘密，还帮助他们破阵。

“他们只知皮毛，应该掀不起风浪。”战王虽然这么说，但心中也有些疑虑，并没有十足的把握。

“要是能将法阵变换一番就好了。”石昊自语道。他边说边用手摩挲着晶莹剔透的人皇印，向里面灌入神力，他总觉得在皇宫中这法印比什么都重要。

“唔？”刹那间，符文漫天，一道晦涩的烙印浮现在他心头，竟然在与他沟通，问他是否要改变大阵格局。

石昊震惊，心想这人皇印难道真有灵？它本是打神石的遗蜕，难道化成法印后再次产生了灵智？

在他点头后，人皇印发光，催动皇宫内的所有神灵法阵，使其隆隆作响。霎时大地颤抖，五行开始颠倒。

成片的大阵开始移位，改变五行，法阵结构与原来相比，彻底变了。

石昊惊得目瞪口呆，而后大笑。这个变化真是太妙了，现在他倒是希望那些引狼入室的王侯、皇子和公主等赶紧引那些三教修士走“捷径”进阵。

“真是一块神印！”石昊轻叹道。现在只有战王与老侍卫知晓他掌握着这块玉玺，其他人包括那些三教修士在内都以为此印在大劫中碎掉了，因为之前中央天宫中有那么一块震裂的宝印。

他相信，这两人不会泄密，此事暂时无人能知。

这东西绝对了不得，拥有它就等于掌握所有神灵法阵、通晓镇国宝术，而且这块宝印还能承载一国气运，实在是稀世珍宝。

当皇宫隐患消失、神级大阵铺展完毕时，石昊终于放下心来，他无比镇定与从容，开始着手处理族中的其他事务。

“你不能处决我！”

刑场上，几名战将大呼，奋力挣扎，但终究是徒劳无功。执斩的兵士高举凶刃，猛力劈下，结果了他们的性命。

他们都是早先因勾结外教而被拿下的战将，石昊毫不留情，一个也没有饶过，命人将他们斩杀了个干净。

让这样的人守护皇宫，简直就是石国的耻辱。他们吃里扒外，引三教修士闯入皇宫，实在是太猖狂了。

现在局势暂缓，正是清算的时候。这些人越过了底线，留下的话只能是祸患，石昊没有手软，一一严惩，以儆效尤。

而这还只是清算的开始!

这一日石都震动，因为新皇在消失了几日后，终于再次出现，展现铁血手腕，开始严厉整治皇都内的各种问题。

“什么，他亲自带人来了?!”一名强大的战将颤声道。

他原以为风波过去了，不承想石昊竟亲身杀至，带着大队人马出现在他的兵营，问罪而来。

“新皇，你才继位，就想杀朝中旧臣，你就不怕天下人寒心吗?!”

事已至此，这名战将知道自己多半危矣。他心中发毛，但口中仍大声质问着，想以此寻出一线生机。

他早就想逃走了，无奈这几日都被战王盯着，一直难以走脱，现在看到石昊亲至，他知道自己完了。

“你已叛国，有什么脸面说天下人。来人，杀无赦！”石昊冷漠地说道。而后他一挥手，老侍卫亲自冲起，“轰”的一声一拳将这名战将打倒在地，惊得在场的很多人面色苍白。

这个军营共有三人伏诛。石昊只杀将领，并未诛连兵士，这让军中的人都长出了一口气。

“该去朱雀营了。”老侍卫说道。而今他成了皇宫内的统领，自身实力也极其强大，早已进入王侯境多年，且是顶级的人物，一只脚就快迈入尊者境了。

昔日老皇的统领是一只超凡绝伦的鹏鸟，而他则是那鹏鸟的弟子，故此由他来接掌统领位，所有人都没有异议。

朱雀营兵强马壮，可以说是精锐中的精锐。只是这里的战将曾暗中作乱，与不老山勾结，肯定是留不得的。

此人统率的人马数以万计，拥有十分惊人的兵力。这几日他心绪难宁，想走又不甘心，一直在犹豫。他觉得自己应该没有暴露，毕竟他都是暗中行事。

然而，就在今日，新皇来了，并且调动了玄武营、真龙营在远处呼应，自己则带着几人从天而降，直入大帐内。

“列阵！”这名战将倒也干脆，见新皇闯入营帐，什么都明白了，立刻就动手反击。

他早有准备，不仅祭出了一件圣器，甚至布下了一座大阵，不老山也留下了几位高手在此协助。

然而，对有准备的石昊来说，这些都不算什么。他手持一柄神剑，立劈而下。这可不是凡物，而是神灵法剑。再加上战王、老侍卫等一起出手，当场就将这座大阵瓦解了。

“噗！”

石昊亲自出手，一剑挥出，神芒蔽日，“哧”的一声将此人斩杀，那无边的神灵符文与光束笼罩天空，惊人至极。

整个朱雀营都震动了，所有兵士都战栗不已。

“叛国者杀无赦，其他人放下武器，等在原地，既往不咎。”大喝声传来，震得每一个人的灵魂都在颤抖。

真正的叛乱者不过是仅有的几个头领，其他兵士完全是依照命令行事，此时新皇如神灵般降临，只斩主谋不杀其他人，众人感激涕零，高呼万岁，呼声响彻云霄。

仅半日而已，石昊连斩十三名战将，震惊石都，让人们看到了新皇的厉害。众人本以为他年幼，且一连沉寂数日，肯定不会有什么大动作，不承想他今日便展现了如此铁血的一面。

新皇才十五岁而已，就这般冷酷无情，这让那些图谋不轨、早有前科的人心中发毛，倍感恐惧。

可是此时皇都戒严，他们不敢逃，也不敢妄动。曾经有两名战将想带人出逃，结果被石昊亲自追杀，彻底镇压。

“这么凶残，这可不是皇者气度啊！”

“别乱语，那些被镇杀的都是谋逆之人。你虽然做了一些错事，但不至于遭到镇杀，若你想靠舆论来压制新皇，多半真的就要死掉了。”

城中暗流涌动，一些人议论纷纷，气氛十分紧张。

所有人都不知道新皇究竟想清洗到哪一步，这让很多人都很不安。

很快，皇宫中传出确切的消息，告知皇都军方各部势力，说有问题的战将都已清除，让众将士无须多虑。

这总算让人长出了一口气，最起码让各大军营都稳固了，军中战将都平静了下来，再也不担心会突遭镇压。

紧接着，一些忠心的王侯开始掌权，真正掌握了所有兵马。

显然，新皇登基，风波仍在。他不可能就此止步，待各大兵营稳固后，他再次挥动淌血的法剑。

"什么，对王侯府邸动手了？"皇都中有人传出这样的消息，很多人闻言大惧。

数日前，石昊只身进入石都，杀进皇宫时，曾有一批王侯与域外大教勾结，如肃王、兰王、昆王等。这些人被当场格杀，但他们的族人还在，而且早已被战王盯着，并派强者镇守，不让他们离开石都。

而今，新皇初步掌握一切后，开始对这些底蕴强大的王族动手。

他们本以为新皇怎么也要过段时间再行动，甚至可能会暗中行事，不承想他这么直接，竟毫不掩饰地立刻发难。

许多人不禁打了个寒战。新皇虽年少，但真是铁腕，这才继位而已便这般果断，丝毫没有故作仁慈，以期给人留下温和的印象。

石昊这般出手，自然是经过多方面的考虑。留下这些王侯绝对是大患，与其如此，不如早点铲除。此外，皇宫的宝库因重布神灵法阵，消耗太多，已经快空了，他要填补。

这些王侯传承久远，底蕴十足，并且有的人直接与某些皇子共进过宝库，盗走了很多稀世宝材，其家中必定藏有许多稀贵宝料。

战王、老侍卫等一些强大的王级人物分别出手，查抄了一些谋反的王侯的府邸，并将那些反抗作乱的人直接镇杀。而石昊则直接降临雨王府，要做一个了断。

雨王府恢宏壮阔，院墙高大，符文密布。这是一处占地极大的府邸，曾经既煊赫又辉煌。只是，经历了大魔神与石昊这祖孙二人先后拆府，雨族名气一落千丈，成为世人的笑柄。

他们对石昊一脉心怀大恨，无论是重瞳者的仇，还是雨族自身与他的怨，都累积到了无法化解的地步。

这不是石昊第一次来这里，但是这次的感受大不相同。而今他身着金色战衣，龙气腾腾，背负镇国神戟，手持神灵法剑，威势无双。

在其身后，是大队的人马。他们身着黑色甲胄，手中的战戈闪动冰冷的光泽，都一致指向前方。

人皇法旨早已传进去了，但雨王府内十分寂静，竟没有传出一点声音，雨族的人也都撤进了院中。

“谋逆者斩！雨族中人并非皆有罪，除罪魁祸首外，其余人放下兵器便可免去死罪。”有战将向府中喊道。

雨王府内依旧十分寂静，雨族众人似在密谋，又似在商议，仿佛难以抉择。

“哧！”

雨王府内腾起一片亮光，有人在献祭，他们想借一座祭坛之力强行开启虚空通道，就此遁走。

“这样是徒劳的！”一名剽悍的战将喝道。石都早已开启了护城大阵，而石国皇族的祭坛也早已被激活，其法力影响全城，各方诸侯都不能用族内的祭坛逃遁。

果然，亮光很快就熄灭了，虚空剧烈地颤抖着。

“小石，你生性凶残，冷血无情，这样灭我雨族必会遭报应。”终于，府中传出恨恨的声音，大声诅咒道。

石昊一脸漠然，并不理会。

在其身后，一名强大的战将怒吼道：“你雨族有何脸面这样说，自己勾结域外大教，要颠覆石国传承，也敢以受害者自居？况且，新皇仁慈，并不想灭你全族，只杀祸首，尔等还血口喷人，当诛！”

“你们想被灭族吗？”一位王侯上前大声呵斥道。

雨王府内一阵骚动，显然并不是所有人都想“玉石俱焚”，有很多人想活命。

“新皇继位，向来大赦天下，以示仁慈，而你却这般凶狠，大兴杀伐，必然是一代暴君，日后必将惨死于祸乱中！”雨族内有人恶毒地诅咒道。

“穷途末路，不知死活，还敢这样血口喷人，看来雨族气运全尽，将要灭族了。”一位王侯冷漠地说道。

“时间到了，准备进攻。”一直沉默的石昊这个时候说道。

“轰！”

在其身后，那些兵士全都举起兵器，迅速向前逼近，雨王府外战气滔天。

“杀！”

石昊站在原地没有动，只简单地喝出一个字。那些战将与兵士都跟着大喝，挥动手中的战剑、铁戈等劈向前去。

成片的光束，犹若一道道神虹汇聚在一起，向雨王府邸冲去。雨王府的四周霎时变成一片灿烂的光海，恐怖气息滔天。

跟随在人皇身边的人自然都极为强大，这样的人组成的战队也必然拥有横扫千军的惊天威力。

仅一击而已，雨族的院墙便崩塌了，上面即使有玄奥的法阵守护也是枉然。

“杀！”

杀声再起，一群战将挥动兵器，带领虎狼之兵踏过废墟，宛若一股洪流涌入雨王府。那炽盛的战气若一片烈火汹涌向前，在一声惊天动地的巨响声中，雨族府邸接连有四重院落被斩碎。

一时间，乱石冲天，烟尘四起，大地龟裂，宏大的雨王府和它的宏伟殿宇等全部爆碎。在强大的军队面前，再多的法阵都守护不了他们。

石昊站在府外，冷漠地看着眼前的一切，根本不曾出手，在其身边跟着一些强大的侍卫，他们一动不动，进行守护。

事实上，当世有几人可伤他？尤其是在这皇都中，他龙气绕体，万法不侵。而今侍卫守护在旁，只不过是皇者威严的一种体现。

“小石，你张狂不了几时！用不了多久，域外大教便会降临，到时候我看你拿什么去抗衡，他日你必将横死！”雨族府中传来怨毒的诅咒声。

与此同时，这天地间下起了瓢泼大雨。这是雨族强者动用神通，施展秘法，在与外面的将士对抗。

雷电劈闪，雨幕重重，一股极其恐怖的气息从空中透出。那些雨点晶莹透亮，宛若飞刀，密集扫来，打向所有人。

“哼，小道尔。”一位王侯出手，挡在众将士前。他大袖一挥，只听“轰”的一声，所有雨刀皆震碎，而后化成雨水洒落一地。

然而，对战并未就此结束。雨王府内绽放出一朵巨大的莲花，这朵莲花晶莹而又炽盛无比，在雷电中显得格外璀璨。

它散发出 股极其惊人的波动，气息恐怖，震慑人心。这一刻其周围的人都惊恐无比，心中一阵发毛。

“雨道九重天！”

这不是石昊第一次见到，他当年曾与其对决过。那一次这一神通召唤出了雨神的投影，差点让雨神复苏，后来石昊还是借助黑色小人“不灭金身”，站在王侯境，才破解了这一神通。

此刻，雨族上下都在出手，因为这是一门大型神通，需要很多人合力施展，人越多，其威能越强大，不然何以敢号称“雨道九重天”。

就算是王侯见到这种大神通也会生出惧意，因为它很诡异，深不可测，威力也十分惊人。

“出手，不要让它蜕变到第八重天或者第九重天，免得把雨神召唤来。”战将喝道。

所有将士都举起了兵器，大吼着向前攻去。“轰隆”一声，在炫目的光芒中，那朵莲花被击碎，一时间宝光冲天，符文密布。

然而，光芒很快倒转，法力重新凝聚。那朵莲花再次绽放，并且威力提升了一大截，变得更加强大了。

就这样灭了又重生，数次后，这朵巨大的莲花快与天齐高了，其所散发的气息恐怖滔天，比当初与石昊对决时还要恐怖，而在刚才的数次对决中，石昊这边已经有一些兵士负伤了。

“没有时间同你们纠缠了。”石昊说道。他神色冷漠，声音如雷鸣，透出皇者霸气。

石昊没有调动更多的强者，而是自己上前，“锵”的一声拔出一柄金色的战剑，向前扫去。这是神灵法剑。

“轰”的一声，金光万重，将雨王府淹没，整片天地都随之轰鸣。

金色剑芒贯通天上地下，那朵巨大的莲花当场被斩，并且以不可逆转的趋势枯萎，再也没有重新绽放。这一剑太强了，将雨族的人成片斩杀。

一剑之威震撼皇都，小石之强大超乎想象，再配合皇族的法剑，简直天下无敌。所有人见到这种威势，莫不胆寒。

“攻！”石昊收剑而立，只吐出这样一个字。他周身缭绕龙气，气势惊人。

在其周围，一些战将和成片的兵士战气沸腾，如流星向前冲去，以摧枯拉朽之势将前方的宫阙群击穿。

雨族虽然厉害，可又怎能与一国之力相比。石昊这次前来，只带了部分战将，之后也只是又赶过来两位王侯而已，雨族便承受不住了。

时间不长，雨王府便几乎被夷为平地了。只在中心处留有一座神庙，那是供奉雨神之地，如今成了雨族人的庇护地，所有人都躲在了那里。

“小辈，你欺人太甚！”古庙中，一个失去双腿的老者眼神怨毒，恶狠狠地盯着那巍然不动的少年人皇，大声说道。

“是雨王！”有人惊呼道。

他消失了很长时间。当初大魔神十五爷击断其双腿，使他这个即将冲进尊者境的强大王侯止步不前，其一直在想办法修复肉身。

“轰！”

雨王从祭坛上取出法旨，咬破舌头，朝上面喷了一口血，祭出法旨。

雨神法旨再现，一时间狂风大作，雷电交织，那道法旨散发着万丈光芒，向着石昊那里镇压而去。

“技穷了吗？”石昊冷笑道。

“锵”的一声，石昊拔出神灵法剑，“哧”的一声劈出一道剑光，顿时将那原本就已经裂纹密布的法旨斩成了碎片，爆碎于虚空中。

“啊……”雨族众人惊惧大叫。

突然，一股极其恐怖的气息在空气中涌动，眨眼间，一道乌光如闪电般射向石昊。与此同时，雨王将古庙中的一座石像搬起，将它祭出。石像好像复活了，飞冲而出，镇压向石昊。

“这是雨神的石像，它是一件神灵法器！”有人惊叫道。

所有人都色变，几位王侯也心头剧跳。石昊神色平静，从容收起战剑，而后将身后背着的神戟持在手中，猛地掷了出去。这神戟原本通体黝黑，在被灌注神力后，迅速变成金黄色，其所散发出的威力简直要将虚空撕裂。

“当！”

神戟如虹，强大无比。神戟带着滔天的金光一冲而至，直接将那石像贯穿，且带着它飞回古庙中。

“砰”的一声，神戟刺透石像，将雨王直接斩杀，而那石像也爆碎，化成了粉末。与此同时，整座古庙轰然崩塌，寸寸断裂，最后成为一地碎屑。

古庙附近，雨族众人皆大叫，迅速倒退，他们简直不敢相信族中的神庙与神灵雕像就这般被毁掉了。

“不可能！”有人难以接受这个现实，痛苦地说道。

石昊一招手，收回神戟，将其重新背在背上，而后冷声道：“只不过是一族之神的法旨与石像，也敢与我石族相比，不自量力！”

石昊说完，转身就走，没有再多留半刻。此地已不需要他坐镇，因为有两位王侯在此，还有一些强大的战将以及大批兵士，雨族的人不可能逃脱。

这一日，雨族灭，负隅顽抗的强者尽殁，只有妇幼得以活命。

第262章 昭告天下

WANMEI SHIJIE

石昊身披金衣，背负镇国神戟，手提神灵法剑，如天帝临尘，那种威严与气魄震慑人心。

他虽是一个少年，却受到众人敬畏，诸多兵士、战将，甚至王侯，见到他后都不由自主地臣服于他的威严，向他跪拜。

这并非是顾忌他的身份，而是一种发自灵魂深处的敬畏。他们对这位少年人皇生出了一种莫名的尊崇，就如同对待神灵一般。

石昊从雨王府离开后，踏遍每一条主街道，亲自巡城。其他被封的王侯府邸，以及勾结外教的大势力，莫不胆寒。

这一日，不仅雨族覆灭，还有其他一些勾结外教却仍负隅顽抗的大族也倾覆。在战王、开山王等王侯面前，这些势力几乎没有招架之力。

石昊巡城，更加有效地震慑了这些人。一日间，全城震动，完成了一次大清洗。

不久后，他回到皇宫，城内的喊杀声也渐渐止住，皇宫内外一片安宁，如今的皇城已被他彻底掌控。

“人皇，现在该昭告天下了。”战王建议道。他身材高大，神采奕奕，不久前的征伐让他重新找回了年轻时的激情。

石昊点头同意。他虽已登基数日，但仅在石国皇都内宣告其已为石国人皇，至今还没有告知天下。

大劫过后，天下大乱，各地惶惶不安，关于石皇殒灭、国无主人的传言早已甚嚣尘上，引发了国中动荡。现在有必要立即传出法旨，昭告天下，好让石国迅速稳定，不然后果不堪设想。

可以想见，各地一定有些强大的诸侯被二教修士蛊惑，背叛了石国，因为连皇都内的王侯都如此，更何况是一些真正掌握实权的诸侯。

但是，不管怎样，在大义面前，石国中的大部分王侯大臣应该会遵从法旨，不会叛乱。

老皇的法旨当初曾烙印在虚空中，符文经久不散，战王等强大的王侯合力将其摹刻了下来，而今重新刻在了黄金纸上。

皇都内的祭坛早已被激活了，众王侯通过祭坛开启了传送阵，而后带着法旨从传送阵中去往各地。

石昊自然也写有法旨，其法旨的内容很简单，先是称颂老皇文成武德，一生功绩，而后又剑指雨王、肃王、昆王等王侯，将他们谋逆的事公之于众，最后又表达了他治国的决心。

一时间，法旨昭告天下。新皇继位，小石崛起，这一消息让天下沸腾，毫无疑问会引发一场大地震。

之前，在传出老皇于大劫中消失甚至可能已经殒灭的消息后，天下就早已动荡不安。虽然所有人都清楚，新皇会迅速出现，但当得知是石昊继位时，所有人还是大吃了一惊。

而且，他这般果断与凌厉，也出乎所有人的预料。

要知道，之前三教修士都已入主石都，掌控了大局，并选出了伪皇，几乎到了无人能够改变的地步。

可是谁能想到，石昊只身一人杀进皇都，大败各路高手，并于皇宫决战中斩杀诸多作乱的王侯，镇压三教修士，以一已之力扭转乾坤。

这等事情实在匪夷所思，震撼天下！

“小石通神，强大惊人，一人战败所有修士，逼得三教人马退出皇都，当真是了不得啊！”

“虽然早有耳闻，老皇若殒灭，必然是双石这等惊世的少年至尊继位，但还是有点惊讶。”

天下沸腾，议论纷纷。街头巷尾，无论是修士还是平民，都在谈论新皇，一时间整个石国喧闹无比。

对于石昊的霸气，人们心中叹服。不管怎么说，他只身杀入皇都，彻底掌握一切，仅凭此就足以证明他的实力。问鼎人皇，他有这种资格。

不过，各地诸侯对于他的手段也有些忌惮。他才登基数日就镇杀了近十位王侯，这种铁腕手段可是历代都没有过的。

法旨一出，石国大半的城池都承认新皇，只有少数城池暂时没有表态。不过，仅此而已，石昊的收获就是巨大的！

这一日，石国疆域内的大半城池中有一缕又一缕细微的精气没入虚空，跨越千万里，落在石国皇都。

石昊震惊不已。他原本正在打坐，此时却吃惊地瞪着眼睛看着前方。只见无数细微的龙气从虚空中出现，汇成大龙，向他涌来。

刹那间，他便被这无尽的龙气淹没。这些龙气缭绕在他体外，其所凝成的天龙变得更加清晰，栩栩如生，粗大无比，昂首长吟，气动天穹。

这些天龙的数量越来越多，最后增至八十一条。它们盘绕在中央天宫内，将石昊围绕在正中心。

老侍卫见状惊异非常，感叹当年的老皇也没有这般气象。

他名鹏九，是当年的老统领大鹏鸟的第九个弟子，也是修为最高的弟子，他本来就要成为尊者了，不过在大劫来临之前，他生生止住了前进的脚步。

"历代人皇刚登基时，都难以集聚这么多的龙气。这些天龙太逼真了，若是现在将之引入体内炼化，直接就能称尊！"鹏九惊叹道，声音都在发抖。

"这是人皇果位。新皇在登基前，就靠自己名震荒域，天下无人不知其威名。而今登基，自然引发大震动，这一国之气运与人心有莫大关系。"战王思索后说道。

小石惊世，早已威震天下，而今击退三教修士，自是威名更盛。他挟这种神威登基，想不轰动，想不让众人崇敬都不行。

也正因为此，这些龙气才会如此浓郁，并迅速集中而来。

石昊如果想成为尊者，现在绝对是难得的机会。他只要身体与龙气相合，必将再上一层楼，真正得到人皇果位。

只是，石昊不可能这么做，先不说现在成为尊者可能会遭到各界的击杀，最主要的是，这与他的信念不符。

通过这种修行成为尊者，看似强大，却是依靠石国这强大的根基。若有朝一日他失去石国，离开荒域，那么他便如那无根的浮萍，再也不能掌握自己的命运。

接下来的几日，石国皇宫依旧龙气腾腾，并且越发神圣威严，石昊体外形成一层光幕，化成金色大日，惊人至极。此外，还有一些龙气没入人皇印内，储存在当中，让它越发透亮。

"在这石都内，新皇也许凭借自己的威能就能与尊者一战了！"鹏九暗自观察后，得出这样的结论。

然而，石昊自然不会满足于此，他要做好一切准备，迎战三教诸强。这两日他便一直埋头在宝库中，祭炼一件瑰宝。

这是一个黑色小人，乌黑而古朴，只有拳头大，它名为"不灭金身"，若非残缺，即便是诸神都要争抢。

但即便如此，它也是一件瑰宝。当年石昊还在较低的境界时，便可以借此战胜王侯。

而今，身在皇宫宝库中，坐拥各种奇珍，甚至还有好几种神料，他自然要好好祭炼这件强大的战衣。

依照小塔当年所说，这东西可以不断进阶，每进一层其战力便会飙升不少。石昊觉得现在若将其稍加修复，将来应该可以抵御尊者。

只是这东西十分奇特，即使有神料也不见得能让它进阶，因为它所需要的东西都很特殊，而且世间罕见。石昊尝试了许多次，将一些神料祭炼在其上都与之不匹配，没起到任何作用。

石昊遍寻皇宫，竟然没有找到黑色小人需要的东西，这令他既无奈又郁闷。

“人皇，还有一部分材料。”鹏九适时提醒道。

“哦，你不说，我险些忘记了。走，去看一看。”石昊说完，起身便走。

之前，石昊铲除了几大王侯，并命人将他们的王府进行了查封，而王府宝库中的大量天材地宝均被充公，运到了皇宫内，存放在一座殿宇中。

“除此之外，我们还捉到一个人，陛下可能会感兴趣。”鹏九边走边说道。

“是吗？”石昊微微一笑，表示很感兴趣。他还真想看一看那是何人。

当一个枯瘦的黑影被带上来时，石昊的心中生出一种特别的感觉，胸腔内也隐隐作痛，像是在滴血。

蓦地，石昊睁大了眼睛，双目射出十分可怕的光束，大喝道：“是你！”

昔日，石昊被石毅的母亲带入地宫，请来一个枯瘦的老者对他动刀，挖走他的至尊骨，嫁接到石毅的体内。

冰冷的铁床，无助的挣扎，残忍无情的话语，以及森寒的刀光，至今历历在目。

那一日，改变了石昊的一生。多年过后，在柳神的相助下，他从识海深处得见了当日种种，自此之后一直难忘。

石昊认出，眼前的这人就是当日对他挥动屠刀的人。那一幕，他记忆犹新。

“是从雨族一座庄园内捉到的，他在进行各种试验，在凶兽异禽身上嫁接原始宝骨等。”鹏九禀告道。

石昊目光森寒，盯着此人良久，而后冷冷地说道：“审问清楚，而后斩了！”

对于昔日之事，他已无太多执念，当初所受的苦，而今成了他不断进取的动力，他也不愿再大动干戈。

随后，石昊进到一座殿宇中，里面彩光满目，各种材料堆积如山。在这里他寻到了一种材料，那是一块灰蒙蒙的石头，只有拳头大，似有雾霭缭绕着它。

不过，与其说是石昊寻到的，不如说是那黑色小人生出感应，将这石头感应出来的。

敲开这块石头，可以看到其内部有一块指甲盖大小的特别物质，看起来有点像松脂，但又不是，它的灵性惊人，散发着氤氲气，让人觉得它好像拥有神识。

石昊将其祭炼，使之与黑色小人快速融为一体。完成之后，黑色小人明显不同了，这件不灭金身战衣多了一丝生机，仿佛有了些许生命气息。

隐约间，他听到了小塔的哀嚎声，只听它恨恨地说道："才打了一会儿盹，就错过了一件好东西，真是太亏了。"

"那东西也就指甲盖大小而已，你至于这么激动吗？"石昊对小塔的反应很好奇，这般问道。

"那可是万法石，能得到指甲盖那么大一块就已经很了不得了，多少万年都不见得能遇到一块啊。"小塔懊恼地说道，浑身散发着混沌气，大有要炼化黑色小人的架势。

万法石，可以铭刻万法，是祭炼无上至宝的材料，甚至可以说，任何一件法器只要加入万法石都可以马上开始蜕变与进阶，这是一种惊天的材料，诸神见到都会为之疯狂。

看来，这残缺的不灭金身战衣应该修复了不少，之后肯定会有惊喜，石昊想到这里不禁笑出了声。

一连数日，石昊或在宝库中探寻，或精研法术增强自己的实力，以应付可能到来的大风波。

五日后，该来的终于来了，三教修士再现，进入石国皇都。

第263章 三教求和

WANMEI SHIJIE

三教修士这么快便卷土重来，顿时引发皇都震动，所有人都知道，一场大战即将爆发！石昊何其强势，上次以一己之力扭转乾坤，赶走三教修士，这次他肯定也不会与之善了。

但出乎众人意料的是，他们进城后并没有立刻发难，而是先在客栈中住了下来，看起来十分平静。

而皇都的战将也接到命令，没有出击拦截他们。因为石昊知道这次来的人都很不一般，他不想让军中高手贸然出动，以免徒增伤亡。

这些强大的修士，其实力远在世人之上，可以说已摆脱了这一界的规则束缚。他们不会顾忌其他，一旦出手便很可能死伤无数，血流成河。

显然，这次来的三教修士只是在探察情况，因为上一次大战的疑点实在太多，他们始终不相信石昊能仅凭一己之力做到那般。

这些人跨域而来，都是真正的高手，他们要亲自查实其中的真相。

两日后，丈六再现，立身于皇宫外。他通体呈金黄色，那是金刚不坏身修到高深境地的结果，他叫人前去禀告，请石昊出来一见。

然而，皇城上的一位名战将直接冷漠地拒绝道："人皇地位尊崇，你怎么值得他出来迎见？这等无理要求休得再提。"

战将说罢，大批兵士开始集结，那是几位强大的战将准备要调兵缉拿他。

丈六无言以对，心中暗想这小石威势已成，人皇威严尽显，竟丝毫不把他这个三教中的至强者放在眼里，只把他当成平民百姓来对待。

"是吗，他来了？你们做得不错。"

皇宫内，石昊得到禀报，对战将的表现很是赞赏。而后他探出一只大手，缭绕在他手上的皇道龙气随之凝结成一个巨形龙爪，朝着丈六镇压而去。

丈六十分强大，若是远离皇宫，与石昊也算得上是同级的强人。他灵觉敏锐，感应超常，第一时间便觉察到了危险，立马留下一封书信，疾速退走了。

石昊没有追出去，而是认真看了那封书信。看完之后，他将那书信用手一弹，将其化成了粉末。

三教之间也有争斗，并非牢如铁石。此次西方教派最强传人将此信送来，就是为了与石昊交易，表示若日后石国愿意帮助西方教在此片疆域上寻找一些东西，他们便会全力支持他。

“还不是想借助我的力量吗？”石昊冷笑道，而后命人前去探察三教修士此次所到人数，以及有何等人物坐镇。

前去探察的人很快就回来禀告了，他告诉石昊，此次三教修士进城的人数不算少，但这只是表面的力量，还有至强者坐镇在石都外，他们没有进城，正在观察这座古老的城池。

“原来进城的都是些虾兵蟹将，我差点就行动了，看来还得再等等那些大鱼啊。”石昊自语道。

一些侍卫听到石昊这么说都激灵灵地打了个寒战，不过他们马上又变得十分振奋。之前他们对三教众人很是忌惮，但后来见新皇如此霸气，便都觉得底气十足，没什么好惧怕的了。

“陛下，那些人在与一些皇子、公主暗中联络。”鹏九带来了这样一则消息，并对此很是感慨。当年老皇何等强势，面对大劫都不曾屈从，奋力反抗，但他的一些后人为了登上皇位却不惜与域外大教勾结，这真是令人唏嘘。

不过好在还有一些皇子与公主很有骨气，也十分尊重老皇的法旨，既没有勾结外教也没有参与到皇位的争夺中。

石昊闻言沉默了好一会儿，而后平静地说道：“我本不愿出手，之前也给了他们机会，但如果他们执意如此，那也怪不得谁了。”

老侍卫鹏九叹了一口气，张了张嘴，而后又闭上了。他虽有心求情，但实在是无从说起，因为有些皇子和公主做得确实过分了，他们不仅洗劫宝库、抢走典庙中的秘籍，还一而再，再而三地要动摇石昊的皇位。

傍晚，一个中年男子来到皇城外要求见石昊。此人自称秦岭，态度温和，言称自己来自不老山，并谦逊地恳请侍卫前去通报。

“真是出人意料，我以为三教人马会立刻与我开战，没有想到他们各有心思，竟都想私下来见我。”石昊平静地说道。

“陛下这般强大，一人便可镇压四方王侯，统御石国，他们也希望寻到一个强大的人皇，好发动一国之力帮他们办事。”鹏九说道。

“那他们就打错算盘了。”石昊冷笑道。

不老山来的中年男子秦岭进入了中央天宫，见到了坐在上方的石昊，心中暗自惊叹这传说中的小石果然大势已成，养出了皇道气息。

“陛下，其实你与我不老山有着密切的关系，你的体内流淌着不老山的血。”中年男子上来就这样说道，非常直接。

石昊端坐在上，冷漠地俯视着他，并没有给予回应。整座天宫呈金色，内部龙气缭绕，气象惊人，给人一种极大的压力。

秦岭是一位强大的王侯，可是在这里见到这个比他小很多岁的少年，他竟生出一种莫名的敬畏之心。

他低声说道：“陛下，你与我族真的有血缘关系，从这个意义上来说，石国和不老山应当是不分彼此的。”

石昊依旧不说话，只是看着他，无形中有一种大威严，让这个王侯越发心惊，甚至不自觉地颤抖了起来。

秦岭自己都觉得不可思议，心想这小石未免太可怕了吧，只是那样端坐不动，沉默不语，就压得他透不过气来。

秦岭心悸不已，赶忙再次开口，希望缓和石昊的冷漠，减轻自己的压力，他说道：“你的父母而今就在不老山。”

这一次，他终于看到石昊的脸上有了表情。

“生子当如小石，这是不老山很多前辈的赞叹。”秦岭见状赶紧这般说道，想要进一步引起石昊的兴趣。

“放肆，在人皇面前胆敢如此无礼？”鹏九呵斥道。他认为秦岭以小石来称呼石昊，是对人皇的大不敬。

秦岭心中不服，觉得很是憋屈。他可是来自不老山的王侯，身份非凡，无论走到哪里，都被人簇拥着，备受尊敬。可是到了这里，他不仅要承受石昊那如山般沉重的压力，还被一个老侍卫斥责，这让他想想就觉得窝囊。

石昊摆了摆手，让鹏九退下，心平气和地问道：“我的父母既然在不老山，那他们为何不回荒域，不来看我？”

虽然他表面平静，但是心中波澜起伏。这是他的一个心结，他想不明白为何父母这么多年都不回来看他。若是以前也就罢了，可这几年他名动荒域，特别是在双石大战后，他相信，八域都知道小石之名。

“因为一些特别的原因，他们暂时无法离开不老山。不过陛下若是想念，可以去不老山与他们相见。”秦岭小心地说道，露出温和的笑容，生怕触怒了石昊。

“是不老山囚禁了我父母吗?!”石昊声音冰寒，瞳孔如刀子般紧盯着他，浑身爆发出慑人的气息。

秦岭心中发毛，疑惑地想着，这小石真是一个王级强者吗，怎么会如此可怕，竟让他汗毛根根倒竖，从头凉到脚。秦岭心中生出有一种无力感，觉得自己的身体都要不听使唤了。

“没有，我可以对天发誓，不老山绝对没有囚禁他们。不仅如此，我们还将他们保护得很好，而且早晚会助他们进入上界。”秦岭急忙解释道，生怕石昊发怒。

石昊闻言，一阵沉默。

“陛下，若是您思念父母，真的可以去不老山。对了，而今您已经有了一个弟弟，他与您一样也是一个天纵奇才。”秦岭说出这样一番话。

石昊闻言，耳中如闪过一道惊雷嗡嗡作响。他一动不动地望着远方，好长时间都没有说一句话，他实在不敢相信自己竟然多了一个弟弟。

“我的祖父是否也在不老山？”石昊忽然开口问道。

“这个……我不知。”秦岭吞吞吐吐地说道。

“你都知道什么？说！”石昊厉声道。

“我来时，一位老祖只告知了这些，别的就真不知道了。陛下若是想了解，可去我不老山。”秦岭战战兢兢地说道。

“什么都不知，要你来何用?!”石昊大喝道。

一时间，秦岭整个人都吓蒙了，精神恍惚，差点栽倒在大殿中。

半个时辰后，他脸色发白，浑身是汗，步履踉跄地走出了皇城。他不知道自己是如何回到住处的，只是觉得石昊比洪荒猛兽还可怕，让他恐惧无比，几乎不记得自己都说了些什么。

石昊在中央天宫中一动不动地坐了一夜，直到第二天清晨，他才醒转过来。

他刚醒转过来就有人禀报，说是皇城外又来了人要见人皇。这次来的是一个中年道姑，她的修为极其强大，扬言要石昊出去一见，吓得侍卫脸色发白。

石昊闻言，走出中央天宫。这里地势最高，宛若一座小山，可以俯视四方。他望穿虚空，凝视着皇城外。

“我补天教传承千古，千年不朽，比一个国家更为强盛。而今我代表无上大教而来，与石皇一见还不行吗？”中年道姑冷漠地说道，言语中带着一种蔑视，不愿与战将多说。

她浑身透出的波动十分恐怖，吓得城墙上的一些兵士心惊肉跳，脸色发白。

“我等已禀报，陛下召你进宫一见。”一名战将回复道。他觉察到这位道姑很可能是一位尊者，不禁有些紧张。

“以我之身份，再加上又是代表补天教而来的，即使石国老皇在位，也要出宫相迎，赶紧叫你们那人皇小娃出来吧。”中年道姑冷声说道。

这是一种命令，言谈间带着一种自负，更带着一种轻蔑，全然不将石国人皇放在眼里。守城的几名战将对石昊忠心耿耿，闻言皆大怒，其中一人愤怒地说道：“你补天教乱我石国皇宫在前，而今又这般颐指气使，是欺我石国无人吗？”

他语气强硬，言辞激烈，丝毫不惧怕这补天教的尊者。

“你敢对我无礼?!”中年道姑冷冷地说道，双目圆瞪，怒视着那名战将，就要动手。

“谁敢在此造次?!”石昊的声音传来，如惊雷一般，在皇宫外回响。

“小石，你是在对本座说话吗？”皇宫城墙外，中年道姑身着月白道衣，手持一柄拂尘，容貌不凡，气质出众，却很冷漠。

城墙巍峨，气势宏大，站在上面的所有战将听到道姑的话皆色变。因为“小石”这一称呼在长辈口中是一种美誉，可这个中年道姑如此盛气凌人，由她叫出倒像是在叫小李、小五一般，而她此前更直呼石昊为小娃，这绝对是对人皇石昊的轻视。

“道姑，你是在挑衅我吗？”石昊的声音再次传来，其中带着一股威严，更带着一股冷意。

“小石，何不出来一见？”中年道姑说道。

“道姑，莫要在此乱语，对人皇不敬！”一名战将呵斥道。

石昊已成为新皇，那样的称呼绝对是对他的轻慢，这让诸多战将无法容忍，他们绝对不容许外人对他们的人皇无礼。

“世人不都是这样称呼你的吗？如此惊世的少年，当得起这般赞誉，这有何不妥。”中年道姑立在城墙前，语气平淡地说道。

“大胆！众将士，听令！”一名战将大喝一声，命令城墙上的所有兵士拉开乌黑的巨弓，搭上了特别的羽箭，全部对准那中年道姑。这羽箭的箭头赤红如血，流动光辉，闪耀出一种特别的符文。

这是为对付大修士而专门祭炼的破灵箭，可射穿凶兽，击杀王侯。这种羽箭不是很大，可一旦射出，其所释放的强大威能将使天地都失色。

“贵客驾临，尔等不礼待也就罢了，如今竟张弓相向，你们这是要逼我反击吗？”中年道姑冷冷地说道。

说罢，她所站之处出现一缕缕白雾将她环绕，转瞬间她便散发出一股至强的波动，尊者气息尽显无疑，引得云雾翻腾，天地剧震。

城墙上的兵士们皆感受到了一股巨大的压力，不禁心中一惊。这是尊者的力量波动，兵士们与其等阶相差巨大，难以招架。

中年道姑轻扫拂尘，一道银色的云雾涟漪从中漾出，向外疾速扩散，而后如一层巨浪挟滔天巨响朝着城墙上的兵士汹涌而去，似乎要将他们全部淹没。

“放肆！”一声大喝传出，其声波若一柄天剑横断长空，截住这层银色的云浪，将其震散在虚空中。

皇宫内，一条汉白玉铺成的大道直通城门，石昊沉着地走在上面，缓缓而来。他身着金色战衣，背负镇国神戟，手持一柄神灵法剑，目光如炬，气势慑人。

在吱呀声中，一对朱红色巨门缓缓开启，石昊从里面踱步而出，盯着那中年道姑，一言不发。

“小石，我代表补天教而来。你虽为一国之皇，但也该请我进皇宫，可你这般轻慢，岂是待客之道？”中年道姑不悦地说道。

“我让你进，你敢吗？”石昊斜睨着她，冷冷地说道，语气中满是轻蔑。

中年道姑身为尊者，修行了大半生，纵横天下，什么样的强者没见过，而今看到一个少年以这种姿态对她，她的眸光当时就冰冷了几分。

小石之名早已传到域外，她自然也有所耳闻，尤其是他称皇之后，更是神威赫赫，名动天下。而她之所以如此倨傲，仅仅是因为她觉得小辈石昊就应该尊重她这个年长尊者。

“小小年纪便成为一国之皇，确实难能可贵，但是莫要忘记天外有天。你应怀几许敬畏之心，尤其是在面对前辈时更应抱以敬重。”中年道姑说道。

“我用得着你教吗？你自己为老不尊，有何脸面得到旁人的尊重。”石昊呛声道。

“少年，你太张狂了。我为尊者，即便是一国人皇也不能这般轻慢于我，更何况你这皇位危如累卵，何以敢这般自大?!”中年道姑怒斥道。

“不从自身反省，还来责我无礼。想死就成全你，不想死就滚！”石昊冷漠地说道。

此话一出，不要说那中年道姑气得脸色铁青，就是城墙上的一群战将都惊得目瞪口呆。石昊说得也太直接了，毫不留情面，直斥其心。

不仅如此，这少年人皇从开始到现在一直很冷静，完全没有顾忌她，这种态度让她非常愤怒。

“哧！”

石昊竟先出手了。他手中的法剑划出一道光，似星河坠下，伴着一股绝世威能，斩向中年道姑。

“一个列阵境的小辈，也敢对我放肆！”中年道姑叫道。

她伸手一点，一道银光射出，瞬间迎上了那道剑气，两者碰撞如大星炸开，一股绝世狂澜汹涌而出，引得天地剧震。

此时，四方瞬间腾起无尽龙气，禁锢住天地，将这里封住了，不然皇都可能会被震裂，因为尊者随意一击，便有移山倒海之力。

中年道姑心中一惊，她没有想到一个十五岁的少年竟挡住了她的一击，要知道，她可是尊者，凡尘中的力量怎能与她抗衡。

这是何等的威势，简直不符合常理。她心头震动，百思不得其解。

此时，石昊整个人都笼罩着浓郁的龙气，一条又一条粗大的天龙在他头上盘旋，这种景象十分惊人。

“斩！”

中年道姑并指如刀，指端射出一道银芒，这道银芒化成刀形，而后疾速变大至数百丈长，以横扫千军之势劈来。

石昊手中的神灵法剑一扫，绽放出璀璨的光芒，宛若一轮夺目的骄阳，与数百丈长的银色刀芒撞在一起，引得虚空又是一阵剧烈摇动，天地都跟着隆隆作响。

银色刀气被破开，散在了虚空中。

“皇道龙气！”中年道姑轻语道，眸光闪动，倍感惊讶。她心中感叹着这才多少天，小石不但掌握了这种神秘的力量，而且还将其与一国气运凝结在一起，这实在是太离谱了。

中年道姑这才恍然大悟，她明白了石昊是依靠这皇道龙气才会这般强势，否则无论他多么天赋异禀也不可能与一位尊者对决，因为自古至今从来没有一个少年在十五岁时便能力敌尊者。

“你有皇道龙气又如何，不过是刚刚掌握，而且它终究是外力，看我如何镇压你！”中年道姑不屑一顾地说道。

只见她右手发光，挥动那柄拂尘，一束银光随之迸发，三千银丝疾速冲出，若千万条铁索，从四面八方俯冲而下，要将石昊捆缚。

“嗡”的一声，石昊震剑，神灵法剑轻颤，发出轰鸣声，而后法剑以他为中心绽放出缕缕瑞霞，这些瑞霞化成剑气向四面八方奔涌而去。

一时间锵锵声震耳，所有银丝都被剑气斩中，两者间剧烈地碰撞着，爆发出骇人心神的光芒，刹那间漫天都是光，整片皇城都在震动。

不过好在此地有法阵，并且已全面开启，再加上汹涌的皇道龙气，这片天地才能被牢牢地禁锢，以挡住这碰撞的余波，否则后果不堪设想。

“老妖婆不过如此，何以敢来此狂妄？”石昊轻蔑地说道。

中年道姑也算貌美，年轻时曾惊艳一域，加之她为补天教的弟子且为尊者，因此无论走到哪里都受到礼敬。可如今一个少年竟敢对她冷言相向，且完全不把她放在眼里，这自然让她心生怒意，即使有上百年的修为，她也难以泰然处之。

“小辈，我来管教你，教你如何敬重长辈！”她喝道。

说罢，两道惊天长虹冲起，没入云层中，他们进到天穹中展开对决。

一时间，苍穹上狂风大作，阴风怒号，电闪雷鸣，各种异象纷呈。两大强者出手，引发各种可怕的景象，爆发出惊天动地的剧烈波动，那种力量动辄就能毁掉一方山岳，填平浩瀚湖海。

皇都众人骇然，看得肝胆皆颤，神魂欲裂。更让人吃惊的是，新皇强大无匹，年不过十六竟能力敌补天教的一大强者，简直不可思议。

十五岁就跟尊者厮杀，这让一群人都目瞪口呆，尤其是三教修士，莫不惊诧万分。在修行界，这样的天资绝对能震惊世人。

“哧！”

一道剑光闪过，三千银丝飘扬，那拂尘上的银丝被斩去了数根。显然中年道姑已处在下风，连连失利，这让很多人震撼不已。

“怎么回事，小石竟这般强大？他不是还没有进入尊者境吗？”

“是皇道龙气！你们看，在他的身边有成片的天龙若隐若现，正是这些天龙从皇宫中源源不断地汲取秘力，为他所用。”

三教修士脸色难看，都在仰望天空。

“月婵在哪里？”中年道姑急切地问道。她此次来皇宫就是为了询问月婵仙子的下落，她本想先给石昊一个下马威，好震慑他一番，可没想到自己竟落了下风。现在她有些招架不住了，只想赶紧探得月婵仙子的下落而后速速离开。

“你求本皇啊！”石昊哂笑道。

“嚣张！”中年道姑眸光冰冷，大声喝道。

“哧！”

突然，天摇地动，石昊手中的法剑发光，开始散发神灵波动。这种气息压得全城的人战栗不已，几乎要跪倒在地。中年道姑轻喝一声，手中出现一块黑色的龟甲。那块龟甲散发着乌光，竟也有那种慑人的气息，让人觉得无比神圣与威严。

“当！”

一声巨响，神灵法剑劈中了那黑色龟甲。黑色龟甲剧烈颤抖，不断倒飞，上面出现裂纹，疯狂地汲取着天地精气。

“我的玄盾！”中年道姑大叫道，眼中满是痛惜。这是她从补天教得到的最珍贵的法器，坚固不朽，为神道老龟所留，如今居然被斩出裂痕。

“哧！”

石昊挥动神灵法剑，一时间，剑光如炬，气芒如虹，横扫四方。

“啊！”

中年道姑大叫一声，震惊不已。她的一条手臂被剑气击伤了，她万万没想到自己居然会伤在一个少年手中。她脚踩一株青铜莲，疾速远遁。对手的强大超乎她的想象，她清楚自己再战下去的话多半要殒灭在这里。

“你不是来兴师问罪的吗，何故仓皇而逃？”石昊的声音响彻长空。

对一位尊者来说，逃跑就已经很丢人了，更何况是败在一个十五岁的少年手上。而此时又被人这般奚落，她恨不得回去再与石昊血拼一场。但无奈石昊太强，她觉得还是保命要紧，终究强忍了下来。

“哧！”

金色剑芒如一道横空而过的粗大闪电，划破了整片苍穹，向着中年道姑劈去。那金色剑芒光彩夺目，在皇都众人的眼中有如烟花般绚烂，但在中年道姑的眼中，却如那死神的弯刀般恐怖森寒。

中年道姑惊恐地看着那剑芒，赶忙张口喷出一口血，燃烧精气神，加速逃遁。她来时倨傲无比，一口一个“小石”，摆出一副高高在上的姿态，俯视整个石国，现在却如惊弓之鸟，仓皇而逃。人生真是变幻莫测，让人唏嘘不已。

中年道姑几次变换方位，艰难地避过了那一剑，可还没等她缓过神来，身后的少年竟又开始发动猛攻。只见一道道剑气贯冲长空，组合成一朵巨大的金色莲花，绽放出夺目金光，光耀天地。

金色莲花上的剑气化成剑芒一道接着一道飞出，一时间，虚空中犹如天女散花般布满了金色花瓣，任那中年道姑如何变换方位都难以尽数躲避。

乌光一闪，她再次祭出那个龟甲，护在身后，龟甲上面符文密布，抵挡着剑芒。这龟甲是神道老龟所留，坚硬无比，堪称防御至宝，是补天教内的一件重宝。

然而，令人意想不到的是，在被剑气再次击中后，这个龟甲上面的光泽迅速暗淡，上面的裂痕更多了，仿佛马上就要碎裂了。

“锵！”

当又一道剑气落下后，龟甲发出清脆的颤音，而后气息暴涨，发出如火的炽盛光芒。

“轰！”

紧接着，这件重宝轰然炸开，化成碎片飞向四面八方，就这样在天地间灰飞烟灭。中年道姑大叫一声，面容因痛苦而扭曲变形。这是她最宝贵的法器，没想到竟因为难以抵挡那神灵法剑而碎裂了，这让她痛惜万分。

这神灵法剑拥有绝世锋锐，为石国宝库中最强大的两件法器之一，故此能斩破神道龟甲。如此一来，不仅龟甲毁损，她自己也受伤不轻，连连咯血。刚才那龟甲虽帮她抵住了剑气，但其炸裂的碎片溅入了她的后背，给她造成了很大的伤害。

皇都众人都无比震惊，一个个都目瞪口呆地望着天穹。他们惊叹着，那可是一位尊者啊，却被小石重创，差一点就给斩落了下来，这是何等的威势！

如果说不久前石昊只身一人闯进皇都，一个人挑战三教修士，并将他们赶走是一个壮举，那么今日则又是一个奇迹。他才十五岁而已，就有这样惊天的成就，简直难以想象他日后会怎样，也许真的会震古烁今！

只有少部分人知道石昊能这般强大是倚仗了皇道龙气，但即便如此，他也堪称惊世之才。因为皇道龙气并不是谁都能掌控的，而且也不是每位人皇都能像他这样运用皇道龙气。

三教修士心中皆难以平静。他们觉得这个小石实在是太可怕了，日后一旦成长起来，没有几人可以与之抗衡。

“下次看你还敢来否。”天空中，石昊一直追到皇城边缘才止步，差一点就将中年道姑击杀。

因为到皇城边缘时他的皇道龙气在变弱，追出去的话多半难以战胜尊者。不过，他还是向着远方挥出一剑，在剑芒的夺目金光中，中年道姑一声大叫，她的另一条手臂也被击中了。

“你等着，我会摘下你的人头来祭我的玄盾！”中年道姑嘴角淌血，眸光阴鸷，在远空恨恨地说道，失去了之前的超然与从容。

“本皇为你算了一卦，此去后你命不久矣，再也回不了补天教。”石昊说道。

中年道姑气得脸色发白，猛力一甩袍袖，转身离去。她快被眼前这少年气得发疯了，一刻也不想在此停留。

皇都内一片寂静，众人都被刚才的战况惊得呆若木鸡。一个十五岁的少年大败尊者，这种神话般的战绩无论在哪个年代都会令四方皆颤。片刻后，石都喊声震天，彻底沸腾了。

“恭喜人皇，神功大成！”鹏九高兴地喊道。

“人皇神威无敌！”一群战将也高呼道。接着皇城内的很多兵士亦大喊，喊声震动天地。

石国都城内的龙气顿时多了不少，而石昊则被一股氤氲气包裹着，怀中的宝印也更加晶莹了。与此同时，他还明显地感觉到有缕缕精气正从虚空中注入皇宫。

石昊抬手将神灵法剑指向苍穹，嘴角微翘，霸气无边。而后，他飞回地面，回到中央天宫中，坐在宝座上思忖着，自语道：“果然啊，这次真的来了尊者，不过应该不会有太多吧。”

他深知补天教等与上界都有联系，但上界的各种势力之间也会互有博弈，因此三教在这天地变局中也不敢大肆行动，因为很有可能上界的大人物也会对付与对手的下界代表。

“太可惜了，只差一点就将那道姑生擒了。”侍卫统领鹏九遗憾地说道。

随后，战王等也来到了中央天宫。他们看到石昊大发神威，振奋的同时又都有些担心，他们认为此次来的三教尊者肯定不止一人，到时候多位尊者来袭，石昊一人肯定抵挡不住，他们想来助他一臂之力。

“不用担心。”石昊镇定地说道，而后让诸将退下，只留下了战王与鹏九。

“也许会有好戏看了。”石昊笑道。他明眸皓齿，笑容十分灿烂，没有了人皇的威严，又变回了那个纯真的少年。

战王与鹏九都是一怔，心中暗想少年人皇这是怎么了？

石昊领着他们来到宫内祖祭坛的旁边，而后将其激活。祖祭坛立刻如镜子一般，从中显现出一些影像来。

“原来陛下在皇都外留下了一座监控法阵，可以通过祖祭坛观看其所监控的地方发生的事情。”战王和鹏九恍然大悟道。

石都外，中年道姑降落在一座山峰上。她将手中的拂尘向前一挥，前方的一座巨山顿时崩塌，山中的草木瞬间化成了飞灰。

她实在是气坏了。众目睽睽之下，她这个一代尊者被一个少年追得落荒而逃，这是她修行百年来都没有过的耻辱。

此次前来的三教强者有一小部分在皇都中，剩下的大部分都留在城外，特别是其中的高手皆隐蔽在这片山脉中。

中年道姑回到补天教的落脚地，将伤口包扎后喝了一杯茶水，而后闭上眼睛开始疗伤，隔了好长时间才恢复了过来。她睁开双眼，询问教中弟子道："可有月婵的线索？"

"禀报祖师，我们一路追寻，发现了月婵师妹最终消失的地方，那里已化成一片劫土，隐约间还有一种神性波动。"一个年轻的弟子禀告道。中年道姑此次带来的几个弟子都很年轻，他们皆资质不凡。

"月婵天资无双且来自上界，她可不能有任何闪失，否则我们补天教谁也承担不起这个责任。"中年道姑蹙眉道，而后站起身来，道，"我亲自去看一看，也许能发现些什么。"

中年道姑在几个弟子的带领下来到了那个地方。只见那里大湖干涸，山峰倒塌，一片萧瑟。那片山地像是遭过雷击，泥土焦黑，草木枯败，此外还有很多巨石散落四处，像是从天上坠落下来的。

中年道姑面对这一切并没有露出惊容，而是冷静地说道："戮神阵之雷部残阵，这是月婵摆下的，这里还残留着神力波动，可见这法阵的威力确实惊天。"

很快，她觉得有些不对劲。她疑惑地想着，就算小石有通天动地之能，在这样的危局中逃过一死，可为何他活下来了，而月婵仙子却失踪了呢？她内心充满了疑惑，带着几个弟子在这里仔细搜寻，并发出强大的神念，想要还原当日的景象。

"咦，有点古怪，这里有什么？"中年道姑心中一动，有所觉察。

皇宫内，石昊看着祖祭坛内的景象嘿嘿笑着，晶莹的牙齿闪动着洁白的光泽，他得意扬扬地说道："哈哈，本皇为你算的那一卦，就要应验了。"

战王与鹏九面面相觑，一脸迷茫。

"有好戏看了。"石昊看着他们，笑着说道。

突然，劫土中腾起大片光芒，瞬间就将那里淹没了。中年道姑被一片密集的光网笼罩着，各种符文环绕着她，要将她生生炼化。

她惊惧大叫，奋力挣扎，动用尊者的极限力量进行冲击。然而，任她如何挣扎都是徒劳，那片光网依旧牢牢地将她困住。

至于她那几个弟子则被大阵神光一扫，瞬间形神俱灭了。

"该死的小儿，这是他设的陷阱！"中年道姑气得发疯，怒吼道。她终于知道，当时石昊算的那一卦的真意了。

真是太无耻了！那个少年料到她会到这里来，早就布好了杀局，等着她自投罗网。想到这里，中年道姑咬牙切齿，怒火攻心，既恨石昊太狡猾，又怪自己太大意，简直就是“自寻死路”啊。

“哧啦！”

光网收拢，环绕着她的符文也越来越密集，她的修为被慢慢炼化了，随后她的元神想逃出光网，却被一道神光扫中，化成了飞灰，就此，中年道姑神形俱灭，殒命于此。

皇宫内，祖祭坛旁，战王与鹏九看得目瞪口呆，他们没想到这中年道姑居然就这么死了。过了半晌，两人才回过神来，相视大笑，倍感痛快。

“还没完，我们去走上一遭。”石昊笑道。

两人狐疑地看着石昊，不知道他还有何举动。而后他们借助祖祭坛，开启一条虚空通道，赶到了那片劫土。石昊到了那里之后，将那里认真清理了一番，而后又修补了大阵，使之更完善。

“这一次才镇杀了一位尊者，真是有点浪费，我还指望多算一两卦呢。”石昊说道，一脸的坏笑。

战王与鹏九闻言皆无言以对，心中暗想这位新皇还真是孩童心性，面对尊者竟如玩乐一般。一切整理完毕后，石昊他们又从那条虚空通道中回到了皇宫。

回到皇宫后，石昊忍不住又哈哈大笑了几声，他当然不指望这法阵在短期内能继续袭杀尊者，但他觉得早晚还会有人去踩雷。

“陛下，城外有强烈的尊者气息，看来城外的三教修士中有不少人要进石都了。”有战将前来禀告道。此话一出，中央天宫内的气氛顿时凝重了起来。

“无妨，你先下去吧。”石昊点头道。

战王、鹏九脸色难看，他们觉得三教修士若大举来犯，必然会在石都掀起一场惊涛骇浪。

“怕什么，我们应该高兴。”石昊大笑道，而后指着偌大的皇宫，道，“大阵早已布好，而且有所调整和完善，就等他们往里跳了，我还希望多来一些尊者，要不然可真是浪费了我给他们准备的‘大礼’。”

战王和鹏九见石昊这么自信，也被他给感染了，互相看了一眼后都忍不住大笑了起来。

第264章 山雨欲来风满楼

WANMEI SHIJIE

皇宫很大，一座又一座殿宇庄严而巍峨，其中的神灵法阵足有数十座，每座法阵互有联系，一旦启动，必能力挽狂澜，镇杀诸强。

石昊嘴角噙着一丝淡笑，坐在中央天宫内静静地等待着诸强来犯。可三教修士都很谨慎，他等了数日都没有人前来。

“启禀陛下，三教中有人在同八皇子和十一公主等联络。”有战将禀告道，而后将一封密信交到了石昊手上。

石昊一脸平静地接过密信，没有说什么。

“退下吧。”鹏九说道。

这封信是密报，是暗中潜伏的人马传来的消息，只有在问题十分严重时这部分人马才会出动。

石昊将那呈上来的密信认真看了一遍，而后递给了鹏九和战王。他面无表情，令大殿中的气氛都凝重了起来。

“老皇一生磊落，可他的有些子女实在是太让人失望了。他们为了自己能登上皇位，真是什么都敢做啊。”战王看完密信后，剑眉拧在了一起，恨恨地说道。

“也就那一两个害群之马而已，其他的皇子和公主都同他们的父亲一样优秀。”石昊淡淡地说道。

“陛下准备怎么做？”老侍卫鹏九问道。

“若不触到我的底线，我不会追究他们，但要是做得太过了，就别怪国法无情了。”石昊平静地说道。

这些皇子和公主曾洗劫皇宫灵药田、抢夺典庙宝术并席卷皇宫宝库的珍宝，对于这些过错，石昊并未去追究，因为他们毕竟都是老皇的子嗣，他不想因此伤了老皇的心。不过若是这些人再得寸进尺的话，他也不会再留情了。

皇都外，临近城墙的地方有一座园林。园内小桥流水，亭台错落，景色十分优美与雅致。这正是此次来到石都的不老山修士的落脚点，此时秦岭正情绪激动地大声斥责着什么。

“他太过分了！我好言相劝，他却冷言相对，连那老侍卫都敢斥责我。小石那种高高在上的姿态，完全没有把我放在眼里。”

秦岭去皇宫当说客，被石昊的气势所迫，身心遭受了巨大的折磨，让他至今想来还一阵后怕。他对此十分不满，与族中的强者谈起时仍无比愤怒。他觉得人皇又如何，他可是代表了不朽的不老山，怎么能够受到这种对待？

“冷静点。”一位在蒲团上打坐的老者开口道。当他睁开双眸时，有两道闪电从中射出，照亮了虚空。

另一个中年人开口道：“他身上有我不老山一半的血脉，这是多好的机缘啊！我们可以让他认祖归宗，这样我们就可以通过他来掌握石国，而后进一步统御荒域，寻到那样东西了。”

“没用的。”秦岭摇头道，他已经冷静了下来，十分客观地分析道，“依照之前的接触可以发现，这小石平日虽嬉皮笑脸的，可是一旦涉及原则性的问题，他就会变得特别认真和倔强，我们根本难以控制他。”

中年人眉头紧皱，叹息道：“这样的奇才若不加入我族那就太可惜了。对了，我听闻他的父母在不老山，而且此事似乎是族中的大秘，这究竟是怎么回事？”

“有些事不要问了，我也不太了解，族主会有安排的，而且大劫的第二波来临时那对夫妇应该会进入上界。”盘坐在蒲团上的老者说道。他是一位尊者，拥有极高的地位。

“少年人意志不坚，劝解一番总会动摇的。”另一位老者喝了一口茶，慢吞吞地说道，“我曾听闻上界有几位奇才将要下来，到时可以引小石与几位贵女相见，让他见识下上界的佳人和宝术，这样他或许会改变主意，借我不老山前往上界。”

“那几位大人物的后人要下来巡视八域牢笼？”蒲团上的老者双眉一挑，惊讶地问道。

那位老者点头称是，其他人见状，都一阵心惊。上界的天骄与贵女下界巡视，这绝对是一件惊天大事。

众人面面相觑，沉默不语。此事关系甚大，一般人不敢妄论，生怕祸从口出。

“补天教、西方教的尊者也许要进到皇城中去震慑小石，我不老山有何打算？”片刻后，中年男子请示两位尊者道。

“小石虽有我不老山的一半血统，但是他少年得志，过于张狂，理应让他吃些苦头，好好教导一番。到时候我们等他快被镇压时再出手，保他一命，想必那时他会对我们心怀感激，到时就好对付了。”一位尊者开口道。

蒲团上的老者点头道：“在皇宫内，他全身与皇道龙气相合，足以抵得上一位尊者。不过，补天教、西方教肯定会出动最强的力量，到时他无论如何也抵挡不了。等他快支持不住时我们就现身，接着散发尊者威压，他那么聪明应该会做出正确的选择。”

在皇城外的另一片园林里，西方教的修士相对来说要沉默得多，他们中几乎没有人说话。

“两位尊者要去皇宫走上一趟吗？”有人问道。

“是。”回答得很简洁，没有多余的话语。

“理应如此，我西方教经历过多少代王朝的更迭，区区一个石国不过是历史长河中的一朵浪花，算得了什么。”一个青年说道。

西方教的人皆肤色土黄，肉身强大，且皆留着寸许长的短发。他们都是苦修士，注重磨砺自身，不惧怕任何磨难。

堂堂西方教屹立在历史长河中，自古不朽，睥睨八域，却在不久前被一个少年以一己之力赶出皇都，这对他们来说是一种莫大的耻辱。

“我觉得应该多请几位老祖过来，让他们横扫这座都城，并将那小石从石国皇宫中踢出去，否则何以洗刷之前的耻辱。”

“的确该强势镇压他，最好是将他一掌拍翻，使其惨败于世人眼前！”

西方教的几个青年激动地讨论着。他们对之前的大败耿耿于怀，希望此次能一举镇杀石昊，彻底找回颜面。

与此同时，补天教的修士也在准备镇杀石昊的事宜。

皇都街道上，八头凶兽拉着黄金战车横冲直撞，踏得地面剧烈颤动，行人纷纷惊叫躲避，愤怒地看着这辆金色的战车向着皇宫方向疾驰而去。

“这是八皇子的鎏金战车，他是要去皇宫吗？他可真是威风啊！”有人小声地说道，语气中尽是不满。最近城中有不少关于石昊是伪皇的传言，据闻这些消息就是这位八皇子放出去的。

紧接着，一辆紫色辇车徐徐驶来，既没有踏出响动又没有激起扬尘，人们再次窃窃私语，不过言语中满是赞赏。

这是十五皇子的辇车。十五皇子平素待人和善，而且光明磊落，皇都的人对他的印象十分不错。

“咦，十五皇子也是往皇宫方向去的，宫内发生了什么大事？”人们猜测道。

皇宫内，石昊静静地站在祖祭坛旁，一言不发。他透过监控法阵看到了这些皇子和公主的一举一动，并感知到了他们的目的不单纯。

只见八皇子进到皇宫内后，一直在以秘法观察地下的法阵。他出手虽然隐蔽，但怎能瞒得过石昊的眼睛。

“三教修士很谨慎啊。”鹏九低语道。他们没想到那些三教修士此次竟没有妄动，而是让这些与他们勾结的皇子或者公主等先来探察清楚。

“这几个孩子啊，唉！”战王重重地叹了一口气，无奈地说道。毕竟他也算得上是这几人的远房族叔了。

“让他们看个仔细！”石昊说道。这几个人刚进宫时他就知道他们的来意了，因此他事先用人皇印更改了法阵的排列顺序。

八皇子一路走来见到了很多符文，而且他发现在大劫中被毁掉的法阵还没有修复完全，这一切都在他和三教修士的预料中，他不禁沾沾自喜起来。。

进入中央天宫后，他十分倨傲，站而不跪，道：“我不承认你是新皇。这是我父皇留下来的基业，你那传位法旨也是伪造的！”

石昊高坐在宝座上，冷漠地盯着他，没有说话。

“贤侄，你这是何必呢。”战王看着他说道。

“伪皇篡我石国大位，我自然不服，这有何不可说的？”八皇子冷冷地说道。

“当真以为我不敢杀你吗?!”石昊平静地说道。他的声音不高，却震得八皇子激灵灵地打了个冷战，忍不住倒退了几步。

“你刚登皇位就想屠杀先皇后代吗？到时候天下人都会指责你狠辣寡情！”八皇子义正词严地说道，而这也是他有恃无恐的原因之一。

不过，最主要的还是因为他背后有域外大教的支持。

“对老皇来说，有你这样的子嗣实在是耻辱。你不思守护国土，还欲把石国拱手让给域外的势力，甘愿做他们的傀儡，我为老皇清理门户，他肯定会欣慰的！”

“你……”八皇子闻言吓得浑身发冷，连连倒退。面对这个霸气的少年，他感受到了一种灵魂深处的恐惧。

“滚回去，闭门思过，否则别怪我无情！”石昊大喝道，惊得八皇子头皮发麻，汗毛倒竖，浑身颤抖。

这一刻，他真的感受到了死亡的威胁，觉得石昊只要抬一抬手便能镇杀他。他吓得一句话也说不出来，踉踉跄跄地退了出去。

“难成大器的废物！”石昊在其身后冷冷地说道。八皇子听在耳中，却一句话也不敢说。

随后，十一公主、十五皇子、十七皇子等人也先后来到中央天宫朝见新皇，他们倒很守礼，表面上都承认石昊为正统。

但是，他们早已在暗中察看了皇宫内的诸多地方，仔细探测了其中的法阵而今的情况，当然他们皆得到了满意的答案。

当来朝见的皇子和公主都离去后，战王和鹏九立刻前去部署，并让诸多侍卫留心观察，提醒他们必要时要注意退避。

石昊坐在中央天宫中，眼中寒光毕现，自语道："三教此番蛊惑皇子、公主来此探察，是准备要来镇杀我了吗？他们要敢来，我就敢让他们来多少亡多少！"

夕阳如血，火烧云漫天。

漫天的红光洒落在皇宫内的各座宫殿上，让成片的殿宇仿佛都披上了火红的绸缎，使整座皇宫显得分外宁静与祥和，宛若神界的帝主居于此地。

"轰！"

皇宫的宁静被一声巨响打破了。只见不远处有数十人朝皇宫走来，为首的几个人身上散发的宝光形成神环笼罩着他们，让他们看起来像是神灵临尘。

那一声巨响正是为首的一个强者踏出的一步导致的，这一步震得皇宫都跟着颤抖，其威力十分惊人。

补天教、西方教、不老山的修士联袂而来，当中共有五位尊者，每一位尊者都被璀璨神光笼罩着，显得通体晶莹，超凡脱俗。

他们来到了城墙前，站在那里眺望里面的皇宫。他们眸光闪动，眼神中既有一种历经世事的沧桑，又有一种逼人的杀气。

三大无上道统的五大尊者一起出现，他们光是站在那儿，其所发出的波动和尊者气息就足以让这片天地发生一场大震动。

城墙上，无论是兵士还是战将，都一直在发抖。这并非软弱，而是那种威势能压迫到人的灵魂深处，让人们不自觉地便会觉得自己渺小如蝼蚁，面对他们就像在仰望诸神。

他们与尊者之间的等阶差距太大了，根本无法承受尊者的威压，许多人几乎都要瘫软在城墙上了。

尊者一怒，天地变色，山河破碎，江海干涸。这就是他们的大威势！

进入尊者境后，将真正地脱离红尘，超越凡俗，犹如高立在苍宇上，远胜过其他几个大境界。

平日里，常人几乎很难见到尊者，就算是在太古神山等地也是如此。他们一般都在闭关苦修，几乎不履俗世。

大劫过后，荒域的尊者都销声匿迹了，今日竟一下子有五位尊者要进皇宫，这对守城的兵士而言就跟五雷轰顶一般。

谁能阻挡他们？根本就没有人能与之抗衡。

就算石昊再强大，就算他在此前曾击退了一位尊者境的中年道姑，可是面对五大尊者，他根本就没有一点胜算，必死无疑。

“开城。”为首的一位老者来自西方教，他赤裸着上身，肌肉健硕，古铜色的皮肤在缭绕周身的神光的映照下有如一件金身战袍，他那寸许长的头发如钢针般根根竖立，散发出一种无敌的威势。

他这随意的一句话便震得城墙上的一群人大口咯血。这种威压太可怕了，常人根本就难以抵挡。

“开启法阵！”一名战将大喝道。

皇城为人皇的居所，城墙上自然刻有诸多的神秘法阵。只见城墙上亮起成片的符文，这些符文形成一道光幕，守护整座皇撑。

“小道尔。”

西方教的这位尊者抬手一点，一道白光随之射出，击在城门上。随后这道白光如一条火焰绕了城墙一周，将城墙上的符文全部压制，整座城墙又暗淡了下来。

“只是残缺的神灵法阵而已，也敢祭出来阻挡我等去路，真是不自量力！”后方，一个青年嗤笑道。

尊者亲临，这些兵士修为不够，怎能掌控残缺的神灵大阵来与尊者抗衡。这在三教修士看来，根本就是以卵击石，徒劳无功。

“祭阵！”战将再次大喝道。

城墙上，符文再次闪烁，隐约间透出神灵的气息，整座墙体都透亮了起来，宛如玉石晶莹剔透。

“哟，还真是舍得，不仅用神料将这法阵修补好了一部分，还燃烧各种奇异宝料将其催动，不过，到底还是可惜了这些神料宝材了。”

后方，一位尊者这样说道。

城墙上发出恐怖的气息，阻挡住了他们的脚步，那是上古神灵的力量，它正在迅速复活，要将城墙化成铁壁。

“难阻吾路。”西方教的那位尊者大声说道。与此同时，他的手中出现了一个黑色的钵盂，那钵盂开始发光，并散发出一缕缕瑞霞。

“神灵法器！”城墙上的众人惊惧不已，大叫道。只见那钵盂慢慢升到空中，而后逐渐变大，盂身也由黑色变成金色，突然它从空中迅速压落下来，震得整座城墙剧烈抖动，似乎就要崩塌了。

紧接着，城墙上所有的符文都熄灭了，那上古神灵的力量也溃散了，再难对城墙形成保护。

所有兵士都瘫软在地。在尊者的强大威压下，在神灵法器面前，他们如蝼蚁般微弱，被那种波动压得快要窒息。

那位西方教的尊者已经将钵盂收回，可是他自身散发的波动依旧如瀚海一般，让人难以抵挡。

城墙上的战将也没能承受住这种威压，皆双腿发软，跌坐在地，浑身痉挛。这种力量太可怕了，让他们几乎要爆碎。

如果有王侯在此估计也会这般。这是尊者高高在上的底蕴所在，一念间便可气吞八方，血屠万里。

这个等阶的存在，瞬间便可横移到天际尽头，张口一吸，就能将千万生灵纳入口中，吞食个干净。

强大到这等境界，俗世中的力量根本难以与之抗衡。尊者所向披靡，灭杀一族，击破固若金汤的巨城只在他们的一念之间。

“小石怕是技穷了，连城门都无力修补，看他还能如何防御，我等进城将如入无人之地啦，哈哈！”后方的一位尊者大笑道。

“诸位前辈这是何意，此地乃我石国皇族禁地，还请止步。”城墙上，一名战将勉强开口道。在尊者的威压下，他脸色苍白，浑身颤抖。

“尊者出世，哪儿去不得？哪怕是一国皇城又如何，赶紧让小石出来一见。”补天教的尊者开口道。

城墙上，所有的兵将都愤懑无比，虽然他们无力反击，可还是不能容忍石国和人皇的尊严被这般践踏。堂堂一国皇家重地，怎能任人随意进出。

“开城！”不老山一位尊者说道。他的语气很平和，却有一种让人不敢抗拒的大威严。

“不开！”一众兵士坚定地齐声说道，声震高天，令人震撼。

“不开吗，那我自己动手好了！”西方教的尊者厉声说道。而后他双手结印，只听“轰隆”一声，他的指端飞出一头金色的狮子，撞在城门上。

这天地突然剧烈地震动。若非其他的尊者禁锢住了这片地方，整座皇都绝对会发生一场大灾难将有无数的房屋倒塌，数不清的百姓丧命。

在这位尊者的强攻下，城墙上出现了许多条裂缝。半刻钟后，那巨大的城门在连续地撞击下，终于轰然倒塌。

城墙上，许多兵士咬牙切齿，握紧双拳，双眼通红地看着三教修士。他们痛恨这些人欺人太甚，竟这样硬闯一国皇宫，根本不把石国放在眼中。

“你们怎能如此?！”几名战将怒喝道。

五位尊者冷冷地扫了他们一眼，他们几人竟如遭雷击般，浑身冒烟并且大口咯血，而后连连倒退，再次瘫坐在城墙上。

尊者的强大超乎想象，不要说这些战将，就是来一群王侯也同样得咯血败退，毫无还手的余地。

其他兵士见状再也抑制不住内心的愤怒，他们嘶吼着，准备跳下去与尊者拼命，但是几名战将拦住了他们，大声呵斥着让他们不得冲动。

几名战将曾得到新皇密令，让他们故作不敌放尊者进宫，不得与三教修士硬抗。现在时机差不多了，若是兵士们轻举妄动的话可能会破坏新皇的计划。

“尔等要老老实实的，莫要平白丢掉性命。”补天教的尊者冷冷地扫了他们一眼，倨傲地说道。

而后，三教修士迈步进入皇宫，走向一座又一座宫殿，他们皆带着淡笑，真可谓如入无人之地。

“石国皇城不过是平地尔，岂能阻挡尊者脚步。”

跟在尊者身后的是他们各自的弟子。在这些年轻的修士中有的人满脸的不屑一顾，狂妄自大地奚落着石国皇宫的羸弱。

“就算皇族禁地又如何，在我等面前还不就跟茅草屋一般，凡尘中的皇族还真是不堪一击！”

听到这种羞辱之言，守城的兵士全都怒发冲冠，恨不得立刻扑上去与他们大战，不过几名战将依旧严厉地制止了这些兵士。

“真是不甘啊，我石国皇族重地岂能容他们这般亵渎，真是耻辱！”一个老兵气得大口咯血，恨恨地说道。

五位尊者神色冷淡，迈步向前，不曾有任何表示，他们穿过几重宫殿，向皇宫的最深处走去。

而他们的弟子则趾高气扬地跟在后面哈哈大笑着，对城墙上的兵士嗤之以鼻。这一刻他们的心情十分畅快，一扫此前因战败而郁结于心的怨气。

他们曾在这里狼狈败走，而今回到这里，首战告捷，他们当然痛快无比。

“小石，你吓得逃走了吗？”补天教的尊者冷漠地喊道。他的声音如惊雷震天，不仅响彻皇宫，还传遍了整座石国都城。

这是他故意为之，他就是想让所有人都明白，区区一个新皇根本入不了尊者的眼，他们要大举攻入皇宫，镇压新皇。

这一刻，整座都城都寂静了下来，所有人都屏住了呼吸，皇都的气氛紧张到了极点。

“本皇在此，容不得你们放肆！”一声威严的喊声响起，石昊的话同样如雷鸣般，响彻整座都城。

“既然未逃，少年石皇还不速来迎驾。”浩大的声音响起，在长空下隆隆而鸣。

中央天宫附近龙气腾腾，金色霞光冲霄，战剑锵锵轰鸣，震得天地都在颤抖，震得漫天的如火晚霞都消散了。

一个少年身着金色战衣，手持神灵法剑，背负镇国神戟，黑发披散，目光如电，俯视着闯来的五大尊者。

“你们找死！”石昊冷冷地说道。

如此简洁的话语，却含着难以言喻的可怕的“大势”，让人觉得有一种莫大的威严笼罩着这片天地，宛若天帝降世，立于此地。

第265章 独战五大尊者

WANMEI SHIJIE

五大尊者眸光森寒，隔着很多座宫殿看向那个少年。他们见他宛若诸神之主，所站之处金光漫布，不禁吃了一惊。

不过，很快他们又恢复了镇定。他们想到此地的神灵法阵在大劫中已被毁坏，即使石国有再多的天材地宝，也不能在这么短的时间内将其修补好。况且，石国宝库内的宝料早就被他们所支持的几位皇子和公主掏空了，因此现在的石国皇宫根本不堪一击。

而且就算石昊有惊天手段能将那神级大阵修复好，他们也丝毫无惧。因为他们早已从皇族子嗣手中得到了大阵的部分残图，到时候可以以之破阵。

“小石，你目中无人，刚愎自用，毫无人皇之姿，速速过来相商让贤之事。”一位尊者冷淡地说道。

他们一口一个“小石”，一口一个“少年人皇”，根本就没有把石昊放在眼里，如今还要废人皇，实在是欺人太甚。而且他们每个人都很倨傲，仿佛一切都尽在他们的掌控之中。

“对于你们，我只有一句话。”石昊浑身战气澎湃，屹立在中央天宫前，冷漠地看着他们道，“统统镇杀！”

这样的话语震慑人心，让所有人都心头一惊。

石昊穿着一身金色战衣屹立在晚霞中，手持神灵法剑，眼神深邃，青丝光亮，看起来格外英武。

夕阳如血，这样一位如战神般的少年拦在五大尊者前方，别有一种慑人的气魄，让人心惊胆战。

在这种对峙的时候，三教修士无论如何也不愿落下风。尤其是那些心高气傲的年轻修士，他们皆是尊者的亲传弟子，当然更加不愿被人俯视。

一个面目姣好的女子故作轻慢，讽刺道：“这是何等狂妄的话语！想斩五大尊者，你是在梦呓吧？就算是天神转世，在你这个年纪也是痴人说梦。”

“哈哈，说不定他还真认为自己前世是天神呢！”有人笑着附和道，语气中满是讥讽。

其他人闻言，也跟着哄笑起来。

五大尊者面无表情，一言不发地望着前方那站在晚霞中的少年。

只见他通体流动彩光，明净而又神武，以睥睨众生之姿扫视着众人。这种姿态，这种神韵，与大道亲近，与乾坤共鸣。

即使与他为敌，五大尊者都不得不感叹这个少年的确是一个天纵奇才!

“虽然看起来很不凡，但也只是皮囊俊美罢了，估计也没什么真本事。他敢在尊者面前这般狂妄，到时必定会头破血流。”三教中的一个年轻修士这般说道，眼神中满是嫉妒。

石昊始终都没有看他们，眼中只有五位尊者。双方对峙，都感觉到了对方的强大，隔空形成了一个场域。

这些年轻修士都是尊者的亲传弟子，从来没有被人这样轻视过，这让他们很是不悦。

不过，他们到底出自无上道统，也感受到了石昊身上的那种神秘气机。他们想干扰石昊，以疲其心神，弱其场域。因此，其中一个年轻修士开口道：“小石，你这么沉默，是怕得不敢说话了吧，不过已经晚了。”

“所谓的人皇在不朽的传承面前终究是一个笑话。三教自古长存，见证了数代王朝的更迭，石国不过是沧海一粟，而你不过是个伪皇，今日就是你的退位之日。”另一个年轻修士揶揄道。

这一次，石昊有所反应了，他冷冷地瞥了这些人一眼。与此同时，他眼中的眸光宛若两道银色闪电，生生地射进了那群年轻修士的眼中。

这些年轻人仅被石昊看了一眼就都惊得头皮发麻。这种威势，震得他们魂魄惊颤，差点离体而出。

尤其是刚才说话的那几个人，在被石昊看过一眼后，那对眸光若两条银色真龙冲入他们心中，刹那间，他们的神魂仿佛被那两条真龙紧紧缚住了，与躯体之间的联系越来越弱。

“啊!”

几人口中咯血，身体踉跄，不断倒退，痛苦地大叫着。

这是何等的威势？仅一个眼神而已，就震得他们口中喷血。这些人面如死灰，惊疑不定，他们实在不敢相信石昊明明比他们还小，却有这种威势。

要知道，他们都是尊者的亲传弟子，都是十分强大的年轻人，他们也曾骄傲自负，也曾傲视身边的人，从没想过会像今天这般被一个小辈横推。

看着石昊小小年纪就远超于同代人，而且他们也难以望其项背，一些人不禁悲从中来。

而今的石昊，其对手只能存在于尊者之中，再去谈同代人简直就是笑话。明白这些后，这群年轻的强者既愤懑又无奈。

不过也有几个女弟子眸光闪闪地看着石昊，眼神中满是赞赏和钦佩。她们对这个俊美霸气的少年很有好感，感叹他竟能与她们的师尊相抗。

“还真是威风。借皇道龙气成为一名伪尊者，你以为这样就能与我等抗衡了吗？”补天教的老者冷冷地说道。

石昊此前一直很镇定，无论他们如何挑衅他都没有真正反击。不过，现在既然这些人已经进了皇宫，他就不怕将这天捅破。

“锵”的一声，神灵法剑出鞘，在天空中划出一道刺眼的虹芒。石昊手握法剑，遥指五大尊者，浑身战气腾腾。

顷刻间，一股杀气在虚空中翻腾，如惊涛骇浪般压满天地，令人毛骨发寒。

补天教的尊者目光一冷，浑身发光，化出一片神焰。那片神焰迅速蔓延，围成一个大火圈将三教众人护在中间，化解了这片杀气。

“执迷不悟。”一位尊者斥道，踏出了那个火圈。

“执迷不悟的是你。”石昊冷漠地回应道。

“放肆，你胆敢这样对我教尊者说话！”补天教的一个年轻修士躲在那位尊者的身后，呵斥道。

“无妨，他的那些所谓的荣耀和辉煌都是泡影。等几位尊者一起出手，将他镇压，到时他就会明白自己究竟与不朽的大教相差多少了。”另一个年轻修士说道。

“聒噪，这哪里有你们说话的地方！”石昊不耐烦地说道，并且向前迈了一步，再次将目光扫向他们。

一时间，一股神秘的波动向他们冲去，地面也随之剧震，那两人惊恐地瞪着双眼看着脚下，只见他们脚下腾起两道光柱将他们包裹住了。

“噗！”

刹那间，他们便在灿烂的夕阳中消失了。五大尊者见状皆眉头一皱。站在他们身后的弟子居然死了两人，这让他们感觉很不好。

其他年轻的修士都惊惧无比，不可思议地看着那两道光束。他们没想到石昊竟能在尊者身后直接击杀两人，而且五大尊者竟无一人觉察。

他们心中发毛，不禁觉得即使有五大尊者坐镇，他们也不能稳操胜券。他们担心若是石昊发狂，大开杀戒，他们这些人可能都要死在当场。

这些人倨傲而来，想观五大尊者摧毁新皇根基，将石昊镇压在此。他们来时皆志得意满，想见证那辉煌的时刻，不承想还没正式开战就遭到当头棒喝。

他们身体发冷，脸色无比难看。

“你杀性太重，不如入我西方教，让我等帮你度化心魔，助你得悟大道。”西方教的一位尊者开口道。

与此同时，五大尊者全身发光，形成一片神圣光幕，将三教众人笼罩其中，加以守护。

“哈哈！”石昊仰天大笑，笑声中有一种张狂，更有一种霸气，他摇了摇头，道，“还妄想度化我，今日还是让我来一一点化你们吧。”

说到这里，他迈步而行，主动迎向五大尊者。只见他的脚下腾起一阵阵霞光，一株又一株金色道莲随着他的脚步一一浮现，让他既超然又有一种神武之气。

“步步生莲！”众人惊呼道。西方教的尊者更是仔细地盯着石昊脚下的金莲，眼中满是惊诧。

道莲对西方教来说意义重大，这等天地异象就算是教中的尊者都很难伴生，而他们要对付的新皇却能做到，其所生的金莲更是法光澎湃，神圣无垢。

“小石不要自误，过来一叙，还可挽回。”补天教的尊者说道。

他的话虽是求和，但依旧叫石昊为“小石”，这对而今的新皇来说算是一种轻视，而此前他们更是提到人皇的废立问题。这自然令石昊神色冷峻，心中不悦。

“那中年道姑已被我斩了，你要做第二个吗?!”石昊冷冷地说道。而后他将手中的神灵法剑一振，劈出一道璀璨光芒。

这道光太炽盛了，它伴着龙气，如一轮金色的大日向着那位补天教的尊者砸去，那些年轻修士见状不禁倒吸了一口凉气，心中惊惧不已。

“她被杀了?!”补天教的尊者大叫道，他勃然色变，再难镇定。尊者何其宝贵，哪怕对不朽的大教来说，他们也是极其重要的战力，一般都不会轻易出动。

在其后方，其他人也都震惊万分，他们只是看到石昊击败了那个道姑并将其赶出皇都，万万没想到他后来竟把她斩杀了。

“我不信，师尊怎会死？”一个年轻的女弟子尖叫道。那么强大的一位尊者竟然死在了石昊的手中，这让她心神大惧，险些崩溃。

补天教的尊者还没来得及说些什么，那轮金色大日就已经落在了他的上方。他立即手中捏印，一头火红的麒麟随之冲起，迎向那金色大日，抵挡这可怕的一击。

“轰！”

一时间，天摇地动，光雨密布，这片天地霎时成了神力的海洋。这一击声势浩大，威力震天，惊撼了每个人的魂魄。

尊者后方的年轻修士皆大叫，若非五大尊者筑成的璀璨光幕将他们护在中央，他们肯定都会形神俱灭。

一击之后，五大尊者不再多言，他们一齐爆发出惊人的波动，浑身释放出无尽的光芒，他们产生的威势震得日月星辰都似乎要坠落下来。

他们的护体神光连在一起，宛若五座大山并排而立，这片山岳威严而肃穆，神圣而强大，拥有镇杀世间一切强者的力量。

五大尊者同时迈步，每一步落下都让天地间绽放出无尽的道光，这些道光簌簌而下，一时间漫天都是光雨，让五大尊者显得神秘而强大，庄严而超然。

五大尊者宛若神灵下界，带着这种强大的威压，一起碾轧向石昊，这种景象可怕到让人神魂惊颤，难以生出反抗之心。

石昊挥剑，金色剑气劈出，斩开那种“大势”，辟出一片宁静之地。他独立场中，看着其中的两位尊者，他们来自不老山。

“你们也出手了，那就别怪我不留情面。”他自语道。

“小石，我等是来救你的。以你之力怎能对抗那几位尊者，赶紧回头吧。”那两位尊者语重心长地说道。

“陛下乃是人皇，岂能用‘小石’二字辱之！”鹏九在远处大喝道。

“闭嘴，这里哪有你说话的地方！”一位尊者斥道。

“该闭嘴的是你们！”石昊冷声呵斥道。

补天教的尊者目光阴鸷，脸色森冷，带着无尽的杀意，第一个向石昊出手。中年道姑之死，让他难抑怒火。

“小石，你的死期到了！”他舞动双手，祭出一头赤色麒麟。一时间，符文漫天，波动惊人，赤色麒麟飞冲而出，向石昊发出最强的一击。

与此同时，其他四大尊者也向前迈步，释放强大的威压，压制石昊，从旁辅助补天教的尊者。

石昊冷哼一声，猛力踏了一脚。刹那间虚空中澎湃出无尽霞光，将补天教的尊者与其他四位尊者分隔开来。

这片分离出来的区域中，皇道龙气万道，符文密布，神灵气息弥漫，滔天神光汹涌。

“神灵法阵?！”补天教的尊者脸色大变，惊诧地说道。

“我已经领教过补天教尊者的绝学了，就不需要你再来磨砺我了，你安心下去吧。”石昊轻语道。

只见神灵法阵发出刺目的光芒，而后交织出一片密集的符文，将补天教的尊者淹没。他惊恐万分，全力对抗，可还是快要被镇压了。

石昊超尘脱俗，展动金色衣袂，迈步向前。抬手间，他挥出金色法剑，“哧”的一声刺中了补天教的那位尊者。

那位尊者的脸上带着惊恐，带着不甘，带着怨恨，眼神中充满了不解与困惑。

他到死也不敢相信自己身为尊者，竟被一个少年一剑击杀了。补天教的尊者难以瞑目，在他最后的目光中，这个少年是如此超然。他只能眼睁睁地看着这个身着金色战衣的少年，平静而从容地完成了这致命一击，而自己却毫无还手之力。

“扑通！”

他倒下了，一代尊者就此殒灭。他的身体很快就化成了光，在这片淡金色的皇宫中慢慢熄灭。

后方，三教众人都已惊得呆若木鸡。他们面如死灰，呼吸急促，在心中一遍遍地问着“为什么会这样”，怎么都无法接受眼前所发生的一切。

这可是一代尊者啊，是抬手间能使山崩湖干，呼吸间可以吞纳千万生灵的至强存在啊。

他们拥有超越凡尘的力量，可以轻易灭杀一个族群，捣毁无尽的山川，此时怎会这般脆弱，就这样被一个十五岁的少年击杀。

“师尊！”几个年轻的男女大喊着，眼中满是恐惧与悲伤。一代尊者殒命，他们失去了庇佑者，日后在教中会很艰难。

一群年轻修士惊恐万分，不由自主地倒退。小石出手，凌厉而果断，连尊者都毙命了，他们觉得自己的处境十分危险。

第266章 三教再败

WANMEI SHIJIE

四大尊者如临大敌，每一个人都绽放出更加炽盛的神光来守护己身，他们就像四个巨大的神炉，灼得这片土地炙热无比。

他们发现皇宫内有几座神灵法阵完好无损，这与他们掌握到的情报不符。

这个发现对他们而言简直是晴天霹雳。因为这意味着他们将极度危险，可能会殒命在此。这些神灵法阵超出了他们的掌控，他们原本是来镇压石昊的，现在却落入了他的陷阱。

四大尊者探出神识，仔细观察，却找不到法阵的具体方位，这让他们眉头皱起，更加小心谨慎了。

“无妨，我等有残缺的阵图，最起码能冲出去。”西方教的一位尊者说道。他修有金刚不坏身，通体闪动鎏金光泽，血气澎湃如惊涛骇浪。

石昊淡定地看着这一切，浑身没有一点俗世气息。他若谪仙般超凡脱俗，注视着所有人。

“哧!”

不老山的一位尊者迈步，向一个方向闯去。他亲身犯险，就是想看看残图是否有用，是否能开辟出一条银色大道。

其脚下，氤氲雾霭流淌，银色霞光绽放，一条银色大道徐徐铺出，通向远方。

“不过如此，可以冲出去。”

不老山的尊者大袖飘飘，踩出一条银色通道，带着众人向前冲去。

突然，密集的符文闪烁，在宫阙间亮起，并迅速遮笼虚空，其中数十道紫色神芒交织在一起，罩落下来。

“不对！”他的脸色当即就变了。他感应到危险正在逼近，赶紧躲向一边，几道紫芒擦着他的身体飞过。

不过，其中一道还是击中了他的肩头，对他造成了很大的伤害。

“这法阵变了，彻底改变了走向，这阵图根本没有用！”他忍不住喊道，刹那间觉得毛骨悚然。

要知道，这可是神灵法阵，任何一座都足以斩杀尊者，早先补天教的尊者遭劫，他仗着手中有阵图，并没有十分害怕。

但现在自入虎穴，手中的阵图也成了废纸，他就像是待宰的牲畜一般，惊惧万分，非常绝望。

新皇怎么会有这种能力，不要说更改大阵，就算修补原来的残阵都是一个浩大的工程，他怎么可能完成。

四大尊者如坠冰窖，感觉一切都不在自己的控制中了。如此强大的他们都感到非常不安。

神灵法阵，可不是说说而已，一旦开启，斩神杀圣，神鬼共泣，谁也没办法阻挡。虽然他们是尊者，可是面对神灵法阵，也是难挡杀伐。

“好，小石，你果然有手段，竟能颠倒神灵法阵，布下这样的杀局，请我们入瓮。”到了这一刻，他们没有退路，都盯着前方，同时祭出最强宝具，守护己身。

“我曾说过，敢进来的话，统统镇杀，君无戏言！”石昊说道。他的声音缥缈而灵动，但让所有听到这些话的人都觉得毛骨悚然。

众人色变，尤其是那些年轻修士，吓得都浑身发抖了。面对如此强势的石昊，没有人不心惊胆战的。

“石皇，你这样做，是想斩尽杀绝吗？要知道，我等是尊者，要是我们全部殒命在此，那你们石国就真的会灭亡了。”西方教的一位尊者开口道。

他已经不再称石昊为小石，石皇的威严已经烙在了他的心里。

不过，他的话也很有道理。因为尊者这个等阶的人物，对凡尘来说实在是太强大了，他们的存在主要是为了威慑外界，各大教都非常看中他们，如果今天石昊一次斩掉五位尊者，那绝对会引来三教的报复。

“你们这是自食恶果！从你们想进宫夺我皇位并镇杀我开始，你们的结局就早已写好，是你们把自己一步步送上了断头台。”石昊厉声说道。

这些人脸色难看，心中懊悔。他们早先一口一个“小石”地叫着，还直言要废掉石昊，另立新皇，现在想来是那么可笑，他们就这样狂妄地把自己推入了深渊。

“石皇，你若是这样做，天下都将震动。我补天教不会就此罢休，到时候你一点回旋的余地都没有。”补天教的一个年轻修士战战兢兢地说道。

“你们来镇杀我，还希望我放走你们，真可笑！”石昊说罢，用手一点，只见数十条天龙昂首而出，向前扑去。

剩下的四大尊者中有两位来自不老山，两位来自西方教，他们皆爆发出神光守护住自己的弟子，根本无暇顾及补天教的人。

“啊！”

补天教的人被那数十条天龙紧紧地缠绕着，痛苦地大叫，而后他们纷纷倒地不起，全部殒命。

此时的石昊与皇道龙气相合，所展现的是尊者级战力，对付他们就如同碾轧蝼蚁，实在是太容易了。

四大尊者不可能坐以待毙。西方教的一位尊者犹如一个金身罗汉，浑身发光，手持黑色钵盂，强势冲击，他要开辟出一条通道。

“神灵法器！”石昊眸光一闪，心中暗道。

这绝对是一件强大的法器，难怪他们敢闯进来。他们还真是小心谨慎，竟留着这样的后手用以脱困。

“嗡！”

钵盂内宛若一片混沌，瑞气蒸腾，干扰此地大阵，磨灭诸多符文，想要贯通一条金色通道出来。

石昊微翘嘴角，手持神灵法剑迎上去与他对抗，借以磨砺己身。

西方教的另外一位尊者见状，也祭出了强大的法器，向这边迈步而来，他是想助那位尊者一臂之力，并继续破阵。

然而，他刚迈出第一步，石昊就用人皇印开启了四座神灵法阵，将他笼罩在内，使其寸步难行。

“怎么会有这么多法阵？”他失声大叫了起来，再也难以保持尊者的那份泰然。神灵法阵是什么？一座就够他受的了，现在一下子出现四座，将他团团围住，他可谓插翅难飞了。

“当！”

另一边，金色剑光漫天，石昊与手持钵盂的尊者正在激战。石昊身着战衣，空灵而出尘，更有一种神武之气。

虚空中符光闪耀，十分刺目。两者间一个如金刚神佛在世，一个若天帝降临，杀得昏天暗地，宝术尽出。

众人看得目瞪口呆，无不惊叹。这个十五岁的少年，居然能与修行了上百年的尊者激战到这一步，即使是仇敌也不得不承认，他真的是个天纵奇才！

“嗷！”

尊者大吼，手捏宝印，祭出一尊金色的法身。这尊法身化成怒目金刚，手持一根巨大的宝杵，向前砸来。

这金色法身高大无比，手中的宝杵神能无量，能震动世间法则。眨眼的工夫，天上的云朵便被击散了。

石昊冷静严肃，第一时间祭出神灵法剑挡住钵盂，而自身则宛若一头人形鲲鹏，施展着自己演化出的鲲鹏拳。

“轰！”

他一拳击在那根宝杵上，碰撞出无量神光。一时间虚空扭曲，上面仿佛出现了很多裂痕，让人觉得天空就要崩塌了。

“咔嚓！”

那根宝杵上出现了一道道裂痕，而那金色的法身也慢慢龟裂，突然，“轰”的一声，这两样神物一起爆碎，震得这片天地都在颤抖。

所有人都骇然，不禁感叹这石昊确实强大，竟以至刚之道硬撼西方教的金刚法身，并且击碎了显化出的降魔杵，这实在是太惊人了。

“噗！”

这位尊者口中吐血，踉跄倒退。因为遭受了重创，他修成的璀璨金身此刻也变得暗淡无比。

石昊取下背上的镇国神戟，冷声道：“西方教的绝学我已经领教了，两位请上路吧。”

“你胆敢试试看！”他们怒目而视，厉声道。

说罢，两人全身爆发出无量佛光，他们要把自己化成两颗舍利子，以极尽潜能重创石昊。

石昊撇嘴一笑，催动神灵法阵，禁锢四方，而后挥动手中的神戟，以横扫千军之力，向西方教的两位尊者挥去。

“扑通！”

两位尊者倒下了，再也没有起来。他们两人再强，也难以抵挡神灵法阵，更无法阻挡镇国神戟，他们就这样含恨殒灭了。

“小石，你与我不老山有血缘关系，今日我等是来救你的，没必要生死相向。”不老山的一位尊者开口道。

余下的人早已吓得肝胆欲裂，还怎敢再战。这里既有神灵法阵封锁，又有强大无比的石昊手持镇国神器坐镇，谁也不敢硬碰。

“既然是亲戚，你们为何一而再，再而三地对我出手？你们这般无情，我为什么要对你们客气？”石昊反问道。

说罢，他先用神灵法阵困住他们当中的一个，而后用自身的宝术与另一人大战，以了解不老山的绝学妙术。

“小石，你敢如此，看你将来还如何面对不老山！”一位不老山的尊者大叫道。在激战中，他被石昊一戟击中左臂。

“我也想问，不老山到底将如何面对我？”石昊大喝道。

石昊气贯长虹，开启神灵法阵，封困十方。这一刻他冷漠无情，手持镇国神戟，大开杀戒!

“啊！”其中一位尊者大叫，他被石昊一击而中，命丧当场。

“你……”另一位尊者气急失声，愤怒地瞪着石昊。

石昊身着金色战衣，黑发披散，眸光若闪电一般，他手持神戟向前逼去，再次出手。

“哧！”

另一位不老山的尊者也被石昊命中，殒命当场。就这样，此次来的尊者全都命丧于此。

“怎么会如此？”远处的年轻修士大叫道。他们吓得浑身痉挛，有些人更是直接瘫坐在地上。

对面那个少年如同神魔一般，竟一人斩杀五大尊者，简直让人神魂皆颤。

毫无疑问，这天被捅破了，小石之名将震动八域。

晚霞漫天，染红苍穹。皇宫巍峨，闪耀着淡金色光辉，庄严而肃穆。

五大尊者先后殒命，从他们进入皇宫到命丧当场的这段时间其实并不长，那红日都还没有彻底落山。

余下的三教修士一个个都僵住了，不敢动弹一下，他们每一个人都从头凉到脚，根本就没有谁敢去迎战石昊。

“铮！”

石昊还剑入鞘，背负镇国神戟，转身走向中央天宫，没有再看他们一眼。

“饶过我们了吗？”一个年轻修士醒转过来，欣喜若狂地说道。被人这般无视却有这等喜悦心情，这与平日心高气傲的他们相比简直判若两人。

这些人眼高于顶，一向被人环绕在中心，走到哪里都会受到同代人的礼遇，今日却吓得这般惶然无措。

“想活命便随我而去回答一些问题。”鹏九带着一队侍卫出现在他们面前，十分严肃地说道。

一些人见来的只是一群侍卫心便在心里盘算了起来，他们想着反正小石已经离去了，这些侍卫不可能拦得住他们，若是强行突围的话，多半还能逃过一劫。

马上就有人付诸行动了。只见一个年轻修士驾驭宝具，疾速逃向空中。其他人见状也纷纷效仿起来，一时间，宝具齐飞，瑞光漫天。

“哧！”

破空之音划破苍穹，震得余下的修士肝胆欲裂。老侍卫面无表情，开启皇宫内的法阵，一时间各种符文冲霄而起。

仅眨眼的工夫，逃向空中的那些修士全都被腾起的符文扫中，他们瞬间被炼化，消失在了虚空中。

剩下的十几人如坠冰窖，站在原地瑟瑟发抖，而后他们十分配合地跟着鹏九，被带了下去。

此战，五大尊者皆亡，所来的三教修士全军覆没，这样的战绩震惊世人，足以让那些对石国图谋不轨的人胆寒。

“出击！”

中央皇宫前，石昊身披金色战衣，高举法剑，大声命令道。在这个黄昏，他驾着皇族的金色战车，率领大批战将，冲出皇宫，进到城内，开始了一场清洗。

除却五大尊者和进入皇宫的修士，三教中还有很多人在城中静等消息。只见黄金战车风驰电掣般疾速冲去，对他们展开围剿。

石昊果断而无情，横扫了皇都中剩下的所有三教修士，他们或被斩杀，或被擒获，没有一个能逃过一劫。

这是一个极不平静的黄昏。新皇如此强势，一举扫平三教人马，这让石都中的各方势力噤若寒蝉，让每一个修士都震撼不已。

而城中的百姓并不了解域外的无上道统，他们只知道新皇强大无比，举世无双，将外敌一网打尽，因而纷纷高呼“人皇万岁”。

很快，小石斩五尊，横扫三教修士的消息就传遍了天下，一时间八域轰动，十方皆沸。

第267章 绝色双娇

WANMEI SHIJIE

皇宫宝库内，石昊一边悠闲地挑选宝料，一边跟打神石探讨如何布阵，还不时扔给它一块土行材料。

“大哥英明神武，豪气盖世，天纵神资，力压群雄，六合称尊，八荒无敌，天下无双，宇宙第一……”

打神石可着劲地拍马屁，并保证它布下的符文大阵绝对没问题。

小塔见石昊叫打神石帮忙布阵并总给打神石宝料吃，早就忍了很多天，现在它终于按捺不住了，气愤地指责石昊浪费奇珍。

石昊反驳道：“总比用在你身上强。用宝料布下的法阵可以横扫诸敌，来多少尊者都能镇杀，哪像你，吃一堆神料才出手一次。”

“暴殄天物啊，这些天材地宝怎么能这么用呢！要是交给我，我保证给你布出绝世杀阵来。”小塔说道，话语中虽尽是不满，但也有些许诱惑的成分。

“我们来做一笔大交易如何？”石昊看着它道，并表示可以给它宝库内的所有神料。

“你想要我做什么？”小塔闻言自然非常动心，赶紧问道。

“你来做石国祭灵如何？”石昊道。这一世的祭灵在大劫中失踪了，至今都没有出现。

小塔听完立马不说话了。它对某些力量一直很忌惮，从没想过要出山，不过眼前的少年以整座皇宫宝库来诱惑它，这让它有些心动。

“你不要担心，你平日只管尽好祭灵的本分守护好石国就行了，大劫来临时你大可躲避起来。难道你不想恢复到全盛时的状态吗？”

石昊见小塔有些动心了，走赶忙许诺说，不仅这皇宫中的宝料可以任它挑选，等它成为祭灵后，还会以举国之力为它寻找所需的神料。

小塔更加动心了，它确实需要无穷多的神料来修复己身。一国之力何其强大，就连上界的人都想让几大古国帮助寻找所需之物。而且仅皇宫宝库中的这些神料就可以暂时满足它的需求，再加上还可以拆除那些早先布下的法阵，这样宫中的珍料就更多了。

但小塔也有些犹豫。当年的那一战，让它的身上多了许多禁制，而且也让它看清了世间万物的本质，因此它对出山非常忌惮。

整个世界对它来说，是一个讲究平衡的存在，每个人要想得到，就必须付出。这是它这个等阶的生灵对世界最深的感悟。

“大劫算什么，你又不是没有与之相抗的能力，你只不过是不想过早暴露罢了。但你若总是被动等待，不去奋力一搏，何时才能重组真身，一飞冲天？大劫临世虽是惊天变局，但其中也充满了机遇，因此也是大争之世，你得主动去争才能有所收获！”

石昊滔滔不绝地诱导着小塔，就差指着它的鼻子骂了。

“小子，你怎么比我还激动？是不是惹了三教修士后觉得自己扛不住了，想让我去堵三教洪流？”小塔鄙夷道。

“你别说我，明明是你自己需要神料。现在我给你机会，以举国宝料许你一国祭灵之位，你说句痛快话，接还是不接？”石昊郑重地说道。

“小子，你是不是早就想拉我下水了？”小塔的塔身上出现了两个光点，跟眼睛似的，斜睨着石昊，而后小塔的嘴也出现了。

“这是大势所趋，你同我要想崛起于九霄上，就得奋力一争。早晚有一天，我会打到上界去！”石昊说道。

小塔撇了撇嘴，本想说石昊蚍蜉撼树，不知天高地厚，但终是忍住了。连一个少年都敢如此放言，它自己却在岁月中磨平了棱角，变得畏首畏尾，它觉得自己没有资格去讥讽这个少年。

“好！吾要发威，世间无惧，大不了闹个天翻地覆，让此界重开，从头再来！”小塔像是被石昊刺激到了，说出这样的狠话。

“你答应了？”石昊惊讶道。

“让我给区区一个石国当祭灵，太可笑了。若是你打进上界，最终成为天帝，到时我再给你当祭灵还差不多。”小塔说道。

“真好笑，我要真进入上界，成了天帝，还需要什么祭灵，我自己就是天下无敌了。”石昊撇嘴道。

“哼，你懂什么，到了那时会更危险。你要真能做到那般，你才会明白。”小塔冷笑道。

最后，小塔表示要考虑一下，并说要回石村请教柳神。它还说若是柳神也有出手的意思，它就答应石昊。

“能让柳神出手？”石昊闻言大喜。若能请动柳神，他就没有什么好怕的了。

如今，天下局势大变，世间一片纷乱，但一连数日，石国皇宫中都十分平静。

石昊暂时抛下一切，静静修行，研究狻猊法。这是天阶太古凶兽的宝术，为石族镇国大神通，其雷电攻击力号称举世无双。

不久之后，他出关了，因为鹏九和战王屡次来求见他，说有要事相商。

他们表明来意，称他身为一国之皇却还没有一个妃子，这有些不符常理。

石昊闻言哑然失笑，摇了摇头，道：“不用尔等操心，我现在有一个侍女在身边就可以了。”

说罢，石昊催动世界宝盒，一块青铜块随之浮现，而后开出一条金色通道，一个绝色女子从金色通道中踱步而出。只见这个女子眉目如画，肌肤雪白晶莹，清丽出尘，宛若画卷中走出来的仙子。

鹏九和战王看得目瞪口呆。他们没想到这样一个女子如此风华绝代，超凡脱俗，完美无瑕，美丽得近乎梦幻，竟这样凭空出现在他们面前。

“月婵上茶。”石昊神气地喊道。

“陛下，万万不可啊。”他们听到石昊的话立马清醒了过来，失声喊道。这可是补天教的月婵仙子，其身份高得吓人，居然被拘禁在青铜块中，还被新皇当作侍女使唤，这让他们惊诧万分。

这是月婵仙子第一次被放出来，她眸波流转，睫毛轻颤，欲语还休。那种神情倾城绝世，令人心颤。

她的身份如此高贵，绝对不可能听从石昊的吩咐而甘当一个侍女。她一言不发地静立在那里，宛如一株神莲，散发着圣洁气息。

“陛下……”鹏九与战王想劝说什么却被石昊阻止了。

石昊摆了摆手，道：“两位无须多言，我连补天教的尊者都镇杀了，让他们的圣女做我的侍女又有何不可。”

就在此时，一道光闪现，只见小塔自虚空中冲入皇宫，带着一片混沌雾霭出现在石昊面前。

“成了，柳神答应出手了，所以我可以暂时当石国祭灵。”它暗中传音，告诉了石昊这样的消息，而后便没入了石昊的发丝中。

石昊心头剧震，而后哈哈大笑，彻底放松了心情。

他对战王与鹏九微笑道：“放心，我只是暂时留她在身边做侍女，不会让外人知道的。”

而后，他看向月婵仙子，调侃道：“月婵，这些日子我忙于修行与对抗三教，倒是将你冷落了。”

月婵仙子黛眉弯弯，微微挑起，面无表情地看着石昊。自她行走世间以来，除却眼前这个家伙，从未有人敢这样戏耍她，这让她心中很是不悦。

“上茶，不然我不介意跟你谈谈上古十大酷刑之类的话题。”石昊笑道。

月婵仙子闻言当即怒挑娥眉。她很想发作，但终究还是闭上了鲜艳的红唇。

那所谓的上古十大酷刑可不是什么好东西，尤其是对女子而言，更是一种亵渎与侮辱。

“没关系，我们可以慢慢来，到时你便会习惯了，比如上茶，比如安排起居……”石昊漫不经心地说道。

战王与鹏九面面相觑，很自觉地退了出去。

他们两人刚走，就有人来禀告，称有一位石昊的故人来访，正在皇宫外求见。

这个故人让石昊着实吃了一惊，来人竟是天狐仙子，也就是魔女。只见她窈窕婀娜，目光狡黠，姿容绝代，带着一种空灵气韵悠悠地步入中央天宫。

她消失多日，现在竟然出现了，并且嘻嘻笑道：“我听闻你捉到了月婵那丫头，何不喊出来一见。”

“乱说，我何曾抓到过她。”石昊掩饰道。

“我感觉到了她的气息，我敢肯定她不久前还在这座殿宇中出现过。你放心好了，让她出来一见，我绝不会泄露半点风声。”魔女笑着说道。她的笑容既妩媚又有点小邪恶，眼神中充满了渴望，可见她此时很想见见月婵仙子。

石昊想了想后，将月婵仙子放了出来。

“哎哟，美女，怎么嫁人了也不通知妹妹一声，我好祝你百年好合，早生贵子啊。”魔女坏笑道。她可不想放过这个嘲笑对手的好机会。

月婵仙子再怎么超然，在这种场合下被魔女这般嘲弄也忍不住恼羞成怒，她蛾眉微蹙，那绝美仙颜上闪过一缕红霞，不过很快她又恢复了镇定。

“嘻嘻，姐姐好恬静，看来嫁做人妇后生活得很幸福嘛。来，让妹妹看一看是不是变得更美了。”魔女戏谑道，而后上前抬起月婵仙子的下巴盯着她看。

“你……”月婵仙子色变，眉头紧皱，疾速向后退去。

魔女见状笑得前仰后合，花枝乱颤。她那乌黑的发丝披散在那洁白的颈项间，灵眸内闪烁着灿灿光辉，娇艳的容颜上写满了开心，修长的身体婀娜多姿。

她这种空灵与妩媚融于一身的气质本身就是一种倾城风情，让人赏心悦目，心醉神迷。

而月婵仙子堪称人间真正的绝色，她拥有宝石般的双眸，雪白晶莹的肌肤，美丽无瑕的面孔，气质出尘，宛若谪仙临尘。

对于魔女的出现，月婵仙子十分头疼，觉得又窘又恨。魔女是她最大的对手，她此刻最不愿意见到的就是魔女。身为俘虏，成为一个男子的阶下囚，结果却被对手见到，没有比这更难堪的事了。

“嘻嘻……”魔女像是故意要让月婵仙子难堪，一直在笑。她好久没这么痛快过了。她如此急切地赶来，就是想见到这种场面。

“哎呀，姐姐，你的小蛮腰盈盈一握，似乎越来越纤细了。”魔女一直围在月婵仙子的身边，不肯放过任何调侃的机会。

月婵仙子左躲右躲，无奈自己修为被封，无论如何也快不过魔女。她俏脸通红，与平日高洁空明的气质十分不符。

“魔女，请你自重。”

“姐姐，你别这么严肃。好久不见，妹妹甚是想念，跟你热络一番都不行吗？”魔女哈哈笑道，美眸中闪动异彩。

“啪”的一声，魔女在她身上拍了一巴掌，响声清脆。这让月婵仙子满脸羞红，非常尴尬。作为补天教的圣洁仙子，她何曾经历过这些。

这让一向超然物外、傲视八域的月婵仙子道心不稳，难以抑制地想与魔女激战个三天三夜！

石昊在旁看着，眼神有点飘忽，看着两个绝代佳人这般耍闹，他忍不住露出笑容，一句话都没说。

“咦，不对呀，姐姐，你怎么不像嫁人的样子？”忽然，魔女这样说道。她当然知道月婵仙子不可能嫁给了石昊，此时只不过是故意提及。

“小石，这样一位绝美的仙子在你身边，你竟然熟视无睹，真是太浪费了。”魔女看向石昊，一笑间明媚动人，十分美艳与灿烂。

“这不是在等你嘛，我的后宫大门一直为你敞开，你不来，谁也不能做皇后。”石昊嘿嘿地笑道。

“唉，可惜了，我早有喜欢的人了，皇后的位置就不用给我留了，我觉得月婵就不错。”

她果然是一个魔女，无所顾忌。石昊也不介意，反正他也只是在打趣而已。不过，月婵仙子却非常不悦，对她的话很不满。

“要不你也别走了，就在我这后宫之中同我们一起长生逍遥。”石昊说道。

魔女闻言脸色突变，心中有点发怵。她可是知道五大尊者都折损在此地，石昊如果真打算困住她，她将很难逃脱。

“你不能这么狠心，我身上只有一枚破界神符，如果在这里浪费掉了，岂不是让补天教等拍手称快。”她这般说道。

“破界神符？一听就是好东西啊，能跟我换吗，我给你三种神料如何？”石昊心中一动，试探道。

魔女怎么敢换。若是失去破界神符，石昊又将她给困住，即便是有再多的神料她都走不了。她故意提及破界神符，就是想提醒石昊他困不住她，这样才能让他们相安无事。

见魔女不愿意，石昊感到无比遗憾，讪讪地说道：“真让我伤心，你居然一点都不信任我。”

一番调笑后，两人开始讨论正事。魔女此番前来主要是给石昊带来了一些涉及荒域乱世的重要消息，并希望石昊能跟截天教合作。

而今，火国、木国、金狼古国、海域中的最强古国都已彻底分裂，这些事情的背后皆有域外大教的身影。截天教同为不朽的传承，并未置身事外，只是没有来石国而已。

石昊看她的眼神有了一些变化。他隐约觉得截天教也在为上界大人物服务，这让他对魔女和截天教顿时失去了好感。

“纵使与上界有关，我们也是为了与补天教等为敌。我们之间教义不同，道统相背，我教所为不过是为了针对他们，不是要对付下界生灵。”魔女坦诚道。

上界的大人物之间的博弈，就如那补天教与截天教之间的争斗般，绝对是针锋相对，难以调和。

“总的来说，我教是专门为对抗他们而下界的。”魔女如实告知道。

石昊闻言神色舒缓了一些，他心想这样也好，不然的话，自己很有可能又多了一个大敌，现在的情况这么复杂，要是有个盟友也不错。

当然，他也没有完全相信魔女的话。她这么古灵精怪，很难确定她说的话是真是假。

而今，在荒域的几大古国中，也只有石国还算统一，其他几国皆陷入分裂中。

“火国皇都怎么回事？”石昊很担心火灵儿，也很想知道火皇是否借助天人族的传送阵成功进入了上界。

“没看出来你倒是个多情种子。有月婵这样我见犹怜的大美女在眼前，还想着其他的人。”魔女取笑道，不过她倒也没有隐瞒，将详情如实告知。

魔女道：“火国皇都内封印了一处上古战场，那里孕育着了不得的东西，在大劫时竟然直接跟上界对轰。”

“什么，敢跟上界对轰？”石昊震惊道。

“那里可能与至尊神藏有关，亦可能为至尊殿堂旧地。”魔女说道。

石昊闻言心中一惊。有关至尊神藏的事情，他都不知道听说过多少次了，之前看到的巨龟，依照柳神的判断可能是一个杀局。

而这次出现在火国都城下的至尊神藏很可能是真的，否则其何以能有如此威力，敢跟上界对轰。

“你的小情人可能遁走了，离开了这一界，那火国皇都已毁得不成样子了。”魔女说道。

“你刚才说至尊神藏可能与至尊殿堂有关，它们在同一个地方？”石昊问道。

他清楚地记得曾经有人说过至尊殿堂是域外的一个神秘古教，而且历代只有一个传人能成为至尊，现在它怎么可能出现在荒域呢?

“它们两者源自同一地，而且都会移动，并不固定在某一域，据推测，它们之间可能有密切的联系。”魔女透露出这样的秘密。

石昊又向她详细了解了其他的事情，之后他意外得知，就在两日前，有人亲眼看到一只大爪子从石国皇都外的废墟中探出，击散了云朵。

听到这个消息，石昊心中一震。他觉得那很可能是他在石村外的大荒中看到的可怕巨兽，也就是柳神所说的杀局中的巨龟。

他心中猜想着，难道真假至尊神藏一起出现了？由此看来，那设下杀局的人怕是要行动了，难道他真要袭杀上界大人物?!

天地轮转，杀局即将开启。石昊隐约间觉得，荒域将要发生惊变了，真正的大劫可能就要开始了!

“我来找你，是想邀你共进至尊殿堂，到时也许能得到无上传承。”魔女笑眯眯地说道。

石昊想都没想便摇头拒绝了。因为要是他的猜测为真，别说是他，就是诸神进到那里，估计都填不满那个窟窿。

“我想等一等，过段时间再做决定。”石昊说道。

“咦，跟我计划的一样，难道你知道了什么？”魔女诧异道，仿佛自己的秘密被石昊知道了一样。

石昊闻言心头剧跳，心想难道这魔女也了解隐情不成，她是在试探什么吗？可是她怎么会知道，除非她身后有柳神那样级别的人物。

电光石火间，石昊的脑中出现了一个可怕的猜测，不禁激灵灵地打了个冷战。他想到魔女之前说截天教只是为了针对补天教等才下界的，与其他生灵无关。他由此想到，这在上古就埋下的杀局，可能是截天教的主人设下的！

若真是如此，那魔女的身份就非常惊人了。她可能也来自上界，并与那可怕的人物有着密切的关系。

“你该不会是上界某位大人物的女儿吧，而今只是来下界历练的吧？”石昊眸子深邃，怔怔地看着她，问道。

“少年，你想多了，只是我喜欢的人在上界而已。”魔女神色平静，转移话题道，“不过，我可以明确地告诉你，月婵仙子确实为上界的一位贵女，而且身份高贵到远超过你的想象，她的身份要是被透露出去的话，绝对会让天下人震惊。”

魔女的话让人难辨真假，石昊听了之后面色平静，没有说什么。

魔女看了看石昊，笑了起来，接着用洁白的素手托起月婵仙子的下巴，道：“姐姐真是明媚靓丽，我见犹怜啊。”

而后，她转身问石昊，取笑他为何还不与月婵仙子成亲，一副唯恐天下不乱的样子，像是非常希望月婵仙子遭难的样子。

“我准备慢慢调教她。”石昊一副胸有成竹的样子，仿佛月婵仙子很听他的话一般。

“别吹牛了，还是让我来帮你调教吧。你看她连茶水都不会送，这么倨傲，你不可能调教得了她的。”魔女看着月婵仙子笑着说道。

就这样，魔女决定在石国皇宫中住一段时间，不仅是因为她想戏弄月婵仙子，更因为她要与石昊商量各种合作的事宜。

她推测了上界可能要寻找的东西，也谈及了至尊殿堂的传承的重要性，并强调一定要得到它，此外，她还说到了此界已经有成为真神的神物了，更提到了其他的一些秘辛。

两日后，在她与石昊讨论时，月婵仙子已经开始在此奉茶了。这都是魔女的功劳。她比石昊更具有威慑力，月婵仙子很忌惮她，怕她真的乱来。

魔女得意地对石昊说道：“这才是开始而已，一会儿我叫她帮我捏捏肩。”

石昊斜睨着她，道：“你又不是男的，月婵要捏肩也是给我捏啊。”

“我这不是在帮你调教她吗？”魔女笑嘻嘻地说道，一点都没把石昊的话放在心上。

“不用，我自己来，月婵，站到我的身后，别过去。”石昊不满地咕哝道。

月婵仙子咬了咬牙，眸子中凶光隐现。这两日她虽然看起来依旧圣洁与淡定，可内心早就波澜起伏，恨不得与魔女死战到底。

若是让她选择，她宁可去为石昊捏肩也不愿向魔女低头。她看着这个幸灾乐祸的对手，恨得牙根都痒痒。

她莲步轻移，摆动修长玉体，来到石昊身后，站在了魔女对面。

第268章 养成

WANMEI SHIJIE

翠竹成片，绿意浓浓。竹舍雅致，散发草木清香。在一张以竹条编成的躺椅上，石昊闭着眼睛仰躺着。在旁边的石桌上，一杯茶香气袅袅，沁人心脾。

在石昊的身后，一个白衣女子黛眉弯弯，眸子漆黑，发丝乌黑光亮，玉体修长婀娜，一双藕臂晶莹。

这个女子正是月婵仙子，她素手轻灵，正在帮石昊捏肩。她的双手不断起伏，上下间有一种特别的节奏，充满了美感，让人从这种简单的动作中便能感受一种道韵。

石昊很惬意，特别是当茶香漾开，伴着少女的体香，传入口鼻间时，他的心便越发宁静与空灵。

补天教的仙子能这般听话，魔女在其中起到了至关重要的作用。月婵仙子对她忌惮无比，生怕她乱来，因此宁可“服侍”石昊，也不愿接近她这个危险人物。

这里是皇宫内的一片竹园，里面有竹屋几间，石桌两张，木墩五六个，环境清幽而淡雅，很适合小憩，能让人修养心神。

茶香幽幽，石昊半眯着眼睛，一直在思忖魔女的话哪些是真哪些是假。石昊清楚在这大劫来临前，她的话都不能全信。

“魔女非常危险，她的话完全不可信。同为不朽的大教，皆与上界有关，截天教怎么可能只是为了意气之争。”

月婵仙子的声音很低很柔，她这是怕引起远处宫殿中那个对手的感应。身处困境中，她不得不小心谨慎些。

“难道我还能信你吗？”石昊睁开眼睛，清秀的脸上漾起微笑，让他看起来既洒脱又自信。

“若是与她合作，的确还不如相信我。”月婵仙子身着一袭白色衣裙，身材修长，曲线起伏，眸子中闪烁异样光辉，整个人看起来灵动出尘。

她握紧白皙的拳头，不轻不重地为石昊捶肩，轻语道：“她来自上界，身份高得吓人，对你说的话有一半都是假的。你我虽然曾经对立，但我对你说的话真就是真，假就是假。”

“她最起码帮过我，这份恩情我一直记在心中。而你呢，一直跟我对立，还率众围攻我，如何取舍定夺，我还用得着考虑吗？”石昊哂笑道。

“这更说明了魔女的可怕。她狡诈难测，予你些许好处换来最终的果实，这是她设好的局，只是想利用你而已。”月婵仙子稍微低下身来，以很轻的声音说道。她晶莹的发丝随风飘动，落在石昊的脸颊上，有一种特别的清香。

石昊惬意地仰躺在竹椅上，用两根手指缠绕住她垂落下来的一绺光亮而柔顺的秀发，不断摆弄着，还时不时放在鼻端闻一闻。

“说这么多皆无用，谁叫我们一直是敌人。你想让我倒戈去对付盟友，这不可能。”石昊摇头，看着她那张绝美而白皙的俏脸，笑了起来，道，“不过，如果我们是一家人的话，我就会相信你。”

月婵仙子被他这样缠弄秀发，本就已经很不自在了。平日间她雅洁出尘，何曾与一个男子这样亲近过？

现在这样露骨的话语，让她洁白透亮的玉容上顿时出现一抹红霞。她伸出玉手，去夺那一绺秀发，想要往后退。

看着那修长的手指，轻盈地拨开他的手掌，石昊心中一动，拉住她那温润如玉的秀手，往前轻轻一带，将月婵仙子从竹椅背后带到了前方。

“我说的都是真的，跟魔女走得太近，最终都会丧命。她就像那罂粟花，妖艳而致命，最终会将你引向地狱。”月婵仙子说道。

虽然被石昊抓着玉手，心中十分不悦，但她还是轻言细语地劝说着他。

石昊脸上带着笑意，摇头道：“何必呢，其实我们真的可以成为一家人，族长一直让我扛回去一个‘娃他娘’，我觉得你马马虎虎还凑合，最起码也是上界贵女啊。”

月婵仙子听着这些话语，脸色微红，无言以对。平日间谁敢这样对她乱语，她从出生到现在根本就没有遭调过这种事。

不过她到底不是常人，很快镇定下来，轻语道：“事关生死，你可要慎重，魔女真的很可怕。”

她肌肤白皙而富有弹性，美丽得不可方物，真正是国色天香。石昊半坐起来，眼睛半眯着看向她，道：“你不用挑拨离间，说这些话都没有意义。”

月婵仙子修有一种秘法，能让自身圣洁无瑕，令人不敢亵渎，而今虽然修为被封，但是那种气韵还在。对一般人来说，她依旧显得出尘而缥缈，没有人愿意冒犯，而且只会敬重她。然而，石昊却并未受到影响，只将她当成一个普通的女人来看待。

“我觉得，我们可以慢慢谈，如果你所说的是真的，那我们可以像一家人一样合作。”石昊笑道。

他这样说自然只是想将平日高高在上的补天教仙子击落凡尘，让她心绪杂乱，不再那么超然淡定。

她顿时有些羞恼，伸出玉手拂向石昊的双眼。

可惜，她的修为被封，出手虽然轻盈，却没有任何威力。石昊洒然一笑，直接张口，叼住了她的手指。

“你……”月婵仙子略微窘迫白皙的绝色容颜，上面星眸梦幻，红唇鲜艳，贝齿如玉，带着恼怒生出红霞，看起来分外娇艳。

远处，魔女一脸坏笑，轻快地走来。

她坐在远处的一张藤椅上，给人一种十分悠闲的感觉。

月婵由一个高高在上的仙子彻底跌落凡尘，呼吸极不平稳。

“这还是我认识的月婵吗？”魔女取笑道，她最喜欢见到对手难堪。

石昊坐起来，道：“喂，魔女你是不是嫉妒羡慕恨啊？”

“不会吧，这么快就懂得疼媳妇了？”魔女笑得很灿烂，调侃石昊道。

“我们在聊人生，一同顿悟了，你这样搅扰，十分不礼貌。”石昊一本正经道。

月婵仙子咬牙站在竹椅后，直接捶了石昊几拳，可惜根本无用，她没有法力在身，怎能伤得了石昊的宝体。

不知道为何，她更想对付魔女。她不想魔女出现在自己眼前，更不想在这种时候与她相见。这让月婵仙子觉得既尴尬又羞愤。

“嘻嘻，与补天教的仙子共悟人生，真是逍遥啊。”魔女笑嘻嘻地说道。

“那是当然，不过这是我们自家的事，你别捣乱。”石昊斜睨她，而后转头对月婵仙子道，“不用理会她，她这样说，你我也不会有什么损失。”

月婵仙子看到石昊那副嘴脸，十分想把他揍成乌眼青，不过她还是努力让自己平静了下来，莹白而美丽的玉容渐渐恢复了淡定。她拢了拢秀发，冷笑了一声，道：“魔女，别以为我不知你包藏祸心，你是在利用小石。”

“这才多久，便亲热地称呼为小石了，看来我们不食人间烟火的仙子开始懂得护佑情郎了！不过你这也太明显了，肯定不是真心的。”魔女气定神闲，摇头道，“我与他是合作关系，或者更密切些。”

接着，她语不惊人死不休，道：“我在实行‘少男养成计划’。”

“噗！”

石昊听她这么一说，喝进嘴里的茶水都喷了出来。这魔女还真是口无遮拦，什么都敢说，比他还没谱。他对身边的月婵仙子也只是先影响，进而改变而已。

“别误会，我只是觉得他潜力无尽，想慢慢培养他崛起，等将来大劫结束，上界人再难下来时，让他扫除补天教、西方教等。”魔女坦然地说道，言称这便是她所谓的“少男养成计划”。

月婵仙子摇了摇头，表示绝不相信。

魔女对石昊传音道：“此女非常不简单，一般情况下，她根本不可能被擒住，她的真实战力极度恐怖，最差也可借破界神符逃生。我怀疑她心怀不轨，想探你的鲲鹏法，并找到你为何能这样迅速崛起的秘密。她真的十分危险，你要小心啊。”

石昊眸子中神光流转，意味深长地看着她们。经过这段时间的接触后，他越发觉得这两个女子都不是省油的灯，谁的话都不能尽信。

他笑了笑，传音道：“无妨，有个仙女伺候我，既赏心悦目又逍遥自在，何乐而不为呢？等我日后假戏真做，娶了这个仙子，就无所顾忌，皆大欢喜了。”

第269章 禁忌存在下界

WANMEI SHIJIE

紫气东来，雷电交织，雷霆将整座中央天宫都淹没了，令人震撼无比。

整座中央天宫的四周密布着金色符文，仿佛被一个金钟罩护住一般，将雷暴化解于无形中，抵住了雷电的侵袭。这是神灵法阵在守护，否则无论多么宏伟的巨宫都得化成劫灰。

大殿中，石昊浑身焦黑，跟一根木炭似的坐在宝座上。他在研究狻猊宝术，试着操控堪称攻伐之力最强的雷电，结果引得漫天电芒狂舞。

这是真正的天阶太古凶兽的最强宝术，也是石国的镇国神通，威能无穷，远胜他早先所得到遗种法门。

这些日子他一直在研究这一宝术，而且已经取得了惊人的进展，但是他要想彻底领悟，并炉火纯青地使用它，还需要一段时间的沉淀。

中央天宫是最适合修行的地方，这里不仅灵气充沛，而且因为有神灵法阵的守护，即使随意试法，也不用担心毁掉这里。

只听殿中响起“噼啪”声，那是石昊在折动浑身的骨节所发出的，他的全身脱下一层老皮，浑身焦黑尽褪，白嫩无比。而今他强大到这等地步，自可以迅速修复外伤。

而且，中央天宫内有一个灵池，当中灵泉汩汩，对身体十分有益。石昊引灵泉冲洗身体，而后换了一件干净的衣服，继续打坐了片刻，仔细揣摩雷道神通。

“春雷将至，我须进到云层中，去仔细地感悟天地自然中的雷道，只有这样我才能迅速悟透狻猊宝术。”石昊自语道。

同时，他也想去寻获一场大机缘。因为雷霆中不仅有毁灭万物的力量，亦孕育着勃勃的生机，而且其中更有价值连城的雷劫液，这些都让他心动不已。

当年，在补天阁时，一滴雷劫液就号称瑰宝，而雷霆中每次都会出现一湾，若是能得到，便可用来洗礼肉身，增进道行，其妙用实在是无穷啊!

不过，因为雷霆之力会随着雷霆液的出现而暴涨，所以即使是修为很高的人也很难得到它。

当他打坐结束后，月婵仙子身着一袭白衣，纤尘不染，灵动超然，缓步而入。

她美丽得如同画卷中走出的人，手托一个玉盘，上面有一杯香茗。

若是外人得知补天教的仙子这样伺候一个男子，一定会觉得她疯了，因为这种事情自古至今都没有发生过，实在是太令人难以置信了。

魔女已经离去数日，她认为天地即将大变，马上就要有惊天动地的事发生了，她得回去准备一下。

月婵仙子递过来一块雪白的手帕让石昊擦脸，而后又送上香茗让他解渴，她的动作熟练而轻柔，看起来像一个合格的侍女。

不过，她骨子里还是很高傲的，绝不可能就此屈服。而今只是形势所迫，作为俘虏，她若是激烈反抗，必定会吃更大的亏，因此面对这个强势的少年她只得暂时低头。

喝了一口茶后，石昊放下晶莹剔透的玉杯，回头看着站在身边的绝代佳人，微微一笑，道："你在我身边，是想得到鲲鹏法吗？"

空灵若仙、缥缈出尘的月婵仙子闻言美眸闪动，张开鲜艳的红唇，刚要说什么，却突然发出一声尖叫。

因为，在她张口之际，石昊在她的手上拍了一下，而后一把握住她的手没有松开。这种突如其来的亵渎，让她满脸通红，愤懑无比。

这种神态若是被旁人看到，一定会目瞪口呆。

月婵仙子用玉手想要去掰开那紧攥着自己的大手，可石昊并未松手。他双眸发光，从里面射出两道惊人的神芒，没入月婵仙子的眉心中。

其实，他是故意惊扰月婵仙子的，目的是让她在刹那间分神，而后他便能利用这个机会，探入她的识海，窥探其本心。

月婵仙子突遭偷袭，身不能动，心神顿时一阵恍惚，竟被石昊得手了。

她神念极强，若真的闯进其识海内，必然遭到她的全力反击，不过这一次石昊的神识成功突破了进去。

毫无疑问，补天教仙子的识海绝对是一片禁地，其中藏有惊天的秘密，里面不仅有其本心来历，还有补天术、真龙宝术的真义等。这里面的任何一个秘密被泄露出去，都会引发一场浩瀚波澜。

"成功了？"石昊心中暗喜道，他没想到竟会如此顺利。

忽然，他看向前方，神色一变。原来在那识海的前方有两扇金色的巨门紧紧地关闭着，石昊根本没法开启它。

早先突破进来的区域并没有多少价值，这里才是月婵仙子的圣洁禁区，是最神圣重要的地方。

“这金色的巨门怎么有神灵的气息？”石昊心中相当震惊，他发现有一种浩然的力量在守护着巨门，这让他谨慎了起来。

石昊再次上前，用尽全力去推那金色的巨门，结果还是徒劳。这巨门果然十分牢固，坚不可摧，镇守住了所有的秘密。

“给我开！”

石昊大吼一声，紧接着由他的神识化成的小人施展鲲鹏法，硬撼那金色巨门。

“轰隆！”

终于，金色巨门竟被他推开了一道缝隙，刹那间，一股神圣的金色力量从里面涌了出来，十分浩大。

他感到形势不妙。因为这是对方的识海，月婵仙子可以说是在主场作战，占据了无尽的优势，他若是强闯进去，可能会有危险。

“这力量……”石昊吃惊地发现，现在他所感受到的这股神念力量很强，其中有丝丝缕缕的神灵气息，给人一种超凡的神圣之感。

他意识到月婵仙子绝对是上界了不得的贵女，其身份高得吓人，这神念可能是有人为了守护其元神而在其识海中留下的力量。

“不对，这似乎更像是她自己产生的力量。她到底得到过什么样的机缘，竟能在识海中留有神灵的气息？”很快，石昊又有了更加惊人的猜想。

他再次用力推动金色巨门，让那缝隙更大了一些。他向里面张望，发现在神圣的识海深处，悬浮着一座缥缈的仙宫，当中盘坐着一个女子，她似乎在沉睡，通体闪耀着金色光彩，看起来神圣无瑕，犹若真神。

“不太对劲。”石昊心中一凛，向后退去。两扇金色巨门随之关闭，他也没有再强攻进去。

霞光一闪，石昊退了出来，神识回归本体。月婵仙子失神了片刻，也已经清醒了过来，她忍不住惊叫了一声，因为她的手还被石昊紧抓着。

“啪！”

石昊在她的手上拍了一下，而后倒退几步，盯着她看了又看，心中想着这月禅果然不简单啊，若非细探还真会忽略很多重要的东西。

不过他并不惧怕，心想这样也没什么，一个绝代佳人在自己身边既赏心悦目又有人伺候，这算不得什么坏事。

月婵仙子默默地退了几步，与石昊保持了一小段距离。她那白皙晶莹的玉容上神色变幻不定，心中有千万个念头闪过，她真想将石昊踩在脚下，可是又恨自己修为被封，只得忍气吞声。

“她的识海中有一位女神，这真是太奇怪了！”石昊看着月婵仙子，轻语道。

不过，即便如此，他也觉得不管对方有什么秘密，他都可以从容应对，而且若是一不小心假戏真做，娶个仙子扛回石村，一定会引来世人惊叹。

“你在嘀咕什么？”月婵仙子问道。

“没啥，娶自己的仙子老婆，让女神哭去吧。来，仙子抱一个。”石昊笑道，张开手臂，迎向前去。

“我去泡茶！”这一次，月婵仙子无比轻盈，一个猫腰，躲避了出去，而后迈开一双修长的玉腿，快速逃出天宫。

“哈哈！”石昊畅快地大笑。

“轰隆！”

突然，天地间响起一声惊天雷响，一道巨大的闪电横空劈过，仿佛撕开了整片苍穹。

“春雷来了吗？那我得去修行狻猊宝术了，好让它升华到完美的境界。”石昊兴奋地说道。

不过，他马上就感觉到了异常。那闪电非常迅疾，并且还在拉长，有压满天地的趋势。

“难道三教修士再次来攻？”石昊心中暗道。他等了很多天，都没见对方有人来反攻，因而以为这是他们攻来了。

就在这时，一条阴阳二气流转的通道出现在中央天宫中，只见数日前去荒域中探察的小塔从里面飞出，落在了石昊面前。

“有大个儿的下来了！”小塔道。

“上面的大人物终于下界了?!”石昊震惊地问道。

“没错，我已经预感到下界会有一场血雨腥风，而且有震动千古的禁忌存在要殒灭了！”小塔十分严肃地说道。

那是九色雷电，伴有混沌气，气息恐怖，压盖苍穹，整片天宇都像是碎掉了，这种景象浩大得震慑人心。

不过那雷电来得快，去得也快。只是其产生的那种压力并未消失，这显然是有人击穿了界壁，正在从另一界艰难地下来，要出现在荒域中。

“我们该怎么做，要去请柳神来吗？关键时刻，你们应该会一起出手吧？”石昊问道。

“我们不会出手，只会旁观。”小塔低语道，语气沉重。它知道现在的情形有多么严重，如果去夺造化抢机缘，很有可能将自己搭进去。

它通体发光，却将自己与天地隔绝了，不让自身的印记泄露出去，而后它开启皇宫内的一座祖祭坛，用以监控天下。

从这一点就足以看出小塔的惊天之处，它随便在祭坛上布置了一番，就能看遍荒域各地，寻找上界下来的人。

最开始，它借助祖祭坛监控了火国皇都，从里面可以看到那里已是一片废墟，此时一只巨大的脚掌正穿过汹涌的九色雷电，艰难地从那片天空中踏了下来，这让石昊非常震惊。

“冲着至尊神藏而来！”小塔说道，神情十分肃穆。

接着，画面再转，小塔开始察看另一个地方，那里正是药都。

只见在距离药都数百里外的地方有一座山谷，那里道音隆隆，天地轰鸣，混沌气澎湃，一株仙根伴着诵经声发出荧荧神光。

“这本是上界的第一神根，不知道这会引来何等强大的禁忌存在出手？”小塔说道，语气更为严肃了。

“轰！”

刚说完，这天穹便如玻璃破碎般裂开了，只见一只紫色大手笼罩着蒙蒙的混沌雾霭，从天空中探了下来。

大劫再次来临，第二次变局开始，谁也没有想到会这么突然。

依照小塔所言，从上界下来是一件十分艰难的事情，这是天地规则的限制，也是上界各大道统间的相互制约，若是强行下来动辄就会殒灭。

在这种无情而严苛的大道规则下，修为越高的存在受到的影响就越大，而对禁忌存在与最强大的神灵的限制更甚，这主要是为了保护下界的生灵。

而且一旦离开那一界，再想回去就殊为不易，需要以血和生命去拼斗，才有可能成功。

故此，禁忌存在也不会轻易下界，他们受到的限制难以想象，也只能从上古等到现在，待到天地有缺、大道轨迹偏移时，才能抓住机会，成功下界。

“咔嚓！”

祖祭坛上形成的镜面传出刺耳的碎裂声，镜面变得模糊不清，而后直接崩碎。

“好强的力量！”石昊惊叹道。

他们与那火国的距离十分遥远，凡人即使走上一生一世都到不了，但那股力量竟透过祖祭坛传了过来。

“这是无差别攻击，目的是损毁所有监控法阵，防止任何生灵见到他们的真身。”小塔道。

说罢，它重新布置，祖祭坛又恢复了古朴平静的样子，其上出现了一个透明的水洼，而后化成镜子，再次从里面显现出火国此时的景象。

只见九色雷电闪耀，苍穹裂开，一只巨大的脚掌已经踏到了地面，顷刻间毁掉了大片的山峦。

石昊心中骇然，即使相隔无尽远，透过祖祭坛他依旧感受到了那种摄人心魄的无上威严和那极具毁灭性的力量。

这种神威太强了，整个荒域几乎都难以承受。

地面被震得龟裂，上面的缝隙不断扩大，蔓延向远方，而后变成了峡谷与深渊。地下的岩浆汹涌而上，淹没了无尽的山川。这种景象就好像世界末日一般。

这种威势无人能够阻挡，它瞬间席卷了四方，令无尽原始山脉都成了废土。

“禁忌存在下界，其产生的力量没有人能够抵挡，只有他的真身完全下来后，才能稳住一切。”小塔道。

石昊露出异色，道：“你语气低沉，似有无穷感慨啊。”

“轰！”

一个巨大无比的银色生灵，崩碎苍穹，真正降临了下来。他浑身发出耀眼的光芒，如一轮烈日般，照亮了九天十地。

然而，因为他过于明亮与璀璨，根本看不清其容貌，只能看出他是一个人形生灵。他身着银袍，光耀青天，爆发出的气息像海啸又若星河，滚滚浩荡在荒域中。

石昊十分震惊，他从来没有见到过这种存在，心想也许只有柳神和小塔发威时才能与之力敌吧。

石昊面露忧色，问道：“若是这等人物一直待在下界会怎样？”

小塔道：“禁忌存在即便是下来，在这一界待的时间也不会很长，否则会出大问题。其若非要久留，必先自斩根基，从头再来。”

石昊闻言心中一动。他想到了柳神，又看向小塔，并想到在虚神界中见到的那个混沌神盘，发现它们皆有缺损。

“这一世中这种机会只有几次，而且相隔漫长岁月，因此他们最多也只能下来三四次而已。”

“又有一尊生灵下来了！”石昊惊讶地喊道。此刻，他真正感受到了上界教主的恐怖。

天穹上，闪电劈舞，长空破碎，一个金色的身影从上界降下，矗立在苍茫天地间，浑身散发出一种震世的威严。

只见他身披金色长袍，头戴皇冠，眸子开阖间像是两轮大日在闪灭，恐怖气息滔天，可惜他也被混沌雾霭缭绕，让人难以看清其真容。

这可不是下界的门阀之主，而是一个无敌道统的最高存在，他活了漫长的岁月，是堪称禁忌般的存在。

他像是开天辟地时代的众神之王，伴着混沌深不可测，让石昊不得不惊叹。

“果然啊，这个家伙还活着，现在也下来了。”小塔轻语道。

从祖祭坛中可以看到，那禁忌存在降临的地方，山洪暴发，岩浆汹涌，大地崩碎，犹若天地万物走到了生命的尽头。

不过在这种末日来临般的毁灭中，火国皇都化成的废墟竟没有消失，那里隐约间腾起阵阵烟霞，显得空灵缥缈，犹如仙境。

终于，上界的大人物稳固了神力，定住了乾坤，止住了山洪岩浆，而后他慢慢变小，出现在那废墟前。

不过，那种威压九天的气息依旧遍布在天地间，犹若至高神灵震慑天上地下。

“嗯，这两个家伙已经活了无尽岁月，估计寿元也将尽了，故此第一时间下来，寻找传说中的机缘，而且看得出来他们上次已经探好了位置。”小塔道。

一闪身，那两道身影便没入废墟中消失了。与此同时，那苍穹上有一条银河倾泻而下，也坠入了那片废墟中。这也是一个生灵，没有形体，只是一道光而已，其气息亦极度恐怖。

“轰！”

突然，那废墟中探出一只巨大的爪子，拍碎了整片大地，顷刻间，方圆数十万里的土地都随之沉陷。

“一只巨龟！”

石昊大叫道，他发现那是一只巨大无边的龟，在它的一击之下，苍茫天地都为之崩碎。幸亏，天地中有道则压落，瓦解了那种波动，禁锢了它的浩瀚神能，没有让这种极尽力量毁灭这一界。

“背负至尊神藏的龟，难道那是真正的宝藏？”石昊心中惊异道。不过虽然心动，但是他只能干看着，没有任何办法。

那是天地中最强巨头的对抗，这一界的生灵出现多少都不能与之抗衡，那等存在弹指间就能让无尽生灵化成灰烬。

“假的。”背后传来声音，石昊回头一看，发现柳神出现了。

柳神依旧神秘而朦胧，被一簇又一簇光团围绕，每一簇光团中都似乎盘坐着一位神灵在对其顶礼膜拜。

隐约间，石昊感觉到有一种苍茫而悠远的大道奥义扑面而来，还有阵阵祭祀音在耳畔回响，其声震动天地星河。再次得见柳神，让石昊欣喜若狂，他长出了一口气，压在心中的大石彻底消失了。

“轰！”

柳神的话音刚落，祖祭坛上的画面就变了，可以清晰地看到，那废墟中剑气滔天，混沌气澎湃。

“第三杀阵！”小塔惊呼道。这种景象让如此强大的它都震惊万分，心中惊骇无比。

“因何而排名？”石昊震惊的同时，好奇地问道。他对这等等阶的存在异常感兴趣，十分想了解。

因为所处的高度不同，在柳神和小塔的眼中，那里杀伐气震古烁今，危及了上界与八域的未来，形势极其严峻，而在石昊眼中更多的却是惊奇。

“所谓第三杀阵，就是开天以来上界第三强的大阵。”小塔低语道。

说是第三，但不见得比前两种弱，这是开天辟地时的先天法阵，后被世人得到了阵图，因为它是自然诞生出的符文，所以强大得难以想象。

果然，那里的混沌剑气雾霭朦胧，而且冲霄而上斩到了天外。那绝非普通的杀意，而是伴着开天的力量。

“噗！”

那废墟下有血光迸溅，汹涌到大地上来。柳神沉默不语，而小塔则在庆幸这个陷阱不是它跳了进去，而是上界的禁忌存在深陷其中。

“这一役过后，又有名动千古的禁忌人物殒灭了。不知这个等阶的存在是否要凋零尽了？”小塔幸灾乐祸道。

“至尊神藏中到底有什么？”石昊询问道，他非常想了解这些秘密。

“《原始真解》中篇。”柳神答道。

“啊？”石昊大吃一惊。

“你所学的为上篇，名为《神引》。禁忌存在中的一些人也都看过，故此对中篇很感兴趣。”柳神道。

“《神引》！”石昊第一次知晓自己所得的不过是《原始真解》中的一篇而已，他对此非常惊讶，而后又向柳神认真请教那中篇的名字。

“中篇名为《超脱》。”柳神道，并告知石昊那中篇应该保存在至尊殿堂中，外人一直想得到，却都未得手。

“那下篇呢？”石昊迫切地问道。

“从未有人见过下篇。《原始真解》跟第三杀阵一样，同为开天辟地时的产物，是由天地孕育而成的，并无人得到过下篇。”柳神道。

石昊听完心中震撼莫名，说不出一句话来。

上篇《神引》，是柳神带到石村的，不然石昊怎么可能见到。他之前一直都在参详上篇，虽然他发现了其中有化腐朽为神奇的力量，但并没有在当中见到过深奥的大道。

“难道是我没有悟透？”石昊蹙着眉头，在心中思忖着，并当即决定要再认真研究一番。

“上篇你领悟得没有问题，机缘到了总会悟到的。”柳神像是知道石昊心中所想，这般说道。

“哧！”

突然，天地轰鸣，在那北海中腾起一杆大戟，那杆大戟带着滔天的杀伐气，划破长空，冲向大地。

“那是‘天荒’，太古十大法器之一！”石昊惊叫道，他曾在北海见到过它，因此一眼便认出来了。

它虽然断成了三截，但是组合在一起后并没有一点破败相，依旧显示出滔天的神威，仿佛挟着一方天地镇压而下。

这杆大戟太可怕了，它周身缭绕着混沌气，杀伐气撼动苍天，挟着镇压一切的气势，也没入了废墟间。

“鲲鹏难道还活着不成？”连小塔都惊呼出声，露出一副难以置信的表情。它当年曾跟石昊一起进过鲲鹏巢，探究过那里的秘密。

石昊同样震惊万分，今日之事超出了他的想象。连鲲鹏的法器都出现了，它像是有滔天大恨般，竟直接镇压进了那废墟下的神藏中。

随着大戟的落下，一道血光从地下蹿了上来，那飞溅上来的发着银光的血液十分璀璨，分外耀眼。

第270章 上界巨头之战

WANMEI SHIJIE

鲲鹏还活着。想到这个，不光是石昊，就连小塔也震惊不已，柳神更是神色凝重。

鲲鹏绝对是一位盖世强者，就算是上界的巨头与它对战，都可能会遭劫。

“不对，那只是它的一缕残念而已。那天荒大戟是自主前来的。”小塔说道。

“轰”的一声，废物中乱石迸溅！

只见天荒大戟击穿废墟，疾速冲出，那戟刃上的银光之血，将整杆大戟染成了森寒的血红色，让人触目惊心。

它飞出废墟后片刻都没有停留，破空而去，瞬间无影无踪。

与此同时，地下冲起一道银色身影，其奋力挣扎着，想脱困而出，结果那第三杀阵发威，扫出数道混沌剑芒，那道银色身影惨叫一声，再次坠落进去。

天荒大戟出动后，这片法阵彻底复苏了。它变得更加恐怖，混沌气越发澎湃，杀光滔天，让日月星辰都跟着战栗。

“鲲鹏好大的恨意，难道它当年的殒灭与这几人有关？”小塔自语道。

石昊也有点发蒙，心中想着难道这局是鲲鹏布下的，但它死在了太古，残念也不可能在上古时布下这么厉害的杀局呀。而刚才它的残念耗损太大，想必马上就要溃散了吧。

石昊之前以为这杀局是截天教所设，不过现在看来似乎不是。

“难道是她？”石昊心中突然想到了一个人，他想到了那个折纸船的女子，并且还记得她以血写下的苍凉而凄婉的话——只剩下我自己了。

石昊心中有点发毛，不禁感叹这种博弈太复杂了，以他的层次根本猜不透。

“轰！”

废墟崩塌，混沌沸腾，那里成了一片朦胧之地，再难看清里面的情形了。

“看看另一个地方吧。”小塔控制祖祭坛，让它显示出药都外的那座山谷中的景象。

镜面刚一转换，就浮现出一片刺目的光。山谷中正在大战，并且有法阵破裂。

“第九杀阵！”小塔心头一跳，大呼出声。接连两地都显现了这种在上界都可斩杀群神的法阵，这让它感到十分恐慌。

不过，这座杀阵的威力比起第三杀阵要差许多。

“太惨烈了，这是要做什么，是要祭养那第一灵根吗？”小塔控制祖祭坛，让其中的景象更清晰一些。

只见那里混沌气弥漫，符文密布，如诸天星辰一般，每一寸空间都是神符，每一个神符都流转出无上伟力。

石昊看着这些景象叹了口气。他当初所见到的那上百座法阵早就崩溃了，山谷也因此恢复到方圆数十万里的大小。

这是一种惊天动地的手段，以法阵聚拢广袤的土地，用其中的灵性精华来滋养一株灵根。而今那些神阵被破，大地便也恢复了原状。

不过，山谷中心还留有一座绝世杀阵，散发出混沌气，那应该就是小塔所说的第九杀阵!

那座杀阵的四周有几道人影在厮杀，他们的每一击都可以破碎数十万里的土地，其威力足以斩落下星辰来，但是他们这种浩瀚无边的力量被杀阵压制了。

“噗！”

其中一人被杀阵击杀，但是其并未殒灭而是化出了本体，正向着第九杀阵冲去，将法阵击开了一道口子。

不过，它化形时所释放的光和溅出的血全都没入了那片土地中，那中心处的灵根随之发出耀眼的光，像是在汲取无尽的神力与精气。

“好狠，这又是个杀局，坐等人来取灵根，而后斩之，用以献祭给第一灵根，让它恢复当年的神性。”柳神叹道。

禁忌存在成了上界第一灵根的养料，这实在有点可惜。

“那方圆数十万里本是荒域的神性之地，能造出一些真神，结果那第一灵根将神性全都汲取走了。”小塔神色凝重地说道。

毫无疑问，能拥有上界第一灵根，并将它移栽到此地的人绝对实力超凡，否则他怎会这般有恃无恐，不仅不怕别人将其劫走，而且还在此设下杀局，把禁忌存在引过来？

不过，此阵已破，在里面厮杀争夺第一灵根的两个人先后向外冲出，而且其中一人的手中正扯着那灵根，灵根渐渐离地而起，眼看就要脱离地面。

“当……”钟声悠悠，震动天地，苍穹外飞来一口道钟，从空中缓缓落下。这口道钟古朴而神秘，上面流淌着无数的大道奥义。

钟声震动古今，像是拥有时间之力般，可以在时间长河中逆流而上，与太古共鸣，与上古共振。

“该死的，它又出现了。”小塔诅咒道。柳神也露出十分严肃的神色。

道钟隆隆而鸣，激起一片波动涟漪，击向那两个人形的生灵，这片波动看起来很轻柔，却有着影响时空稳定的力量。

“轰隆”一声巨响之后，山谷顷刻间崩碎，数十万里的山川成为灰烬，只有一株灵根和两大巨头还在那里，别的都被毁灭了。

“这钟好可怕！”石昊惊恐地说道。

“我若是没出意外，哪轮得到它逞凶。”小塔不服道。

“这可不是道钟在逞凶，而是持掌它的人在催动。”柳神道。

显然，道钟的主人是第一灵根的拥有者，其已经现身并且还想击杀一个巨头，用以祭养那第一灵根。

余下的两大巨头自然十分愤怒，他们各自施展大神通，对抗钟波，向着天上杀去。

“哧！”

其中一人的肩头被钟波突破了进去，其半边身子险些被震碎，由此可见那道钟与其掌控者的合力至强无比。

突然，“嗡”的一声，苍穹上方光芒再现，只见一个残缺的混沌盘，缭绕着混沌雾霭出现在虚空中，奋力撞向道钟。

“这些家伙疯了吗？这样死战，不担心让此界毁灭吗？”小塔色变，心想难道他们还真要开天，从头再来不成。

“那是因为他们寿元将尽，而今皆需要第一灵根来获得超脱，否则早晚都会殒灭。”柳神道。

“当”的一声，那混沌盘与大钟隔空对击，两者碰撞出的强大波动震动天地。下方的那两大巨头被震得踉跄倒退，而道钟与混沌盘也颤抖不已，各自倒飞出去。

“咦，它也来了，而且还被一个王八蛋掌控着！”小塔咒骂道。

只见那片天空中出现了一座残塔，隐约间可以看见塔中盘坐着一个生灵，残塔正俯冲向大地要将那第一灵根夺走。

“轰！”

道钟和混沌盘皆飞了回来，而那两大巨头也冲向残塔，他们五方在此混战，争夺第一灵根。

一时间，这里混沌气爆发，朦胧一片，成了灭绝之地，大战激烈无比。

“不出意外的话，这灵根还是被道钟的主人取走，他根本就不担心会丢掉灵根。”柳神叹了口气道。

果然，最后那灵根自己飞向了道钟，因为它的身上缠着一条神链，能让它认主而归。

紧接着，道钟便锁着灵根冲向天穹。其他人自然不甘心，纷纷出手拦截道钟。

与此同时，灵根上有一朵花绽放了，而后它脱离母体，发出轰鸣的道音，直接破空而去，逃向九天外。

这个结果出乎道钟主人的预料。他赶忙显化出人身，一只手持道钟禁锢那第一灵根，另只一手探出，伸展了上万里，抓向天际。

不过，其他人都猛然出手，一起攻击他，害得他没有抓住那朵花。

“哧！”

突然，天穹上出现一股强大的波动，只见一个女子盘坐在那里，她虽身着古朴灰衣，却风华绝代，仙颜无双。

她的双眸发光，开辟出一条可怕的通道，而后她将自己与下面的混沌世界隔离，另外造出了一片天地，她将那朵逃走的花禁锢住后捉到了手中。

重瞳者，上古不败的神话，那位女天骄现身了。

石昊惊得目瞪口呆，他没想到她居然这么大胆，竟敢跟上界巨头争锋，并能从虎口中夺到食物。石昊虽然知道她强，但是不认为她能与上界巨头决战，这实在是超出了他的想象。

“此女还太年轻，火候不够，多半要殒灭了。”小塔道。

“不对！”柳神摇头道。

重瞳女子浑身发光，整个人震碎虚空，想直接从这一界消失。

“你别想走！”有人大喝道。

话音刚落，只见一只紫色的大手探出，跟着破碎的虚空抓向那重瞳女子。

除此之外，还有人祭出神通要将她抓住，更有人诵经，想以咒文之力连通上下两界，直接出现在她身边。

重瞳女子的情况十分危急，然而就在这时，一只黑色的小纸船从虚空中横渡而来，抵住了那只大手，震散了那些神通与咒文。

“是她？是她！”石昊失声怪叫道。

那个折纸船的女子出现了，她用一只小纸船便能横断万古英雄，当真有一种唯我独尊的大势。

“轰！”

天地剧烈震动，那片天地彻底混乱了。所有人都在出手，有的攻向道钟，有的追击重瞳女子，有的攻向纸船，一场大混战爆发了。

“走，该出手了！”柳神说罢一闪而灭，从皇宫内消失了。

小塔闻言咬了咬牙，化成一道光穿入虚空，跟了过去。

他们两个这么一走，便无人掌控祖祭坛了，那些画面也随之消失。这个祖祭坛必须由那个等阶的存在主导才行，否则难以监控到那么远的地方。

石昊如坐针毡，却丝毫没有办法，他不能跟去，现在连观战也都不能了。

“怎么能这样?!”石昊悲叹道。他来来回回地试了几次，都无法再现那些画面。

他站在皇宫的一座高台上，眺望远方，希望能从天地乱象中看出一些端倪。

“啊，竟然还有上界大能！”石昊有所感应，头皮发麻，惊讶地喊道。他看到远空有通天动地的神光，正笼罩苍茫无垠的石国大地。

他看到了一个披头散发的老人，眸子空洞，如行尸走肉般直接从皇宫上方疾驰而过，口中还喃喃地说道：“在哪里，我要找的东西在何方?”

前方有一片大山挡住了他的去路，他毫不迟疑，直接一冲而过，他的袍袖碰到山峰后，那成片的山脉都成了劫灰。这种庞大的气势简直震撼人心。

“这是什么人？”石昊心头狂跳，疑惑道。

半个时辰后，远空中又出现了一位老妪，她手中提着一个药篓，自语道：“你们争夺神圣之物，我采摘人间大药。”

她边说边一路飞行，其间还探出一只手，将一只蜘蛛捉住，扔进了药篓中。

石昊见状不禁心惊肉跳。那蜘蛛分明是魔灵湖的一位尊者，不知其以何手段逃过了上次的大劫，结果现在却被捉住了。

难道他们要把尊者捉去炼药？这两个怪人都是从石国皇宫上方飞过的，多半是将这里当成了药园子，只是没有发现成熟的“药草”而已。石昊想到这些，一身寒意从头凉到了脚。

“这个牢笼已被采尽，该去剩下的七个监牢了。”老妪自语道，破域而去。

第271章 八域大乱

WANMEI SHIJIE

石昊神经紧绷，难以放松。他以为自己不向域外大教妥协，命运就会在自己的手中，可现在他发现，面对上界巨头，任你天赋惊世，贵为人皇都无用，他们用一根指头就足以让你灰飞烟灭。

“我要超脱！”石昊自语道，语气坚定而有力。

刚才那披头散发的老者也就罢了，而那老妪明显就是将这里当成了一个药田，把尊者当成了合适的“药材”，她根本就没有将下界的生灵当成活物。

仅这一瞬间而已，石昊通体发凉。他的命运掌握在别人的手里，堂堂石国禁地，一国皇宫，居然被这样当成了一块田地。而他贵为一国人皇，能逃过一劫，仅仅是因为他未达到尊者境，还不入别人的法眼。

这个理由看起来有点可笑，因为不够强大，所以才得以幸免于难，这与优胜劣汰的生存法则大相径庭。这是一种讽刺，更是一种滑稽与悲哀。

“浑蛋！”最终，石昊只吐出这样两个字。他倒也不沮丧，因为他还年少，有的是时间去提升自己。

“早晚我要打到上界去！”石昊恨恨地说道，眼中有愤怒也有斗志。

这天地间不时有雷光横贯，压满天地，那是大劫之光，是无上人物震裂界壁，相互对战所爆发出的无量神光。

“可惜现在我只能在这里待着，连看戏的资格都没了。”石昊自嘲道。

小塔离去，没有人主持祖祭坛，那镜面非常模糊，根本不可能捕捉到远方的战况，因此也没办法知道他们战到哪一步了。

荒域尽头，老妪提着药篓，穿着一身古朴的衣裙，像是个农家老妇，可是手段与威势足以震惊世人。

她轻轻一碰，域壁便被破开了，她稳稳地迈步而人，进到了另一域。

这一日，对荒域来说，宛若开天辟地。上界巨头对战，杀伐气震动古今，血染天河，其战况之惨烈自古未有。

而对其他七域来说，它们也将遭遇一场迟来的大劫。不止老妪一人，还有其他人也在八域中采摘人间大药。他们似乎要将八域中的尊者等神级强者全部带走，这对整个八域来说简直是一场难以想象的劫难。

“啊……不！”一条虬龙大叫道，奋力挣扎着。

它浑身青光冰寒，化成数万丈长，想腾空而去，遁入域外，可是这根本就是徒劳。

一只粗糙的大手探来，任这条虬龙有千般神通万般法术，都难以逃脱。它被两根手指捏了起来，就像一条被捕的泥鳅。

“哈哈，真好运啊，居然是真龙旁系。它血脉不凡，若是在上界还不好随意捕杀，容易被龙谷忌恨。”

如农家老妇般的生灵咧嘴一笑，看着粗糙手指中的虬龙，点头道：“带回去喂养一段时间，等其龙血归一，变成神圣后，再用来炼一炉大补药。”

另一域中，一个道人在虚空中行走。他容貌普通，气质朴素，只是皮肤上偶尔会显现出紫金光泽，此外他还生有六臂，手持拂尘，背负一个大葫芦。

他也在“采药”。他用手一点，闪出一片清辉，前方随之山崩地裂，诸多山峰化成飞灰，只留下一座巨山。

那座巨片慢慢开裂，只见山腹中出现了一条数万丈长的银色大蛇，它吐着蛇信子，盘绕在那里，不由自主地战栗着，看上去十分紧张。

“不错，要突破尊者境了，我正好需要一些银蛇胆，你得快点进阶。”说着，他背后的大葫芦射出一道紫光，将那条银蛇收了进去。

在距离那座巨山的数万里外，有一口深潭，潭内有一头碧眼金睛兽。它状若一头麒麟，浑身鳞片闪烁，似乎心有所感，此时正直接击穿地层，逃向地心。

“山门前的水池中缺少一些灵物，算你走运，放养进去恰好。”道人一步迈出，就到了这里，他背后的大胡芦吐出一缕缕瑞气，将地下的尊者级碧眼金睛兽卷了进去。

不是它们不强，而是道人与老妪实在恐怖，他们是上界中最强的一列人中的两位，号称“不死的巨头”。

这一日，各域强者惊慌失措，因为他们发现，无论自己以何种神通与之对抗，以何种宝术与之对决，都没有任何作用。

在那等至尊面前，所有的挣扎都显得苍白无力，全部都是徒劳。

各域大乱，早先从荒域中逃出去的尊者等神级强者，都哀叹不已。他们怎么也想不到自己机关算尽到头来依旧是难逃一劫。

“这一世怎么了，古代虽也有过大劫，但是并不像现在这么彻底。这是要捉尽神圣，将我们一网打尽啊。”有人怒吼道，悲愤无比。

远方，有巨大的光芒冲霄，一座耸人苍穹的法相压满了虚空，那是一尊神灵，看起来浩瀚莫测，神圣无瑕！

可惜，任他手持神器，爆发出震世的威能，放射出无量的神芒，也难以改变什么，一只大手探下直接将他抓起，丢进了一个法器中。

“伪神尔，也敢乱喊乱叫，捉回去炼药。”

这样轻蔑的话语，让世间强者绝望。连这等神圣的人物都被直接捉走了，让他们如何去对抗？

大劫来临，各域强者惶惶不可终日，平日高高在上的他们，而今却成了丧家之犬，四处逃命，这种巨大的反差实在让人唏嘘。

许多生灵呼天抢地，怒斥上苍，他们对这样的劫难既无奈又不甘。

“那是一位至尊！”有人惊呼道，他认出了那个道人。

在八域中，有一些破败的道观当中便供奉着那个道人，而这些道观皆为无尽岁月前所留下的，没想到这样的人物竟然出现在下界！

依据传说可知，他很多年前就下来过，只不过后来他的事迹成为历史，鲜有人知，想不到这一世他又出现了。

在玄域中的不老山前，那个老妪出现了。老妪笑眯眯地提着药篓，看起来十分慈祥，喃喃自语道：“好一块药田，可惜是有主之地，是那人的传承。”

这里山势雄峻，紫气冲霄，一看就是腾龙之地，万山之祖根。

“趁乱采摘几株，应该没问题吧。”老妪笑了笑，一抬手，清辉洒落，没入不老山内。

顿时，这里符文密布，法阵之力滔天，其威势绝对能斩杀尊者甚至神灵。

“什么人来袭？此地乃不老山，为上界不朽的道统传承！”有人大喝道，其声虽大，但却颤抖着，充满了恐惧。

此时八域大乱，人人自危，而这个时候，一股莫大的威压席卷了不老山，这自然更加让山中的修士恐慌不已。

一时间，不老山中阴风怒号，紫气澎湃，电闪雷鸣，各种异象纷呈。

“轰！”

不老山重地中有几座古洞爆碎，在里面闭关的强者通体闪烁无量光芒，他们被强行禁锢住了。

即使他们法力通天，但无论他们怎么仰天嘶吼，奋力挣扎，依旧改变不了被擒的命运。转瞬间，他们便都被抓入了老妪的药篓中。

当一切平静下来时，不老山的高层脸色铁青，因为山中有数位老祖级人物消失了，而且他们的闭关之地也皆成为废墟。

“是欺我不老山无人吗？一定要禀报到上界去！”不老山的高层怒喝道。

不止此地，还有其他不朽的传承也遭到了突袭。

西方教所在之地有一座又一座灵山，这里佛光万丈，普照十方，金色河流汩汩流淌，万年古药馥郁飘香，非常地祥和与宁静。

每一座灵山都有瑞气缭绕，山中神兽出没，祥禽飞舞，芝兰遍地，彩光蒸腾，宛若一片不朽的净土。

“西方教，好地方啊，比老道栖居的破庙强多了。”道人来到此地，冷笑了一声，话语中有一股怨气。

“哧！”

他一甩拂尘，三千银丝随之飞出，而后化成一条银河，没入成片的灵山间，转眼间山中就有几大尊者被卷了过来，被扔到了他背上的大葫芦内。

“什么人敢犯我净土？”有人大喝道。与此同时，山中佛光普照，所有大阵全面开启。

“咦，那神池中有好东西啊，不错。”老道人低语道，眸子开阖间紫光流转，慑人至极。

他探出一只大手没入诸多神灵法阵中，直入到当中最雄伟的佛寺内。他的手上道气流转，坚不可摧，没有什么能阻挡得了。

佛寺的大殿中有一方神池，池内流淌着金色液体，池面上佛光流转，馨香扑鼻。他径直抓起了池中的一株举世罕见的宝药神莲，就要离去。

“住手！”有人大喝道。

与此同时，供奉在殿宇中的一座神像发出洪大的轰鸣声，它显化出不朽的法身，道：“道人，你越界了！”

“轰！”

声震天地，西方教内有无量神光冲霄而起。

“我在下界的道统原本很兴盛，却被你等算计，而今荒败不可见，今日我来就是要让你们知道什么叫因果报应。”在耀眼的无量神光中，道人冷笑道。

说罢，他背后的大葫芦飞起，对着西方教的一些灵山猛吸，一时间许多药田、圣物等全都飞了进去。

“道统之能，弟子争锋，那只是一时的输赢而已，你又何必如此计较。如今你亲临此地，实在是有失身份。”

那神像发出更为洪大的声音，释放炽盛的光芒，而后一位丈六金身者从神光中走了出来，他迈步向前，与道人对峙，其威势震古烁今。

“既然来了，就比一场。”道人开口道。

丈六金身者二话不说，抬手间祭出一座金色拱桥，这座拱桥从此地一直蔓延到域外，而后他对着道人做了一个“请”的手势。

霞光一闪，两人登上拱桥，飞向域外，要在那里大战。他们这个等阶的争斗可以毁天灭地，斩落星辰，丈六金身者不想将下方净土毁掉。

这天夜里，人们看到诸多的星星在那苍穹中炸开，绽放出比烟花还绚烂的彩光，而后它们便永远消失了。

至于大地上，若非有人以盖世法力压制了那些波动，这苍茫大地恐怕早已成了灰烬。

在这天地大乱，不朽的教主争锋之际，石昊站在皇宫内的一座高台上沉默不语，静等大战结束。

他知道，这一战将影响上界格局，更关乎八域的未来！

“终于要结束了！”石昊在高台上站了一夜，当东方破晓，一缕曦光射出时，天地间的压抑气息减退，他知道大战要落幕了。

太阳徐徐升起，它没有被斩落，依旧光芒四射。

不过，前一天深夜，那月亮变小了，被人生生地削落了一小块。这就是不朽教主的威势，一旦血战，万物都将凋零。

漫天的朝霞金灿灿的，充满了生命的气息。石昊站在高台上，吞吐瑞气，心中渐渐空明。这天地还在，这宇宙依旧，只要还活着，什么愿望都可以去完成。

太阳升起很高了，仍不见柳神回归，也不见小塔出现，他依旧在那儿静静地等着，一动也不动。

大战早已结束，这天地恢复了平静，隐约间还能感受到灵气更浓郁了一些，不过其中也掺杂着淡淡的血腥味，而这只有修士可以感知到。

由此可知，大战中有巨头殒灭了！

其遗骸所散发出的精气，居然可以滋补偌大的荒域，使灵气浓度直线上升，这简直骇人听闻！

到了午时，小塔终于出现了。它浑身都是伤痕，既有闪电留下的焦黑，又有混沌剑气击出的浅痕，还有道火灼烧遗留下来的浪纹。

它的情况很糟糕，但是情绪高涨，十分激动！

“持掌我器身的那个家伙，多半要殒灭了，熬不了多少年了。早晚我杀到上界去，灭了他！”小塔凶巴巴地说道。

“柳神呢？”石昊担忧地问道。

“它一战过后，得到了重要消息，去寻找传说中的造化了。这荒域果然埋着好东西啊，说不定最终真会便宜它。”小塔羡慕道。

不过，那东西对小塔无用，因此它虽然得悉此事，却没有去争夺，而是回来了。

据它所说，上界来的那些人都十分懊恼。这次大战打得天昏地暗，域外的星辰都被斩落许多，他们好不容易发现了那大造化的踪迹，结果时间到了，那几人不得不回到上界去。

“这次死了几个上界大能，此外还有人重伤将死，这动摇了千古根基，上界的各大势力间肯定会发生一场大地震。”小塔幸灾乐祸道。

他们这般苦战，自然都是因为寿元将尽，想奋力一搏，杀出一个未来，开辟出一条生命之路。

但是，现实很残酷，世间有几人能逆天而行，他们终究是要将自己的血肉之躯还予上苍的。

大劫过去，荒域中的一切都显得生机勃勃，充满朝气，即使是凡人都能感觉到自己的精气神变足了。

“我去域外转了一圈，惨不忍睹啊，所有尊者和神圣都被抓走了。一个老妖婆，一个疯子，再加上一个道人，把八域搅得天翻地覆，他们真是凶残至极啊！”

最让小塔震惊的是那道人，他竟与西方教的丈六金身教主大战到域外，苍穹中陨落的星辰大多都是他们斩下来的。

石昊听得目瞪口呆。他昨夜观望星空时，看到无尽的陨石坠落，没想到那竟然是两个恐怖的生灵交战所致。

“可怜啊，从荒域逃到域外的那群强者，依旧没有躲过这一劫。”小塔说道。

“连西方教、不老山、补天教也遭受了攻击？”石昊询问道，他对这则消息非常感兴趣。

“是，若非他们在上界足够强大，而且各自的老教主都还在，他们多半就让人给灭了道统啦。”小塔幸灾乐祸地说道。它一闪一闪地发着光，显得特别开心。

而今，荒域中也有这些大势力的修士，他们恐怕还不知道教中生变，也许还以为自家威慑古今，无人敢惹吧。

“这次我本体受创，但也有所收获，我要去修养一段时间，没事别叫我啊。”小塔说完这句话后，直接钻进世界宝盒中静修去了。

石昊站在原地，迎着阳光静静地看着天空，浑身有一种灿烂的光彩，他自语道：“三教损失不小，连老祖级人物都被捉走了一些，短期内他们应该会安分些了吧。”

接着，他大笑不已，往皇宫外走去。

第272章 寻父母

WANMEI SHIJIE

石都早已解除了戒严，街道上十分繁华与热闹，滚滚红尘气冲天。这种生命的喧嚣有时让人厌倦，但经历过一场大劫后，却让石昊倍感亲切。

石昊沿途巡视，不断地向朝拜他的百姓点头。

等他再次回到皇宫时，魔女又找上了门来。她袅娜而至，笑得很灿烂，笑容中有一种空灵，也有一种魅惑，风姿绝美无双。

“看你笑得这么开心，截天教收获很大吧？”石昊问道。

“嗯，还可以，听闻有些巨头死了，我很开心，等我去填补那个位置呢。”魔女笑得很张扬，大眼快弯成了两个月牙儿。

石昊笑着看着她，心想她还真是自信，什么话都敢说。

“你来找我做什么，难道要去挖至尊神藏吗？”石昊问道。

“那至尊神藏是假的，诱杀了巨头，我真是开心。”她笑嘻嘻地挥了挥拳头，秀发飞扬，明眸晶亮，十分灵动。

“那你所为何来？”石昊微笑地询问道。

“当然为了我的‘少男养成计划’啊。”她笑嘻嘻地说道。

石昊的笑容僵住了，他对这个说法实在是没什么好感。不过，他倒也洒脱，张开一双手臂向前迎去，道：“来，看一看，看我养成得怎样了，亲身感受下吧。”

魔女身段娇媚而挺拔，她一个转身，脚下生出一朵祥云，带着她轻飘飘地移了出去，避过石昊的双臂，娇嗔道：“少占我便宜！”

石昊洒然一笑，道：“谁占谁便宜还说不定呢，我道体天成，世间仅有，你要是错过了，肯定会后悔终生。”

“哼！”魔女朝石昊翻了个大大的白眼，大大咧咧地坐到了龙椅上，道：“我带了两则消息，一则好的，一则坏的，你想先听哪一则？”

石昊笑着看着她，让她随便说。

“那就先说坏的吧。月婵有问题，而且有极大的问题。”魔女严肃地说道。

“那好的呢？”石昊依旧笑眯眯地说道。

“好的是，我发现了这个问题，所以对你来说这是一个机遇，这下月婵要倒霉了，哈哈！”魔女明明美丽得世间罕有，可太活泼了，让她少了几分韵致。

“你到底发现了什么？”石昊蹙着眉头，问道。

“你小心点，她的识海中可能封印着特别的神念，待我去寻到一件东西，我们一起收拾她！”魔女狡黠地笑了笑，道，“月婵小妞，想跟我斗，这次你要倒霉了，我管你是否跟女神有关！”

她真是风风火火，说走就走，走之前她叮嘱石昊，让他最好不要过分刺激那“小妞”，免得生出变故，等她回来一切就没问题了。

石昊无言以对，看着魔女远去的背影摇了摇头。而后，他走到一座独立的竹园中去看月婵仙子。那里十分清静，景致优美，月婵仙子这段日子都待在那里。

月婵仙子见石昊前来，立即迈开一双修长的玉腿，主动送上一杯茶。她面容恬静，超然物外，纤尘不染，宛若瑶池中的一朵仙莲，清新飘逸，绝丽动人。

石昊瞟了她一眼，心中不得不感叹这月婵即使成为俘虏，仍然有一种清冷傲然的气质，永远那么超脱，仿佛不属于尘世。

“月婵，我们啥时候成婚啊？”石昊的熊孩子本性展现了出来，他故意这么说，就是想打破月婵仙子的那份超然心境。

月婵仙子白衣飘舞，神色平静，绝美容颜上没有一丝波动，根本没有理会他。

“走，我带你去巡游。”石昊笑道，站起身来，一把揽住了她的小蛮腰，将她拥在怀中，向竹园外走去。

月婵仙子被石昊这一轻浮的举动惊得脸色大变，她奋力挣扎着，心中羞愤非常。若石昊真要带她去巡游，让她这样出现在世人面前，她该如何是好。圣洁仙子与人相拥出现，这种事情肯定会让天下人笑掉大牙，月婵仙子想想就觉得可怕。

“怕啥，我这是在向全天下昭告你我的关系，以后你就不用这样躲在宫中了。”石昊笑道。

说到这里，他拥着怀中的绝代佳人，豪情万丈地指向宫外，道：“众生皆明我意，哈哈。”

月婵仙子闻言更加剧烈地挣扎着，想从石昊的怀中挣脱出去。

“算了，既然你不情愿，那我也不勉强你，我要去沐浴了，你来伺候我。”石昊说完，拉着月婵仙子的手，向竹园中的温泉走去。

“啊！”月婵仙子惊叫着，很不情愿地被石昊拽到了温泉附近。

最后，她不得不答应伺候石昊沐浴。她先跑到很远的宫殿中帮他把衣物拿来，放下衣物后，她又狼狈地跑到了远处。此时的她再也难保持平静，心中羞愤交加，脸上彤云密布。

“喂，仙子，你看到我的上半身了，你占了我的便宜，这不公平啊。”石昊在远处大声喊道。

听到他这样说，月婵仙子逃到了更远的地方。

“她到底有啥秘密呢？”石昊看着月婵仙子远去的背影，喃喃自语道。

之后的日子，石昊没有再去看月婵仙子，一直在等着魔女的消息。一连很多天过去了，魔女都不曾出现，结果却等来了不老山的人在宫外求见。

石昊让那人进来一见。来的是一个中年男子，名叫秦明，他是一个不弱的王侯，举手投足间有一定的威严，手中拿着一张熠熠生辉的金色法旨。

石昊端坐不动，看着他。

“这是不老山的法旨，本来早就应该传给你了，但一直不曾得见，现在请接法旨。”秦明说道。

话虽然这样说，但是他没有呈上来，也没有交给侍卫。

石昊冷漠地看着他，道：“你是想让我行大礼接法旨吗？”

石昊的语气虽然平静，却透着一种莫大的威严，让秦明心中一颤，但他想到了五大尊者覆灭的事，压住了怒火。

若是在以前，不老山法旨一出，天下皆拜，其比人皇的旨意要强大得多，谁敢不敬？

就算是人皇，也要屈尊恭迎一番。可眼下，石昊毫无顾忌，反而探出一只手，在虚空中一抓，直接将那法旨吸了过去。

“欲让我施礼迎旨，你好大的胆子！”石昊大喝道。

他知道这张法旨，在天地大劫未开始前，此人就去了火国皇都，要宣他去接旨。那时他与火灵儿等正在药都，并没有理会。

后来，石昊听闻此人大放厥词，要他速速去接法旨，就更加没有理会了，只是想抽个时间去收拾这个人。

不过，之后因为大劫的缘故耽搁了，直到今日，此人自己找上门来，石昊才得见这张法旨。

法旨一开，上面霎时金光澎湃，符文密布，龙凤呈祥，大道和鸣，各种异象纷呈，十分惊人！

法旨上面的每一个字都发出夺目的光芒，当然最耀眼的还是那大印，它鲜红中带着七彩光芒，透过纸面传出一股莫大的威压，这是不老山的神印所留的红印！

石昊冷笑了一声，抵住那股威压，认真看过法旨后，将之丢在一旁，对其没有丝毫恭敬之意。

“你……”秦明面露怒色，但最终还是忍住了，没有发作。

“你什么你，我曾听闻，你呵斥我多次，要我去接旨，我一直没有理会，今日你怎么主动送来了？”石昊问道。

秦明沉默不语。他其实也不想来的，可是又觉得自己再不将法旨送到石昊手中，那就太失职了，而且他已经被族内的长老怪罪了！

特别是族内的尊者殒灭在此，若日后追究下来，他肯定也脱不了关系，谁叫他不早点将这么重要的法旨送到石昊手上。

突然，秦明感觉到这里龙气汹涌，威压如天，如潮水的杀意正朝自己涌来。他双腿颤抖，站立不稳，跌坐在地，内心惶恐无比。

最后，这阵杀意减弱了。只见石昊将法旨再次抓到手中，又认真地看了一遍，而后他闭上双眼，似乎在考虑着什么。

半个时辰后，他睁开双眸，眸光若两道闪电，他看着秦明道：“好，我去不老山走上一趟，去寻我的父母！”

石昊自幼与父母分离，之后不曾相见，他从未享受过那种与父母相处的天伦之乐。

而后他遭族内遗弃，从小便被放养在石村，虽然族长和叔叔婶婶们对他都非常好，但他依旧非常想念自己的父母亲人。

而且若非柳神帮他开启识海，得见当年发生的一切，他都不知道自己的父母是谁，相貌怎样。

不过，好在石村的人都很朴实，将他视如己出，让他无忧无虑地长大。

只是，当他看到别人都有父母，而他只是自己一个人时，他就会非常想去感受那种从未感受过的孺慕之情。

“父亲，母亲，你们还好吗？”石昊轻语道。此时的他神情恍惚，内心酸涩，与平日果敢神勇的他判若两人。

“我已经长大了。”石昊自语道，目光渐渐坚定。他依靠自己独自走出大荒，虽然还是一个少年，但是已威震荒域，傲视同代人。

这种成就让人难以想象。他本是一个弃儿，幼时失去至尊骨，衰弱将死，没有人为他送圣药延续生命，可是他靠自己的努力顽强地活了下来，并且健康地长大，十五岁便横扫诸敌，成为人皇。

“我们何时动身？”秦明询问道。他看到了石昊脸上的神情变化，觉察到了石昊心中的伤感，心中不禁暗喜，他心想这小石一看就是一个重感情的人，这样就不怕他不就范了。

他知道石昊的父母还没有去上界，而且现在就在不老山中，仅凭这一点就足以影响到眼前这个少年了。

石昊很快恢复了平静。他盘坐在宝座上，眸子深邃，俯视着秦明，眼神中透出一种莫大的威严，让他看起来有着与其年龄不符的沉稳和镇定。这种目光让秦明压力倍增，心中惊骇。他也是王侯，可是面对石昊犹若面对无敌的至强者，竟忍不住浑身发抖。

“你先下去吧，等我消息。”石昊说道。

“那法旨……”秦明眼中精光一闪，看着被石昊随意丢在桌上的金色法旨，他非常想将其收入囊中。

这法旨可不是凡物，上面有不老山的神印加盖的印记，里面含有高深莫测的法则。而且这法旨为老祖所写，上面字字发光，拥有强大的秘力与神威。

这道法旨仅仅放在桌上，就金光闪闪，仿佛有神焰在上面跳动，而且上面的每一个字都可烙印到虚空中。

“你有什么意见吗？”石昊冷漠地问道。

秦明神色一滞，不敢表明心意。这法旨虽可祭炼成有神灵气息的法器，但这毕竟是传给石昊的旨意，他实在是不敢相求。

他赶紧告退。在走出大殿时，他回头看见石昊随意扯了扯那金色法旨，而后又将其揉成一团，这让他心疼不已。

大劫刚过，八域大乱，不止荒域，就算域外与上界有关的传承都遭劫了，因此各教皆在努力修补大劫中的损伤，均无力兴起大战。

而此时的石国皇都也十分稳定，石昊的崛起暂时震慑住了国内所有的人，故此，石昊非常放心。

石昊召来战王与鹏九，将一切安排好后，又停留了两日，认真准备了一些东西后便准备前往不老山了。

至于月婵仙子，石昊肯定是不会将其留在宫中的。她身上有天大的秘密，石昊担心会发生变故，便将她镇封在世界宝盒中，带在身边。

若是让外人知道，他将世人仰慕的圣洁仙子镇压在青铜块所承载的小世界中，他们一定会惊讶万分。

“这是‘破空船’。”石都外，秦明向石昊介绍道，言语中有了一种自信。这是不老山所造的宝船，拥有极速，可日行十万里。

其船体呈青黑色，上面流动着特别的光晕，看不出是以何种材质所造，船身并不大，只有数丈长。

这是以疾速飞行的法器，在其最核心处装置了数种飞禽的原始符骨，以此保证速度，是不老山跨过无垠大地的必备宝具。

石昊撇了撇嘴，道：“这么小，早知如此，我便从皇宫中带一艘来了。”

这让秦明顿时住了嘴。他原本还很傲然，认为以不老山的法器水平来说，确实可以俯视天下，但想到石国是上古古国他也只得闭嘴了。

毕竟再怎么说石昊也是人皇，即使石国不如不老山，但一国宝库中也是能寻出一些瑰宝的，毕竟石国从上古便立国了。

“日行十万里太慢了，何时才能到目的地？”石昊很不满意地问道。

“我们先去火国。”秦明说道。他的心中既有惧怕，又有愤怒，但都不敢表露出来。

“我来掌船。”石昊道。说罢，他冲到了船头，肆意催动破空船。

下一刻，不老山的这位王侯心中惊骇非常，因为他发现船体几乎燃烧了起来，上面的神力疯狂地涌动着，刹那间整艘船便若神箭离弦般疾速飞出。

在那船头，石昊通体发光，岿然不动，他浑身散发出的神力如江海般汹涌澎湃，裹住整艘船在虚空中飞驰。

这种磅礴的神力浩瀚无边，十分惊人。秦明脸色发白，心中感叹自己与石昊同为王侯，可差距竟这么大。

“难怪他可与尊者一战，即使借助了皇宫内的龙气，他自身没有这么强悍也是不可能做到的。”他心中一颤，叹服道。

接着，秦明又惊叫了起来。他发现这艘船的速度太快了，已经远远超出了其所能承受的最大速度，现在的这个速度，每日绝对能行进数十万里，甚至更多。

“不能这么快，船体会承受不住的，到时候在虚空中解体了就麻烦了！”秦明慌乱地喊道，这船若是爆炸的话，连他这个王侯都得受伤。

而且，这艘船十分珍贵，是教中的长老赐给他的，若是损坏了的话，对他而言将是一个极大的损失。

石昊为了赶时间，全力催动神力，整个人如同一座大火炉，光芒蔽日，照亮虚空。

“我想不老山也希望我早点去吧，你若是执意慢行，我也没意见。”石昊故作无所谓地说道。

秦明听到这样的话语，脸色阴晴不定，不再说话了。他原本早就该将法旨送到石昊手中了，后来却因故意怠慢石昊，使这件事一拖再拖，结果耽搁了很长时间，甚至害得教中的两位尊者殒命。

他们横渡数百万里，降落在距离石国最近的一座巨城中，那里属于火国，而今被不老山控制了。停稳后，那破空船的船体上裂痕密布，电光闪耀，看起来马上就要报废了。

秦明打开船体的核心部位，看到其中的几块强大的禽骨早已暗淡，他欲哭无泪，这船是彻底废掉了，它没有在路上炸开已经算是万幸了。

接下来的行程就很简单了，火国的这座巨城内有一座超级法阵，这座法阵可以贯通域壁，石昊他们可以借此抵达玄域中的某一边缘区域。

八域广袤，如果仅靠自己飞行，几生几世都难以走遍，而且现在的域壁变得格外坚固，一般人根本无法穿透，因此常人想要跨域而出简直是不可能的事情。

这座法阵十分巨大，也不知道动用了多少材料，不过其中最厉害的还是不老山那高超无比的符文技术。

整座祭坛如一座神山，霞光闪耀，氤氲气蒸腾，石昊与秦明站在其上方，等待法阵完全开启。

只听“嗡”的一声，这天地都跟着轻颤了一下，而后法阵中伸出一条银色通道，延伸至他们脚下。

两人向前迈步，同时踏入那条银色通道，瞬间就从荒域中消失了。仅一会儿工夫，石昊他们便走出了法阵，来到了玄域。

“父亲母亲，我来寻你们了。”站在一片陌生的土地上，石昊轻语道。一别十几年，他心中忐忑，不知道自己能否顺利见到父母。

他思念父母，渴望见到亲人，无论其间发生了什么，不管父母为何没有回去救他，他都不怪他们，只想赶紧与他们相见。

“祖父，你也在这一域吗，是否也在不老山？我也很想见到你。”石昊情绪有些激动，心中默默念叨着。

大魔神十五爷为了他曾大闹石国皇都，横扫各方，以家法处置了一大批族人，并将雨王府击毁了一半。

这样的祖父，对他如此爱护，他真想立刻见到他，和家人团聚。

这片土地人杰地灵，比荒域要秀丽得多，刚一踏入，石昊便感觉到了草木的蓬勃生命力和空气中那浓郁的精气。

难怪域外的人总说荒域是蛮荒之地，若是从灵气浓度以及山河的秀丽程度来看，其他七域确实有自傲的本钱。

这里是玄域的边缘地区，边界上有一座巨大的道台，那是专门用来接应从域外归来的人而建造的，并且派了专门的强者在道台上守护。

这座超级道台为各教共掌，它像是一盏明灯，可以指引身在域外的强者归来，玄域中的各教都需要用到它。

这里的人不算太少，石昊刚一出现，便引来了许多人的注意，有些人明显神色一震，露出吃惊的表情，他们显然认出了石昊。

“我没看错吧？”有人惊叹道。

“嘘！”他旁边的一人赶忙示意他不要声张，免得引起祸端。

秦明落地之后马上与在此地接应的人联系，很快便有十几名强者疾速冲来，将石昊围在了中间，而后他们祭出法器，形成守护光幕，用以阻挡外人的目光。

石昊跟着他们向远处的一艘巨船走去，那艘巨船足有上万丈长，周身缭绕混沌雾霭，发出耀目的彩光，横亘在虚空中，散发着不朽的气息。

这绝对是一件恐怖的法器，上面还带有神灵的气息，这让石昊非常震撼。

“我们登上这艘法船，可日行百万里，很快就能到不老山，正好利用沿途的时间，为你讲解一下不老山的规矩。”秦明说道，进入玄域后，他的底气明显足了！

就在此刻，远处一阵骚乱，各种祥光飞舞，漫天瑞彩洒落，有诸多极强大的法器在前面开道，守护着后面的人。

“怎么了？”秦明问道。

“上界来人了！”一位老者十分震惊地说道。

“什么?!”秦明也是大吃了一惊。

第273章 上界精英

WANMEI SHIJIE

只见一条金光大道铺展开来，从远方一直延伸到此地，一时间漫天花瓣飞舞，像是大道之花在虚空中绽放。

一群人出现在大道两旁，警觉地看着四周，守护着一批十分重要的人。他们来到此地，显然是要乘坐那艘万丈长的法船。

“好大的排场。”这是所有人的心语，但是面对上界的人，众人都发自内心地忌惮，因而都不敢说什么。

这件事的影响极大，上界来人在此出现，必然会让各教震动。玄域各教如临大敌，生怕因招待不周而引出什么祸端来。

只有不老山这等与上界有联系的无上大教的修士还算镇定，其他教派的修士都如惊弓之鸟，言谈举止都很小心谨慎。

秦明等也都避退，虽然他们并未惊慌失措，但对上界多少还是有些忌惮，不想与他们靠得太近。

石昊眸光闪动，看着从那金色大道上缓缓走来的上界中人。虽然他之前已经听闻上界有贵女与英才等要下来，却没有想到自己刚来玄域就见到了这种场面。

因为有强大的道则制约，上界的大人物难以下来，但是上界的一些后辈因为修为不强，不会给下界带来毁灭性的破坏，所以能被大法力送下来进行游历。

那艘万丈长的法船平日间专门巡行于玄域各地，一天可以纵横百万里，速度极快，不过它只会在一些重要的地方停靠。

上界来人径直登船，船主等全部出迎，对他们十分恭敬与客气。

这些人要想巡游玄域，将各教重地等看个明白，并领略下界风土人情，乘坐此船是最好的选择。

“他们也要乘此船？”石昊眸光闪动，小声地问道。

“他们下界数日了，一直在各大山川间出没，后来听说了这艘法船，特来借此船之力遍游玄域。”一个了解内情的人说道。

“当中也许有我不老山的天纵奇才。”秦明说道，他早先也得到过教内的一些消息。

秦明心头火热，十分想凑到前面去看个清楚，与那等人物攀上关系，这样他在教中就能平步青云了。不过他也怕万一招惹了不必要的麻烦，那就要吃不了兜着走了。因此，他暂时打消了这个念头。

石昊倒是很淡定，他平静地看着这一切，并不觉得他们有多么高贵，他自然不会对他们另眼相看。

此时那艘法船附近的气氛很热烈，虚空中不断有宝光腾起，七彩的瑞气笼罩着法船，有很多强大的修士走向前去，主动迎接上界的人。

过了很长时间，那些前来迎接的修士才退去，上界的人也已进入了船舱。

法船在此停了半日，各教人马陆续上船。秦明去而复返，神色有点不自然，他张了张嘴想说些什么，但又似乎不好意思开口。

石昊不语，平静地看着他。

“贵宾舱都已经被上界的人选走，现在我们只能住底舱了。”他这样说道。

石昊哂笑道：“堂堂不老山，号称‘不朽的传承’，一直宣称自己傲视八域，原来就这么一点斤两啊。”

“你怎么说话呢？”旁边有人不满地说道，对石昊十分敌视。

石昊扫了他一眼，道：“实话实说啊。你们不是很强大吗？如果我没有猜错的话，那一等舱应该是你们的吧，没想到现在被人抢了，还不敢据理力争。”

秦明等人听了石昊的话，脸色变得十分难看，一句话也说不出来。

“那就等下一趟船，不然传出去，有损你们不老山的威严。”石昊揶揄道。

“那上界的人中有我不老山的天纵奇才，让出去也不丢人。”秦明神色不悦，喃喃地说道。而后他又百般劝解，希望石昊能乘坐这艘法船，结果被拒绝了。

“我贵为一国人皇，还不至于要旁人来决定我该坐到哪里，我不要坐底舱，这艘要不行，那就等下一艘。”石昊淡淡地说道。

秦明闻言一阵迟疑，他深知石昊的果断与强势，都快到不老山了，他不想再生出什么变故来，因此赶忙说道：“你稍等。”

不老山作为玄域中的绝顶大势力，自然实力非凡。虽然这艘法船背景很深，但不老山也曾参与当中，与船主有些交情，秦明直接找到了船主，请他协调与解决。

“这样啊，我这儿还有一间贵宾舱，是应急用的，就留给你们了。”船主爽快地帮秦明解决了难题。

秦明疾速飞来，请石昊上船，否则再多待一会儿的话肯定会引来更多人的关注，那样就容易出问题了。

一踏进贵宾舱，石昊就被其中的景象震撼了。这间贵宾舱在顶层，里面设有强大的聚灵法阵，而且其中的桌椅等也都是由聚元石制成的，这种奇石可以容纳天地灵气，聚拢十方精华，对修行有极大的好处。因此，舱内的灵气十分充沛，浓郁得都快化成液体了。

此外，透明的琉璃窗被炼入了十分强大的法阵，可以让人极目远眺，使沿途的各种景物都能异常清晰地呈现在人的眼前。

“这是通灵法眼，可以探察无尽山川，你可以在此感受一下玄域的壮美。”秦明介绍道，神情很倨傲。

石昊嗤笑道：“同为牢笼地，别弄得这里像是仙家洞府。你要看不起荒域，还来请我干吗？”

秦明顿时脸色一沉，转过身去背对着石昊，没有再说什么。虽然回到玄域后他的底气越来越足了，可是终究不敢表现得太明显。

石昊的周围还坐着不老山的十几位强者，他们自始至终都神色不善，眼中隐约间透出一种杀气。

这些人对石昊有不加掩饰的敌意，因为他斩了不老山的两位尊者，更是杀得他们大败，这对他们而言是永远难忘的耻辱。

石昊瞥了他们一眼，道：“谁要对我有杀意，就赶紧离开，不然别怪我出手无情，直接镇杀。我不希望有敌人待在身边。”

他丝毫不想与他们和解。

“这里可不是荒域，也不是你的皇宫，请你遵守我们不老山的规矩！”一个人很不客气地说道。

他很年轻，为族中嫡系一脉的子弟，他见石昊这样从容与冷酷，心中十分不爽。而且快到不老山了，他也不怕石昊发威。

“这是谁家的孩子，赶紧领走。”石昊看了一眼秦明，不屑地说道。

“你……”年轻强者大怒，眉毛顿时立了起来。

秦明一把拉住他，轻声道：“杀两位尊者的人，是不会跟你废话的。”

只这一句话而已就让这个青年顿时浑身发凉，他僵在了那里，过了好半天才恢复过来，而后他不再多语，往舱门外走去。

其他人也都转过身去，准备同那青年一起出去。他们的确对石昊抱有难以消除的敌意，因此害怕他言出必行，只得出去躲避。

突然，石昊浑身发光，体内传出诵经声，他开启十大洞天，将所有人都笼罩其中，使他们一下子失去了知觉。

石昊站起身来，一个一个地搜索他们的神识。他没有触动他们的核心区域，因为那里有禁制，如果强行开启的话，可能会让他们立即殒命。

他只是想知道不老山的现状，从中搜寻父母和祖父的消息。

可是，他失望了。他们就如同在皇宫中捉到的那些俘虏一般，对他父母和祖父的消息知之甚少，而他们知道的消息，他早就知道了。

片刻后，这些人醒转过来。他们先是一阵茫然，而后恍然大悟，紧接着都吓得头也不回地走了出去，只有秦明留在了舱内。

“有趣，隔壁好像有一个了不得的强者，我隐约间感应到了十大洞天的波动。”在另一间贵宾舱内，一位女子微笑道。

她通体朦胧，被一层蓝色光晕笼罩，不露真身，有一种仙韵。

“蓝仙子灵觉真敏锐，我也有感应。”一位年轻男子说道。他同样气质出众。

“下界还有这等人物，这牢笼真是名不虚传啊。那些震动古今的巨擘后裔中还是有些出色的人物啊。”一个少女笑眯眯地说道。

这间贵宾舱内共有十几人，他们中的每个人都被一层淡淡的神光笼罩着，像是在守护他们，以免他们被尘世浊气污染。

“有意思，不如请过来一见？”另一位男子说道。他眉宇发光，中间的竖眼宛若能洞悉天地幽冥。

“好呀，说不定那是一个英俊无敌的美男子，要是能吸引一位姐姐留在下界，说不定会传出一段佳话。”

“对呀，当年不是有仙子下界，与凡人喜结连理吗？诸位姐姐要努力哦。”

当中有两名少女格外活泼，浑身散发着彩光，神圣无瑕，她们你一言我一语地调侃着，笑得前仰后合。

这些人并不属于同一族，来自不同的道统，虽有些交情，但相互间都有竞争。

“还是亲自去拜访吧，别太失礼。”蓝衣女子说道，站起身来，向外走去。她浑身晶莹，蓝色光辉如火焰包裹着她修长的躯体。

石昊所在的贵宾舱外，那十几个守在这里的人见到上界的精英子弟都很是忌惮，他们不由自主地倒退了几步，甚是惶恐。

当敲门声响起，秦明打开门见到这些人后，心中大震，惶然迎请。

“冒昧打扰，还请见谅。”蓝衣女子客气地说道。她虽被光辉笼罩，未露真容，但是声音悦耳动听，人也很温和，并没有失礼。

石昊从容地看着来访的客人，微笑道："旅途漫漫，有客来访，幸哉。"

上界精英子弟有六七人进入了这个舱房，其中少女居多，这让秦明更加提心吊胆了，因为他深知石昊的秉性，生怕他强抢天女，惹恼了上界仙子。因为据传补天教的月婵仙子的失踪就与他有关。

蓝衣女子看着石昊，露出异色，美眸中光彩流动。她是真的很吃惊，因为她觉察到眼前这个少年虽然看起来年岁不大，但是实力惊人，而且似乎有无尽潜能等着开发。

"恕我冒昧，敢问石兄年方几何？"蓝衣女子刚才从秦明处得知了石昊的姓名。

"十五。"石昊此言一出，让几名女子吃惊不已，她们眸波转动，盯着他看个不停。

在另一间贵宾舱内，几名男子和两名少女皆有所感应，觉察到了这边的异常，其中一人轻笑道："还真遇到奇才了吗？"

一个少女更是取笑道："有仙子要谪落凡尘，留在下界不走了吗？"

第274章 天地有缺

WANMEI SHIJIE

石昊的贵宾舱内，几名少女年岁都不是很大，各个风姿超凡，浑身都被氤氲彩光笼罩着，那是一股仙气，能将她们与下界的浊气隔绝。很显然，她们都有着非凡的来历。

“石兄当真是天纵奇才啊。”蓝衣女子赞叹道。她周身弥漫着水蓝色光辉，让她看起来灵动而脱俗。

她叫蓝雨，明眸善睐，蓝色光雨缭绕身畔，修长的身躯无瑕而灵动，神色温和中带着一种超然，让人只敢远观，而不敢亲近。

石昊粲然一笑，他本就很清秀，笑起来就更加俊美了，他恭维道：“遇到几位仙子，该我说惊艳才对，几位明慧绝丽，能与你们相见我感到非常荣幸。”

他虽然对上界的一些道统没什么好感，但也不会平白无故地跟这些人结怨，而且眼前的几位女子这般客气，他当然也要表现得彬彬有礼。

其他几名少女都在打量他，心中不禁称奇。下界法则不全，灵气也不是非常浓郁，相对上界来说修行会慢上一些，可眼前的这个少年，才十五岁而已就拥有了这样的成就，其天资着实不凡。

“列阵有成，精气神饱满，而且潜力无穷，这样的资质在上界也不多见啊。”蓝雨身旁的一个女子笑着说道。她一身银袍，举手投足间都有一种圣洁气韵。

她名水月，人如其名，皎洁若明月，清丽而脱俗，一颦一笑间都散发一种淡淡的圣光。

“我看几位仙子的修行都很惊人，你们这般过誉，我可承受不起。”石昊谦逊地说道。如果让荒域的人看到嚣张的熊孩子也能这么低调，他们一定会目瞪口呆。

曾经在百断山追着纯血生灵跑，在虚神界“人神共愤”，凶残得一塌糊涂的熊孩子，居然也会这么谦虚，真是有点不可思议。

“姐姐，你们真客气。还不如畅所欲言，谈天论地，甚至下嫁凡尘，那多有趣啊，你们不要这么矜持嘛。”一个浑身赤霞点点的女子说道。她年龄不大，最多比石昊大个一两岁，但是性格火爆。

“我求之不得啊，不知道哪位仙子愿意永留红尘中？”石昊嘿嘿笑道，他那脸皮厚的优势又发挥了出来。

“你看姐姐我怎么样？”红凰笑得妩媚动人，带着一种调侃的意味说道。她一身赤光闪耀，十分奔放而热情。

“千娇百媚，一笑倾城，我见犹怜，正是扛回家做媳妇的好人选。”石昊一本正经地说道。

其他几名少女闻言都是一怔，而后“扑哧”一笑。平日，她们总被人环绕与拥簇着，少有人敢这样调侃，因此她们都觉得石昊颇为有趣。

红凰咬了咬牙，威胁道：“你敢扛吗？”她贝齿洁白，双眸闪亮，斜睨着他。

“有什么不敢的，仙子可敢上前来？”石昊大大咧咧地说道，他连月婵仙子都敢镇压与扛走，怎么会怕这个赤衣少女呢。

红凰撇了撇嘴，走上前来，道：“你来试试看。”

石昊笑了笑，伸出一只手，便要去搂其纤细腰肢，还没靠近，他就感受到了前方一阵灼热，显然这个少女修有火系功法。

“你胆子真大。”红凰娇嗔道，边说着边伸出素手朝石昊的手拍去。石昊的眼前顿时出现千百道手影，看得人眼花缭乱。

石昊从容应对，右手一拂，震开千重素手，而后再一牵引，想将那火红的妙体带到身畔来，好搂其细柔的腰肢。

红凰微翘嘴角，素手一震，那千百重手影瞬间幻化成一只赤凰。那只赤凰瑰丽而惊人，周身热气腾腾，带着一种大威势展翅向石昊飞扑而来。

这不仅是上界贵女的一种调侃，也是一种试探，她是想看一看石昊到底有多强大，修为到底有多高深。

石昊镇定自若，右手捏拳印，一只朱雀从他手中飞出，迎着那只赤凰飞去。舱内顿时变得炙热非常，火红一片。

其他几人见状纷纷赞叹不已，并调侃起石昊和红凰来。

“哎呀，朱雀配赤凰，当真是珠联璧合。红凰，你干脆留在下界，从此嫁为人妻，在这滚滚红尘中逍遥自在多好。”

“果然是天生的一对，地造的一双，连宝术都如此相近。红凰，你们可真有缘分啊！”

几个少女笑得最欢，因为红凰之前调侃她们，说让她们下嫁红尘界，现在红凰反被众人取笑，她们觉得很有趣。

突然，舱内红光一闪，火焰腾腾，只见红凰一闪身，带着火光旋转而出，落在一旁，白了众人一眼。

“果然不凡！几位姐姐，这个少年清秀俊美，修为惊人，你们可千万别错过哦。”红凰笑着说道，看起来十分热情奔放。

“要死啊，这丫头怎么什么都敢说，口无遮拦。”

“小丫头长大了，明明自己动了凡心，还想推到我们身上来，真是人精。”

几名女子皆笑容满面，相互调侃着。她们个个美丽精致得如同艺术品，几人凑在一起更显示出一种惊人的魅惑。

石昊虽然在与她们调笑，但并没有做得太过火，毕竟是第一次见面，能适度拉近距离就可以了，要是玩笑开得过分了，就会让人厌恶了。

虽然是初次见面，但石昊与她们相处得还算愉快。因为这几名女子皆非凡俗，所谈的都是趣事与妙理，无论是人间百态，还是修行之法，她们的见解都很独到。石昊此番也收获不小，从她们那儿了解到了不少秘闻。

“石兄天资不凡，若是一直待在这下界未免有些可惜。”蓝雨温柔地说道，她性情温和，言谈中处处透着对旁人的关心。

石昊心头一动，表示不解。

“下界为大域牢笼，是前人以大法力炼化而成的，其中的法则不全，大道残缺，各种秩序不稳，若长时间在此修行的话，对自身没有好处。”水月解释道。

“还有这等说法？”石昊惊异道。他自然知道八域皆为牢笼，只是没有想到还有法则不全之说。

“下界是前人祭炼的牢笼，是关押罪犯的地方，其所缺甚多。”就在这时又有几个人走进舱内，说话的是一个年轻男子。他丰神俊朗，周身光焰，一看就是了不得的人物。

石昊向着来的那几个人抱了抱拳，以做回应。

“你看那星空上只有少数的星星为真，其余的大多都是古代至尊以法力祭炼而成的，也有一部分是上界的星河投影。”另一个人说道。

这些上界精英气度超凡，皆为罕见的英杰与奇才，因此多少都有些自负与倨傲，提到下界时皆带着一种轻蔑的姿态。

“上界如何？”石昊向他们请教道，想进一步了解上界的事。

“上界浩瀚无垠，比八域不知道要广袤多少倍。一些古教传承久远，其历史可以追溯到开天时代，各教中高手众多……”红凰很开朗，热心地给石昊介绍。

还没说完，她突然心头一动，道：“你是不老山的子弟吧？”

“有些关系，但不是。”石昊答道。

“真是奇怪！你身在玄域，又有这等天资与道行，竟然不是不老山的子弟。那你是西方教还是补天教，抑或是昆仑的子弟？”红凰惊讶地问道。

“都不是，我是散修。”石昊坦然地答道。

“啊，这么强大的散修？”红凰惊讶地看着石昊，其他人闻言也都很吃惊。

水月身上的光辉越发皎洁了，她惋惜地说道：“这就麻烦了。若你是这些道统的子弟，以这等天资，肯定可以去上界。若不是的话，你在登天门时会大受限制，将很难突破八域牢笼。”

“的确很难。任何人想离开八大牢笼，都要接受严格地审查。若不是来自上界留在下界的道统，根本不能进入上界。”蓝雨轻叹道。

“这么麻烦？”石昊蹙眉道。

“那是当然的。下界曾关押诸多大凶，若不严格把关，会闹出大乱子的。”一位年轻的男子说道。

石昊觉察到舱内的气氛有些微妙。有些人在得知他难以进入上界后，对他的态度有些随意甚至轻慢了，言行也不像之前那么谨慎与客气。

不过，这些人毕竟气度超凡，不会表现得过于明显。

在这些人看来，石昊虽天资不凡，可他若是去不了上界，在下界这法则不全之地，终将会被埋没，这样他也就失去了结交的价值。

“蓝雨姐，水月姐，还有莹莹，要不你们当中的谁与石兄结成连理，我想这样他就可以顺利登天门了。”红凰笑嘻嘻地说道。

“春天还早着吧，怎么这丫头就已经春心萌动了？不如我们把她嫁出去，让她留在下界给人做老婆！”莹莹笑着调侃道。她是刚进来的，同红凰一样伶牙俐齿。

“同意！”

“赞成！”

几个女子哈哈大笑，随声附和道。

不过，有几名男子似乎不喜欢这样的玩笑，一直蹙着眉头看着她们。他们是陪这些女子下来的，相互之间关系匪浅。

石昊并没有与她们调笑。他站在一旁，微蹙眉头，思忖着上界的事情。他没有想到进入上界会这么麻烦，既有天地规则的限制，又有人为的阻拦。光是登天门就困难重重，这足以说明想去上界绝非易事，其间肯定会充满危险。

“不用担心。以石兄这等天资，只需向上禀告一声，我想就能争取到一个名额。”蓝雨安慰道。

“没错，办法还是有的，只要运作一番就行了。”一个年轻男子沉吟道。说完后，他上下打量着石昊，似乎在考虑石昊是否值得他费心。

然而，石昊并没有对他另眼相看，只是不卑不亢地看着他。

这个年轻男子玩味地笑了笑，道：“你若愿意加入我族，我可以请玄祖出面，让你通过天门，并让你进入上古圣院修心。”

“宣明，你这是要收战仆吧，你也太不厚道了。”少女莹莹似笑非笑地说道。说罢，她意味深长地看了石昊一眼，又看了看在场的几个人。

“怎么会，我当他是兄弟，诚心想帮他。”宣明气宇轩昂，通体笼罩着一层金色火焰，浑身散发出恐怖的气息，看起来十分强大，但他笑得很温和。

“石兄可加入我族，我会想办法帮你。”水月邀请道。

“那我也想一想，看能怎么帮你。”红凰若有所思地说道。

这几人都觉得，像石昊这等天资惊人的少年世间少有，若能将其拉入己方阵营好好培养，将来可能会成为他们的得力助手，因此，他们都不想错过他。

“石兄不用急，会有办法的。”蓝雨沉吟道，“上界浩瀚无垠，修士耗尽一生都难以穷尽，许多不朽的古教都不过是沧海一粟，石兄自己也要认真考虑。”

石昊听了蓝雨的话，心头一动。他觉得蓝雨是在隐晦地告诫他，让他不要轻易地相信这些人，也不要草率地做出选择。

“不知石兄是否认识月婵仙子？”就在这时，一个男子走到石昊近前，向他打听月婵仙子的消息。这个男子眸若星辰，发丝碧绿，身披碧绿战衣，浑身被绿光笼罩着，散发出一股蓬勃的生命气息。他似乎很关心月婵仙子。

石昊微笑道：“自然认识，而且打过交道。”他故意将话说得模棱两可，好让人无法知晓他与月婵仙子是敌还是友。

“哦，石兄难道是仙子的故交？”碧古问道。他的神识波动十分强大，远超过其年龄应有的元神力。

站在一旁的宣明听到这些话，周身的金色火焰顿时炽盛了许多。他收起了之前的轻慢姿态，双眸闪亮地看着石昊，急切地问道：“还请石兄告知，而今仙子所在何处，我想见她一面。”

“我也不知她在哪儿，几位跟她很熟吗？”石昊故作惊讶状，好让他们以为自己不知道月婵仙子是上界的人。

“月婵仙子号称超凡之体，容貌绝世，才情无双，幼时就被很多长者赞为谪仙。我与她也只是在多年之前见过一面。”碧古说道，言语中处处透着他对月婵仙子的仰慕之情。

他还透露，下界虽然大道有缺，法则不全，但也是磨砺人的好地方，因为月婵仙子的身份极为高贵，并被寄予厚望，故被送到下界来修行。

红凰见他如此盛赞月婵仙子，十分不服气，嚷嚷道：“当着几位绝代丽人，你这样说不太好吧，难道我们很差吗？”

“自然不是，几位国色天香，世间能有几人可比。”碧古赶忙说道。

石昊看到碧古的狼狈样，哈哈笑了起来。要是这碧古知道他日思夜想的月婵仙子竟被镇封在青铜块中，不知道会是什么表情。

“这里大道有缺，法则不全，下来磨砺真的有好处吗？”石昊问道。

“对尔等来说有坏处。而月婵仙子因为在上界出生，体内生来就有完美道胎，所以在下界修行与锤炼对她来说会有极大的好处。”碧古答道。

石昊闻言心中有些不忿，觉得这天地道则对下界生灵真是不公平。不过他也没有灰心，他坚信终有一天他能靠自己的力量打到上界去。

他想到了上古重瞳女子，那个不败的神话。同样是在下界，她不仅敢在至尊嘴里夺食，而且靠自己的努力修行到了极致，石昊相信自己也能如她一样自强不息。

“石兄与月婵仙子很熟吗，能否告知她的近况。”宣明问道。在他的眸子开阖间，石昊能感受到从里面散发出的强大气息。

石昊不禁感叹，这上界来的贵女与奇才果然非凡，在他们这个年纪能有如此强大的气息实在罕见。

他面带微笑，道：“我与月婵时常切磋，她也算是我修行路上的知己了。对于她，我只能用‘举世无双’四字来形容了。”

站在门口的秦明听见石昊这样说，不禁猛翻白眼，心中暗暗骂道：“这小子还真会睁着眼睛说瞎话。他与月婵仙子明明是死敌，而且月婵仙子的失踪也很可能与他有关，他还好意思说与她是知己。”

不过这种无凭无据的传言，他可不敢乱说。要是惹得那几个上界奇才与石昊血战，他回去可没法交差。

“石兄，这是要去哪里？”水月问道。

“去不老山赴会。”石昊答道。

“哎呀，我也想去。不老山可是个宝地，我想去那儿借两部宝典看看。”红凰兴奋地说道。

“好呀，听闻不老山中藏有大秘，那片古地中埋藏了不少好东西，是应该去看一看。”少女莹莹附和道，她也想去凑凑热闹。

“你们是看上界的那个不老山的家伙不顺眼，想故意去找麻烦吧？”有人嘿嘿笑道。

“其实那家伙也下界了，只是没跟我们走在一起而已，也不知道去了哪里。”一位少女嘀咕道。

“算了，我们得去寻自己的机缘，还是不要去不老山了，不然容易出问题。”水月劝阻道。

宣明点了点头，表示赞同。他们来下界，表面上是来游历与体验，其实是来寻找天大的机缘。他们之后还得去探访几处密地。

“石兄，你先考虑着，若真想进上界，等我们回来时可以细谈。”蓝雨说罢，便起身离去。其他人与石昊交谈了一番后，也一起离开了。

秦明见他们笑着离开后，长出了一口气。他刚才一直提心吊胆，生怕石昊一言不合便同这群上界精英大打出手，到时候无论是其中的哪一个殒灭，都会引发一场大祸。

“我族的天纵奇才没有跟他们在一起，想来是在另一批人中。”他思忖着，而后看向石昊，道，“还有几日就到不老山了，我在这里详细地跟你说一下不老山的规矩。”

“我为人皇，你这是要我去朝拜谁吗？”石昊冷冷地瞥了他一眼，不满地说道。而后他闭目打坐，不再理会秦明。

秦明面色阴沉地站在一旁，没有再说什么。他现在才真正明白，在石昊面前，高高在上的不老山根本就威胁不了他。

第275章 驾临不老山

WANMEI SHIJIE

几日后，法船停靠在一处高崖上。这里彩光闪耀，仙气涌动，各种符文像繁星般在其上空浮动。这是一处圣崖，是用来停靠法船的。

不老山到了。这是一段漫长的旅途，虽只花了五日工夫，但每日百万里，这便是五百万里的路程。

石昊一行人走下船来，踏在圣崖上。法船并未过多停留，待不老山的人都下来后，它便在虚空中留下一道光，消失得无影无踪。

石昊收回目光，看向眼前的圣崖。这座山崖云雾翻腾，被祭炼成了宝具，散发着宝光，坚固而不朽。这么一座山崖，只用来停法船，真是浪费了。

这是不老山的外围区域，并非真正的圣土。

“父亲，母亲，我来找你们了。”石昊自语道。他看向前方，眼中饱含着对父母的思念之情。前方山脉起伏，波澜壮阔，大片的紫雾蒸腾而起，宛若一条紫龙盘绕着神山，那是祥瑞之兆。石昊希望这“紫龙之兆”能帮助他顺利寻到亲人。

有人驾着一辆战车过来，接他入内。瑞兽踩踏着虚空，拉着青铜车隆隆碾过长空，出现在真正的圣土前。

到了这里，所有的车辆都必须停下，车内的人必须步行入内。这代表了不老山的威严与神圣，不容亵渎。

从山门中望去，可以看到那里耸立着数不尽的巨山。每座巨山都缭绕着仙雾，像一条又一条天龙在沉睡。

最中间的那座巨山形状奇特，像一只手掌压落在那里。整座巨山散发出一种莫名的气韵，给人一种万古不朽的感觉。

相传，那便是不老山的主体，其他山峰只是守护它的辅峰。

世间有传言称，这是五行山，山下压着一个盖世人物，漫长岁月过去了，这个盖世人物都没有被真正炼化。不过，对于这个传言，不老山一直都没有承认过。

“祖父，你也来过这里吗，现在是否也在山中？”石昊轻语道，他渴望见到那个疼爱自己的大魔神。

小石来了！这个消息在不老山引发了一场骚动。石昊在石国皇都大败不老山修士，还斩了他们的两位尊者，不老山的许多人都对他恨之入骨。

“小魔头来了，这次我要给他点颜色看看，让他来了就别想走出去！”

“就算与我族有些关系又如何，这次绝不能放过他！”

一时间，不老山内人声喧嚷，杀气腾腾。一个十几岁的少年，一而再，再而三地挑战他们的底线，折辱他们的尊严，他们怎能善了。

当即就有一大群人冲了出来。来的人以年轻人居多，有男有女，都显得格外激动。他们围在山门的两旁，对石昊怒目而视，议论纷纷。

“只不过是一个清秀的少年而已，我还以为他真有三头六臂，可吞海食山呢。”有人冷声道。

一条青石路从山门的中间直通向山中，石昊沿着青石路步入山门，悠闲地看着山中的景色，毫不在意这些人的冷言冷语。

“好大的胆子！到了这里，还敢如此轻慢与倨傲，你就不怕生不如死吗？”一个青年拨开众人，挤到石昊面前，冷冷地说道。

“你是谁，为何阻我去路？我是你族老祖请来的贵客。”石昊质问道。

“什么贵客，不过是刽子手而已。你在火国皇都杀了我弟弟秦超，我是他兄长！”青年男子目光阴鸷地看着石昊，冷冷地说道。

“我杀了不少人，哪知道秦超是谁。”石昊摇头道。话虽这么说，其实石昊对那个在火国皇都纠缠芊芊郡主的“疯子”秦超还是有些印象的。当时，他狠狠地教训了秦超一顿，最后还将他斩杀了。

“你忘了秦超，连老朽也忘了吗？”说话的是一个老者。他只有一条手臂和一条腿，眼放凶光，怒视着石昊。

他是秦守诚，在火国皇都中曾持五行环与石昊一战，结果被斩掉一腿一臂，后来在神器的帮助下狼狈逃走。

“哦。”石昊先是点了一下头，然后又问道，“你是谁啊？”

秦守诚闻言，差点气炸了肺。他当时被石昊重创，到头来还被对方遗忘了，这种无视与轻蔑让他气得暴跳如雷。

“还不快跪下！进我不老山，先要拜不老天尊石像！”秦守诚指着山中的一尊巨石雕像，大喝道。

“凭啥？”石昊问道。

秦明在一旁解释道：“进我不老山，都要拜天尊，这是朝圣，也是规矩。”

“这跟我有什么关系？”石昊朝秦明翻了个白眼，毫不在乎地说道。

“跪下！”

“跪拜天尊！”

堵在前方的人一起大喝，声音震耳。他们虽然被告诫不准对石昊出手，但都难以咽下心中的怒气。他们想让石昊跪在山门前，以此来羞辱他。

“还不叩拜天尊！”众人的喊声越来越大，仿佛要让这里的所有生灵都听见。

秦守诚和秦超的兄长都冷笑着看向石昊。

“吵什么吵。”石昊皱着眉头说道。说罢，他从怀中掏出一个皱巴巴的纸团，然后将其打开，刹那间，璀璨的金光从里面绽放而出。

“这是神灵老祖写的法旨，上面还盖有祖印！”有人惊呼道。

“你们还不跪下。”石昊慢悠悠地说道。

他知道不老山中有规定，族人见到神灵老祖的法旨必须要跪拜，若是法旨上加盖了祖印，其地位就更加尊崇了。

一群人见了法旨后惊慌失措，不知道该如何是好。他们清楚，石昊说是让他们跪拜法旨，其实就是想让他们跪在他脚下，好给他们一个下马威。

他们一个个呼吸急促，眼睛喷火，急得脸都红了。

“诸位，见祖师法旨不跪，可是大逆不道的啊。而且这道法旨还加盖了祖印，你等若想反抗，那就罪不可恕了。”石昊懒洋洋地说道，语气中听不出半点要严惩他们的意思。

但是他的话对众人而言就像一把悬在心头的剑，让他们惶惶不安，惊惧非常。

“扑通！”

一个年轻修士跪下了，他极不情愿地说道：“祖师长生，神体不朽。”

其他人见状，也跪了下去。一时间，扑通声不绝于耳，听得石昊非常过瘾。

最后，在场的所有不老山的弟子全都跪在了石昊面前，秦守诚和秦超的兄长秦立也在其中。他们一个个都脸色铁青，眼神中尽是不甘与愤怒。

“起来吧，地上凉。”石昊一本正经地说道，俨然是他们的长辈。

他的这种姿态让众人怒不可遏。他们怒气冲冲地站了起来，咬牙切齿地盯着石昊。一时间，山门内气氛紧张，杀气弥漫。

这时，石昊扬了扬手中那皱巴巴的法旨，准备放进怀中。

之前由于太过惊慌，他们都忽略了这一点。现在他们发现这张法旨早就被石昊揉成了一团，这就相当于石昊拿了张废纸在号令他们。

“你损毁法旨，罪不可恕！”秦立喝道。

“你乱说什么？”石昊扫了众人一眼，而后把法旨拿在手上抖了抖，那张法旨顿时不再有褶皱，闪耀出金色的光辉，看起来神圣无瑕。

制作这张法旨所用的材料是一种宝纸，这种宝纸特别稀有，一小块就价值万金。它很难被损坏，稍微抖动一下就能恢复如新。

“带他去神王殿。”山门内的一位老者担心再这样下去会出问题，赶忙站出来命人将石昊带走。

在秦明的陪同下，石昊在众人的怒视中慢慢走着，四处观望。在这紫气蓬勃烟霞氤氲的宝地赏景，他觉得十分惬意。

“气死我了！”秦立大吼道。

辱人不成反被辱，没有比这更憋屈的事情了。一群人看着石昊离去的背影，都握紧了拳头，恨不得将他大卸八块。

石昊继续往里走。在不老山的深处，他见到一汪紫泉，泉眼冒着氤氲紫气，散发着沁人心脾的馨香。

“咦，一汪紫色的灵泉，难道这是传说中的紫府宝液？”石昊惊讶地说道。

“这种东西即便在上界也是很罕见的，而且这汪灵泉只是浸染了一丝紫气而已。”秦明冷冷地说道。

“介意我在这里洗个脸吗？”石昊不以为意，厚着脸皮说道。

“介意！”秦明没好气地说道。

“做人要大气。”石昊拍了拍他的肩头，一本正经地说道。

秦明在法船上就忍了石昊一路了，本以为回到不老山之后可以好好教训他一顿，没想到回来后还是拿他没辙。秦明憋了一肚子的火，听到石昊这么说更是怒火中烧，他奋力地甩了一下袍袖，转过身去，不再言语。

石昊也没有理会秦明，转身去看那紫泉旁的一座大殿。这座大殿雄伟华丽，四周雾霭蒙蒙，宛若一尊天神矗立于此，给人一种慑人的威势。

大殿的门前立着一块石碑，上面刻着“神王殿”三个大字。这里便是不老山中的长老面见石昊的地方。

不老山中曾出现过诸多强者，一些大人物至今还活在上界。不老山根据他们的功绩与境界修建了诸多殿宇，这神王殿便是其中的一座。

“嗯，不简单啊！”石昊赞叹道。不老山中宏伟的殿宇林立，一看就知道山中强者如林。

秦明带着石昊进入偏殿，让他在那里等候。他虽然很想立刻见到父母，但是也要先听不老山的安排。

在踏入不老山的那一刻，石昊就知道自己进到了龙潭虎穴，一不小心就有可能陷入万劫不复的境地。但是，父母在此，再危险他也会来。当然，他也做了充分地准备，以应对各种可能发生的危险。

秦明把他带到这里之后就离开了。石昊在这儿等了大半日，一个人影都没有看到。显然，不老山的秦族对他不满，故意将他晾在这里，想挫挫他的锐气。

石昊因为很想见到父母，并且要打听祖父的消息，所以只得耐着性子等着。

“这不是人皇吗，怎么一个人在这里坐着？”秦立从殿外进来，身后还跟着几个人。他们都是一脸戏谑，故意来此看石昊的笑话。

“这就是不老山的待客之道吗？”石昊冷冷地问道。

“大劫刚过，族中老祖事务繁忙，哪有时间立时召见你，你就在这儿慢慢等着吧。”秦立嗤笑道。

其他人也都哈哈大笑起来，毫不掩饰他们对石昊的敌意。他们认为，石昊虽然蛮横，但应该也不敢在不老山逞凶。其实，他们很希望石昊出手，这样便能引来族中高手将其镇压。

石昊不再理会他们，盘坐在椅子上，闭目养神。

“向来强势的小石也有隐忍不发的时候，真是奇闻。一直听闻你出手快如闪电，眨眼间便能横扫四方对手，现在怎么不吭声了？”有人挑衅道。

这是他们有意为之。他们就是想激石昊出手，这样他们便能以此为由头请出尊者，开启杀阵，将石昊擒住。

可惜，石昊一直闭着眼睛，看都没看他们一眼。

很快，又有一群人赶了过来，他们都是来这里凑热闹的。秦守诚也来了，而秦明则在远处看着，并没有打算过来制止这些人。

这些人也不说话，就站在一旁笑嘻嘻地看着，像在看戏一样。这是一种无言的挑衅。

“你还真沉得住气。”秦立讥讽道。

这时，石昊睁开了眼睛，慢慢地说道：“你们的人来得差不多了吧。”而后他站起身来，看着前方的数十人，淡淡地说道，“那就再跪一次吧。”

说罢，他又将怀中那皱巴巴的纸团掏了出来，拿在手中轻轻一抖，纸团舒展开来，绽放出耀眼的金光。

“你……”秦立差点破口大骂。

其他人的脸也变成了猪肝色。他们想不到石昊竟会故技重施，心中既惊又怒，恨不得把那张法旨给抢过来。

真是耻辱啊，竟然被这小石戏耍了两次！在场的人怒不可遏，咒骂不已，若非族内下令不得对石昊出手，他们早就发难了。最后，有些人硬着头皮跪拜，有些人则装作没看见，一声不吭地低着头疾速离开。

“慢走不送，想跪的话时常来啊。”石昊朝着他们的背影大声喊道。

人群散去后，偏殿又恢复了宁静。石昊坐在里面又等了一个时辰，还是没有人来理会他，他便走到外面四处转悠去了。

当秦明找到石昊时，他双眼发直，简直不敢相信眼前的一切。他看见石昊竟然一脸舒泰地在紫泉中泡脚。秦明气得满脸通红，指着石昊连说了三个“你”字。

这道灵泉水量很小，是给年轻弟子炼药用的。如此稀珍的灵液，居然被石昊拿来泡脚，让不老山中的年轻一代情何以堪?

“闲得脚疼，在这里放松一下。”石昊慢悠悠地穿好鞋袜，站起身来，心满意足地说道。

秦明气得跳脚，没好气地说道：“有老祖要见你！”

他之前故意拖延时间，没有向上通报，让石昊在偏殿中干等，就是想教训石昊。但没想到，石昊竟然这么悠闲，还污了紫泉。他怕再这样下去，石昊会捅出更大的娄子，只得带他去见老祖。

所谓的老祖是一位尊者，并非神灵古祖。他须发皆白，和颜悦色，对石昊客气地说道：“族中的一些年轻人不懂事，还望见谅。”

石昊点了点头，没有说什么。

“说起来，你与我们是一家人，到了这里不要见外。”老祖微笑道。而后他同石昊闲聊了起来，说了一些无关痛痒的事情。

石昊想立刻见到父母，几次将话题转到上面。后来，老祖终于答应石昊，带着他去见父母。

“族中很看重你的父母，让他们在不老之地修行，一般来说，只有神灵老祖才有资格进去。”老祖说道。

“他们还好吗？”石昊问道。他虽然看起来很平静，但是心中早已波涛汹涌。

“他们很好。那个地方被天地大道包裹，法则齐全，犹若一座不朽的道炉，在当中修行事半功倍。”老祖带着笑意道。

石昊和老祖一路走来，途经一座又一座巨山。这些巨山都仙雾缭绕，长满了约草，堪称修行圣土。

这些巨山簇拥着中心的一座奇异的山峰。这座山峰状若人的手掌，压在那里，它就是最为著名的五行山。

不老之地就在五行山间的一座山谷中。隔着很远就可以看到那里云蒸霞蔚，灵藤盘绕，草药成片，古木成林，一看就是不朽的神土。

“这座山谷是神灵老祖闭关之地，隔很长时间才开启一次。不过，依照推算，这两日便会开启了。”老祖道。

“父亲，母亲，我来看你们了！”石昊激动地大喊道。

第276章 小石怒

WANMEI SHIJIE

五行山呈灰褐色，遍生灵草，蒸腾出缕缕灵气，这座山谷只是其中的一个很小的区域。山谷前有神灵法阵守护，石昊走到近前，看到一块巨石上写满了神王、天王等不老山中强者的丰功伟绩。

“这上面记载了从太古至今的不老山中的强者。他们中有的坐化了，有的战死了，有的去了上界。”老祖说道。他名秦法，修道两百多年了，成为尊者也有数十年了。

石昊点了点头，没有说什么，心不在焉地看着巨石上的字，满脑子想的都是快点跟父母重逢。但是很长时间过去了，太阳都要落山了，山谷还是没有一点动静。

“山谷怎么还没打开？”石昊焦急地问道。

“应该快了，最迟不过两日，必然打开。”秦法说道。

石昊感觉到此地灵气浓郁，谷外尚且如此，谷内必然是天地精气如海。想到父母有心思在里面修行，却没有去找过他，石昊心中不免有些难受。

“我的父母来了十几年，他们一向可好？”他旁敲侧击地问道，想看看父母有没有寻找过自己。

“很好，不过他们很惦念你。只是因为他们要修炼一种神功，没法离开此谷去找你。”秦法微笑道。

石昊闻言一阵沉默，但很快他又摇了摇头，表示怀疑。他想起了父母曾为了他大战武王府，反抗家族。他觉得他们对他这么疼惜，不可能为了练功而不去找他。

“你们是不是将我父母囚禁在此?!”石昊目光冷厉，严肃地问道。他上下打量了秦法一番，接着道：“你不会是想将我引进此地，然后把我也囚禁在此吧？”

秦法笑了笑，道：“我不老山要真想囚禁你，根本不需要这么大费周章。我们这儿的大阵神魔都可斩杀，更何况是你。”

说到这里，他让石昊在一旁的石椅上坐下，耐心等待。山谷中灵气充沛，药香扑鼻，可以让人心中平静。

“这里乃是天地灵秀之地，在此修行，可以加速你的修行。”秦法说道。

“你还真想囚禁我？”石昊冷冷地说道。

“不，我们是为了你好。”秦法摇头道，“我想你也知道下界大道有缺，法则不全，对修士的坏处极大。”

石昊沉默不语，静静地看着他。

“我不老山乃是夺天地造化之地，这山谷内更是大道不缺，法则完满。在此修行可以在你的体内种下完美道胎的种子，到时你便能登临绝巅。”秦法说道。

他还表示，如果石昊愿意，秦家可以大力栽培他，让他在此地长期修行，助他登临绝巅。

石昊依旧一言不发。即便真有天纵之资，他也不相信秦家会这样对他，要知道他之前可是斩杀了他们的众多修士以及两位尊者。

“此前不过是误会，没什么大不了的。你拥有至尊骨，且有我族一半的血统，为何就不能栽培你？”秦法微笑道。

“我已是石国新皇，短期内有许多事要处理，没有时间来此地修炼。”石昊搪塞道。

“无妨，你可能还不知道你已经有个弟弟了，他与你一样天资超凡，傲视当代。如今他已经十三岁了，你若在此地修行，可以让他暂时代你主持石国大局。”秦法道。

石昊目光如炬，逼视着他，没有说话。他早先在石都时就听秦岭说过，说他有一个少年至尊弟弟。而今再次听闻父母有了另一个孩儿，他心中就像打翻了五味瓶，很不是滋味。

十五年来，他靠自己的努力崛起于大荒中，身经百战，横扫诸敌，却从未感受过父母的温暖。而今，莫名多了一个弟弟，他觉得有些失落。他一想到这些年来父母都守护在弟弟身边，没有去找过他，就心里一紧，非常难受。

“我有一个弟弟……”他喃喃自语道。

“是的。他天资聪颖，勇力过人，哪怕去了石都，也能镇住一切，你不用担心。”秦法道。

“弟弟，他要去当石国人皇，这是他自己的意愿吗？”石昊木然问道。

“自然是他自己的意愿。他并非只在山谷中修行，也曾在外长期磨砺，他愿意站在更高的位置上让自己进一步感悟天地大道。”秦法说道。

“弟弟，想要我的人皇位……”石昊自语道，而后沉默了很长时间。

“并非要夺你的人皇位，只是希望你能来此修行，借此神土孕育出一颗完美的大道种子。而且你的父母十分想念你，你可以在此与他们团聚，好好享受父母的疼爱。”秦法说道。

他看了一眼神情恍惚的石昊，继续说道：“你天资超凡，我们真的是想让你登临绝巅，并助你进入天界。”

“你们是想借我弟弟之手掌控石国。”石昊幽幽地说道。他虽然有些恍惚，但是依旧能感觉到不老山对石国的不轨之心。想到自己的弟弟也参与其中，他心中不免一阵酸楚。

秦法否认道：“你多虑了。我们只是想让你在此地结出完美的道胎种子，将来好傲视天下。而且，你弟弟也不可能长久在外，你们将来都是要进入上界的，这下界的皇权算得了什么。”

石昊突然目光炽盛，冷厉地盯着他道：“我的祖父呢？”

“他去上界了，就是从这座山谷中走的。”秦法心平气和地说道。

石昊没有再说什么，静静地坐在石椅上。他暗自动用上古重瞳观察四周，突然，他发现山谷的石壁上有一个箭孔，一种莫名的气机从其中透出来，他心头一震，顿时明白那箭孔是神灵法器所留。

秦族自己怎么会攻山谷呢？石昊心中生出这样的疑惑。突然，他在心中惊呼道：“啊，这箭孔很像祖父手中的神箭所留。”

当年在石国皇都时，他曾听说他的祖父有两支威力无穷的神箭，并在众人的描述中，将神箭的模样深深地记在了脑中。

石昊有了这个猜想后，心头猛跳，眼中生出些许杀意。就在这时，一个面容姣好、体态轻盈的侍女端着茶盘，往这边走来。

“哧！”

石昊突然伸出右手，向前探去。那只右手不断变大，手心浮现一头鲲鹏，将她捉到近前。石昊迅速将食指点在其眉心，探索其识海。

刹那间，石昊色变。他在这名侍女脑中得知两年前这里发生过一场大战，但具体情况如何，这个侍女就不知道了。

石昊将侍女放开，转过身去看着秦法，怒斥道：“你们竟敢对我祖父不利！”他的心中腾起了一团怒火，浑身爆发出强大的威压。

在他年幼时，他的祖父石中天就去为他寻找纯血生灵用以洗礼，结果因此失去了一只手。石中天脱困后，又带着神丹，兴冲冲地回来为他筑基。在得知石昊的至尊骨被夺后，他又大闹石都，横扫两个王府。

可以说，石中天为石昊付出了很多，对他的宠溺与关爱无人能比。石昊恨不得立刻见到他，亲口告诉他自己现在修为有成，可以纵横天下了。

可现在，他发现自己的祖父似乎曾经在这里愤然开弓，这让他心中有种不祥的感觉。

“我祖父呢?!”他大喝道。

“别冲动，我可以发誓，他现在很好！”秦法站起身来，慢慢地说道。

“到现在你还想诓我！？”石昊喝道。

与此同时，石昊浑身发光，神力澎湃。他开启十大洞天，向前扑去。

秦法淡然一笑，不慌不忙地说道：“这里不是石国皇宫，没有皇道龙气，你凭什么与我一战。听我的话，赶紧住手吧。”

石昊没有露出半点惧色，径直向秦法冲去。他浑身散发着乌光，一个黑色的小人在他的头顶浮现，而后化成不灭的战衣，与他融为一体。

秦法见状脸色大变，疾速倒退，但已经来不及了。石昊的指端击中了他的肩膀，他的肩膀遭到重创，鲜血直流。

他是一位尊者，可以高高在上地俯视所有王侯，可是没想到才一开战，他就吃了一个大亏。

“尊者境！”秦法非常吃惊，而后盯着那件黑金战衣，目光火热地说道，“好一件太古瑰宝，虽然残缺了，但终究有修复的一天。”

“轰！”

石昊二话不说，一拳轰去，爆发出炽盛的光芒，如一轮大日横空飞来。

秦法疾速倒退，并未硬撼。他哂笑道：“年轻人，你要知道，这里是不老山，神来了都要臣服于此，你还敢在此逞凶吗？”

“伤我亲人，必要一战！”石昊厉声说道。

“不知天高地厚！神王对不老山都要忌惮三分，你一个少年竟敢这么猖狂！”秦法斥道。

“不老山又如何，胆敢伤我祖父，我就要将它掀翻！”石昊吼道，目光深邃，杀气冲霄。

秦法心中一凛。他调查过石昊，知道他绝不可能让自己陷入绝境。他很不安，因为他怕石昊会有什么了不得的底牌，而敢在不老山一战。

石昊向前迈步，每踏一步都发出震耳欲聋的轰鸣声，一簇簇光团接连在他的脚底炸开，让他看起来像一尊大日天神。他冲到秦法近前，手捏拳印，向前奋力轰去。秦法被轰击得连连倒飞，一退再退。

“嗡！”

虚空颤抖，大地摇晃。石昊一拳挥出，快到极致，无人能躲。那拳头由之前的乌光笼罩变成金光绽放，这是拳头神性的质变。

秦法双手交叉，口鼻间喷出一团白色的先天精气，双臂上亮起密密麻麻的符文，爆发出强大的力量波动。这是尊者的道行显化于双臂中的表现。

在秦法交叉的双臂间，生出一对蛟龙，它们齐声和鸣，化为一对巨大的银剪。这便是传说中的银剪神通，又称双蛟剪，这种神通可剪断一切强大的武器。

“当！”

石昊的拳头靠近秦法的刹那，这双蛟剪银光大盛，发出阵阵龙吟，瞬间夹住了那金色的拳头。仅一瞬间而已，两者间爆发出刺目的光芒。这是两人第一次硬撼。

那种法力如巨浪般袭来，当中的法则若神剑般锋利，仿佛就要斩断他的拳头。石昊此时真正感受到了尊者的强悍。

秦法瞳孔收缩，双臂轻颤，非常震惊，他没想到石昊竟然能挡住他这位尊者的威势。他看着石昊，心中感叹那战衣果然可怕，竟生生地让那少年提升了一个大境界，使他能与自己硬撼。

“轰！”

石昊挥动拳头，金色的掌指间若火山爆发喷涌出黄金光，向着秦法冲去。

秦法大叫一声，连连倒退。他那双臂演化出的双蛟剪全被震散，且有一股巨力冲向他的胸膛，让他难以抵挡。

他一声断喝，浑身发光，通体布满了强大的符文。那是刻在肉身上的各种法阵，且皆为杀阵，神力惊人。

秦法催动全身的杀阵，想要化解那股巨力。但是那股巨力并没有被全部化解，一些余力冲入了他的身体内部，震得他口中咯血，连连倒退。

“好强！”秦法心中大骇道。这还是一个列阵境的少年而已，虽说有那件乌金战衣的加持，但他自身的强大才是根本。

这次的对战让秦法明白，石昊的强大肉身与乌金战衣结合，会让他有无穷的战力，他的确可以硬撼尊者。

“唰！”

他双手一划，虚空中神剑密布。这是血肉中所刻下的强大法阵的力量，瞬间冲出，三百六十五道剑光如骄阳，迅速劈了过去。

这是尊者的法则，一念之间便可让山河崩碎。这样的神剑剑光，每一道都足以劈死一个王侯。

三百六十五道剑光齐出，其威力简直不可想象。

此时此际，日月无光，山河失色，这虚空中只有三百六十五道剑光纵横交织，若天际银河般压落下来。

石昊大喝一声，口中喷出一股淡金色的气流，里面裹着他的一滴精血。那淡金色的气流在虚空中演化无上剑道，化生出一株草。

“轰！”

转瞬间，这株看似柔弱的草以开天辟地之势，释放出强大的威能，超越了尊者的奥义，震撼人心。

紧接着，不灭战衣将这股力量进一步加持，让它的剑道法则演化到极致，化生出无量剑芒。最后，石昊双手一阵，通天剑气爆发而出，斩向四方。

神圣剑光与通天剑气在虚空中剧烈地碰撞，猛烈地交击，一时间，白茫茫的剑气犹若滔天洪水，压满了虚空。

这是剑诀的激战。石昊爆发出的无敌剑意抵住了尊者祭炼了数十年的剑阵。

这剑阵刻在秦法的血肉中，是符文秘力的极致体现，也是不老山中远近闻名的攻击法门。但此刻这剑阵竟然被压制了，而且对方的剑意还超越了不老山，这让秦法非常震惊。

突然，虚空中的剑光全部炸开，三百六十五柄神剑皆爆碎，化成一片耀眼的光芒，消散在虚空中。

石昊的剑气也被击散了，不过他所喷出的一滴精血还浮在虚空中。这滴精血内蕴含金色符文，疾速向秦法冲去，击中了他的手臂。

秦法被震飞了出去。虽然是一滴精血而已，但其内蕴含着巨力，更有不灭的剑意，险些将秦法的手臂震碎。

“啪”的一声，秦法体内的剑阵被石昊的一滴精血斩碎，铭刻于其血肉中的数十年的攻击法门毁于一旦。

这一切在很短的时间内便结束了。两个强者激烈厮杀，快到极致，几个回合间就有了这样的结果。

秦法取出一个玉罐，倒出一粒龙眼大的金丹，将其吞入腹中，用以疗伤。他一脸的凝重之色，看着不远处战意腾腾的石昊。

他没有想到石昊比传说中的更厉害，竟能在短短的几次交手后，便让他这位尊者遭此重创。

这不仅是那件战衣的功劳，更是石昊自己足够强大的缘故。他对那剑意的领悟绝不弱于秦法，甚至比他更强。

前人传下神功法门，留下各种经书，其中的奥义晦涩难明，能够真正领悟并达到较高境界的修行者并不是很多。

石昊只是一个少年，居然能有这么高的剑道造诣，这让秦法越想越觉得可怕。

秦法甚至认为，若在石昊的血肉中铭刻足够多的符文与法阵，其在这几年内便能破入尊者境。

尊者境跟前面的几大境界截然不同，常人很难踏入这一境界，下界中更是从来没有人在十五六岁时便进入其中。

“后生可畏啊！这小石不仅肉身强悍，对神通宝术的领悟力还这么高，而且还生有至尊骨，他简直能傲视古今了。即便是在上界，他这样的天资也足以名动一方了吧？”他感叹道。

“我祖父在哪里，他到底怎样了？”石昊质问道。他满头的黑发都飘动了起来，一股凛冽的杀气震荡四方。

这里即使有法阵守护，很多巨树还是被连根拔起，同山中的巨石一起悬浮在虚空中。它们在石昊如雷的喊声中猛烈颤抖，而后全部爆碎。

“都说了，他去了上界。”秦法说道。

“你拿命来！”哪怕在不老山，石昊也是煞气冲霄，无所畏惧。这次他真的动怒了。他对祖父有着很深的感情，可秦法直到现在还在敷衍他，不肯将祖父的情况告知，他自然不会放过秦法。

这一刻，虚空中不再只有一株草，而是有数十株草。每一株草都绿意盎然，生机勃勃，散发出一种强大的生命力。

秦法心中震颤，简直不敢相信眼前的一切。这剑气分明是主掌杀伐的神通，现却在造化生命，演化生机。

石昊虽然还在列阵境，但对剑道的理解早已超越众人。秦法对此忌惮不已，决定使出绝招将石昊一举镇杀。

“斩！”

石昊大喝一声，虚空中的数十株草应声摆动，而后爆发出强大的剑气，全部向前方斩去。

这是一次大决战。秦法浑身发光，血肉中的法阵全部复苏，疯狂地释放出一条又一条秩序神链。

秦法像蜘蛛一般，结出一张由法则构建的大网。他站在大网的中心处，奋力催动法阵，对抗通天剑气的攻击。

这场大战非常激烈。虚空中无尽的符文绽放了又熄灭，像星河坠于此地，若火山突然喷发。

突然，秦法闷哼一声，倒飞了出去，而后重重地摔在了地上。

他一共中了十三剑，每一道都足以斩灭他。他以体内的十三座法阵一一抵挡，最后连肉身都几乎要瓦解了。

不过，步入尊者境的强者，若有足够多的宝药，日后仍可以慢慢生出血肉，因此，肉身上的损耗对他们而言并不是什么大问题。

但是这次秦法伤了本源。他体内的十三座法阵彻底崩坏，几乎让他跌出尊者境，这种损伤没有几年时间的修养根本没法复原。

石昊虽嘴角流血，但并无大碍，他探出右手就要将那秦法捉拿过来。

然而就在此时，他觉察到有一股森寒的杀意逼来，直抵他的后脑。这股杀意强大而冷酷，仿佛随时都会向石昊发难。

石昊没有回头。他先是开启十大洞天，禁锢住虚空，将秦法抓了过来，扔在一个洞天内，他还有很多问题要问。

而后，他站在这片由他自己主掌的虚空中，缓缓地转过身去，面对来人。

第277章 兄弟相见

WANMEI SHIJIE

来的总共有三个人。两位老者身穿法袍，浑身无光，但是有一种莫名的神威，能震慑人的神魂。他们的修为绝对十分强大。

两位老者的身边站着一个少年，看起来只有十二三岁的样子。他目若朗星，身材高挑，英姿勃发，浑身上下有一种特别的气韵。

他身着银色战衣，周身散发着神光，像是上苍之子，让人一看便知他是一个超凡脱俗的少年至尊。

“神灵战衣！”石昊心中一震。这少年所穿的银色战衣上面流淌着神灵的力量，其神性浩瀚莫测，但可以肯定这绝对是一件神级战袍。

那股杀意正是这个少年发出的。他手持一杆银色战矛，对准了石昊。

这银色战矛也是一件神灵法器，一看便知是由神灵锻造出来的。

“自幼便是秦法教我读书识字，你不能杀他。”这个一身银光的少年说道，收起了银色战矛。

石昊没有说话，仔细打量着这个少年。只见他头角峥嵘，英气逼人，眉宇间有一种似曾相识的感觉，石昊不禁心头一震。

“你是谁？”他平静地问道。

石昊表面上看起来波澜不惊，其实心中早已是惊涛骇浪。这少年的容貌竟与石昊记忆中父母的模样有几分相像，而且从眼角到眉梢，几乎一模一样。

“秦昊！”少年回答道。他傲然而立，双眸中满是自信，一身银色的神灵战衣将他衬托得超世绝伦。

“秦昊……”石昊自语道，心想为何是这个姓。他一阵沉默，而后目光又炽盛起来，盯着前方的少年。

与他一样，以昊为名，只是姓氏不同，刹那间，石昊明白了许多。

“锵！”

秦昊手中的银矛一震，发出轻鸣，若龙吟般，响彻虚空，震慑人心。他以手中的战矛指着石昊，厉声说道：“放了秦法。”

那银色战矛银光闪烁，锋芒毕露，生出一股无坚不摧的杀意，瞄准了石昊。

石昊沉默片刻，而后幽幽地说道："你要对我动手？"

秦昊一言不发，但目光坚定，一身神灵战衣若一团银色天日璀璨耀眼，让他显得超凡脱俗。

"在对我出手前，我想问你，可曾见过一个独臂老人。他叫石中天，又称大魔神或十五爷，你是否与他交谈过？"石昊问道。

"先放了秦法，其他稍后再说。"少年目光湛湛，语气坚定，可以看出他非常自信。

石昊知道这个少年多半就是他那个素未谋面的弟弟，他轻轻一叹，并不想与秦昊一战。

他转过头去看向那两位老者，道："告诉我，我的祖父在哪里，他而今怎样，否则你不老山今日也许会崩塌。"

还没等那两个老者开口，秦昊便向前迈步，道："可敢与我一战？"

"是与你一战，还是与神灵法衣一战？"石昊问道。

"我只是想与你在同一境界内比试，你敢吗？"秦昊目光炽盛，身上的银色战衣铿锵作响，仿佛等不及要与石昊一战了。

"你就这么想与我一战吗？"石昊看着他。

"看得出来你很强，我需要你这样的对手。"银衣少年有一种惊人的自信，那是见到强大对手后的渴望。

石昊神色淡然，收起不灭金身战衣，坦然地说道："出手吧。"

"好！"少年一声大喝，银色战衣敛去了神灵之力，变得不再闪亮。而后他若一只神凰纵身而起，一拳向石昊轰去。他要以纯肉身的力量与石昊对抗。

石昊见状，从容不迫地伸出手掌，挡在胸前。那个手掌仿佛有一种神奇的力量，让秦昊无论怎么冲击，都只能将那一拳击在掌心上。

"砰！"

身穿银色战衣的少年修成了不灭宝身，肉身之力足以震世，他那一拳重重地击在了石昊的掌心上，发出一声沉闷的巨响。

然而，石昊纹丝不动地站在原地，手掌仍放在胸前，平静地看着眼前的少年。

少年拳头轻颤，整个人倒飞了出去。他的脚下符文闪灭，踩得山地崩开，才化解了那股反震的巨力。

"很厉害！"秦昊心中一惊，低语道。而后他一声大喝，通体发光，银芒璀璨，若一头沐浴着银色火焰的神灵，再次向前冲去。

这一次，他抡动拳头，将肉身之力催动到极致，爆发出震耳的轰鸣，引得天地都与之共振。这一刻，他迈入了一种奇异的境界，与天合一，神力无穷，仿佛在挥动一方天道。

在这个年纪，有如此可怕的肉身和无穷的潜力，绝对算是世间罕见。

“砰”的一声，那拳头依旧砸进了石昊的掌心。石昊稳若磐石，站在原地一动不动。而秦昊则面露惊容，踉跄倒退，站在远处没有再出手。

“怎么会这么强？”他轻语道。对面那个人虽然只比他大了两岁，可是那样镇定自若，还是让他吃惊。要知道，他天赋惊人，平日里可是能将比他年长十几岁甚至高出一辈的人击败。

而今，他的无敌光环似乎失效了，前方那个人如一座神山横亘在那里，让他难以撼动。

“你在这个年龄能有这样的肉身，足以傲视同辈中人。”石昊说道。这不是恭维，而是真正的夸赞。

“与你两年前的神力相比如何？”秦昊目露神芒，紧紧地盯着他，身上的银色战衣闪烁亮光。

“为什么非要与我比？”石昊问道。

“我就是想知道！”秦昊身上的银光变盛，战衣重新散发出神灵气息，他手持战矛，遥指石昊的眉心，厉声说道，“敢否再战？”

石昊蹙眉道：“你还猜不到我的身份吗？”

秦昊点头道：“知道了，但是我非常渴望与你对决，并无其他杂念。”

石昊怔怔地看着他，觉得他身上有一种坚信己身无敌的信念，更有一种少年独有的骄傲与自负。看得出来他渴望通过大战，来磨砺己身。

“独臂人是你的祖父，我现在想知道他的消息，有比这更重要的事吗？”石昊说道。

“我现在就想一战！”秦昊以手中战矛遥指石昊，矛尖释放出银色光辉，不朽的神灵气息汹涌而出，威压天上地下。在其身后，两个老者满意地点着头，对他那种舍我其谁的霸气很是欣赏。

“那是你的祖父！”石昊的目光变得严肃起来。他不再多说什么，拿出一杆黑色大戟，猛力一振，大戟瞬间爆发出万丈金光，乌黑的戟刃与戟杆变成了金黄色，神力暴涨，像一片大海席卷八方。

这是石国的镇国神戟，神能无边，足以震慑一域。

"轰！"

石昊重重一戳，将神戟立在了地上。这片山地即使有法阵守护，也难以抵挡神戟的滔天神威。刹那间，山摇地动，天崩地裂，这片山地眨眼间就崩塌了。

秦昊虽身穿神灵战衣，但修为终究尚浅，难以抵挡这等威势，被震得横飞了出去。而那两位老者则拉着秦昊，疾速倒退，瞬息遁到了天际。

石昊并不是针对秦昊，而是对那两位老者不满。他想要镇杀他们，故此动用了全力。

"你可知道，在我秦族动用如此强大的神器，会有怎样的后果？"其中的一位老者冷声说道，神色严肃无比。

"压制！"另一位老者二话不说，直接激活了此地的大阵。顿时光芒冲霄，将这里覆盖。

石昊手中的镇国神戟剧烈地抖动着，竟欲冲向五行山。石昊心中一惊，发现五行山要将神戟收走。

"唰"的一声，石昊将镇国神戟收了起来，若有所思地看着那座山峰。

相传，五行山下压着一个盖世人物，虽然这个传言难辨真假，但最起码这五行山很可能是一件可怕的至宝。

天穹上，秦昊身披银色战衣，光芒四射。他胸膛起伏，对石昊的威势深感震惊。石昊只是用力将神戟立在地上而已，竟震退了他们三人。

一位老者对他微笑道："你天资超凡，现在只是年纪小而已，在同龄人中，这天下无人是你的对手。"

"放开秦法。"就在这时，山地外走来一个人。他一头白发，身材高大，目光若电，大步而行。他看起来像一个中年人，不过从他双眸中的沧桑可以知道，其所经历的岁月要比一般人的一生还长。

白发人目光冷厉，悬在半空，俯视着石昊，道："石中天当年就是在此地，被我打得大口吐血。"

石昊闻言，怒发冲冠!

石中天号称大魔神，一生强势无敌，是石昊最敬爱的祖父，居然在这里被别人打得大口吐血。石昊难掩心中的怒火，战血汹涌澎湃，几乎要燃烧了起来!

"你修行上百年，战败我祖父，也好意思叫嚣。今日我石昊亦要在此一战，以你之血洗刷我祖父之辱！"石昊大喝道。

石昊发丝飘舞，以自己为中心形成一个场域，周围所有的巨石都隆隆而动，逆冲上天。他从来没有像现在这么愤怒过，不过他也能看出，这位尊者血气强大超凡，体内符文如海，精气神如海浪滚滚奔腾，每一点都显示出他很不一般。

“秦湛是一个疯子，为了修行不择手段，已经入魔了，你不要学他。”远空中，两位老者叮嘱秦昊道。

白发人名叫秦湛，雄伟的身躯如巨山般，摄人心魄。他目光森寒，看着石昊道：“所谓的天才，就是用来斩的。使出你的全部力量，可别让我失望。”

“轰！”

无须他多言，石昊早就与不灭金身战衣融在一起，蓄势待发。这一次，他的怒火与战气交融在一起，形成一股狂暴的力量，震动十方。

祖父在他心目中有着十分特殊的地位。得知祖父石中天被人打得吐血，石昊犹若被拔了逆鳞的巨龙爆发出无限的威能。

金色鲲鹏展翅，直击九重天。石昊化身鲲鹏，冲霄而上，与此人激战在一起。

才刚开战，天空中就有血液溅起。白发人的肩头被石昊重击出血，而石昊自身也遭到反击，口中咯出小半口血。

弹指间，两人便交手了上千次。他们不断变换方位，像两道闪电纠缠在一起，虚空中光芒炽盛，响声如雷。

石昊心中震动，不禁感叹这个对手真是强大得离谱，在尊者境中竟有无敌威势。

“小石了不得啊，居然能与秦湛激战到这一步，要知道这个疯子一直都是横扫诸敌，只败过几次而已。”远处，两位老者叹道。

石昊虽怒，但意识清醒，他全身心地投入到战斗中，丝毫不敢大意。他毕竟不是一个真正的尊者，这样的敌人对他而言真的太强大了，这绝对是他所经历过的最艰难的一战。

“啊——”石昊想到祖父受创，一声长啸，仿佛入魔了一般，满头发丝乱舞，浑身潜能爆发，力量更强盛了。

“轰！”

苍穹上，一头金色的大鹏冲起，爆发出无量黄金光，压满虚空。与此同时，金色大鹏的下方，一条黑色的大鱼挟无穷黑云汹涌而来。

这天地被大鹏与黑鱼分割成金黑两色，化生出太阳与太阴两气，恐怖无边。

“给我破！”

石昊一声怒吼，震得不老山都在颤抖。他因祖父之伤而狂，毫无保留地动用了极尽力量。

下一刻，金色大鹏与黑色巨鱼缠绕在一起，状若一个太极，演化阴阳之道。“轰隆”一声巨响，它们相互交织着冲向秦湛。

“轰”的一声，秦湛被砸飞了出去，浑身是血，遍体鳞伤。这一击，让他直接崩溃。石昊嘴里也吐出了一口血。紧接着，他如神魔临世般俯冲了过去，从地上将秦湛拎起，而后一巴掌将其扇飞了出去。

“轰！”

秦湛撞在前方的石壁上，在崖壁上留下一大片血迹。与此同时，一声巨大的响声传出。山谷开启了，两道崖壁分向两旁，露出一座浩瀚仙谷。

石昊目光盛烈，拎起秦湛，向山谷内走去。

第278章 谋大法

WANMEI SHIJIE

山谷内精气浓郁，洁白光辉刺目，草木的清香扑鼻而来，宛若太阳天神的栖居之地。

此处便是不老之地，又称“神之谷”，是秦族的神栖居的地方。这里拥有完整的法则，无缺的秩序，大道圆满。

下界大道有缺，法则不全，而不老山居然有这样一处地方，仅凭此这里就足以称为诸神的山谷。

石昊口中咯血，但步履坚定，拎着秦湛，向谷内走去。这一刻他强势而果断，身上有股战气在澎湃。

秦湛虽然伤势颇重，但依旧在笑。他满脸是血，笑起来有些吓人，喃喃地说道：“你很强，比你那独臂祖父厉害得多。”

“啪！”

石昊目光一冷，一手拎着他，另一只手直接就扇了过去，在秦湛的脸上留下一片闪亮的符文。

这样的巨力拍在他的身上，让他若一颗流星横飞出去，“砰”的一声，撞在山壁上，整座山谷都被震得剧烈摇动。秦湛从山壁上滑落下来，在上面留下了一大块人形的血迹。

秦湛真的十分强大，若是一般人肯定会瞬间粉身碎骨。要知道，石昊的力量可是强大到足以拍碎一座山峰。

秦湛号称“疯子”，自幼为神道而痴，修成不老山多种大道神通，法力无穷，肉身早已被洗礼了无数遍，坚逾金刚。

“我的肉身居然受损得这么严重，这真是个奇迹啊！”到了这一步，秦湛还在自嘲。

几十年前，他就修成了“不老法体”这一族中至高绝学之一，不说其他，单是用不老法体他就足以在尊者境长驱直入。

石昊神情冷漠，踏出一步，瞬间便到了秦湛近前。“啪”的一声，他一腿扫出，宛若蛟龙摆尾，一脚踏在秦湛的胸前，震得虚空扭曲鸣颤。

这一脚若一杆战矛，顶着秦湛再次撞在崖壁上。石昊的腿绷得笔直，抵在他的胸口上。

“再来啊，看你能否将我碾碎。当初在这山谷入口，我将那独臂老儿踢得口喷鲜血，遭受重创……”秦湛满身是血，病态地大笑道，看起来很狰狞。

“轰！”

石昊沉默不语，带着一股强大的场域之能，一拳砸在他的下巴上，将他的牙齿打落了十几颗。这一拳足以将这个等阶的其他人碾成肉泥，可是秦湛还活着，依旧大笑不已。

后方，秦昊身披银白战衣，黑发飘扬，眼睛炯炯有神，再次举起手中的银矛，遥指石昊的后心，爆发出腾腾战意。

石昊感到了一股强大的杀意正锁定着他，但他没有回头。只见他神情冷漠，通体符文流转，像火焰在跳动。

两位老者对着秦昊摇了摇头，其中一位拉住他，用力按下了他手中那银灿锋锐的战矛，让他不要轻举妄动。

而另一位则轻语道：“秦湛为了修行已经疯掉了，你不要干涉。”

“嗯？”秦昊惊异道，一脸狐疑。

“这是不老山，难道我们还会看着他死掉不成？秦湛入魔了，为了最强之路，他要疯狂地踏出那一步。”一位老者解释道。

“小石，你很强，但你不好好地当你的少年人皇，跑到我秦族来，就是自取其辱。你以为这是什么地方，神王下界都要忌惮三分，太古神禽来了都得窝着！”那位老者又对石昊说道。

秦湛吐出几颗牙齿，冷笑道：“想为你祖父报仇，冲我来吧。不然一会儿就连你也要被别人打得大口咯血，步你祖父后尘。在不老山，你们都太弱了！”

祖父是石昊最尊敬的人，是他心中最神圣的存在，他不能容忍别人羞辱祖父。

石昊二话不说，一巴掌扇出，扇得秦湛身体踉跄，差点倒在地上。秦湛在这样的攻击下竟还能站住，依旧不死，不老法体的强大在此时体现得淋漓尽致。

不过，这也与石昊保留了实力有关。他还要留下秦湛的性命，探清祖父如今身在何处。

“再来啊，冲着我的身体来，不要这么没力气，让我看看你这毛头小子的真正实力！”秦湛咧嘴笑道，表情狰狞恐怖。

与此同时，他通体发光，各种神秘符文密布。一座又一座法阵铭刻在他的血肉内，形成一个神秘的神力通道，各种符文在其间循环，释放出强大的法力。

“你这是求虐吗？”石昊说罢，一拳轰出，将秦湛震飞了出去。

“咔嚓！”

秦湛的肋骨碎了七八根，但是身体的光芒更盛了。

不老法体是法力凝结与肉身磨炼到极致的体现，号称“不老的法体”，即使是人死后也不会腐坏。

这种法体将肉身推向不朽，可以媲美西方教的金刚不坏身。秦湛纵横天下时，借此宝身，所向披靡，在尊者境罕有敌手。现在他也是凭借这一宝身，在石昊一次又一次的攻击下，没有粉身碎骨而殒灭于此。

“再来，我打你祖父时，下手可比你重多了！”秦湛疯狂地大叫道，整张脸都扭曲了。

此时，他碎掉的肋骨并未湮灭，而是从骨髓中释放出神能，化成光团，包裹了他的躯体。

“轰！”

石昊一拳轰出，击穿光幕，再次将他的一身骨头震裂多根。

这样的拳力可以说在此境无人能敌，因为别人根本不可能像这样再三地震裂如此坚硬的骨头，如此轻易地碾碎不老法体。

“嘿，我就是不死，有种你再来，不然你没机会了。我秦族的神要出关了，到时候你就没活路了。”秦湛满头银发，瞳孔闪出妖光，整个人看起来疯狂可怕。

“如你所愿！”

石昊话语冰冷，拳头发光，施展鲲鹏法。这次他没有动用极尽力量，只是一拳砸去，就让秦湛体内咔嚓作响。

然而，秦湛竟越发显得妖邪起来。他浑身的骨头裂开后，从骨髓中流淌出五色光辉，形成层层光幕，将他笼罩。

最后，他的骨髓变成神圣浆液，流动出不灭的奥义，将他裹在当中。各种符文在五色圣光中浮现，其所散发出的强大气机让人震撼。

“毛头小子，再来啊！”秦湛大叫道。

“他在利用外界的巨力打破自身禁锢，从而迈出那关键性的一步？”远处，秦昊问道，很感兴趣的样子。

“不仅如此，他若成功了，还会送你几种大神通。”一位老者眼神炽热，满怀期待地说道。

石昊知道对方在借他磨砺，可此时的情形让他觉得有些奇怪。那黏稠的浆液仿佛可以吸收一切，在他出拳的刹那便把他的拳力全吸了进去。

秦湛骨骼皆碎，神髓发光，法力汩汩而涌，将他包裹住，再造生机，这是近乎涅槃的一种蜕变。

“死心吧，你盗不了我的宝术，更迈不出那一步。”石昊冷漠地传音道。

这一刻，一头瘦小的鲲鹏自其掌心钻出，击穿那层包裹秦湛的光幕，没入神圣浆液内，要强行破开“大茧”。

那浆液疯狂涌动，想要铭刻下石昊的所有符文，从而获取鲲鹏法的秘密。这是一种可怕的秘术，只能在生死之间实现大超脱！

可惜，石昊早已洞悉一切，并有能力破解此秘术，他不会给对方窥探自身宝术的机会。

秦族有一篇镇教古法，号称“涅槃之精粹”，为无上法诀。秦湛一直在修行此法，期待能借此法涅槃。

这种涅槃法强大而神秘，在修行的过程中不仅能洗礼自己，还能铭刻外界的各种法与道。

当他得知石昊要来不老山之后，便打算趁此机会盗取石昊的神通，特别是他的鲲鹏宝术。也正因为此，他才会故意疯狂地刺激石昊，好让石昊的宝术摹刻在神圣浆液内。

可惜，人算不如天算，秦湛终究不能如愿。

石昊左手将鲲鹏法施展到极尽，右手掌心浮现一株草。这株草的剑意凌天，震得这片天地都在颤抖。

“你……”

秦湛色变，有些惊慌。他发现自己体内的很多股力量，此刻全都被催动了，而后竟在他的体内一一炸开，完全不受他的控制。他的肉身在解体，体内刻下的数百座法阵全部变暗，并慢慢消失。

“不！”秦湛失声大叫，痛苦地在地上滚动。这是他的道行，是他一身的成就，结果现在就要被人磨灭了。

“如你所愿。”石昊嘴角噙着冷笑，轻语道。这话语听在秦湛耳中，是一种嘲讽，更是一种威慑。他残体冰寒，眼中既有不甘，又有一种极大的恐惧。

秦湛后悔不已。早知如此，他今日绝对不会来抢夺石昊的宝术，让自己落得个肉身尽毁的下场。

“坏了，这小石怕是要夺秦湛的修为。”两位老者都色变，向前冲去。

“咦，这是什么？”石昊将双手探入那神圣浆液的时候，发现了一片璀璨的符文。那是从对方骨髓中流淌出的法力，神圣无瑕，蕴含着一篇秘法。

他没有细想，迅速将所有的宝液拢到手中，动用神识进行感悟。很快，他惊讶地发现这是一篇古术，名为“五行涅槃法”，是秦族的镇教大法，为不老山中的最强秘法之一。

这种神通在一般人那里根本看不到，只因为秦湛着实强大，才能修得这一古术，并将其铭刻入血肉中。

“应是不老山的天尊所留！”石昊心中震动不已。

他见过鲲鹏术，也学过狻猊法，亦修行过一株草的剑意，见识自然非凡。此刻得此秘篇，他自然知晓这一神通的威力有多大。

这片天地法则不全，大道有缺，他将来若想摆脱这种限制，必然需要一次超脱与洗礼。这一神通恰好可以帮他解决这一大难题，让他涅槃再生，更加强大。

“除了涅　，这古术还有别的大用处，对修行有莫大的好处！”石昊提着秦湛冲进了山谷中，不断获取符文，逐渐得到完整篇。远方，两位老者早已出手，可是赶不上石昊的速度。

这是一片真正的神土，山谷内宁静祥和，山峰上银瀑垂挂，山林间九色鹿恣意跳跃，五色孔雀纵情飞舞。而净土深处更是瑰丽得如神界般，弥漫着神灵的气息。

谷中分成几个区域，石昊看到其中的一个区域时不禁心头一震，因为那里与他曾经在武王府中生活过的一片院落很相似。

突然，他在那块区域中，看到了一对熟悉的身影。

刹那间，一股热流涌上石昊心头，他双眼迷蒙，声音颤抖，喃喃地轻语道：“父亲，母亲！”

石昊拎着秦湛，疾速冲向那里。他非常激动，眼中既有欣喜又有忐忑，那对人影在他的梦中出现了上百回，他渴望马上见到他们却怕这又是一场梦。

对别人来说，父母是陪伴他们成长的至亲，是触手可及的温暖。可对石昊而言，他们却是遥不可及的梦，是他每天都渴望见到的亲人。

石昊虽然靠自己的努力走出大山，闯下赫赫威名，睥睨群雄，但他依旧渴望父母能在身旁，见证他的成长。

突然，地面腾起成片的符文，发出刺目的彩光，一股强烈的神灵气息汹涌而出。石昊一惊，发现这是一座通天法阵。

“父亲！母亲！”石昊大声喊道。谷中回音很大，如天雷在轰鸣，可是那对人影却没有回应。

“是法阵的力量隔绝了那里的一切。你能看到里面，他们却对外面发生的一切一无所知。”藏在他的发丝中的打神石说道。

“你能破阵吗？”石昊焦急地问道。他恨不得立刻闯进去，出现在父母面前。

“这是神灵法阵，破阵的难度太大了，需要一定的时间。而且破解这种法阵光知道方法还不够，还要有相应的实力。”打神石说道。

这时，那两位老者也追到了这里，他们二话不说，便一起对石昊出手。

他们担心秦湛被石昊提在手中，可能会随时毙命。而且，他们也看出石昊在夺取秘法，并且就快要彻底收全了。

要知道，这涅槃秘法是不老山的不传之秘，就算是他们俩也只得到了少许残篇，他们绝对不会让这一镇教神通传出去的。

一头凶悍的诸犍，显化而出，扑向石昊。这是宝术的演化。

另一人则浑身燃烧，迅速显化体内的一百多座法阵。他的身边，仿佛出现了一片大星，灿烂而耀眼。

与此同时，秦昊也杀了过来，他手中的银矛呜呜作响，化成一条璀璨银光飞射而至。

“唳！”

赤红羽毛飞舞，一头朱雀直冲云霄。石昊施展太古朱雀四击，周身赤霞澎湃。

他虽然很想见到父母，但是他还是能克制住自己的情绪，因为他知道这山谷内危险无比，大敌当前，他不会大意。

随着朱雀的长鸣，炽热的火焰如红色的岩浆般汹涌，挡住了所有的攻击。

两位老者心中一惊，他们发现自己祭出的神通全都被那火焰化解掉了，根本无法靠近石昊。

“锵！”

一声颤音传来，一柄金色的神灵法剑出现在石昊的手中。神灵法剑向前挥去，铮铮而鸣。

秦昊手中的银矛剧烈颤动，矛锋被神灵法剑斩中。一时间，银光迸溅，火星四射，锵锵神音不绝于耳。

两位老者大惊，赶忙出手将那银色的战矛一起握住，而后他们用力催动，那杆银矛若一条银色的真龙，向着石昊直冲而去。

石昊面无惧色，再次挥动手中的神灵法剑，一道刺目的神芒疾速冲出，炽盛的金光仿佛要割裂虚空，镇压天地。

银色战矛迎了上来，与神灵法剑硬撼。

“轰！”

虚空中爆发出无尽的神能，如山洪决堤般将一片山川毁灭。这是不朽的神威!

石昊衣袂飘舞，发丝飞扬，稳稳地站在原地。而他对面的三个人皆倒退，十分震惊地看着石昊和他手中的那柄神灵法剑。

“不用在意。那柄法剑是石国的镇国神器，并不是他本身实力强大。”一位老者向秦昊解释道。

“你年纪还小，气血远没有他盛，道行也需要时间去积淀，不过，你早晚会天下无敌的。”另一位老者安慰道。

话虽如此，但两位老者却满脸通红。秦昊不敌石昊，的确是因为他年岁还小，可是他们两人已年逾百岁，却也被震退，这实在是有些说不过去。

此时，山谷中腾起一片又一片亮光，宛若一轮大日即将升起，这个地方顿时弥漫出神灵的气息。

“大人要醒了！”一位老者大喜道，言语中满是敬畏与激动。

第279章 得见神灵

WANMEI SHIJIE

神之谷是不老山老祖的闭关地，号称家族底蕴之所在，自然栖居着神灵，这不是什么秘密。

一声叹息传来，其声虽轻，却像一股洪流冲向高天，给人以莫大的震撼。

“此乃族中神土，祥和安宁，怎能在此刀兵相向，成何体统。”这个声音很轻，虽没有怒气，却能让人的神魂悸动。

“这就是神吗？”石昊心中波澜起伏。这是他第一次与神相遇，不过他并不惊慌，依旧在秦湛的神圣浆液中进行最后的提取，捕捉残余的符文。

这是涅槃古术，是不老山一脉的禁忌绝学，即使在上界都是无价秘篇，其完整的篇章只传给潜力最大的几个人。

这种宝术，石昊自然不会错过，即使是有神灵在旁，他也在不停地获取那些本源印记。

突然，一声轻鸣，成片的符文冲起，烙印在虚空中。那是石昊摄取出来的法门化成的一篇大道文章。

至此，他得到了涅槃古术的圆满篇。

石昊能得到这等机缘，还是得益于秦湛的疯狂。秦湛为了能得到石昊的宝术，运转此法时动用了全力，使这一古术的符文全部融进了神圣浆液中，正因为此石昊才能将其全部提炼。

“锵锵……”

这篇法诀不是很长，烙印在虚空中，化作一篇乾坤文章，里面的每一个字皆若金属铸成的道符，绽放霞光，锵锵作响。

它若一页金色的纸，铺展在那里，神圣无瑕，流淌着一种无上的大道奥义。

“确实不简单！”石昊惊叹道。

那两位老者情绪激动，目光炽热，想要一窥这大道奥义的根本。可惜，宝书一成，只闪耀了刹那，便化作一条星河，没入石昊体内。

那些字符一一浮现在他的心头，发出大道轰鸣声。石昊目光一闪，将这页宝书烙在心中，再也难以磨灭。

“若是你喜欢此法，我也可以传你，而且我还能指点你其他几种镇教宝术。”山谷深处，金色雾霭流动，发出神的气息。

石昊戒备着，他手中的秦湛已经涅槃失败，各处骨头碎裂，无法重新生长。

石昊开启十大洞天，直接将秦湛丢进其中一口洞天内，让他与秦法一样，成为俘虏。

“我要见我的父母，请打开法阵，让我进去。”石昊说道。

“自然没有问题。你都已经来了，还担心见不到你的父母吗？”那声音悠悠传来，充满了岁月的沧桑，让人印象深刻。

言罢，一条金光大道铺在虚空中，伴着大道之音，从山谷深处笔直而来。

石昊见状心中一惊，不过他并未犹豫，一跃而起，踏在大道上面，朝着山谷深处走去。

两位老者羡慕地看着石昊，他们并没有这样的经历，只是听说那金光大道是神灵法力的凝结，蕴含着大道真义，人走在上面，很容易顿悟。

石昊踏上这条路后便看不见其他的东西，只能看见这延伸向天地尽头的，永恒的金光大道。不过他并不惧怕，只是从容前行。

到了尽头，金色大道的光芒已经敛去，石昊也重新踏在了地面上。这山谷内灵泉汩汩，四周弥漫着圣洁的光辉，遍地生长着各种宝药。

山谷正前方有一株古树，透亮的叶片稀稀落落地点缀在虬龙般的树枝上，晶莹闪烁的花瓣慢慢飘下，在霞光中，竟有一种大道的气韵。

树下有一个人，看起来只有二十几岁，身穿黄金战衣，闭着眼睛盘坐在那里，丝毫不理会落在他身上的花瓣，看上去超凡脱俗。

“请坐。”他依旧没有睁开眼睛，语气很温和。他有一种特别的气韵，接近于神的气韵。

石昊坐在不远处，感受着四周的霞光和阵阵清香。他静静地看着树下的男子，觉得他和想象中的不一样。

“你可愿拜我为师？”男子的声音充满磁性。

山谷的另一边，在那片被法阵隔绝的净土内，一个男子闭目盘坐于竹林中，身上道韵流转，超然物外。

突然，他睁开了眼睛，腾地站起身来，激动地说道：“昊儿！我这是怎么了，为何感觉他来了！”

一个美丽的女子抬头道：“昊儿时常进谷，他来了不是很正常吗？”

“不，是我们在石国的昊儿，他真的来了，而且离我们很近！”男子的身音微微地颤抖，双目射出两道神电，望向谷外。

“昊儿……”女子声音亦抖，冥冥中有一种感觉让她美眸睁得很大，颤语道，“他在谷中，很近很近……”

古树高大，枝丫若虬龙，晶莹的叶子很少，流转着大道气韵。

这株古树不知道活了有多少年月，历代神灵皆盘坐于树下，它也因此有了繁复的道则，可阐释大道。

多少神灵或逝去，或进入上界，只有这株古树依旧扎根于此。

“我想见父母。”石昊说道。他心中虽有波动，但没有大喊，更没有起身，只是平静地与那男子对话。

在这里，他真正体会到了一种大道如天、空若渊谷的感觉。大道是如此近，像是伸手就可触及。

他盘坐于树下，心中的怒火熄灭了，心境也渐渐安宁了。这株古树还有树下的神对他的影响确实很大。

花瓣晶莹，簌簌飘落。这位神灵有一种超越众生的气韵，虽未展现无量神能，也未施展恐怖威压，可他就这样盘坐在那里，便可使整片天地成为神土。

“人之常情，自可去见。”他闭着眸子说道，身上的金色战衣闪耀着柔和的光辉，让他整个人看起来宛若在尘世外。

石昊很诧异，他本以为这位神灵会像不老山的人一样阻挠他，没想到对方竟毫不犹豫地答应了。

“那就请开启法阵吧。”石昊礼貌地说道。

“我不同意！”就在这时，一个洪大的声音传来，若黄钟大吕隆隆而鸣，震动整片山谷。

即便是肉身强大的石昊也被震得身体一阵摇晃。石昊没有看见说话的人，但能从那睥睨众生的气势中觉察到他是一个绝顶人物，并且能感到他对自己的敌意。

“秦武，你还是这么强势。”树下的神轻叹道。

五行山五峰并立，犹若人的五指按在大地上，其中一座山峰上有一座宏大无比的青铜大殿，上面长满了绿铜锈。

刚才那一洪大的声音就是从这青铜大殿中传出来的。青铜大殿内有一个人睁开了眼睛，从蒲团上站了起来，走到殿门前。

他推开锈迹斑驳的殿门，站在山峰上，俯视神谷。他通体笼罩银色光辉，眸光闪灭不定，眼内有万物生灭之景，有星河演化之象，恐怖无边。

神之谷就在五行山之下，那里氤氲霞雾涌动，古药成片，瑞兽成群，十分祥和。然而，在此人的注视下，谷中的一切都仿佛萧瑟了，充满了一种肃杀的气氛。

“秦一凡，我承认你天纵之资，为我不老山有史以来数一数二的奇才，但你已进入上界，也已脱离我族，为何还来干涉族中之事？”山峰上的人朝着这边大喊道。

“他说的是真的吗？”石昊心中一惊，不禁向那古树下望去。只见那盘坐的人被剔透的花瓣缭绕着，若一尊拈花而笑的神佛，超然绝俗，不染尘世气息。

树下的神早已进入上界，为何能在此显化？

“我神游太虚，偶遇此事，想度他去上界，做我弟子。”树下的神轻语道，身上的金色战衣散发光辉。

“传言说，你情况不妙，可能已逝。这是你的执念，还是来自上界的投影？”青铜大殿前，秦武冷漠地问道。

“你没有死。大劫来临，你是借道而来，想寻机缘?!”秦武继续说道。

“看来我带不走你了。”古树下，那盘坐的身影睁开了眼睛，幽幽地说道。一树的花瓣在他的声音中簌簌飘落，每一片都映现出他的影子。

这是一种瑰丽神奇的景象，所有的花瓣上都倒映着一个身穿金色战衣的神，看起来神圣威严。

突然，这片虚空伴着大道轰鸣声，剧烈地抖动着。只见他探出右手，手心出现一张黄金图，向石昊卷去，要将他带离山谷。

“你别想带走他！让我看一看，你究竟是留在下界的执念，还是来自上界的投影。”青铜殿前，秦武“轰”的一声踏出一步，刹那间天地失色，雷鸣震天。

青铜殿前有一座特别的祭坛，也由青铜铸成，上面有一些发光的血迹，那是不久前献祭时留下的。

此时，秦武移来一个青铜鼎，直接封了此坛。只听“轰”的一声，这片天地仿佛被一个青铜鼎笼罩，与外界隔绝了。

石昊本来都已拔出了神灵法剑，要对抗那张黄金图，结果不老山的祭坛关闭后，秦一凡与那宝图全都暗淡了。

“果然是上界的投影！”秦武说道。

他关闭青铜法阵，使这里与上界隔绝，一下子就让秦一凡的投影暗淡，使其难以行动。

“既已离族，为何再现？”秦武喝道。

石昊不得不惊叹，这树下的神果真超凡脱俗，竟然能隔着一界将自己的投影显化于此。虽说他是借助了不老山的祭坛，但也足以说明他的修为惊天。

“嗡！”

突然，虚空一颤，那暗淡下去的黄金图再次发光，猛地冲向石昊，将他裹住，要带着他一起离开。

“哧！”

石昊拔出法剑与之对抗。他要留下来见父母，自然不愿意被人强行带走。

神灵法剑锋锐无比，金黄的剑体喷薄霞光，以剑斩虚空之势，撞在黄金图上，要将其割裂。

然而，这张黄金图中仿佛有一个虚无的世界，法剑斩进去后，像是在劈斩空气，什么都没有触碰到。

“轰！”

石昊果断祭出人皇印。一时间，皇道龙气漫天，释放滔天威力，震得整座山谷猛烈摇晃，像是要崩裂了。

皇道龙气形成守护光幕，将石昊牢牢裹住，带着他冲出了黄金图。

“皇道果位，果然有奇异之力，可惜我的投影暗淡了。”树下的神轻叹道，有些无奈。

这一刻，他站起身来，向石昊走去。

“秦一凡，你胆敢乱我不老山！”山峰上，秦武大喝一声，一指点出，银光如匹练冲入山谷。

然而，谷中超凡的身影抬手轻轻一划，就让那道银光瞬间炸碎在虚空中，没有发挥任何作用。

“秦武，我虽然只是一个投影，而且已经暗淡了，但也不是你这个还没有迈出那一步的人所能对抗的。”秦一凡说道。

金色战衣一闪，他的暗淡虚体竟亮了几分。那道身影向着石昊走去，道：“你若愿拜我为师，我就带你去上界。”

“不愿意！”石昊干脆地回答道。

“不老山无人可亵渎，哪怕你曾为秦家子弟，亦是最强奇才，若有违逆，也要镇杀！”秦武大喝道。

说罢，他通体发光，退进青铜殿中。不知他触动了什么法阵，整片古地瞬间散发出一股可怕的气息，让人不自觉地浑身发抖。

秦一凡心中一震，哪怕他有天纵之资，此刻也心生惧意。

“哧！”

巍峨的五行山发光，其中的一座山峰中冲出一片霞光，飞入神谷，向秦一凡冲去。秦一凡见状疾速倒退，浑身金光大盛，金色战衣仿佛燃烧了起来。

“你没有迈出那一步，竟得到了五行山的认可，难怪没有留下几位更强的人守护此地。”秦一凡如临大敌。

“大劫过后，我才有了这等造化。”秦武说道。

而后，他口诵咒语，跪在殿宇中虔诚祭拜。不一会儿，一座山峰变得晶莹剔透，“轰”的一声洒下更为炽盛的光辉。

秦一凡目光深邃，一甩金色袍袖，用黄金图裹住了自身，准备遁走。他虽是一个投影，但也不能殒灭在此。

“哧！”

金光一闪，花雨纷飞。他没入虚空中，就此消失不见。

秦武不敢大意，继续祭拜，并开启了诸多法阵。五行山中的一座山峰闪耀着七彩霞光，涤荡各处，直至确认秦一凡真的离开后，山谷才渐渐平静下来。

第280章 英灵战场

WANMEI SHIJIE

秦武从山峰上飞入谷中，看着石昊，点头道：“果然根骨不凡，古来罕见。”

石昊沉默不语，平静地看着他。

“你可愿意留在我秦族？”秦武问道。

“不愿意。”石昊的回答依旧干脆，他不愿违背自己的本心。

“到了不老山，你还有选择的余地吗？即便你不来，我也会亲自去度化你。”秦武冷漠地说道。

“不老山传法旨请我来，难道就是为了拘禁我？”石昊问道。

“写法旨的人而今不在了，不然我怎会这么大费周章。”秦武神色冷漠地说道，“你杀我不老山弟子也就罢了，还斩了两位尊者，你的所作所为已经越过了我们的底线。”

“我想见我的父母！”石昊说道。无论如何，他都无比渴望见到他们。

“可以。你若听话，我不仅不杀你，还会给你机缘。”秦武一挥手，开启一片谷地法阵，将石昊传送了进去。

这是一片特别的净土，里面共有五个池子，池水晶莹剔透，汩汩而涌。

“这是哪里，我父母在何方？”石昊问道。

“此乃涅槃池，你先在此地修行，若你真的天资超凡，便可以在此蜕变。”秦武说道。

这是不老山真正的重地，族中天才可以在此涅槃重生。

五个池子的前方都立有古碑，上面刻着不同的境界名，分别为：搬血、洞天、化灵、铭纹、列阵。

五个涅槃池代表了五种境界，也恰好是石昊所修行过的五境。秦武将石昊带到这里来，难道是要让他涅槃吗？

不过，石昊并不这么认为。他觉得自己三番五次地折辱不老山，他不可能会这么好心。

“秦武老祖，您这是要做什么？”两位老者站在远处，惊疑不定地问道。

“昊儿，你去与他一战，磨砺己身。放着这样的少年至尊不用，实在浪费。”

秦武看向远处的少年，开口道。

秦昊点头回应，一跃而起。秦武点出一指，直接将他传送进那片法阵内。

“老祖，昊儿还小。”一位老者赶忙说道。他觉得秦昊在现在这个年纪，肯定不是石昊的对手。

“你们不知涅槃池的妙用，石碑上刻下的是什么境界，在里面的人便被压制在什么境界。当然，还有其他法阵辅助，比如某一古战场。”秦武淡然地说道。

“老祖，将他困在此地，是要用他来磨砺昊儿？”另一位老者很吃惊，担忧地说道，“可是小石若有什么意外也不好交代啊！秦思老祖上天界前曾说过，他有我族一半的血统，要礼待他。”

“这只是正常的切磋。而且他到底是在外面长大的，对我族有诸多不满，要是放任其成长下去会很危险的！”秦武说道。

两位老者闻言觉得秦武的话很有道理。石昊早前连斩不老山的两位尊者，就可以看出他对秦族很不满。而且，他为天生至尊，一旦成年，其成就必定难以想象。

“我所做的一切都是为了不老山好。‘至尊涅槃计划’，若需要用到他，把他献到上界去就行了。若不需要，那他必须在我族的掌控中，不能放任其成长！”秦武冷酷地说道。

“老祖，依您的意思该怎么处置他？”一位老者问道。

“未来的事谁说得清，现在还无须做决定。不过，无论将来怎样，我所做的一切都是为了秦族好。”秦武的语气越发森寒，仿佛在暗示着什么。

两位老者心头一跳，他们知道，这位老祖绝对不会善待石昊，他对石昊肯定会狠辣无情。

“他身上有鲲鹏法，这等盖世宝术理应归我秦族所有！”秦武说道。

“若我们强夺的话，以小石刚烈的个性多半会自毁，不会献上。”一位老者提醒道。

“秦湛虽疯疯癫癫的，但也知道去收集那等宝术。以我之神通，想要夺那宝术，简直轻而易举。”秦武冷笑道。

“昊儿进去了。咦，各种灵体皆现，那里是英灵战场？”一位老者怪叫道。

秦武点头道：“我特意从另一片空间移来英灵战场，这样便能让小石的魂魄离体，以此在涅槃池摹刻其法。”

“昊儿不会受到影响吧？”一位老者担心地问道。

“不会，他们将隔空交战！”秦武答道。

法阵空间内，石昊感觉有阵阵森寒气机降临，仿佛地狱之门开启，有无尽的妖魔要杀出。

“怎么回事？”他心头一凛。

这片空间变成了一个上古战场，里面的草木都消失了，四野阴气极重，一个又一个灵体在空中隐现。

其中一些灵体头上戴着王冠，战意冲霄，那是英灵中最好战的强者。

在这片空间中，只有五个涅槃池阳气滚滚，热浪腾腾，它们是修士仅有的立身之所。

“不老山，我警告你们，不要再惹怒我，否则后果自负！”石昊大声喝道，其声响彻这片空间。

为了寻找父母，他只身前来，以身犯险，进入不老山后，也一再退让，只求见到父母。

可对方一直百般刁难，如今还摆下英灵战场，要逼他大战。

“宝剑锋从磨砺出，任何一位强大的修士都需要在战斗中磨炼，唯有如此，才能真正涅槃。”秦武的声音传来。

显而易见，他是想让石昊与英灵激战，以更好地利用这五个涅槃池。

“哧！”

一个灵体突然出现在石昊身后，抡动手中的一把银白骨刀，立劈而下。它通体洁白，这是魂力凝固的体现。

“当！”

石昊转身，单手捏拳印，迎了上去。在击碎骨刀的同时，他的掌心喷出朱雀焰，将那灵体化成灰烬。

“嗷呜！”

一声令人头皮发麻的尖叫声发出，如恶鬼哭嚎，阴森恐怖。所有英灵都狂躁无比，整个上古战场都震动了。

这一刻，无论是在地上，还是在虚空中，抑或是在那乌云上都有灵体飞出，他们迅速集结，化成一阵狂风，带着滔天的阴气，疯狂冲击而来。

石昊心中一震。这是一个巨大的危机，这么多英灵，数以万计，每一个都很强，根本难以消灭。

“杀！”

他没得选择，只得出手，振出朱雀四击。刹那间，火红的赤焰铺天盖地，当即将一群灵体化成数十道火光。

“嗡！”

虚空轻颤，一杆生锈的战矛洞穿虚空，散发着滔天神威，疾速而至。

“很强！”石昊眸光一凛，疾速躲避。那战矛从石昊身旁擦过，插入大地，将那里炸出一个巨大的裂缝。

天空中，一个银色的灵体宛若白银铸成的，浑身发光，璀璨夺目。方才便是它出的手。

“高手。”石昊看着那个银色灵体，轻语道。

突然，石昊脸色大变，只见天空中出现了二十几个这样的银色灵体。他们聚在一起，若银色大日般璀璨，给人一种炽热的感觉，全然没有英灵的森冷。

尖锐与刺耳的声音响起，二十几个银色灵体狂啸，宛若十万厉鬼在哭嚎。那种声音太过可怕，使得这片虚空震颤，大地崩裂，阴雾翻涌。

这简直就像是末日来临，世间的一切仿佛都要毁灭。

与此同时，那数万头英灵跟着一起嘶吼，形成一个场域，开启了一个由灵魂能量形成的特殊空间。那里面银白一片，可怕无边。

石昊眉心生疼，他觉得自己的神魂像是被一股莫名的力量牵引着，要离体而出，进入那片特殊的银色空间内。

“这是什么？”石昊怒睁双目，心中疑惑。这样的战斗方式他从没经历过。

最后，他眉心滴血，强大的神魂化成一个拳头高的小人，散发着盛烈的阳气，离体而出。

“不对！”在被那股力量牵引之际，他发现那五个涅槃池都沸腾了，里面有莫名的道韵浮现，要铭刻这片天地中的一切。

“归位！”石昊大喝一声，他的神魂爆发出万丈金光，若一道仙家雷电，击穿虚空，斩杀了上千英灵。

这是石昊神魂的最强一击，代表了他的极尽道义。这一刻他没有动用宝术，只是莫名生出一种感觉，催动《原始真解》，施展出一记十分平凡但能化腐朽为神奇的招式，激发了神魂之力！

下一刻，那拳头高的神魂若一轮天日，散发着不朽光辉，没入石昊的眉心，回到了他的体内。

他有一种感觉，刚才若没有及时回归，他的魂魄将被人窥尽，他自身的一切秘密都将被夺走。

“好惊人的神魂，超乎常理，连银色神魂与数万英灵构建的特殊场域都没能将他拘禁。看来这小石确实非凡，他若在上界多半也会崛起。”一位老者震惊道。

秦武表情漠然，但其实他心里也很震撼。那银色灵体何其强大，二十几个灵体共同祭出的场域空间，居然难以撼动石昊的神魂，这太不可思议了。

石昊长啸，手中出现一柄金色法剑，那是石族的镇国神器，此刻它光芒大盛，一剑斩出，撕裂了那片场域空间。

“轰”的一声，银色场域炸开，成片的灵体爆碎，就算是那强大的银色灵体也在这种可怕的攻击中灰飞烟灭。

石昊心中有一团怒火。进入不老山后，他一而再，再而三地被刁难，若非父母还在此地，他早就爆发了。

这一刻，唯有以手中的金色法剑怒斩英灵，才能平息他的一腔怒火。

“轰！”

突然，虚空中出现一个淡金色的灵体，它手持一根金黄色的法杖，用力一挥，无尽的灵魂火焰带着密密麻麻的符文向着石昊笼罩而去。

那个英灵十分强大，手持神器法杖足以对石昊造成威胁。

“吼！”石昊一声大吼，无所畏惧地向前扑去，伴着他的声音，滚滚血气如真龙一般从他的体内冲起，炽盛的血光霎时压满了虚空。

“轰！”

石昊的血气所过之处，附近的英灵全部湮灭，那淡金色的灵体被挡住了去路，手持法杖戒备着。

“这就是小石的肉体？好强大的血气，在这个年纪，于下界中举世无双啊！”

“不知道昊儿十五岁时，肉身能否有这样海量的血气。太过恐怖了，倚仗这样的血气，小石就足以斩杀数千英灵！”

两位老者非常震惊，越发现石昊的潜能惊人，他们就越觉得头皮发麻。

秦武也很吃惊。像他这等可以俯视下界生灵的强大存在，年少时都不可能有石昊这般强大的血气。

“魔阵开启，拘禁战意。昊儿你可进去参战，进行磨砺！”秦武说道。

他双手划动，开启另一个古阵，将石昊的战意引到这个新开启的空间中。

秦昊身披灿烂的银色战衣，手中持一杆神灵战矛，遥指石昊的眉心，而后他冲入那个空间中，向着石昊的战意发动了最为凌厉的攻击。

石昊感觉自己的战意被吸入了前方的法阵中，正在与人交战。

他眉心光芒大盛，灵觉开启到了极致。他体内的神感出现，探察发生的一切，发现原来是他的弟弟在与之交战。

“轰！”

一股莫名的力量出现，将两个少年连接起来。石昊发现自己的战意与法力形成了另一个自己，正在陪那秦昊大战。

“弟弟，你这么想与我战斗吗？”石昊面无表情，目光冷漠。

而后，他仰天发出一声嘶吼，看着天穹，道：“不老山，秦武，你们不要再逼我，否则小心这里山川倾覆，化成劫土！”

不知道为何，当听到石昊的吼声时，秦武和两位老者都心头一震。他们没想到，自己的心神竟然会受到影响。

另一片法阵空间内，石子陵黑发飘动，双目绽放神芒，道：“我感觉到了，我们的两个孩儿都在。”

他确定了空间方位，而后从妻子手中接过一柄暗淡的匕首，猛然劈出。法器恐怖无边，符文密布，竟然切开了空间。

英灵战场被划破一条缝隙，夫妇二人隐约间见到两个少年在大战！

“那是……”两人都心颤。

“嗷！”石昊大吼，满头黑发乱舞，道，“不老山，你们欺人太甚，让我们弟兄激战相残，今日我便让你们知道，我祖父大魔神不可辱，我父母不可欺，我不能压，我要掀翻你们这不老山！”

第281章 与神对抗

WANMEI SHIJIE

石昊的吼声若惊雷炸开，伴着滚滚血气，将周围成群的英灵震碎。大片的灵体化成火光，熊熊燃烧。

他双目闪烁霞光，举手投足间磅礴大气，像是要徒手撕裂这片天地。

两位老者心颤，莫名寒意浮上心头。他们从未见过气息这么恐怖的少年，心中竟生出一股惧意。

“阻止他！”两人出于本能，忍不住要出手压制那种气势，因为他们觉得若是放任下去将会有天大的危险。

这是一种十分荒谬的感觉。他们身为尊者，睥睨八域，竟会对一个少年忌惮万分，真是太不可思议了。

“轰”的一声，他们合力祭出一件法器，镇压进那个空间。

石昊目光如电，手中的金色法剑化成一道神虹，向天刺去。那道神虹璀璨无比，照亮了整片虚空。

“砰！”

那件法器化成了黑色大山从天而降，结果刚到半空中，就被石昊一剑斩断，轰然崩碎，化成齑粉。

“这……”两位老者心颤。那可不只是法器，还凝聚了他们所有的法力。他们本想以数百年强大的修为一举将石昊压制，没想到竟被他一击击溃。

两位老者脸色发白。石昊的气势还在加剧，仿佛要突破极尽，踏到另一片天地中去。

秦武眉头一蹙，心中一沉。那个少年令他心头微颤，让他觉得会有什么不好的事要发生。

“当！”

法阵中，秦昊那里传出颤音，银色的神灵战矛竟被震起很高。只见他不断倒退，虎口崩裂，鲜血横流。

“不好！”一位老者心中一惊。

石昊发怒，战意暴涨，那由他的法力与战意凝结成的战体，差点将秦昊击穿。

石昊仿佛入魔了，黑发散乱，目光如电，浑身气息暴涨，比刚才不知道强大了多少。

此时，他左手持神灵法剑，右手持镇国神戟，虽是一个少年，但浑身散发着一股宏大的气息，若一座巍峨大山傲视人间。

“咚……”

一阵莫名的声音响起，像是心脏跳动的声音，洪大而可怕，竟渐渐地与这天地脉动合二为一了。

“真正的道我合一！”秦武目光一凝，露出吃惊的神色。

那种气势根本不是一个列阵境的少年所能拥有的，也不是尊者所能企及的，只有像他这样的神级人物才能达到。

石昊的精气神铭刻在虚空中，掌握了这方天地的脉动，他现在拥有一种奇异的力量，可以暂时挥动这方天地。

“这小石是如何做到的？精神圆满，肉身极致，因怒而发，莫名拥有了这种神道气势。”秦武自语道，言语中竟有一丝嫉妒。

他活过了漫长岁月，竟嫉妒起一个少年，实在是太可笑了。这才是一个十五岁的孩子，居然这么早就触及了这个层次的神道意境，这对他日后的修行绝对会有极佳的好处。

秦武面色冰冷，他越发现石昊的强大越觉得石昊是一个祸胎。

“可笑的凡人，任你天赋超凡又如何，在神的面前，照样如一粒尘埃般卑微。”秦武冷笑道。

他伸手一指，射出一道银芒，穿入那片法阵中。这道银芒化成巨大的雷霆，将石昊上方的天穹淹没。

“老祖，请手下留情，不然无法对上界交代！”两位老者惊呼道，他们不是心生怜悯，而是怕上界怪罪。

“我自有分寸。这是最微弱的雷霆，会留他一命，不过他冒犯了神灵，活罪难免。”秦武说道。

“开！”

石昊大吼一声，手中的神灵法剑发光，也爆发出雷霆。与此同时，他浑身电芒缭绕，冲出一头狻猊，与那神剑合一。

“轰！”

刹那间，天地间尽是雷光。神灵法剑化成了一头金色狻猊，吞吐雷霆，将那银芒化成的雷电吸入体内。

“石国镇教神通——狻猊法！此剑竟是由狻猊宝骨祭炼而成，怪不得能与之相合。”秦武惊异道。

两位老者更是骇然。石昊虽被电芒淹没，却挡住了这一威势，并且毫发无损。

他的眸光更亮了，手中那头由金色法剑化成的狻猊在咆哮，张口喷薄瑞霞，化出更加浩瀚的雷霆轰击而出。

“你敢渎神？”秦武大怒道。

刚才那一击没有奏效，已让他面色冰冷，而现在他眼中卑微的尘埃竟敢向他这样的神出手，这对他而言简直是一种侮辱。

“狗屁神灵，不过一伪神而已！”石昊冷声道，丝毫不将那自以为是的神放在眼里。

这句话让秦武勃然色变。他目光冷厉，气息如海，盯着石昊所在的那片区域。

两位老者被秦武的气势惊得面色苍白，浑身痉挛，几乎瘫软在地上。

“砰！”

不远处的一片虚空中，不断出现彩光。那里数次被劈开，有人要从那里破空而出。这让秦武的脸色更阴沉了

那是石子陵夫妇在出手，无奈法阵封锁了那片空间，他们几次划破虚空，但又都被推了回去，难以成功。

石昊现在的气势触碰到了神道，灵觉敏锐得超乎想象，他心有所感，呼道：“父亲，母亲，我来看你们了！”

另一片法阵内，石子陵夫妇隐约听到了这声呼唤，他们情绪激动，神情复杂，一时间怀疑这是在梦中。

失去至尊骨的石昊被放在石村时还是襁褓中的婴儿，那时的他孱弱不堪，随时都会死去。

可如今，他不仅活了下来，还这般强大。那睥睨天下、傲视神灵的英姿，让石子陵夫妇既欣慰又震撼。

想到他们失散多年的孩子，竟只身一人打进不老山，来寻找他们，他们心中愧疚，更加猛烈地挥动手中的匕首。

那把匕首为虚空兽宝骨刻成，可劈开空间，穿梭虚无中。

可惜，此地被诸多神灵法阵锁困，他们几次劈出裂缝，那虚空又都立即愈合，他们只能透过缝隙，模糊地看到谷内的少年，但就是无法迈步而出。

“凡人啊，与神为敌，下场可悲。现在就让你见识下神的威能，让你知道神的一滴血就足以化尽你一身道行与神通。”秦武摇头道。

说罢，他抬起右手，指尖流动瑞彩，淌下一滴血，鲜红的血中带着璀璨银光，虽然只是一滴，但是宛若一片大海，蕴含着无尽的生机和强大的神能。

这一滴血化成一片银色波涛，落入那个法阵空间，向着石昊汹涌而去，就要将他淹没。

这便是神的手段，一滴血就要压制此时的石昊，炼其肉身，化其精气神。这真是太让人毛骨悚然了。

“凡人！”石昊语带轻狂，大声斥责道。

他手持两件镇国神器，冲向高天，与此同时他运转《原始真解》，调动一身的精气神，向胸部集中。

“轰！”

至尊骨复苏，一股狂暴的气息炸开，贯通天上地下。经过两件镇国神器的加持，那种威势体现得淋漓尽致。

“咦，他的至尊骨不是没有长好而不能动用吗？”秦武蹙眉道。显然他对石昊进行过一番调查。

一时间，无量神光笼罩天地，天空中的那滴血化成的银色波涛奔流而下，竟全部没入石昊的胸腔。

“卑微的神，这就是你的力量？真是微弱得可怜！”石昊大笑道。

两位老者骇然，简直不敢相信石昊的胸腔竟然吸收了神血，并将其用做了滋养自身宝骨的养料。

秦武脸色铁青，愤懑不已。他的神威一再被亵渎，神血居然被至尊骨炼化。这是一种耻辱，他绝对不能忍受。

远处，秦昊亦吃惊地看着这一切。他手中的银色神矛指着石昊，一时间僵在了那里。

“退到一旁！”石昊看了他一眼，斥道。

“你……”

与此同时，那虚空被再次斩开，石子陵夫妇透过缝隙正好见到石昊斥责神灵化其神血和他呵斥秦昊的一幕。

“昊儿！”

隐约中，石昊听到了他们的呼唤声，可惜那虚空又闭合了。

“一介凡人，一再挑战神的威严，现在你成功激怒了我，接受神罚吧。”秦武一身银色法衣发光，绽放绚丽银辉，浑身锵锵作响，爆发惊天雷鸣。

他飞身而下，进入这片空间法阵内，站在高空中俯视着石昊，目光冰冷。

“凡人的挣扎，在神面前都是徒劳的。”秦武冷漠地说道，目光中充满了冷酷与不屑。

“小塔，出来吧，将不老山给我砸成废墟！”石昊暗中传音道，将沉眠的小塔唤醒。

小塔惊醒，为难地说道：“你真是胆大包天，竟要在不老山大闹。要知道，这五行山在开天辟地前便成形了，山体孕育过诸多先天神魔。”

“我知道你能对抗它！”石昊毫不迟疑，再次传音道，“你若答应，石国宝库都任你吞食，此外，自此之后的一切因果尽加吾身！”

小塔一怔，见他如此决绝，便不再劝阻，爽快地说道：“好！”

“你可知罪?!”秦武的喊声若天雷，震得虚空颤抖，法阵隆隆转动，远处的两位老者瑟瑟发抖，一下子跪在了地上。

这是神威，是源自灵魂深处的压迫。秦武身披银色法衣，眸子中流转着不朽的光芒，他要压制石昊的神魂，让他屈服。

“卑微的神，也敢在此叫嚣！”石昊丝毫无惧，大声说道。

“说得对，伪神尔，一只可笑的虫子，也敢在我面前张狂？”小塔发出恐怖气息，显露出本体。

“是你?!”秦武心中一惊，而后恐惧万分。到了他这个层次，怎会认不出小塔。他大叫一声，转身就走，向五行山飞去。

“卑微的神，你不是自恃强大吗？哪里走，看我如何掀翻你不老山！”石昊大喝道。

下一刻，他挥动手中战剑，向前斩去，而小塔则释放一缕气机，缠向秦武。

秦武大骇，自爆银色法衣，冲向五行山。那座塔出现了，他觉得这里可能要大翻地覆了。

“哧！”

一道剑光扫来，斩落秦武的一绺头发。他的耳垂被切下一块，脸也被割伤了。他捂住耳朵，大叫一声，不敢相信自己居然被一介凡人斩伤。

更让他愤怒的是，对方还朝着他张狂地喊道：“弱小的神，你可知罪，今日不老山皆因你而遭劫。”

“你……”秦武握紧拳头，满头发丝倒竖，身上银光大盛，怒气冲冲地瞪着石昊和小塔。

他那被剑气划破的脸上，鲜红的神血晶莹剔透，流淌着神性光辉。

“这就是所谓的神吗？”石昊提着法剑，在虚空中迈步，向他追来。

秦武闻言，体内热血喷发，直冲天灵盖，几乎要冲出肉身。被一个凡人这般羞辱，他羞愤交加，恨不得将石昊大卸八块。

“赶快逃呀。”石昊从后面追来，讥讽道。他衣袂飘舞，战意凌霄，整个人若一个先天神魔，浑身散发着一种霸气。

从来没有人敢对秦武这般不敬，即使是上界的天神也要对他礼让三分，可石昊如此轻视他，竟还叫嚣着让他赶快逃。

秦武虽然心中愤懑，却也不敢停留。那座寸许高的小塔来历惊天，足以惊动上界的天尊，他若是与之硬撼，必定会殒灭。

事实上，他也没有与小塔一战的资格。虽然两者在一个层级上，但是小塔是天地中真正的巨擘，有颠倒乾坤之能，他根本不能和它相比。

秦武冲向五行山，心中充满无比愤怒。他自恃为神，多少年来都高高在上，受世人礼敬，可是今日被一个少年追的得狼狈奔逃，这真是奇耻大辱。

“神不过如此，只知逃命，不知有何高贵之处。”石昊冷冷地说道，语气中尽是不屑。

秦武眼中银芒点点，一身精气神滚滚而涌，满头发丝乱舞，在这下界中竟然还有人敢这般侮辱他，他再也咽不下这口气了。

“你将为你的狂言付出代价！”他寒声道。

“哧！”

石昊手中的神灵法剑晶莹剔透，流动着雷光，向前劈去。

这一镇国神器为天阶兽骨祭成，此刻化成一头金色的狻猊，吞吐日月精华，爆发万丈雷霆。

“轰隆”一声，一片灿烈的电弧汹涌而出，向秦武笼罩而去。

这是神级波动，其威力足以蒸干巨湖大江，推平成片的山脉。若非这里是不老山，布下了诸多神灵法阵，否则雷光落下，这广阔的净土必定会化成劫灰。

“砰！”

秦武回身一掌，对抗这雷劫。银色符文在其掌指间化生，那是他的道法，能阻挡雷光，破灭闪电。

“嗡！”

虚空颤抖，大地震颤，这是一次大溃灭。银光如河流在虚空中奔涌，与电芒交织，碰撞出滔天巨响，隆隆震耳。

秦武是神，理应一击镇杀凡人，但他不仅没有杀伤对方，反倒被那金色闪电突破道法，击中肩膀。他的肩头一片焦黑，发光的长发根根直立，身体剧震。

秦武大怒。被凡人一而再，再而三地亵渎，他的心中若火山喷发，怒火冲天。

“你敢渎神，日后必身死道消，永坠劫土。”他咬牙道。与此同时，他的身旁有一股莫名的银色光晕向四周扩散，化成银色涟漪向石昊漾去。

“一介伪神，也敢以神起誓，自不量力。”小塔说道。它轻轻一摇，仅流出一缕气息，便将那银色涟漪蒸干。

那涟漪本是一种类似诅咒的东西，其中含着一种神秘的力量波动，可依附在人身上，让人的神魂永坠劫土。

秦武脸色苍白，头皮发麻，飞速倒退。面对小塔的呵斥，他一句话都不敢辩驳，心中充满了恐惧，生怕殒灭在此。

“我祖父在哪里？”石昊追着他大声问道，抬起神灵法剑，剑指其眉心。

秦武勃然色变，刚欲发怒，可是看到他发丝间的小塔，内心又大惧。不过，即便如此，面对一个凡人的逼问，他还是不愿意屈服。

“这里是不老山，有上界天尊俯视，有下界五行山镇压，你可要考虑清楚！”他语气冰冷，说完后紧闭双唇。

“哧！”

石昊一剑扫出，剑光如虹。别说天尊在上界，就是日后降临此界，他亦无惧无悔。今日他就要掀翻了这不老山，把父母和祖父找出来。

秦武目光森冷，怒火中烧。一而再，再而三地被石昊蔑视，即使对小塔有惧，他也不甘心被这般追击与侮辱。

他身上的银色霞光绽放，法力若河流在虚空中奔涌，向着石昊冲去。

小塔一震，震破银光。石昊的剑光挟着无尽威能，向前扫去，逼到秦武近前。

“啊！”

血光一闪，秦武的一条手臂被重创，痛得他面孔扭曲，一声大叫。

身为神，他何曾有过这样惨痛的经历。这是他得道多年来，伤得最重的一次。

他虽然在逃，但是竭尽全力催动体内的神能，想要护住那条重伤的手臂。

然而，石昊剑光一扫，给了那条手臂致命的一击，自此之后他的那条手臂将成为残臂，再也无法战斗。

秦武大吼一声，将那条残臂割出一道血口，将手中的精血喷向虚空。

一时间，虚空中闪耀炽盛的银芒，若天界的银焰在跳动，充满了神圣的力量。

“五行元素，无所不在，无物不破，无念不灭，燃！”秦武默诵咒语。

这是一种可怕的神术，带着诅咒之力，向后冲去。他将那残臂中的精血作为祭礼，希望能借此镇压石昊。

可惜，这一次依旧无效。不等小塔出手，石昊自身便散发莫名气息，他的胸部有一种神秘的光晕在向外扩散，产生的波动惊天。

石昊的体内出现一股勃勃生机，仿佛迫切想得到那片爆发出来的银光。

虚空如一幅画卷，在神力中抖动。石昊的胸骨发光，传出阵阵诵经声，一个拳头高的小人盘坐在一块骨上，引外界无穷精气入体。

虚空中，那燃烧的神血化成一片光，在那小人的牵引下，汇成一道银色的河流。秦武色变，他发现自己手臂中蕴含的生命精华正在流失。

那生命精华如涓涓细流，似甘露普降，全部流向石昊的胸口，没入那诵经的地方，成为养料，滋养石昊的至尊骨。

秦武嘶吼发狂。他十分不甘，尽管他的手臂已废，但他还是不想让其精华被石昊化掉。

身为神，他的一骨一发皆是神品，怎能被凡人当成养料。这是一种耻辱，若是传出去的话，他这一生都会抬不起头。

他催动诅咒，想让正在炼化他神血的石昊就此永坠劫土。

然而，他所吟诵的咒语在不断溃散，法则无法成形，只有淡淡的光晕涌现，其诅咒之力十分微弱，根本无法靠近石昊。

此时，宝骨发光，上面盘坐着一个小人，金灿灿的，犹若一轮璀璨的太阳。

小人吞吐精华，喷薄瑞霞，笼罩整块骨。它发出一股神秘的波动，将那神血与其爆发的光淬炼，这并非吞噬，而是一种抽离与炼化。

它只是将那神血中所蕴含的天地本源精华吸入石昊的胸腔，使之化成浓郁的神性力量。少顷，那块骨便将所有的神性精华都吸收了个干净。

石昊浑身舒畅，精神圆满，肉身力量充沛，有一种轻飘飘的感觉，那块骨所需要的精华，一下子得到了不少补充。

“卑微的神，你太弱了，神力何其稀薄。”石昊说道。

秦武大怒。被一个凡人吸收了神性精华不说，还要被他这般奚落，秦武咬牙切齿，怒不可遏。

“轰！”

秦法一边逃遁，一边向后打出一道法则。而后，他爆发出神威，想要一举登上五行山，寻求庇护。

然而，不知道为何，他飞了这么长时间，却似乎永远无法靠近五行山，不禁心中大惊。

他用尽全力燃烧神力，想要穿透这片区域，这片天地仿佛都要被他的神力震塌了，可他就是无法冲进五行山中。

远方，两位老者已经匍匐在地，心中惶恐无比。族中的神就这样败了，他们要拿什么与石昊对抗。

更远处，秦昊沉默不语，借助神灵战衣避在山谷边缘的角落里。

秦武终于发现，有一堵墙挡在他的前方。这堵墙是由符文凝结成的，金光灿烂，散发空间法则的气息，没人能够穿透过去。

“我的祖父在哪里？”石昊喝问道。

“他无恙，活着！”秦武脸色铁青，这般说道。他虽然没有直接回答，但这样的回应也算是在向石昊低头了。

“哧！”

听到他的回答，石昊剑眉倒竖，剑光再闪，斩向秦武的另一条手臂。秦武的另一条手臂也遭重创，鲜血喷涌而出，在虚空中爆发出炽盛的银光。

紧接着，诵经声再次响起，石昊胸中的那个拳头高的小人，被一个光团笼罩着，释放神秘法则波动。

那条手臂中的神血与银光，化成最纯粹的本源精华，没入小人所盘坐的至尊骨中，让那里充满了浓郁的生机。

第282章 五行山

WANMEI SHIJIE

这种感觉很奇妙，像是干旱的沙漠得到了雨露的滋润，又若荒凉的峡谷响起了悠扬的笛声，在寂寥萧瑟中获得生机。

石昊沉浸其中，近乎迷醉。他清晰地感觉至尊骨在欢呼，在雀跃，它渴望摆脱桎梏，进化到完满状态。

他胸口金灿灿的，霞光四溢。那盘坐在宝骨上的小人被一圈神环笼罩，细看之下，那些神环是由符文围成的。

那是一部天书，那些诞生在石昊骨上的神秘符文，而今在排列，在重组，在演化无上奥义。

银白光芒如流水般没入石昊的体内，至尊骨莹白透亮，上面的符文印记越发清晰，它们环绕着那拳头高的小人，形成秩序神链。

这是一个神奇的时刻，生命的起源在这里细致入微地演绎着，体现出天地间最朴素与最强大的至理。

石昊第一次感到，至尊骨离他这么近。他知道，成长到今天，这块莹白的骨与以前不可同日而语，它已经强大到可以打出无上神通，摧毁诸天敌手。

涅槃！这是一个蜕变的过程。

天生至尊，失其骨，后来重新焕发生机，到了而今已能自行生长，外界若有补给，其成长得自然更快。

少顷，那条手臂中的神性精华被全部吸收，至此，秦武的两条手臂皆废。

石昊剑指神灵，询问祖父的下落。他目光冷峻，手中法剑吞吐锋芒，随时会立劈而下。

不远处，“砰”的一声，虚空被划开了一个很大的口子，一对夫妇透过裂缝看到了这一幕，震撼而激动。

“剑斩神灵，那是昊儿，他走到了这一步……”美丽的女子颤声道，脸上滑落激动的泪水。

“昊儿！”男子大声呼喊，眸子中有热泪滚落。他握紧拳头，胸膛剧烈起伏。

他们清楚地看到，秦武一脸铁青，双臂皆废，血液带着银光淌落虚空中，可以看出他已进退两难，陷入绝境。

“没有我们在身旁，他活了下来，成长到了这一步，他究竟是吃了多少苦才会有这般强大？”夫妇二人百感交集，喜悦、愧疚、苦涩、激动，这些情绪一起涌上他们的心头，模糊了他们的眼睛。

不过，裂缝很快再次闭合了。

“他没有死，进入了上界，我不老山并没有难为他。”秦武答道。他咬着牙齿，感觉羞愧。

面对一个凡人，竟被逼得道出昔日之事，他羞愤交加，几次想出手，结果又都无力地松开了手掌。

“没有为难，那为何谷壁上有箭孔？我祖父分明在此大战，并被秦湛打伤。这些我都知道了，你还想欺瞒。”石昊发怒道。

“中间有些曲折，但他的确进了上界。不管怎么说，这是一种天大的机缘，你祖父从此摆脱了大域牢笼。”秦武沉声道。

石昊开启十大洞天，将重伤的秦法和秦湛从当中扔了出来，以剑分别抵住他们的眉心，逼问祖父的下落。

秦湛是个疯子，拒不回答。秦法见老祖都败了，心中大惧，把他所知道的都告诉了石昊。

他并不是目击者，只是事后得知，大魔神带着一个叫阿蛮的少女而来，在山谷外被疯子秦湛打得大口吐血。

祖父满怀希望地寻到不老山，却遭此劫难，石昊听得震怒，“哧”的一声手起剑落，将疯子秦湛结果了。

秦湛虽是当事者，了解所有内情，但是石昊已经不需要他来道出详情了。他早晚会掀翻这不老山，救出亲人，到时自然都会知晓。

“你……”秦武的脸色一阵青一阵白，当着他的面，一位强大的尊者就这样殒灭了，他又心痛又愤懑。

尊者战力强大，非常宝贵，即使是不老山也没有多少，秦湛的殒灭对他们而言也是一种莫大的损失。

远处，两位老者见到这一幕心中一颤，而秦昊亦一语不发，手持银色的战矛，站在角落里。

“别杀我！你的祖父还有那少女都安然无恙。虽然不知道他们为何踏入我不老山的法阵，但也正因为此，他们才登天而去，进入上界。”秦法大叫道。

秦湛的死让他胆寒，纵为尊者，也不是每个人都如秦湛般疯魔，不惧死亡。

石昊手中的法剑化成一头金色的狻猊，雷霆闪耀，将秦法击成劫灰，消失在虚空中。

此时，不老山中的许多人都赶了来，他们见到眼前这一幕，噤若寒蝉。当着神的面，石昊大开杀戒，连斩两位强者，这是何等的气魄。

“践踏不老山尊严，你必就此殒灭！”秦武大喝道。

他知道无法逃离此地，便也不顾其他，口中吟诵咒语，燃烧己身，进行献祭，要唤醒五行山。

“你也殒灭吧。”石昊冷漠地说道。到了这一步，他也不再顾虑。

他手中的法剑一震，剑气若朝霞般绚烂，叠加在一起，汹涌而出，笼罩前方。

“前辈，大敌扰我族安宁，请护道！”秦武大叫道。

“轰！”

一声巨响传来，只见五行山剧烈地抖动着，其中的一座山峰发出一缕缕仙光，冲霄而上，无边的神能波动浩荡而出。

秦族许多人都惊呼，有喜悦，有震撼，更有战栗，但他们都跪倒在地。这是一种神奇的力量，令人震颤。

与此同时，山峰上的青铜古殿发光，一个身穿黑色战衣的男子从里面走了出来。他紫发飘舞，目光深邃，俯视着山谷。

“来此兴杀伐，当我不老山是什么地方？”他喝道。

他是一位神灵，镇守在下界，比秦武还要强大几分。他之前一直在沉睡，而今随着不老山的摇动而惊醒。

秦族的人都心惊，他们根本不知道还有这样的一个人存在。秦武愣在一旁，而后喊道：“秦旭玄祖，你竟然还在，快献祭，激活五行山，镇杀大敌！”

“我已醒来，谁在喧嚷？”一个浩大的意志出现，威严无比，其声响彻天地。

“救命！”秦武大叫道。

“哧！”

小塔发光，伴着混沌气，碾向秦武，其散发的波动恐怖无边。

“是你。竟敢来我这边逞凶，破！”五行山中的一座山峰亮起，喷出一片银光，阻挡小塔的攻击。

“砰！”

两者相撞，雾霭澎湃，碰撞出巨大的波动，若开天辟地般令乾坤抖动。若非它们对力量的掌控出神入化，绝对要让无垠大地沉陷。

见到五行山醒来，所有人都大喜，秦武更是眸光璀璨，振奋无比，因为现在他能活命了。

这座山体的来历十分不凡。它始于开天前，诞生在混沌中，无尽岁月中孕育过诸多先天神魔，其的强大让人难以想象。

“今日你必殒灭……”秦武冷漠地看着石昊，倨傲地说道。

“你先上路吧。”石昊说罢，挥动掌中的法剑，无尽的剑光迸发，像一片星河炸开，绽放出耀眼的光芒。

五行山轰然摇动，几座山峰同时亮起。它预感到了什么，迅速发威，涌出洪水般的波动，然而还是晚了。

小塔腾起，镇压虚空，隔绝了这片天地。一缕混沌气没入石昊的剑内，让这剑光暴涨，变得无比炽盛。

“啊！”

秦武被剑芒劈中，痛苦地大叫。纵然为神，他也挡不住混沌剑气，顷刻间便形神俱灭，只留下一生修炼所得的神性精华飘散在空中。

石昊胸口发热，吞纳那片散发着银华的神性精华，萃取其中的先天本源精气，海量神性力量流入其至尊骨内。

一位神就这样死了，还被人吸取了神性精华，这是从来没有过的事。秦族所有人都心中恐惧。

“我要保他，你还出手，这是要一战吗？”五行山的声音洪大无比，震得天地都在轰鸣。

“你也看到了，不杀他，这少年执念难消。”小塔说道。

突然，五行山上有一股浩大的战意冲向石昊。这股战意威严磅礴，强到极致，恐怖滔天，虚空都被震得扭曲了。

“杀就杀了！”石昊平静地答道。他镇定地看着那五行山，眼神中没有丝毫的惧意。

“说得对，就是这么简单，杀了又如何？”小塔悬在石昊头顶上方，释放一缕缕混沌气，阻挡那庞大的意志。

“你是想逼我开战吗？”五行山抖动，山体表面龟裂，渐渐露出里面的本体。

“那就战吧，谁怕谁，大不了重开此界！”小塔闪耀晶莹光泽，强势无比。

五行山摇动，山上的各种古木爆碎，所有灵药皆枯，山石滚落，溢出混沌，山中的本体露出，恐怖无边。

“有执念的是你，当年一战，你至今不甘啊。”五行山中传出这样的话语。

“你说对了，我就是要一战，且早晚要去上界了结因果。”小塔慢慢变大，塔身晶莹剔透，周身混沌气如海，轰然爆响。

“轰！”

巨大的声音震动了整片不老山，许多人都瘫软在地。

小塔直接轰在了五行山上，爆发出无量神光，各种大道符文在虚空中浮现。这种神威震古烁今，强大到难以想象。

石昊心头一跳，不禁感叹小塔太强悍了，竟这般一往无前，不计后果。

“你想放它出来！”五行山震怒道。

这一撞威力滔天，两者都爆发出无尽的混沌气。一时间，虚空中神力浩瀚，冲破云霄，若非有意控制，万物都将凋零。

“轰隆”一声，小塔被震上了天穹，而那五行山则被震得离开了原地。

在那地上，有一个披头散发的生灵被五行神链锁困。这个生灵骨瘦如柴，满头发丝如野草般长而枯黄，遮住了其身躯。

第283章 不灭的生灵

WANMEI SHIJIE

五行神链号称万古难朽的至坚瑰宝，被天尊铭刻上了无上奥义与法则，牢牢地锁困着这个生灵，让它难以挣脱。

多年以来，它一直被镇压在五行山下，从未见过天日。它瘦小干枯，一点也不威猛，身上粘着土石，仿佛已经变成了化石，与人们想象中的盖世强者截然不同。

若非一直有传说，很难想象，五行山下压着的那个生灵就是它。

秦族众人毛骨发寒，浑身瑟瑟发抖，心中充满了无尽的恐惧。

特别是尊者以上的主事者，他们知道秘辛，深知这位的可怕，在那无尽岁月前为了镇压它，不知道死了多少人。

而且，要真正把它杀了也很难，不然也不会将它镇压在此地，一直磨其道骨，炼其真魂，让它在漫长岁月中渐渐死去。

今日五行山被人掀翻，让这个生灵重见天日。这绝对是一场大祸。

“你可知自己做了什么？”五行山怒喝道。说罢，它从远处飞来。五峰并立，浩大无边，混沌气若茫茫神瀑般垂落。

这是它的本体，诞生于混沌中，始于开天前，孕育有先天大道痕迹，故此强到极尽。世人只知道，不老山的五行神环，威震八域，号称上古最强法器之一。

可只有教主级的人物才明白，不老山中最可怕的其实是这座山。它是不老之地，为五行山所化，拥有五行道根。

那五行环只不过是古人效法此山，进行摹刻道纹，费尽千辛万苦铸成的兵器，它在后天兵器中排名靠前，所向披靡。

但是，若与这五行山一比，五行环只能说是个仿品，乃是基于此山之天地道痕而人为生成的。

五行山压落，要重新归位，再次镇压那个生灵。云端上，小塔发光，摇落下一道道剑气。它虽然是塔身，但是射出的都是混沌剑芒，攻击力举世无双。

“哧！”

一道道剑芒飞来，绚丽无边，威能惊世。整片大域的修士不禁心中悸动，感觉快要窒息了一般。

五行山也发光，流转出五种道气，形成一片最质朴的大道痕迹，上面的符文璀璨夺目，若星河般灿烂非凡。

两者相撞，四方皆颤，整片大地都弥漫着一股可怕的气息。世间万物皆战栗，心中异常恐惧。

不过，这两件法器都夺了天地造化，在对决的过程中，能掌控所有力道，使其只作用于对方，因此即使天地间有气息波动，但也无神能肆虐。

秦族众人近在咫尺，也没有因此而伤及一人。不过他们都在这种气势下，吓得瘫软在地，难以动弹。

石昊受到的影响更小，因为他被小塔散发的柔和混沌光晕笼罩着，且被置于高天上，远离了战场中心。

“轰！”

小塔发光，若羊脂白玉般的塔身上出现各种符文，狻猊、大鹏、饕餮等，应有尽有，万物真灵都被烙印在了上面，散发出无与伦比的气息。

这种气息一出，天地都为之颤抖，像是有无尽的天阶太古神禽与猛兽复活，出现在这里。不光如此，还有诸天星辰伴着蒙蒙混沌气，在那塔身上闪耀。

小塔展现无上大道法则，毫不保留地动用了全力。它若不进行控制，一个不留神就会将此域击沉。

五行山剧震。它感到有一股磅礴的杀意和一种苍穹的重压，正压在它的身上，它不得不全力对抗。

“嗡”的一声，它体外五行相生，化出五枚符文。这五枚符文代表万物本源，定住了这片天地。

紧接着，五色神霞冲霄而上，要禁锢虚空，将小塔定在那里。

“想困住我？太小瞧我了。”小塔冷笑道，而后轻轻一摇，其塔身上，出现各种天阶神禽与猛兽。它们全部扑了出去，吞噬那五色神霞，摧毁那种浩大的道则。

当然，最可怕的是小塔自身演化出的种种神秘符文。这些符文切裂天地，干扰五行，破坏封禁之力。

“当”的一声，小塔俯冲下来，再次与五行山撞在一起。它们都拥有最强大的法则之力，两者间的各种符文相互交织，激烈碰撞，不断生灭。

这是真正的无上奥义间的对抗，其产生的威势难以想象，若是任它爆发，天外的星辰都会被击落。

小塔倒飞，犹若醉酒般轻轻摇动，险些控制不住混沌气，显然它遭遇了重击。

五行山也被撞飞，破入了高天，飞到了天际。它摇动着，艰难地稳住本体。

“怎么还不脱困，难道已经死掉了？”小塔心中疑惑。

不仅是它，石昊以及秦族的人也都不解。那镇压在五行山下的生灵自始至终都未动，悄无声息地横躺在那里。

五行山也惊疑。这么多年来，无论秦族发生了什么，它都没有去管，就是担心它一走这个生灵便会逃脱。

“难道它死了？真是枉费了我的苦心。”小塔自语道，颇感不值。这次若没有收获，还与不老山结下大仇，自然是划不来。

“哧！”

小塔毫不犹豫地斩下一道混沌剑气，劈向地上的生灵。

在众人惊骇的目光中，那剑气“锵”的一声，如斩金石般，发出震耳的声响。众人目瞪口呆，简直不敢相信眼前的一切。

那个生灵只有一绺黄草似的发丝被斩断了，其干枯的肉身却安然无恙。这超出了常理，让人震惊到无以复加的地步。这肉身得多么坚硬，简直让人不敢想象。

隐约间，一股神秘的气息从那地牢中弥漫而出。那地上的躯体动了一下，一下子让所有人的心都提到了嗓子眼。

“它没有死！”众人惊呼道。

五行山疾速而至，镇压而下，要将那个生灵再次镇压。

“果然未死，我就知道，它难以灭杀。不过它要是再不动，我可就要斩出最强的混沌剑芒了。”小塔轻语道。

说罢，小塔再次爆发，迅速冲向五行山，阻挡它降落。

“你疯了，它若脱困，必会引发一场天大的祸乱！”五行山声音沉闷，威严中亦带着一丝急切。

“关我什么事。我就要放它进上界，让某些人头疼，嘿！”小塔不以为然地说道。它是铁了心要把那个生灵放出来了。

“当年，可是多人出手才将它镇压的，你这样做，就不怕树敌过多吗？”五行山说道。

此时，小塔已经撞在了它的身上，与它激烈地对抗着。

“不怕。当年那几人也曾对我出手，我与他们早已结下了梁子。”小塔说道。它冷笑连连，等不及要将一个天大的麻烦放到上界去。

早先，它并不能确定这个地方是否真的封印了传说中的这个“麻烦”，也怀疑过这可能是个陷阱。

“哧！”

又一道混沌剑气斩出，打在那个生灵身上。一时间，火星四溅，锵锵作响，那生灵依旧无恙。

“轰！”

突然，天地中出现一股非常强烈的恐怖气息。那个生灵终于从蛰眠中醒来，彻底复苏了。

显然，它动用了一种秘法，锁住了一身的精气，用以对抗岁月的侵袭，抵挡时光的冲刷。

虽然这样依旧会有所消耗，但降到了最低，使之可以长存于世，神勇如前。

无尽岁月过去了，它早已骨瘦如柴，看起来羸弱不堪。不过，在它真正复苏后，一切都不同了。

那野草般的乱发下，亮起一双金色的瞳仁。秦族中的许多人看着那双眼睛，像在面对一百轮太阳，眼角淌血，闭目哭号。

“哗啦！”

神链抖动的声音传来，这个生灵坐了起来。它看了看高天，又看了看大地，而后眸光又扫向小塔还有五行山，始终都没有说一句话。

“镇压！”五行山通体发光，五色道光爆发出璀璨瑞霞，全部落下，要重新镇压此生灵。

“当！”

小塔撞来，将之震开。

下方，这个生灵终于站了起来。它无声地张口，用力一吸，天地中无穷的精气疯狂地向它的口中涌去。它双目如金色闪电，直接击穿了苍穹，其瘦小干枯的躯体若一个无底洞，吞纳十方天地本源。

整片大域在这一刻都暗淡了，天地精气与日月星辉全部集中向此地，如海的本源之力皆没入它的口中。

这一刻，天地都凝固了，时间也仿佛静止了，唯有它伫立在那里，成为一幅永恒的画面。

这个生灵太可怕了，吞日月光辉，纳天地本源。这里形成了灵力旋涡，将所有的灵气都卷入它那黑洞般的体内，像是要将整个大域世界一下子吞灭。

此刻，玄域中的所有人都看到了一种可怕的天地异象。此时分明是白天，可是群星皆现，每一颗大星都垂下一道光幕，若神瀑般落入不老山。

乾坤朗朗，青天如洗，可是诸天星辰皆显，汇聚星力河流，降临在不老山所在地，所有人都为之震撼。

从古至今，但凡出现这种异象，一定是重临世间的盖世妖魔在积蓄力量，不久后便会惹出滔天巨祸。

这一刻，玄域震撼，整个大域都笼罩在极大的恐惧中。他们虽然不知道不老山究竟发生了什么，却明白那里肯定发生了大事。

"轰！"

小塔与五行山又一次碰撞，各种符文闪灭，两者间有一种岁月的力量在弥漫，显得越发可怕。晶莹光辉一闪，小塔破开虚空，出现在远方，一阵摇晃。这种对决很容易伤到己身，对它的影响极大。

同样，五行山也无比忌惮。到了这一步，一个弄不好，它便会出现山体受损、法则被磨灭等问题。它这个等阶的存在一旦受伤，就需要海量的天材地宝去修补滋养，到时候会非常麻烦。

"轰！"

与小塔对轰后，五行山迅速化成一团蒙蒙雾霭，冲到那个生灵的头顶上方，直接向下镇压。这一次法则笼罩，虚空四裂，像是在开天辟地一般，若不是它谨慎地控制着范围，这一界都会受到波及。

"当！"

五行山落下，震得那生灵踉跄了一下，险些跌倒，但它并未受伤，迅速站稳，眸光更加闪亮了。

许多人色变，心中惊叹。以肉身对抗五行山，这得是多么强大的力量，若非亲眼所见，在场的所有人都不会相信这一结果。

这个生灵抬起一双手臂，手捏一种无名拳印，抵在虚空中，阻挡五行山的攻击，刹那间这一界的力量仿佛都被它抽空了。

"再替你挡几下！"小塔道。这个生灵刚脱困，还处在虚弱期，需要时间去汲取元气，滋养神能。

混沌剑气扫出，五行道光绽放，这里一片迷蒙，成为毁灭之地。

唯一值得庆幸的是，它们有无量神能，笼罩一方，不曾波及其他。

石昊默默观战，用心感悟。这是一个难得的机会，能亲身感受如此等阶的道行规则，即使不能悟透，也能学到一二。

那个生灵将身上的五行神链绷得笔直，想要将其挣断。与此同时，它继续吞纳十方精气。

一时间，玄域四野皆暗淡，苍穹上垂落的光辉，全部没入了不老山。

秦族人震撼不已。虽然近在咫尺，但他们所在之地一片昏暗，所有光都被掠夺走了，中心那个干枯的身影虽然瘦小，此时却是如此可怕。

这身影立在那里，明明干瘦，却给人以大山般的感觉，其产生的威势压得众人喘不过气来。

它气冲斗牛，战意冲霄，一双金色的瞳孔化作两轮金色大日，仿佛要撕裂苍穹，望穿上界，这绝对是盖世的强者才有的威能。

它很沉默，自始至终都没有说一句话，不曾因为即将脱困而激动长吼。

小塔法则如海，道行显化，与五行山进行了数十次的对轰。两者无尽岁月前就在混沌中见过面，皆知彼此的厉害。

这种战斗让人目眩神摇，那烙印在虚空中的符文瑰丽无比，繁复到尊者见了也会头昏眼花，难以看清其中的真义。

“你放出这个大祸，必定无法善了，将来会有很多人与你大战。”五行山传音道，言语中既有一种威严，又有一种无奈。

“战就战！上界的人太过悠闲，还有时间下来寻造化，今日我就给他们找些事做。”小塔说道，冷笑连连。

它所指的人自然是上界的无上巨头，而它却敢主动释放巨凶，让其攻入上界，这种手段光是听着就让人心中发毛。

石昊紧握拳头，他与小塔的心思出奇的一致。大劫临世，横扫下界，令人悲愤。他觉得就该为上界开启祸端，让他们这些高高在上的存在也感受下，任人宰割的绝望。

两者都动了真火，战斗也越发激烈，它们将要展开最高层次的对决，到了那个时候，也许真会天崩地裂。

“就此退出为时不晚，今日便可当什么都没发生过。”五行山传音道。

“再等一会儿，我便离开。”小塔答道。

“好，你要战，那就战个彻底！”五行山发怒了，其所在之地道光暴涨，虚空湮灭，竟在重开天地。

“谁怕谁！”小塔大喝一声，迎了上去。

这是一场大对决。五行山发出不朽的道则，同时还找机会飞向那个生灵，它几次俯冲，若整片天穹向那个生灵压去。

脱困就在眼前，那个生灵不可能束手就擒。它一语不发，金色瞳孔炽盛无比，手捏拳印，与之对击。

“当！”

响声震耳。这样的响声等同于大道神音，是混沌法器与不灭生灵的对决，看似随意的一击，却有法则流转，蕴含着天地至理。

“这手段……”石昊触动极大。这个生灵果然是超越世间常理的存在，那是肉身极致的体现，连混沌至宝都可对抗。

不过，他也看到了，那个生灵的双臂在痉挛，可见它为了卸掉法则的冲击，承受了莫大的压力，并不轻松。

石昊有所感悟，在高空中伸展双手，慢慢推演。这一刻，他在那个生灵的身上看到了一条修行之路——肉身极致，大道自生。

“不对，这并不是纯粹的肉身成道，它还在引动外界法则，只是不太明显而已。”石昊惊讶地说道。

他不可能悟透那个等阶的大道符文，但是看到一个大体的方向，这对他日后的修行有极大的好处。

“不假外物，自给自足，即使道灭了，身亦长存，这才是肉身的极致。”石昊轻语道。

一时间，他感悟极深，虽没有掌握具体的法门与神通，但是仿佛看到了一个广阔的世界，等着他去闯。

“当！”

这不灭的生灵，体壳惊人，法力与道行亦盖世。它开始调动外界天地元气，与它共同对抗五行山。

它虽然被神链束缚，却仍然非常强大，在与五行山的对抗中并未受伤。它不断挣动，要崩开那号称万古不朽的五行神链。

此时，锁链摇动，哗啦啦作响，那个生灵眼看就要挣脱了。

已到了关键时刻，小塔再次冲向五行山，给它争取时间。

“轰！”

地面崩裂，混沌气释放，五行神链下方出现一座暗红色的祭坛，祭坛上面刻满了无尽的符文。

那个生灵用力地将这座暗红色的祭坛拉出地面，而后奋力轰击，要毁掉此物。

“镇封！”

五行山一声大喝，无量道光冲霄，向着那个生灵镇压下来。这一击恐怖无比，道符在虚空中密布，璀璨无边，那股波动可怕得惊人。

小塔冲起，与之对抗，而后霞光一闪，退回到了天穹。

“你怎么不出手了？”石昊问道。

“为什么要出手？我又不打算决战。我已经做得差不多了，现在让它们两个去斗就行了。”小塔说道。

石昊听它这么一说简直无言以对。这小塔之前还信誓旦旦地说要大战一场，现在看来无论什么时候它都不肯吃亏。

小塔冷笑道：“我跟它不熟，助它脱困，已经算是大发慈悲了，若再替它战下去，平白地耗我法力，那我也太吃亏了。”

小塔顿了顿，继续说道：“我这么做也是为你好，不然的话，若是如你所说，诸般因果尽加你身，你不久后肯定会横死。现在就让这个生灵来承担一切吧。”

大战依旧，只不过对决的强者换了。小塔退出战场，一副“事了拂衣去，深藏身与名”的样子。

五行山镇压而下，比刚才的气息还盛，天地都被震得剧烈摇晃。

与此同时，那个生灵不同了，它虽然依旧瘦小干枯，但是脊背上爆发出无量神芒，绽放耀眼金霞。

“轰”的一声，乾坤似乎都要崩塌了。

那个生灵的脊背上生出了一对巨大的金色羽翼，与其肉身相比，若垂天之云，无边无际。

这个景象极其恐怖。那一对金色羽翼，比山岳还巍峨，将云朵都震散了。金色雾霭汹涌，那对羽翼发出至强的波动，对抗五行山。

“可怕！”石昊震撼道。

其他人早已瘫软在地，难以动弹。这是源自灵魂深处的恐惧，他们紧闭双眼，不敢直视这种决战。

“走，我们也该行动了，让它们两个去战，我们去开启不老山的宝库，嘿嘿。”小塔道。

它又补充道：“这次的因果也尽加你身。”

“行，诸般因果尽加吾身，但是先得去救我父母。”石昊爽快地说道。

第284章 团聚

WANMEI SHIJIE

石昊如此爽快，就是想快点见到父母。他看了看那被锁困住的空间，又看了看小塔，示意它赶紧行动。

小塔轻轻一震，洒下一片霞光。紧接着，那神灵法阵开出了一条通道，小塔释放混沌气，裹着石昊进入阵中。

这里景致优美，灵气浓郁。里面有一个湛蓝的湖泊，一片古建筑和一片竹林。

“与武王府的布局一样。”石昊看向最深处，那里有几间房屋，与他幼时所住之处一样。

“不对，那里有古怪。”小塔轻语道。这法阵深处还暗藏着其他符文，尤其是最里面的那个区域，其中的符文最特别。

“今日你破开封印，放出那个生灵，还想来此，我不会让你如愿。”五行山的神念波动传来，言语中满是怒气。

“小气，我只是带走两个人而已，何至于此。”小塔满不在乎地说道。它想把人带走，对方还能阻拦不成。

小塔悬在石昊头顶上方，混沌气流转，所有法阵皆开。石昊如履平地，快速向前奔去。

“砰！”

沉闷的声响传来，有人在用利器切开虚空。在最深处，一对夫妇无比焦急，奋力出手。

隔着很远，石昊就已看到了这一切。他们手持一把匕首，不断斩破虚空，想要离开此地，虽然已经精疲力竭，但他们还在不断尝试。

那是石昊的父母，分别了十几年，终于要与他们相见了。石昊心情激动，泪水止不住地流了出来。

自幼时起，石昊便很少落泪，长大后更不曾有过。但是这一日，他期盼了多年，如今就要实现，他实在抑制不住心中的激动。

“父亲，母亲！”石昊大声喊道，多年的渴望与思念都在这一刻爆发了。

当年在石都，石子陵为了石昊大开杀戒，以黄金战矛怒杀夺他至尊骨的作恶者，与整个家族恩断义绝。

石昊的父母带着他远走西疆，一路上遭遇截杀，身受重创。他们抱着襁褓中的石昊，脸上写满了不甘，以手抚摸他虚弱的身体，想为他续命。

他们一路寻觅，找到了石族祖地，却依旧没有找到救他的办法。两人黯然神伤，伤心无比。

后来，石昊的父母不得不远走各大太古神山，冒着随时都会殒命的危险去求药，结果还是徒劳，最后他们绝望地来到了玄域。

“昊儿！”

夫妇二人看到了他，声音颤抖地呼喊他的名字，向前冲来。

虽然分别了十几年，但是他们确信，这就是当年的那个孩子，那个他们留在荒域的幼儿。夫妇二人激动无比，张着嘴却难以说出一句完整的话。

他们命运多舛的孩子，如今已经成为一个傲视群雄的英雄少年，他们心潮澎湃，脸上虽有笑，但也有泪滑落。

这么多年来，各种事纷繁复杂，夫妇二人难以出谷。今天相见，他们内心深处的思念、愧疚、遗憾等情绪全都爆发了出来。

此时，他们的心都在颤抖，踉踉跄跄地向着石昊奔去。

“父亲，母亲……”石昊泪流满面，大声呼喊。这些年来，他只身一人走出大荒，闯出赫赫威名，一路走来嬉笑怒骂，从未像今天这般伤感。

石昊擦了擦泪水，冲了过去。

小塔一震，四方法阵皆碎。这里竟还有一座祭坛，而且十分诡异。

不过，有小塔在，无论是什么都不用担心，它悬在半空中，守护这里的一切。

“孩儿，这是我的孩儿！”秦怡宁大哭道。

踉跄的脚步，带着泪痕的脸，石子陵夫妇二人冲到石昊面前，心中像是有一团火在燃烧，激动之情难以抑制。

“你真是我的昊儿吗……”虽然已经确认，但秦怡宁还是忍不住颤声问道。她抚摸着石昊的脸庞，痴痴地看着，泪水成串地滚落。

石子陵也是虎目蕴泪，呼吸急促。他抓住石昊的双肩，想大笑，却又哽咽了，只得注视石昊，久久说不出话来。

“是我！”石昊大声道，任泪水肆意流淌。

秦怡宁一把抱住他，放声大哭。这么多年的思念，在这一刻如决堤的洪水尽情地宣泄。

石子陵也搂住自己的孩子，他没有说什么，只是强忍着自己感情的起伏。身为父亲，应该如一座大山般守护着孩子，他不想让孩子看到自己脆弱的一面。

此时，一家三口相见，激动与喜悦之情挤满了他们的心，他们虽然有太多的话想说，可是一时间又都难以说出口。

秦怡宁一遍又一遍地抚摸着石昊的脸，看着他，再想到他幼时的模样，不禁一阵心酸，才止住的泪又簌簌地往下流。

石子陵则不断地拍着他的肩头，为有这样一个孩子而感到高兴。他忍不住想大笑，可是不知不觉间，眼中又有了泪，他急忙转过身去，背着石昊擦净。

“这些年，苦了我的孩儿，娘与你爹对不起你……”秦怡宁说着又落泪了。

在相见的刹那，石昊心中的那点酸楚便已消失不见，他能感觉到父母的爱。这种亲情不是时间与距离能够斩断的。

即便分隔在两个大域，即便多年未见，在相聚的刹那，所有的隔膜都消失了，有的只是一种感动。

“父亲，母亲，我从来没有怪过你们，只有想念……”石昊深情地说道。幼时见到别人家的孩子都有父母，他曾一个人黯然神伤。长大后他横扫诸敌，睥睨群雄，但其内心深处还是有着一份对父爱母爱的渴望。

夫妇两人开心地落泪，伤感着微笑，想到这么多年来都没有照看过石昊，心中的愧疚与遗憾更加强烈了。

“孩子，一切的错都在我们身上……”秦怡宁哭泣道。

当年，以他们的修为，不可能与尊者争锋，在太古神山自然也求不到圣药，他们不得已只能远走大荒，进入玄域，踏进不老山。

一路上，他们九死一生，险些殒命。石子陵当年带着石昊突围时就身负重伤了，而秦怡宁更是早有暗疾。

关于她的暗疾，石昊早已知道。在石都时他曾见过雷族大小姐的母亲，从她那听说了过去的事。秦怡宁来自域外，出自不老山，在荒域历练时曾遭人暗算，修为近乎废掉，后来得遇石子陵，两人相敬相亲，最终成为夫妻。

石子陵的父母来到不老山后，立刻被软禁，随后他们得悉，当年秦怡宁负伤的事情与族内人有关。

而石子陵也是那时才知道，自己的妻子来历惊人，为上界中人，那种争斗涉及上界，延伸到了八域牢笼。秦怡宁没有细说，他也不好细问。

夫妇二人的孩子，竟然生有至尊骨，这个消息震惊了不老山。不管之前秦怡宁与他们有何争端，不老山上下都非常重视这件事。

不过后来他们得知那孩子的至尊骨已被挖，而且无论如何也不可能再重新接上，他们便对此事不怎么上心了。

而且，那时刚好传来秦怡宁在上界的那一脉战败的消息，结果就再也无人在意那个失去至尊骨的孩子了。

但是，石毅被他们盯上了。下界不老山做出决定，等时机成熟时，他们要将那至尊骨“采摘”回来，不得让其落在外界。

石子陵夫妇不甘心，百般恳求，要去石村送圣药，医好那个可怜的孩子。

可惜，不老山的主事者们都十分冷漠，没有答应，他们觉得为一个废儿续命是一种极大的浪费。这些话让夫妇二人备受打击，心灰意冷。

此后，他们便被囚在山谷中，无法离开半步。

不过，后来事情又有了转机。上界要实行至尊涅槃计划，需要他们再生一子，因为他们的第一个孩子曾为天生至尊。

虽然再生一个有至尊骨的孩子的概率不大，但也有一定的可能，古籍中就有这样的记载。而且即便不成功，那第二个孩子的血脉也会很不凡。

上界秦族一直在做这方面的研究，有过各种推演，他们派人送下来一块神秘的天骨和各种宝药，以及诸多的秘方。

此事被列为第一机密，因为怕上界的其他大教知晓，所以特意在下界进行。

秦族人还告诉石子陵夫妇，若孕出第二个孩子，很有可能借此子救第一个孩子。因为以石昊当时的情况，只有用相似的强大精血滋养，他才能够存活下去。

当时，夫妻二人心中只有石昊，只要能让他活下来，他们什么都能接受，哪怕是用第二个孩子去救他。

可是，后来秦族人食言了。当第二个孩子出生后，他们不理会夫妇二人的请求，也不让他们离开。

“孩子，娘对不起你，最后以死相逼，族人才同意带着我们去石村寻你……”秦怡宁黯然落泪。想起当年种种，她的心中满是遗憾与悲苦。

当她与石子陵再次回到石村时，却遭受了巨大的打击。他们只看到一片废墟，那里方圆十万里一片枯寂，连一只蚂蚁都没有看到。那个时候，他们万念俱灰。

石昊不禁落泪。他知道，那一定是吞天雀、穷奇祸乱大荒，争夺山宝所致，也因为这样他和父母才错过了。

一别多年，终于重逢，虽有伤感，但更多的是喜悦。石昊内心满足，脸上带着泪与笑，感受着一股浓浓的亲情。

“不要怪你的弟弟……”夫妇二人在剖开虚空时，透过裂缝看到兄弟二人曾大打出手。

他们张了张嘴，有太多的话想说，可又不知道该如何开口，他们希望两个孩子能够和睦相处。

石昊了然，用力点头道：“我与弟弟是手足，会相互照顾的。”

“真的不要怪他……”秦怡宁落泪，默默地说道。

当年，从那被血洗十万里的枯地回来后，夫妻两人万念俱灰，心中凄苦，无比思念那个命运多舛的幼儿。

他们难以释怀，无法忘记幼时的石昊。那时的他是那么可爱与健康，可后来被人挖去至尊骨，变得孱弱不堪，之后更是生死不明。

在很长的一段时间里，夫妇二人都沉浸在痛苦中。后来，还是那第二个孩子让他们走出了阴霾。

看着他有着与石昊一样的大眼明亮，同样无比可爱，两人终于有了寄托，心中有了希望。

夫妇二人为第二个孩子起名为“昊”，依旧叫“石昊”，以寄托他们对长子的思念。

可惜的是，身在不老山，许多事他们都身不由己。第二个孩子受到秦族的格外关注，被族人寄予厚望，后来更是被改姓为秦，名为秦昊。

次子自幼便接受秦族的教导，天纵之资得到开启，强大得可怕，因此也备受族人宠溺。

夫妇二人无法阻止秦族众人为他们的次子改姓，便以“昊儿”称之，度过了最初的悲伤。之后，他们将全部心血都倾注在了这第二个孩子的身上，希望他无忧无虑地长大。

父母对孩子的爱是毋庸置疑的。夫妇二人对第二个孩子非常疼爱，尽管他们陪在他身边的时间远没有秦族的人多。

有一天，秦族中的一些人故意告诉这个孩子说，他的出生是其父母为了救第一个孩子而做的努力。

“为什么？”年幼的秦昊忍不住大声问那些人。

那些人告诉秦昊，他能来到这个世上的原因，就是为了救那个孩子。他必须用自己的精血去滋养那个孩子，而且他在几年内都可能会很虚弱。

那一天，秦昊哭闹不止，质问父母，他是不是一个替代品，是不是为了救那个哥哥才有了他。

石子陵夫妇悲伤地看着他，柔声地告诉他，他的确曾有一个哥哥，但是已经死去了，他不是替代品。

虽然他们很思念石昊，但在得知他已经死去后，他们便将所有的爱倾注在了秦昊的身上。

而且，身为父母，他们怎么可能会不爱自己的孩子，特别是在失去第一个孩子后，两人更加珍惜次子。

可是，无论他们怎么说，秦昊始终记着自己曾有一个哥哥，并且他是为了救那个哥哥才出生的。

石子陵相当痛恨秦族，痛恨他们这样教导孩子，在孩子的心中埋下这样的种子。可是，无论怎样，他们夫妻也改变不了这一切。

“真的不要怪你弟弟，他只是一个孩子，他认为他始终比不上你在我们心中的地位……”秦怡宁再一次这样说道。

石昊能够感到，父母也很爱那个弟弟，他们这样不断解释，就是怕兄弟二人不和。

“父亲，母亲，我知道，无论如何，他都是我的亲弟弟，是我最亲近的人，我不会伤害他的。”石昊轻语道，希望他们能放心。

两人点头，拉着他的手，继续向他诉说这些年的事情。

两年前，双石大战突然爆发，震动各域，秦昊意外得知自己的哥哥未死，便有了一种比较心理。

那么强大的哥哥，如果回来，肯定会得到父母的百般疼爱，他自幼就有心结，想与哥哥比试。

双石大战过后很久，石子陵夫妇偶然得知，当年那衰弱的长子竟然还活着，而且非常强大，已经能傲视天下同龄人，他们当即就喜极而泣，相拥落泪。

也是从那日起，夫妇二人觉察到了秦昊的心思。

“孩子，你不知道，当我们知道你还活着时，有多么高兴，仿佛所有的遗憾都不存在了。”秦怡宁又哭又笑，非常激动。

两年前那一战震动天下，小石之名传四方，连玄域都知道了。夫妻二人既愧疚又自豪，那是他们的孩子，靠自己崛起，已经名动天下。

可惜那一战过后小石直接消失，蛰伏了近两年才再次现身。

“我痛恨不老山！”石子陵皱眉道。

因为，据他所知，不老山曾暗中左右魔灵湖，让其提供相应的资源，助石毅成长，以便其成熟后去“采摘”宝骨。

只是后来，双石大战在虚神界中进行，秦族的人去了，也不是那两个少年的对手。

不过当不老山知道，石毅的真身藏在魔灵湖，便立即行动，要夺走那具肉身。

但遗憾的是，那个灰衣女子带走了石毅的肉身，让他们采摘大药的计划落空，他们也不敢去与那灰衣女子争抢。

石昊听了之后，眉头紧皱。难怪秦族对他又想拉拢，又十分忌惮，还阻止他与父母相见，原来当中竟有这么多隐情。

一是母亲曾被他们偷袭，差点修为尽废；二是在他奄奄一息时，他们冷眼旁观，并将他的父母囚禁于此；三是他们为了“采摘”宝骨大药，竟暗中助石毅成长。

他们做了这么多对石昊不利的事，怪不得会这么忌惮他。

石昊想到了自己的祖父，他迫切地想知道祖父的情况，十分担心他现在的处境。

提到石昊的祖父，石子陵夫妇顿时义愤填膺。

当时，老人带着阿蛮寻到不老山，被人带到了这里，当他得知石子陵夫妇被囚神谷后，非常愤怒。他想救出自己的儿子和儿媳，但终究不是尊者的对手，在这里被打得大口咯血。

“秦族，不老山！”石昊愤怒地大叫道。尽管已经斩掉了秦湛，但一想到祖父的遭遇，他的心中还是有一团难以熄灭的怒火。

“没关系，等会儿将那不老山的宝库搬光，当作补偿，以后再打到上界去。”小塔撺掇道。

“祖父还有阿蛮真的进入上界了吗？”石昊不安地问道。

石子陵点头回应。那一日他叫来秦昊，千叮咛万嘱咐叫他一定要想办法救出大魔神和阿蛮，并将他们送入传送阵，助他们逃出不老山。

秦昊深得不老山诸多老祖的宠溺，这件事他还是办得到的。只是他把大魔神和阿蛮救出来以后，在送他们去传送阵的途中，意外开启了古老法阵，将他们送到了上界。

“这……”石昊一阵无言。

“孩子，你还活着，是我们最开心的事，我们从来没有这么幸福过。”秦怡宁脸上挂着泪水笑道。

“我的孩子纵然失去了至尊骨，一样能傲视天下，睥睨群雄，为父真的非常欣慰。”石子陵自豪地在石昊肩头拍了一下。

一个少年站在不远处看着他们。他眼神冷漠，沉默无语，手持一杆银色的战矛，身上的银色战衣流转着神灵的气息。

“孩子快过来，这是你的哥哥，是你的亲兄长。”秦怡宁发现了秦昊，冲他招手，叫他过来。

“孩子，快过来，我们一家终于团聚了。”石子陵也欣喜地说道。

秦昊默默地走了过来。他面孔虽稚嫩，但身上的银白战衣，将他衬得通体发光，让他看起来像一个神子般非凡。他沉默地看着石昊，又看向父母，显然他听到了他们刚才的对话。

石昊经历过很多苦难，十分早熟，他知道弟弟终究还是个孩子，他会这样是觉得自己抢了他在父母心中的位置。

“弟弟，无论如何，我们都是最亲近的人，将来不管发生什么，你我都是亲兄弟，我会照顾好你的。”石昊真诚地说道。

“不用，我自己会成为天地中最强的人。”秦昊倔强地说道。

“好，弟弟以后会成为最强的人，那就照顾哥哥吧。”石昊笑着说道。

如果有人看到一贯强势的石昊这样说话，一定会非常惊讶。

“咦，不对，有股强大的气息正在逼近，那是什么？！”小塔突然震惊地说道。

远处，那个生灵的金色羽翼变得非常巨大，已经撑满了苍茫天地。它像一个盖世魔尊，用尽其强大的力量对抗五行山。五行山奋力镇压，但始终难以将它封印回去。

就在这一刻，一股浩大的气息突然出现。这股气息恐怖滔天，震动了不老山，传遍了整个玄域，这绝对是有一位强大得让人难以想象的存在要出现了。

“不老天尊，你看急眼了，要强行下界了吗？”小塔惊讶地说道。

这片天地明灭不定，各种光乱冲，若星河生灭，似朝露滚霞，繁复与玄奥的秩序出现，而后又突然溃灭。

可怕的波动与强大的气息缠绕在一起，让虚空看起来像一幅破烂的画卷，在那异常的光雾中抖动得哗啦啦作响。

这场景奇异，这法则流转着混沌光，晦涩而繁奥，十分恐怖。

天地大变，上界的无上强者将要降临人间。

寸许高的小塔轻轻一震，垂落洁白霞光，将石昊等笼罩在内，护在当中。

“当！”

不远处，一座青铜古殿发出颤音。这座青铜殿正是五行山上的那座，它并未损坏，此时坐落在山地中。

它上面的绿锈不断脱落，而后它通体散发金光，变得不像青铜，而像晶莹剔透的宝玉。这般金灿灿的铜，也算是世间罕见。

“铜殿是不灭的坐标。”小塔严肃地说道。若真是那个人下来，它的麻烦就大了，到时它可能会卷入这场大战中。

第285章 不老天尊

WANMEI SHIJIE

此时那个生灵突然发狂，它的身体虽然依旧瘦小，但那对金色羽翼若垂天之云，挟着滔天的金黄雾霭与霞光浩荡而出，震得苍穹隆隆作响。

双翅一振，天地爆碎。

这是一种无比可怕的景象。苍穹如瓷盘遭击，迅速龟裂，裂纹蔓延至域外。而在那个生灵的脚下，地面直接开裂，变成万丈深渊。它用力地抖动着五行神链，想要将其从法阵中扯出来。

“镇！”

五行山大喝一声，镇压住这片天地。它若不及时出手，这片大地都会沉陷，而不老山肯定也会不复存在。

还好，它的五行根基代表了天地中的五大本源，能造化万物，足以护持此地。刹那间，这片天地不再摇晃，苍穹上的裂纹也不再蔓延。

“轰！”

一声巨响传出，只见在那对金色羽翼下，雷电交织，混沌气剧烈翻涌，一股强大到极致的力量震碎了一切禁锢。

祭坛被炸开了！

五行神链之所以能困住那个不灭的生灵，就是因为其是被拴在这座祭坛上的，现在祭坛被毁，这生灵就要脱困了。

金色羽翼再振，星河中化生的精气不断汇聚而来，没入它的双翼中，冲入它的口鼻间，疾速补充其元气。

满头的焦黄乱发披散到脚下，遮住了那个生灵干枯的躯体，一双眼睛充满战意，望向苍穹，射出金色光束，冲破天宇。

上界巨头要下来，逼得它不惜伤筋动骨，以秘法强行炸开那座祭坛。

五行山发光，猛烈一震，密密麻麻的符文化成五团朦胧的光，锁困这个生灵。这是本源之力的显化。

到了这一刻，五行山已经无法将这个生灵封印了。它现在只能尽量拖延时间，等上界的巨头下来后，两者合力出手才有机会成功。

就在此时，虚空中亮起成片的符文，撒满天地，洪大的诵经声响彻整片玄域。只见虚空中显化出一个巨大的身影，那个身影盘坐在那里，通体缭绕着一层璀璨的银色光环。

他每诵出一个字，那个字便化成一座巨山，向着那个生灵压去。这是一种非常诡异与恐怖的景象。

“不老天尊！”小塔大叫道。

他诵的是不老仙经，可度众生。他现在正竭尽全力地度化那不灭的生灵。

五行山迅速与之配合。它将身上的五种光束合一，将自己化成一块宝印，宝印上刻着开天时代的印记。

它悬在不老天尊的头顶，与其共鸣，加持那诵出的经文。一枚又一枚符文化成神山，向那盖世生灵镇压而去。

“有点不妙，这生灵被镇压了无尽岁月，元气大伤，别又被封住了。”小塔担忧地说道。

石昊他们也在紧张地关注着，尤其是他的父母对这一战更加关心。他们生怕这场纷争会让眼前这难得的团聚，出现什么变故。

秦昊紧握战矛，一脸严肃，目不转睛地盯着苍穹，显得很沉默。他身上的银白战衣荧荧闪烁，让他看起来更加超凡。

“嗷！”

不灭的生灵仰头，第一次发出自己的声音，这是一声长啸。它满头发丝发光，通体像是由黄金铸成的，演绎着无上法则。它的头顶上方，一座又一座符文神山被它无敌的战气绞碎。

“轰”的一声，那对金色羽翼像是两道神剑，斜斩向高天。它的双翅一振，这苍穹几乎被震碎。

虚空中，那盘坐的身影依旧在诵经，同时探出一只如玉石般晶莹的大手，向下拍去。

这一击散发出的不朽气息，足以震动当世所有强者。这是大道的对决，也是信念的争锋，更是个人意志的对抗。

五行山化成的宝印垂落光幕，锁住余波，护持不老山，并将很大一部分神力导向域外。

这一击让那不灭的生灵身体踉跄，险些跌倒。它终究是才脱困，还没有恢复到巅峰状态，因而吃了个大亏。

不过，它并未退缩，依旧战意高昂。此时，它体内的力量暴涨，躯体慢慢变大，最后与天齐高。

闪电在它的周围噼啪作响，神力疯狂地在它体内运转。一条状若星河的光带缠绕着它，它瞬间有了一种强大的威势，让众生都不得不仰视它。

随后，它双手捏拳印，一对羽翼展开，扇动厚重的金色云雾，轰杀而上。这是一次惊天的对决。

那盘坐的身影一阵摇晃，笼罩着他的银色大日被击破，他被逼起身，探出双手向下拍去，与那个生灵对决。

“这么年轻！”石昊惊呼道。

在那银光被破开的刹那，石昊猛然间看到了那位天尊的面容。他年轻得惊人，外表不过十八九岁，俊美无比，充满朝气。在石昊的想象中，天尊应该是法相庄严并暮气沉沉的，他没想到这位天尊竟会这么年轻。

虚空中，大战惊世，那是大道的碰撞。

“父亲，母亲，弟弟，我们快走。”石昊对不老山本就没有好感，现在这么危险，他也不想蹚这浑水，只想带着亲人赶紧离开。

“我不走。”秦昊摇头道。他看着天空，目光坚定无比。

小塔若有所觉，垂下混沌气，去触碰此地的祭坛。它刚一触动，祭坛上方便腾起无尽的符文。一时间仿佛能听到龙吟，见到神凰涅槃，那里诡异无比，流转着莫名的道韵，散发出至尊气息。

“有古怪。”小塔盯着那个祭坛，看个不停，惊疑不定地说道，“人为造就一个少年至尊，这是第一步吗？”

它早就听说秦族有一个至尊涅槃计划，似乎需要秦昊、石昊这等人相助，只是不知道他们的目的是什么。

“我不老山的血脉，怎能容外人干预。”

这座祭坛一动，立时惊动了虚空中的不老天尊。他口诵真经，传下一道神念，宏大神圣中亦有一种威严。

“天尊，我不走。”秦昊大声喊道。

石昊蹙眉，没有说什么。

石子陵夫妇拉住次子的手，眼神中既有焦急，又有担忧，而后他们看向那座古怪的祭坛。

“很麻烦。”小塔盯着那祭坛，说道。

这个时候，古朴的祭坛流动光辉，垂落下一条条秩序神链，竟与秦昊连接在一起，发出隆隆巨响。

“小塔，将他们带走。”石昊道。

当年，不老山视石昊为路边野草，不去救有血缘关系的他也就罢了，后来他们竟然还囚禁他的父母，伤害他的祖父，更要夺他石国，这让他对不老山深恶痛绝。

石昊与不老山势不两立，难以善了，他不希望家人留在此地，要带他们到宁静与安全的地方去。

“我的路，不用你安排。”秦昊目光很盛，严词拒绝。

石昊一怔，一时语塞。他的确没有资格左右弟弟的路，可是把弟弟留在这里，他真的不放心。

石子陵夫妇看了一眼祭坛，搂住石昊，又拉住秦昊。他们知道次子的成长与这里有密切的关系，但是因为情况太复杂了，他们实在是难以说出口。

“轰！”

虚空中，传来巨大的响声。那里银色光团爆碎，不老天尊的身影再次显化，而那不灭生灵也在倒退。

小塔一怔，而后大笑道：“原来是上界的投影，并非真身降临，他只能在短时间内发威。我就说嘛，要下来必定会付出血淋淋的代价，怎么可能如此简单。”

“小塔帮帮我。”石昊暗中传音道，言语间满是恳求。他渴望亲情，希望家人能脱离此地，不要再发生什么意外。

“管他有多古怪，先收走再说。”小塔说完，通体发光，洒落混沌气，将此地笼罩。“唰”的一声，无论是祭坛还是石子陵夫妇抑或是秦昊都被收进了塔身内。

“那是我不老山的人，你无法真正带走。”虚空中，不老天尊开口道，不过他没有来干预，而是继续与那不灭的生灵激战。

小塔冷笑一声，没有理会。它在静等时间，因为这是不老天尊的投影，显化时间有限。

果然，不久之后，那不灭的生灵稳住了局势，不再踉跄倒退。它虽说也不时被五行山压制，但战意越发惊人。它很难被灭杀，不然也不会被镇封到现在。

“嘿，去宝库。”小塔道，而后裹带着石昊一行消失在这片天地中。

小塔神念一扫，便将此地探尽，一下子便寻到了一座封印的洞府。它停在洞府前，扫出一道混沌剑气，毁坏了这里的禁制，那石门也成为齑粉。

在石门破开的瞬间，刺目的宝光从里面射出，只见里面瑞霞缭绕，光雾澎湃，神力波动惊人，成堆的神料金灿灿的。

石昊原本还心不在焉，一直想着父母还有弟弟，可进入这里后也被惊呆了。即使他见过石国的皇宫宝库，此时也有点眼花缭乱。

里面的神物实在是太多了，不老山的底蕴真是名不虚传。小塔哈哈大笑，连它都没有想到收获能这么大。

“昊哥，你是我的神。塔爷，你是我人生路上的指明灯。”打神石也被惊醒了，这里也有它需要的宝料。它在石昊的发丝上摇动着，可着劲地拍马屁。

“嗯？”石昊在一个角落里发现一小块残骨，它看起来洁白莹润，与那些神料相比，很不显眼。但是，他心头大惊，快步冲了过去，一把将其捡到手中。

这块骨很温润，光泽柔和，既不绚烂，也不暗淡，握起来很舒服。石昊激动地认真感应，仔细确认，最后他确信自己捡到了至宝。

不老山的人肯定没有发现其宝贵，否则怎么会将其随意丢在这里，让这等至宝蒙尘呢。

此前，石昊早已得到了一块半这样的残骨。其中一块是在石村得到的，那块骨给了他极大的帮助，不仅开启了他的修行之路，还帮他打牢了根基，那便是《原始真解》，现在被他留在了石村。

另外半块是他在石国都城竞拍下来的，现在就在他的身上。他赶紧将其拿出，把两块莹白的骨对接在一起。可惜，它们并不能凑成完整的一块骨，当中还缺了一小块。

他心中疑惑，暗想着若能拼凑完整，会凑成《原始真解》的另一篇吗？

按照柳神所说，《原始真解》共有上中下三篇。上篇为《神引》，上界一些巨头皆观看过。中篇为《超脱》，就在这下界，很多人来寻觅都没有找到。

“这难道就是第二篇《超脱》？”他猜想道，后来又觉得不太像。

“若真是中篇《超脱》，我现在多半还看不懂，那是巨头级的人物才能看懂的东西。”他自语道。

打神石过来鉴定，言道这最起码也是一块天骨，只是而今残缺，上面的印记都显现不出来。

小塔垂涎，几番诱惑石昊，想要将其吞掉，融入塔身。

石昊自然严词拒绝。这东西太珍贵了，举世难寻，不可能再有替代品，若是毁掉的话便是千古罪人。

《原始真解》诞生于开天前，生长于混沌中，按照柳神所说，它铭刻了最为质朴的道痕，有一种化腐朽为神奇的秘力。

它先天地而生，造化万物，上面烙印的飞禽走兽，在开天辟地后的无尽岁月中都一一呈现了。

不管怎样说，石昊现在发现的这块骨与之前的那一块半的材质一样，肯定与《原始真解》有关。石昊一扫之前为父母担心的忧虑，重新振奋了起来。

打神石嗷嗷怪叫，模仿石昊在百断山的样子，嚷嚷着道："我的，我的，都是我的。"

这宝库中各种神料堆积如山，散发宝辉，珍稀的材料在这里跟稻草似的随便堆着，而神料最起码也有二十种。小塔不禁激动得一阵怪叫。

不过，在这种关头，小塔仍然让石昊先将神料收起来，而后再送给它。真不知道当年发生了什么，让它如此谨慎地遵从"平衡法则"。

这些东西的价值太大了，即使是上界的那些神魔见到，也会认为是极品宝料。石昊将它们在手上过了一遍，又恋恋不舍地给了小塔。

"嘿，运气啊，这里居然有一块混沌土。"小塔惊喜地说道。

混沌土可不是凡物，超越一般意义上的神料，举世难寻。它蕴含着混沌时代的印记，可以铸成无上宝具。

当年在鲲鹏巢时，石昊得到过一块，不是很大，被小塔忽悠了过去，而现在这块足有两个拳头那么大。

"好东西啊！"小塔嘿嘿笑道，就要一口将其吞下。

石昊赶忙拦住它，因为他也想要一块，留着将来造宝具时用，可小塔义正词严地拒绝了，并告诉他将来有它帮忙，有何神器是不能祭成的。

"我想修不灭战衣。"石昊叫道。可惜晚了，寸许高的小塔一口气将身前的一堆神料一扫而光。

石昊急得丁瞪眼，结果小塔斜睨着他，道："将那块莹白残骨给我，我可以考虑帮你寻一些神料。"

另一边，打神石也毫不客气，跟人一般，张开一张嘴"咔嚓咔嚓"咬个不停。只见它那里各种碎屑纷飞，霞光流转。

当然，还有大量的材料，小塔看不上，打神石也吞不了。这些也都是很珍稀的材料，只不过小塔的要求太高，它只吞纳神性材料，或者有独特符文的器物。

石昊将余下的材料全都装进乾坤袋中，准备用来充实石国宝库。反正是不老山的东西，他因此没有一点负罪感。

走出宝库时，打神石打着饱嗝，口中不断喷出霞光，跟喝醉了似的。小塔更是通体洁白，早先大战留下的痕迹都消失了。

不老山的人发觉宝库被盗，眼睛都红了，但是没有任何办法，只得气愤地大叫着。不老山自上古至今的积累全被石昊他们收走了，这种损失难以估量。

外界，大战激烈，不老天尊动用五行山释放不朽的气息，与那生灵对决。

“咦，他怎么还在，投影不应该显化这么长的时间呀。”小塔心中一惊，不解地说道。

“不对，他带下来一件诡异的法器。”忽然，它发现不老天尊的头上多了一张图，那张图看起来很模糊，源源不断地补充着不老天尊逸散的精气，使之可以征战更久。

小塔从宝库出来后，开始破解此地大阵，以吞食布阵的材料，这让石昊都有点看不过去了。石昊自己则第一时间赶到了不老山的药田，结果却发现那里所有的草木都蔫了，精气全无。

“好可惜啊！”他心疼地大叫道。

这里原本栽种了许多灵药，真正是宝药成片，结果现在灵药都精华尽失，连根茎都受损了，再也难以成活。这是一种莫大的损失。

毫无疑问，那不灭的生灵脱困后，将天地元气和日月精华全部吸进了自己的口中，这药田自然不能幸免。

“圣药在哪里？”石昊长叹了一口气，有些不甘心。而后他暂时抛开其他，取出重瞳，在此地认真地寻找着。

“找到了！”他惊叫一声，快速向前冲去。只见远处有一座法阵，十分隐秘，阻止灵气外散。

一路上，他看到了几座涅槃池，可惜都干涸了。这池中皆是宝液，石昊还没来得及品尝，就被那不灭的生灵一口气给吸干了，他不禁觉得遗憾。

“小塔赶紧破阵。”到了阵前，石昊向小塔传音道。第一次这么近距离地接触真正的圣药，他还有点紧张。

不老山中自然有高手守护着这块区域，可是谁能挡住小塔？它轻轻一震，轻松地将神灵法阵瓦解，而后将一堆材料吸入塔身。

毫无疑问，这一次小塔的收获最大，所得神料成堆。

石昊往里看去，只见里面有一个灵液池，只是早已精气耗尽，干涸见底，即使隔着大阵也被那不灭的生灵吞干了。

池中还有一个石盆，流转着五色神光。这是世间罕有的瑰宝，小塔见了直流口水，疾速冲了过来。

“这是五行山上掉落下来的五色土，可栽种神药，我早就想尝尝它是什么味道了，现在终于逮到机会了。”小塔兴奋地怪叫道。

“不要！”石昊大声阻止道。因为这五色土中栽着一株奇怪的植物，上面共有五片叶子，每一片都如婴儿的手掌一般，只是颜色各不相同。

“这难道就是不老山的圣药——五元树？”石昊疑惑地问道。

这分明是一株草，而且叶片发蔫，都要死掉了，只是上面流动着淡淡的五色霞光，散发着一阵清香。

“是的，它在下界也只能是草，到了上界才有可能蜕变为树。不过，这株草也是圣药，而且神性精华浓郁，只是被那生灵一口气差点吸干了。但它到底还是圣药，生命力顽强，因此依旧活着。”小塔也觉得有点可惜。

“这是圣药啊！它虽然要死了，而且神性精华也没有留下几分，但我们还是把它搬走吧，万一将来能活过来呢。”石昊坚决地说道。

这一次，小塔难得地没有吞食五色土，同意了石昊的提议。

秦族人震怒，有人看到石昊搬走那栽种五元树的宝盆，都气急色变，可却无力阻挡。

“好东西，终于得到了一株真正意义上的圣药，希望它能复苏。”石昊欣喜地说道。

当年，他父母就是为求这株药的几片叶子而来，结果不仅遭到拒绝，还被囚禁，而今他将整株都搬走了。

“这东西如果带到上界去，一定可以化生为五元树，价值无量。”小塔说道。

突然，它一震，看向西方，露出惊容，而后低呼一声，暗道不妙。

只见西方的虚空中有无量金光绽放，万千瑞霞喷薄，一个巨大的身影在那里显化，庄严而肃穆，慈悲而神圣。

那是一尊巨大的神像，其通体金黄，盘坐在虚空中，比山岳还高大。

“西方教那家伙怎么也投影下来了。”小塔神色凝重地说道。

那个巨大的法相迅速浓缩成一个丈六金身。他通体晶莹而灿烂，手持一根拇指粗的青竹，疾速而来。

那不灭的生灵见此情景，转身就走，不再恋战。而让小塔吃惊的是，那不灭的生灵正向它飞来。它是在引祸，想让小塔与它共同分担。

小塔大叫道："我放你出来，你却恩将仇报？"

"替我挡三日，待我元气稍加恢复，必有厚报。"不灭的生灵说道。它的金色羽翼遮天蔽日，声音震耳欲聋。

小塔二话不说，化成一道光，震开虚空，用混沌气裹着石昊，逃之夭夭。让它一个去对付那三大巨头，它才不会去冒险，要知道它可从来都不是一个吃亏的主。

奈何这不灭的生灵速度太快了，它双翅一展，扇动金色云雾，将地上的大山震成飞灰，一下子就追了上来。它跟在小塔身后，穷追不舍，气得小塔诅咒连连。

"啪！"

一根碧玉般晶莹的青竹向前袭来，打在了小塔身上，让它栽了一个跟头。后方，那丈六金身浑身发光，手持青竹而来，对它出手。

"敢对我动手，当心我将你的庙宇都拆光。"小塔大怒，转过身去扫出一片混沌剑气，撞向那丈六金身，其威力恐怖无比。

另一边，不老天尊还有五行山也追了过来，再次与那不灭的生灵对决，想要趁它虚弱将其镇压。

"哞！"

东方，一头老牛踩着紫霞，驮着一道虚影降临，从远方缓缓走来。那道虚影背负仙剑，也杀进了战场。

"怎么一下子都来了？"小塔暗暗诅咒道。

它避而不战，疾速飞驰，一刻也没有停留。那不灭的生灵亦很警觉，并没有与那些身影硬抗，它紧追在小塔身后，就是不与它分开。

小塔气得发飙，却也无可奈何。它只得威胁其他人，道："你们要是再追，等你们的投影消散后，我就将你们在下界的道统灭个干净。"

这些人先后现身，引发莫名的变化，玄域摇动，生命气息蓬勃。

"嘿，某一太古宝界开启了，好大的机缘。"丈六金身轻语道。

这一次，那不灭的生灵飞离了小塔，直接冲向前方，寻那缕神秘气机。小塔大骂着也追了下去，因为它也感应到，那里可能有大机缘出现了。

"果然啊，一个太古宝界出现了。"上界巨头都很吃惊。

石昊被小塔带着，第一时间冲向那一太古宝界。到了之后，石昊非常惊异，因为他在那里见到了一些熟人，不久前刚认识的蓝雨、水月、红凰等上界贵女与奇才尽在入口内。

小塔一冲而入，几个巨头也跟入了太古宝界。

“柳神。”石昊感应到了一股滔天的波动，心中一惊。那股波动他非常熟悉，因为那是属于柳神的。

之前，柳神消失多日，去寻一种大机缘。石昊没想到在这太古宝界中竟意外地发现了它的气机，显然这个地方的出现与柳神有关。

第286章 柳神战上界三巨头

WANMEI SHIJIE

“哧！”

破空之响传出，只见一道晶莹的绿光飞来，击在了小塔身上，让它一个翻滚，在虚空中划出一道曲线轨迹。

“你别欺人太甚。”小塔怒喝道，而后它那几层塔身一起发光，从里面飞出一只饕餮。那只饕餮强大而凶猛，挟着吞纳万物之势，向后冲去。

丈六金身心中一惊，手中青竹一点，流转出无量符文，与那只饕餮对抗，最终“啪”的一声那道则击在了饕餮的眉心，让它连连翻滚，而后消失在虚空中。

西方教主非常强大，出手时的阵势虽不威猛，但每一击都暗蕴无上秩序之力，并都能击中要害，让敌手无处遁形。

他们已杀入太古宝界深处，法则碰撞的声音如雷鸣。丈六金身盯上了小塔，不断与它交手，而其他的人只是偶尔向小塔攻击。

不过，这几人下界的主要目的还是为了封印那不灭的生灵，因此他们中的多数还是在与其对抗。

金色羽翼拍动，厚重的金色雾霭与强大的神能波动，震得苍茫大地不断崩碎，这片太古宝界遭受了难以想象的冲击。

不灭的生灵竭尽所能地与他们对抗。它周身缭绕着一片星云，肉身展现出了极致的力量，发出隆隆的道音，震得苍穹像是要撕裂了一般。

“砰！”

它抬起左肩硬抗了五行山的一击，通体被震得剧烈抖动。它并没有受此影响，反倒借此波动，从右掌心中激起五色神光，打向那骑牛的强者。

“锵”的一声，金属颤音响起，那骑牛的强者拔出一柄仙剑，斩向五色神光。这一刻，那炽盛的剑光化作了永恒，爆发出切裂万物的威能。

剑光被五色神光斩开，但其锋锐之气依旧向着那不灭的生灵劈去。那不灭的生灵双翅一振，无尽的雷霆出现，当中夹着金色的羽毛，隆隆巨响。这片雷霆竟可改变剑光走向，引着它劈向不老天尊。

“锵！”

不老天尊手捏擎天拳印，动用惊世法力，抵住剑光，化解了这一击。而后他向那不灭的生灵追击而去。

“噗！”

不灭的生灵元气未复，遭遇围攻，终是受了重创，喷出一口金色的血液，击穿虚空。一些血液洒落，将下方的一片山脉化成灰烬。其真血之力竟有这般强大。

它仰天大吼，疯狂地吸收天地精气，用以补充生命本源。它需要无量的天地精源才能让自己的实力登临巅峰。

“柳神在哪里？”石昊惊异地想道。他发现进来之后柳神的气息就突然不见了，似乎隐藏在了虚空中。

那几大巨头，一边大战，一边进入太古宝界的最深处，搜寻那个大机缘。

所有人都知道，这里一定有了不得的东西要出世，刚才就是有人触动了禁制，使这里爆发出一股惊人的波动，才让这里暴露了。

显然，是柳神成功地闯进了禁制中。这让其他几人心中一沉，一边大战，一边动用神识搜索每一寸空间。但是太古宝界极其广袤，要想迅速找到机缘几乎是不可能的。

此时，小塔似乎被那西方教主激怒，浑身洁白，通体发光，释放不朽的大道法则，定住了那根青竹。

而后，它的数层塔身分开，化成几道混沌光，散发着无量神能，从不同的方向冲向丈六金身。它一直被丈六金身缠着不放，并遭其数次攻击，小塔早有怒意，现在更是不再避退，奋力出手。

这几层塔身散发着混沌光，带有一股开天的气息，蕴含莫大神威，强大无比，极其恐怖。

丈六金身虽然强大，但也不可能无所不能。他探出金色大手，与那些塔身硬撼，结果被震得摇动。

石昊见状倒吸了一口凉气。他被护在一层塔身内，看得清清楚楚，在那金色的手掌划动间，虚空破碎，法则弥漫，仿佛有无数的星辰在陨落。

这样的手段古来罕见。那金身太强了，无与伦比，难怪他可以与小塔硬撼。不过小塔发威后，几层塔身若苍穹压落，击在丈六金身的肉身上，让他渐渐有些招架不住。

“当！”

在那西方教主的脑后，一个巨大的金色光盘，宛若一轮大日，阻挡塔身。两者相撞，碰撞出无量神光，绽放耀眼光芒。

“收！”

小塔一声大喝，分开的几层塔身围住丈六金身，将此地化成一个牢笼。它们一起向内挤压，要重组真正的宝塔。

“轰！”

至神至圣的气息爆发，宏大无比。那片虚空中宛若宇宙开辟般，有万条星河隐现。小塔重组真身，并将那丈六金身封了进去。

与此同时，石昊与他的父母和弟弟被它传送了出去。

石昊看得真切，心中震撼不已。小塔果然强势，竟敢吞掉西方教主，要将他炼化。虽说这只是一个投影，但修为依旧惊世。小塔通体金黄，体内的无上强者在冲击塔身，想破出来。

“好强的力量！”石昊惊叹道。

突然，虚空中传来诵经声，响彻天地。之前那个巨大的金身法相透过虚空，其道音震耳，影响到了人的心神，犹若要度化世间的一切生灵。

小塔也不想与他生死相搏，轻轻一抖，将那金身又抛了出来。

这金色法相虽是投影，但短时间内发威的话与真身并没有什么区别。丈六金身被抛出后，盘坐在虚空中，通体发光，吟诵万劫不朽的咒言。

“哧！”

一道又一道金光如锁链般向小塔蔓延而去，要将它困住。

小塔冷笑一声，轻喝道：“爆！”

刚才，它将丈六金身吞进去后，在其身上布下了一层混沌规则，此刻经它一引，丈六金身所在的那片虚空“轰”的一声彻底炸开了。

丈六金身的周围，神力汹涌，虚空塌陷，他的金身法光逐渐暗淡，眼看就要消失了。

这个等阶的对战恐怖无边，双方谁都不能将对方击败，这个时候只得使用特殊手段才能取胜，但其自身也会为此付出可怕的代价。

突然，虚空中金光大盛，那破碎之地重组。丈六金身盘坐在那里，口中诵经，身上的璀璨神光更盛了。他双臂上的金光最为炽烈，一条又一条金色的手臂不断生出，转眼间便多出了上千条，一起向小塔拍去。

千手金身法相！

这是一种盖世神通，瞬间便能让使用者的威能提升到极致，是这一等阶的无上强者在生死搏杀时才会展现的手段。

小塔被几条金色手臂击中，怪叫一声，翻飞了出去。它没有想到对方为了将它收走，竟会使出全力。

“还想收我为至宝兵器？你的胃口倒是不小。”小塔道。

西方教主之所以紧追着小塔不放，是因为小塔当年在上界大战时，为修复己身，夺走了西方教中一颗非常重要的舍利子，引得西方教剧变，从而遭到该教追杀。

“轰！”

小塔再次遭击，又翻飞了出去。它开始拼命，通体发光，不知道变大了多少倍，它还将石昊接引过来，让他盘坐在塔身上。

“借神通一用！”小塔道。

它这一世受损真的很严重，自身只余四层塔身，底气不足，若是长拼下去，多半要吃大亏。

“嗡！”

小塔感觉有一股海量神能汇入体内，牵引其塔心的符文，化作一条秩序神链，冲击向那丈六金身。

石昊盘坐在塔身上，真身隐在混沌中被守护着，他这算是间接参战。

小塔以神能补充，动用了他的至尊骨，发出一股十分可怕的波动。一时间，虚空中有无量神光飞舞，伴着大道轰鸣声，与那诵经声对抗。

“轰！”

这片虚空被震裂，双方都翻飞了出去。

“快，护住我的父母！”石昊焦急地喊道，生怕大战波及下方。

虽然这个世界十分广阔，但是这个等阶的大战非常少见而且破坏力惊人。那种强大的波动若是不加控制，就会导致万物皆灭，此界都可能因此重开。

小塔发光，从塔内扔下数杆阵旗，立在大地上，这些阵旗将这片区域围住后又消失了。

刚才被震裂的虚空闭合。丈六金身再次显现，这回他不再盘坐着，而是手持一根拇指粗的青竹，向前击来。这根青竹散发晶莹的绿霞，透着一种大道奥义。

这一击虽然看似平常，但是蕴含了可怕的法则之力。石昊看得清楚，隐约间觉察到了《原始真解》的朴素道理，心中不禁大吃一惊。

在那青竹前方，虚空扭曲，宇宙仿佛在塌陷，好像有诸多星辰出现，而后又陨落，这一场景实在是太恐怖了。

“轰！”

更为可怕的是，那不灭的生灵因为受了伤，也冲到了这一边，结果引得不老天尊等亦杀了过来。

这几大巨头将小塔还有不灭的生灵围在中间，一起出手，向前镇杀而去。一时间，这片虚空闪耀着各种法光。

“借神通一用！”小塔再喝。

此时，石昊感到有一股充沛的元气涌入胸骨，让那里如一轮小太阳绽放刺目光芒。一个小人盘坐在中心，吟诵真经。

这宝骨虽未成熟，但这诵经声亦响彻天地。石昊盘坐在小塔上，裹在混沌光中，散发出一种至尊威能。

几大巨头都露出异色，目光有些炽热，向前击来。“轰”的一声，霞光漫天飞舞，这片天地像在开天辟地，简直要毁灭了。

几大强者合围他们，都竭尽所能出手，小塔他们的情况十分危急。

“噗！”

那不灭的生灵再次口吐金色血液，身体踉跄，避在小塔后方。小塔见状怪叫连连，不停地咒骂着那个生灵。

“哗啦啦！”

突然，在这危急时刻，几条秩序神链散发着莹莹绿光，从虚空中冲出，分别冲向丈六金身、不老天尊、五行山，以及那个骑牛强者。

“柳神！”石昊心中大叫，他自然知道是谁在出手。

那嫩绿的柳条化成晶莹的秩序神链，强大无比。“砰”的一声，不老天尊第一个遭袭，他头上的那张阵图轰然爆碎。

另一条神链则缠向丈六金身，要锁困这位极其强大的教主。

还有一条神链嗡隆作响，直指那骑牛强者的眉心，震散那浓郁的重重紫气。

不老天尊头上的阵图是一件秘宝，可以加持其身，让他能守住精气，以延长投影在下界的时间。

现在这一阵图直接被击穿，化成一堆碎块，撒向四方，而且由于出现的时间太长了，他的投影自然难以稳固，马上就要消散了。

丈六金身很强大，探出一只金色的手掌，“砰”的一声与那神链撞在一起，双方都是一震。

然而，柳神的神链晶莹剔透，柔软无比，被撞出去后，马上回旋了过来，缠绕在那丈六金身上，要将他捆绑起来。

西方教主并不惊慌，盘坐在虚空中，开始诵经。而后他的身体金光炽盛，如黄金火焰炙烤着那条神链。

那条神链从手指粗化成了手臂粗，若一条碧玉龙般，流动绿莹莹的曦光，散发出强大的气息。它像是大道的载体，上面的符文密密麻麻，炼化丈六金身。

另一边，冲向骑牛强者的神链散发出蒙蒙光晕，在击到其眉心前时，被一根手指抵住，不得不说此人的实力也极其恐怖。

在这一瞬间，他周身的紫气化成一片道则场域，守护住了其本体。而那根手指更是神力无穷，指尖混沌气翻滚，各种符文闪烁，似乎有星河在其手指中。

“锵！”

下一刻，骑牛强者背着的仙剑自动出鞘，若一轮太阳炸开，发出耀眼神光，杀气滔天。这柄剑十分可怕，像是可以斩断一切，锋芒毕露，斩向那条神链。

神链轻灵而强大，一个摆动，横击过去，“啪”的一声打在剑身上。这一刻，炽光暴涨，两者都被震得剧烈地抖动着。

仅在这一瞬间而已，两者皆爆发最强神能。

那仙剑发光，越发璀璨，若横空的烈日，照耀大地。骑牛强者这么做是想要斩掉柳神的这条主要神链。这条神链也不再柔软，炽盛无比，绷得笔直，化成了一杆战矛。

这是一杆碧绿的战矛，其上闪耀着密密麻麻的神秘符文，看起来与金属制成的没有什么区别，同样寒光凛冽，同样锋锐无双。

“锵”的一声，两者硬撼，颤音震耳。

此刻，另一边也霞光大盛，五色神芒冲霄。五行山化成的宝印也受到了攻击，正喷薄瑞霞以抵抗神链。

令人吃惊的是，柳神的这条神链并没有受其影响，而是迅速地汲取五行之力。那宝印心中大惊，收敛神霞，疾速倒退。

柳神同时攻击三大巨头以及一件混沌法器，一战之下，神威尽显，让人骇然。

第287章 上界三巨头败退

WANMEI SHIJIE

不老天尊受到的影响最大。他下界最久，阵图也被击碎了，他的投影因此越来越暗淡，随时都会消失。

这可不是什么好兆头，意味着他可能会错失这太古宝界中的大机缘。

现在谁都能够感应到那种神秘的波动，其中有混沌灵物的气息。太古宝界十分罕见，每一处都广袤无垠，自成一界，当中生存着许多灵物，更有开天前的东西，故此吸引了各大巨头。

这种宝界的来历并不是什么秘密，修士基本都知晓。

这种空间原本也可以成为一个世界，只是在主世界开天后，它们被生生挤压，很难再扩展下去。而且，在太古年间，一场大战波及了这些宝界，使其本源受损，再也无法继续扩展，也正因为这样它们才被称为太古宝界。

不过，这些宝界中蕴含着开天前的印记，甚至有混沌宝物，因此一旦开启，必将是一场大造化与机缘。

突然，“轰”的一声，不远处传出剧烈的能量波动，丈六金身不断诵经，通体发光，若一尊金色的天神。

与此同时，其他人也攻了过来。柳神收回所有神链，不再与他们对战。

这短暂的一战让人印象深刻，柳神的强大有目共睹。它独自同时攻击几大巨头，修为着实惊天。

“哈哈……”小塔大笑道。它现在底气足了，不用再逃，虽然在人数上吃亏，但绝对能与他们一战了。

不灭的生灵目露神芒，射出两道金色光束，看向太古宝界深处。它在凝视柳神，脸上露出奇异之色。

“四对三，我们的赢面很大。既然来了，那就一战吧。”不老天尊开口道。

“什么四对三，你已经被除名了，连护身的秘宝都被击散了，还不速速退避，回你的上界去。”小塔揶揄道。

它知道，不老天尊停留不了太长时间，其精气在迅速外逸，其投影将会马上因虚弱而消散。

不老天尊神色冷漠，哼了一声。他看起来年轻俊美，根本就没有一点暮气沉沉的样子，非常有朝气。

“一战！”骑牛强者赞同道。他们的时间都不多了，如果战得过久，可能会与那天大的机缘失之交臂。时间紧迫，在这一战中尽快定输赢是他们最好的选择。

此时，一道修长的身影自太古宝界的深处缓缓走来。其虽然朦胧，但是气质超然，周身散发着一种莫名的神韵，让其看起来超然于尘世之外。

在其周围，一个又一个炽盛的光团，组成一个璀璨的神盘，将其环绕在中心。

仔细观察可以发现，每一个光团中都有一个神灵，每个神灵都在诵经，并对着那道身影顶礼膜拜。

越细看，越细想，这种神圣的场景就越让人惊骇，仿佛三千界的神灵都在对柳神一个人膜拜。在场的人看不清柳神的真容，甚至不知道其是男是女，但是此时其风采堪称绝代。

其背后还有一株柳树。这株柳树垂落万缕丝绦，碧莹莹的，生机焕发，其周围还伴着一缕缕混沌气，显得神秘无比。

“柳神复原了吗？”石昊惊讶地低语道。

与之前相比，柳神的枝条足有成百上千根了，而且每一根柳条都摇曳绿光，灿烂晶莹，看起来状态极佳。

柳神没有说话，但是一下子就让这里的气氛紧张到了极点，上界巨头都戒备着，不敢有一丝大意。

“哧！”

西方教主第一个出手，因为时间真的不多了。他通体金黄，宝相庄严，大步而来，那种大道气息堪称盖世。

他抬手间，一根碧绿的青竹点出，打向柳神。这一击看似简单平凡，但无论是柳神，还是其他人都神色严肃，因为这绝对是西方教主非常厉害的一击，大道至简，无须繁琐。

柳神站在那里一动不动，笼罩着他的神盘闪闪发光。一瞬间而已，天地共鸣，仿佛三千界的神灵在献祭，吟唱无上咒言。

“轰！”

一股宏大的气息涌出，诸神一起出手，震动了天上地下。柳神仍旧站在原地不动，环绕着他的那些神灵齐声大喝，祭出各种宝术，爆发出万丈神光。

别说石昊被惊得目瞪口呆，就算是小塔也有点愣神，它暗自惊呼道：“这也太强了！”

若非西方教主强大，仅这次碰撞就要吃一个大亏。要知道，他刚才像是在面对三千界的众生，那种力量宏大无比。

一瞬间而已，他抛出青竹，自身金光炽盛，璀璨若神焰燃烧，再次化成千手金身，千手齐动，以最强姿态向前攻去。

“轰！”

天崩地裂，万物凋零。那修长的身影岿然不动，只有那神盘发光，若诸天星河环绕其身，与那丈六金身碰撞不止。

西方教主口中诵经，不断出手，但就是难以攻破神盘。

“嗡！”

突然，那早先被抛出去的青竹发光，一下子扎根于虚空中，疾速生长，瞬间化成一株仙竹，散发着不朽的气息，向柳神镇压而去。

与此同时，骑牛强者也出手了。他手持仙剑向前攻去，剑光化作永恒，震撼人心。这一刻，不老天尊还有五行山也出手了，他们一起向前镇压，要迎战大敌。

“出手！”小塔大喝一声，联合那不灭的生灵一起上前，共战敌手。

混战爆发。这个地方混沌气扩散，虚空湮灭，星河隐现，十分恐怖。

柳神遭遇围攻。这些人皆知他最不好对付，若不先将其击败，根本就没有办法获胜。

“轰！”

柳神的人身修长而挺拔，傲立在那里。他挥动法印出击，伴在他身后的那株碧莹莹的柳树亦发光，并发出大道轰鸣声。

柳条将那扎根在虚空中的青竹直接缠住，而后汲取其仙气，让它迅速枯萎。

“砰！”

那青竹爆碎，化成粉末，飘散在虚空中，西方教主的兵器就这样被毁了。

大战激烈，所有人都手段尽出。被围在中间的柳神表情严肃，体外的三千界神灵燃烧，若符文神焰将它笼罩。

“当！”

柳神伸出一指与骑牛强者的仙剑相撞，碰撞出无尽的神能。仙剑被震开，柳神与骑牛强者皆倒退。

“砰”的一声，在柳神的这一指神威下，这片空间颤抖，而后粉碎，那骑牛强者的青牛遭到冲击，直接哀嚎一声，化成光雨，就此消失。

一时间，这片空间人影翻飞，法印闪灭。这一战惊天地泣鬼神，激烈得让人难以想象。

正中心那道修长的身影睥睨四方，强大得令人惊叹。突然，柳神捏法印，化成一道浮光，出现在不老天尊的近前，对着他接连振指。不老天尊的周围顿时弥漫大道气息，被笼罩在内。

这是无上宝术的法则之力在喷薄，让那里成了混沌。不老天尊的身影早已暗淡，不能久留，此时遭遇攻伐，更加体力不支。

最后，一根修长的手指点出，落在不老天尊的眉心，闪烁着七彩光晕。不老天尊十分惊愕，俊美的脸上神色凝固，仿佛不敢相信这一幕。

“砰”的一声，他的投影炸开，消失在了虚空中。

这个场面，令人深深震撼。

“哈哈！”小塔大笑，一扫此前的郁闷。石昊则看得神驰目眩，非常激动。

“你们也该回去了。”柳神看向其余的几大巨头，平静地说道。他的声音很缥缈，但言语中有一种无形的大威严，让人难以抗拒。

那几大巨头身为教主，虽然不是开天辟地以来的最强者，但也纵横天上地下，所向披靡，怎么可能被轻易惊走？

这一战不可避免，即使不老天尊的投影被击溃，其他人也不可能直接退走。

西方教主通体金黄，流转秘力，向前迈步，压得天宇都要破碎。这是金刚不坏身修到极致的体现。

他的体表有星光浮现，似有星河绕着他的躯体。他并没有变大，只是宇宙仿佛缩小了。

“轰！”

西方教主一掌拍来，强大的法体压得虚空隆隆而鸣。金色道身不朽，拥有至强神威，在那掌指间有混沌气翻涌。

柳神捏法印，向前击去。他那修长的手指闪烁莹白光泽，蕴含大道至简真义，与那丈六金身碰撞。

丈六金身倒退，柳枝剧烈摆动，两者间星光闪灭，混沌云雾汹涌，将这片空间都笼罩了。

“哧！”

剑光灿若域外不灭之光，犀利无比，斩开混沌，转瞬即至，要斩断柳神的手臂与其身后的碧绿神树。

“当！”

旁边，小塔发光，化作一座通天巨塔与仙剑撞在一起。两者相撞，声音极大，若神金石裂天，响彻四方。

骑牛强者周身紫气滚滚，凝聚成一道法身，双手抵天，托住洁白的塔身，化解塔威。而他的本体则手持仙剑迈步，继续杀向柳神。

一时间，剑气如虹，道则流转，皆指向柳神的要害。每一道剑气都若一条星河绽放，瑰丽壮美。

与此同时，不灭的生灵也出手了。它扇动一对金色羽翼，一时间，雷电如雨，金霞漫天。

不过，它被五行山挡住了。五行山的山体变大，释放五行神光，化生万物本源之气，向前轰去。

不老天尊的投影被击溃，五行山自然暴怒。他猛烈地出手，不断发威。

“砰！”

突然，西方教主与柳神错身而过，冲向不灭的生灵。他的金色掌指不朽，与不灭的生灵的金色拳头碰撞，震得虚空几乎爆碎。

一个金色法相无敌，一个肉身强到极致，两者遭遇若针尖对麦芒，打斗得激烈无比。

与此同时，与柳神对抗的骑牛强者刹那侧身挥斩，剑光冲向那不灭的生灵。

这是一场大混战，敌手随时变换，只要能有力有效地灭掉对方的主力，便可奠定此战的胜局。

“嗡”的一声，五行山倒转，化成宝印，飞到柳神的头顶上方，垂落一道道如瀑的光辉，将下方的身影笼罩。

伴着绿光，那株碧绿的柳树伸展枝条，吸收五行精气，滋养己身。

五行山一声怪叫，有些惊慌。这天地本源的五行精气对那株神树来说，仿佛是养料，竟能被它炼化，这让五行山很震惊。

五行山敛去霞光，化成一座巨山，以不朽之身镇压而下，要震碎那道身影还有那株生机勃勃的神树。

“咚！”

刹那间，那些碧绿的柳条一起冲向高空，缠绕住这座五行大山，流转至柔之力，化解这种至强之威。

与此同时，那修长的身影飞上高空，一掌拍出，莹白掌心中出现一枚繁复玄奥的符文，印向五行山。

这是反五行之符，为混沌时代神纹印记。五行山心中大惊，对方竟然能随意施展此符，要破其真身。

“嗡！”

五行山剧震，山体上出现五枚符文。这五枚符文疾速旋转，化成一个五行光团，想吞掉那枚反五行之符，将其炼化。

“轰！”

那团光被破开，五行精气汹涌而出，被那莹白的手掌吸收了部分。五行山剧烈摇动，疾速倒退。

“嗡！”

柳神探出一只手，伸到五行山近前，将其一把捞起并猛力向前轰去。

“当！”

柳神暂时掌控了五行山，将其化成宝印，用力拍下，正好击在那柄仙剑上。一时间，发出炽盛的光芒，其音震耳。

手持仙剑的骑牛强者张口喷出一团光，化作符文，禁锢虚空。紧接着，他向前挥剑斩向柳神的手臂。

“啪！”

小塔挣脱紫气，击散那具法身，疾速俯冲而来。它的塔身不断变大，疯狂转动，底部化成一个旋涡，汲取那些虚空中的符文。

混战激烈，各方尽展手段。

西方教主金色法身坚固不朽，他探出一只手，手掌疾速变大，一下子笼罩了这片空间，将柳神覆盖。

这种大神通久负盛名，叫“掌中世界”，号称“摘星捉月”，一袖遮乾坤，一掌罩天地，其成就最大者便是这位教主。

那手掌发黄，巨大无边，每一根手指都如擎天柱，抵住了苍穹。一些星云浮现，环绕在那些巨指间。柳神则站在掌心，像被禁锢在里面一样。

“哧！”

破空之音传来，柳神接连捏印击出，要震破这掌中世界。这掌中世界法则流转，秩序之力密布，一片混沌，似要破碎。

“轰”的一声巨响，这手掌变了，化成一座洪炉，要炼化柳神。神炉金黄，符文密布，笼罩天宇。

柳神手持五行山化成的宝印，猛力击出，砸向这金色的手掌所化成的宝炉。

“就是此刻。”西方教主突然开口，猛地翻转手掌，向下压去。

金色神炉内像在重开天地，里面有无数星河垂落，甚至还有大星砸下。西方教主是要将柳神封印。

“轰！”

与此同时，五行山挣脱柳神的掌控，配合那股宏大的气息，释放五行精气。

其实，五行山本身并不弱，早先它是故意被擒，以充当封印法器。此时它疾速变大，配合西方教主释放不朽的气息。

柳神镇定自若，任星河压落。在坠向大地的刹那，他体外的神盘发光，震开了所有符文的压制。

与此同时，他演化生之道，从掌中祭出一道绿霞。一时间，数不清的植物扎根在虚空中，汲取五行之力，并吸收那丈六金身的法力。

刹那间，绿霞遮天，一株神奇的柳树疾速冲霄而上，破开了所有混沌气。这是一种奇异的景象。

“轰”的一声，掌中世界坍塌，丈六金身倒飞，五行山亦暗淡。他们都被夺去了一股浩瀚的精气，滋养了那株柳树。

那株柳树仿佛扎根在开天前，天地都容不下其真身，其每一根枝条都挂着一条星河，每一片叶子都托着一颗巨大的星，整株树都闪耀着光辉。那道修长的身影站在晶莹的树冠上，俯视众生。

“轰隆！”

骑牛强者摆脱了不灭的生灵的纠缠，席卷而至。他张口一啸，紫气漫天，带着一股大道气息，镇压而下。

“轰！”

小塔飞来，与他对抗，震得天地剧烈抖动。

剑光一闪，骑牛强者化成一股清气，消失在虚空中，让小塔扑了个空。

紧接着，天地中道音隆隆，四面八方到处都是那骑牛强者的身影，每道身影手中的仙剑，都流淌着玄黄气，一起向柳神斩去。

这是他的道，每道身影都是一个化身天地的烙印，其神威无远不届。

“哧！”

柳神亦出手。他脚下的柳树发光，千百根柳枝碧绿鲜嫩，全部化成秩序神链向前冲去，与那人对决。

令人震惊的是，每一条秩序神链的前端都金光闪闪，化生出一只凌厉无比的鲲鹏。这种景象很惊人，在场的至强者莫不震撼。

每一条碧绿的神链都连着一只金色中带着黑色斑点的鲲鹏，挟着破灭万物之法，向前冲去。

“连鲲鹏的道都可信手拈来，融在自己的宝术中，真是太让人难以置信了。”有人轻叹道。

“轰！”

紫气翻涌，那些身影被震散，骑牛强者连连倒退，手中的仙剑也被震碎，化成一道光消散在虚空中。

“诸位都已领教过了，现在是我请你们回去，还是自己回上界去？”柳神以神念传音，分不清是男是女。

“赶紧逃吧，难道要等投影被击溃吗？虽说不是真身，但将来传出去，也是不好听的。”小塔冷笑道。

西方教主通体金光大盛，散发最强威压。一瞬间而已，这一界震动，诸天星辰剧烈抖动，像是要陨落。

他面色平静，一手指天一手指地，结成无敌法印。一阵莫名的禅音响起，震动三千界。

此刻，西方教主气机惊人，散发一种天上地下唯我独尊的大气势。

他结成了最强法印，通体无比金黄。各种符文交织在天地中，向柳神冲去。

柳神发出一声道音，体外三千神灵膜拜，祭祀音同时响起。这片天地一颤，将那神圣金光破开。

西方教主一叹，收回手掌，没有施展无敌法印。因为这是下界，他不能久留，现在他回去的时间快到了。

“哧！”

他化成一道金色光束，疾速冲向天穹，就此消失不见。

“也请上路。”柳神看向紫气绕体的无上强者，平静地传音道。

那个强者倒也干脆，二话不说，化成一股紫气，冲霄而去。他虽然还有一些时间，但是争下去也奈何不了柳神。

五行山见状，直接震开虚空，没入混沌中，不敢再在这里停留。

第288章 太古宝界寻机缘

WANMEI SHIJIE

“哪里走！”小塔大喝一声，四层塔身发光，震开虚空，扫射混沌剑气，想将它留下。

那不灭的生灵更是早已行动，直接追了过去。它目射金色光束，一拳轰碎虚空，没入混沌中。

不过它还是晚了一步，没能拦住五行山。事实上，这个等阶的强者若是一心想逃，基本上都拦不住。

柳神伴着一株祭灵神树，散发缥缈雾霭，有一种朦胧的仙韵，近乎空明。

五行山化作一道本源气没入不老山的青铜殿中，瞬间消失。这里神光炽盛，空留下一股惊人的元气波动。

突然，青铜殿中的一个法阵崩碎，震得整座殿宇摇晃不已。小塔追至，刚好看到这一情景，一阵诅咒。五行山就此遁走，去了上界，再想与之相见只有登天路才行了。

下一刻，不灭的生灵与小塔重回太古宝界。既然没有追上五行山，还不如赶紧来此寻找大机缘。

到了它们这一境界，根本看不上一般的天材地宝，只有自混沌中长出的灵物才能吸引它们，特别是混沌中的符文痕迹。

太古宝界深处，有壮阔的瀑布，有无边的大湖，还有巍峨的巨山。那里古木参天，灵气蒸腾，霞光流淌。

“柳神你这是怎么了？”等小塔它们回来后，石昊惊讶地发现，柳神依旧站在原地，像在感应着什么。

之后，柳神盘坐在绿光流动的柳树下，默默推演，像是遇到了极大的问题。

“咦，这是怎么了？”小塔通体发光，也在跟着感应。

“有古怪。”那不灭的生灵双翅一敛，金羽从脊背上消失，穿上了一身金色甲胄。他发丝变短，但依旧枯黄，脸呈淡金色，棱角分明，看起来二三十岁，长得并不是很高。

他已变成了人身，根本看不出本体，更不知道他是何种生灵。

石昊毕竟只有十五岁，虽然早熟，但好奇心也相当重。他偷偷祭出那枚重瞳，想要暗中观察其本体，甚至想知道柳神真容。

结果，那重瞳刚一祭出，一道耀眼的黄金光便射了过来。石昊的神识被灼烧，眼睛生疼，并没有看清对方的本体，只看到那个不灭的生灵如一轮金色大日般，被神光笼罩着。

不灭的生灵目光深邃，看了他一眼，一句话也没有说。

石昊心中一凛，不禁感叹这个等阶的人果然可怕，强大得不可以常理度之。

“别看了，你看不透。想知道他是什么？”小塔落在石昊肩头，笑着说道，塔身闪耀洁白光辉。

石昊有些尴尬，但还是点了点头。

“他是从石头里蹦出来的，天生地养。”小塔大笑道。

“那他到底是什么生灵？”石昊看向这不灭的生灵，更加好奇了。

不灭的生灵神色不善，看了一眼小塔，金色瞳孔中流动着刀锋般的光芒，散发一股威压。

“说真话容易遭人恨，枉我还救人脱困。”小塔装模作样，而后神秘兮兮地说道：“其实他是从一个蛋里孵出来的，只不过被孕育了百万年，故此我说他是从石头里蹦出来的。”

石昊闻言心头一惊。这是什么生灵，居然在蛋中呆了百万年，简直太吓人了。

“不然，你以为他为何会这么强？一个后天生灵而已，却难以被杀灭，还登上了绝巅。”小塔道。

石昊难得听它道出这样的秘闻，虚心向它请教，生灵如何才能走到最强，怎么还有后天之说。

“他后天而生，却被人埋进一个混沌小世界中，孕育百万年。他因此得到了先天印记，出生后自然强大无比。不过可惜的是，伴着他的出生，那片混沌界崩塌了。”小塔道。

“难道只有先天生灵或者得到先天印记才能走到最强吗？”石昊心中一动，不禁蹙眉。

柳神此时刚好苏醒，看出了他的迷惑，道：“先天后天皆一样。而且，后天一步一步地成长，体验得更多，若是能够崛起，也许会比先天的强者更为强大。”

石昊点头回应，借机请教。这对他而言是一次难得的机会。三位巨头在此，他们随便说点什么都足够他消化很长时间，因此他很虚心，也很认真。

他对柳神和不灭的生灵都能化成人身倍感疑惑，顺口一问，不承想却得到了一个十分严肃的答案。

在这片天地中，有些形体天生与道亲近，人形的躯体便是其一。这一形体很适合修行，借此可以修至不朽不灭。

石昊闻言非常吃惊，若非柳神点出，这种事情他根本不可能知道。

“这位前辈虽是人身，但不是还保留下一对金色羽翅吗？”石昊看了一眼那不灭的生灵，小心地问道。

“他当年不曾化尽，这对金色羽翼成了他肉身与道行的最强体现，不过，也成了制约他前行的阻力。”小塔幸灾乐祸地说道。

“还有这等说法？”石昊诧异道。

不灭的生灵冷笑道：“我不认为这是桎梏，即便是化成适合修行的形体，试问又能怎样？我留下金翼，反而使之成为我的最强手段，让战力猛增，这样岂不是更逍遥。”

“可小塔你为何不是人身呢？”石昊问道。

“塔形天生为道的载体，亦适合长存。”小塔得意扬扬地说道。

“最强之处往往会成为我们进一步突破的阻碍。”柳神意味深长地说道。

“所以你才涅槃？”小塔问道。

“你怎能确定我是涅槃，而不是历经了一场生死决战？”柳神道。

不灭的生灵闻言心中一惊，看向柳神时的神情变得有些复杂，而后他像想起了什么，神色凝重地仰望苍穹。

小塔心中也是一震，谨慎地问道：“听闻自古以来想迈出那一步的人都会遇到大恐怖与大诡异，是吗？”

柳神点头，其身后那株绿霞灿灿的神树亦随风摆动，仙气迷蒙，神圣无瑕。

“不对，我曾经虽听过你的名字，但是你到底是谁，你应该不是下界的生灵吧？”小塔突然这般说道。

柳神笑了笑，摇头道：“你想多了。”

说到这里，他身后的神树化成一道碧光，迅速缩小，演化为一个神环。这个神环晶莹灿烂，流淌仙光，悬在其脑后。

石昊站在一旁，心中触动极大。他虽然不是很明白，但还是能猜到一些。

柳神看向他，若有所感，目光停在他的胸口，道：“多了一块骨，日后你将神通广大，法力无穷。”

石昊闻言一怔，若有所悟。

“斩掉太可惜了。”小塔摇头道。

此语一出，石昊心中更是一惊，渐渐明了。

“何须斩！留为己用，此后纵横天地中，此骨便是一张底牌。”不灭的生灵冷笑道。

柳神没有说什么，结束了这个话题。在这条大道上，路还是需要自己去摸索，谁也不敢说自己一定正确。

“差不多了，我要进去了。”柳神道。

“咦，你感应到了什么？”小塔问道。它这时才想起，刚才柳神在不断推演着什么。

“那道门可能又出现了。”柳神道。

“什么？是开天辟地前，混沌中的那道门吗？”小塔吃惊道。

“它在这个太古宝界中？”不灭的生灵也很震撼，惊讶地问道。

“你该不会是要闯进去吧？自古以来，但凡进去的人都消失了，只有血从门缝中淌出来。”小塔怪叫道。

不灭的生灵也露出惊容，神色阴晴不定。

“我先去看一看，究竟如何决定，等看过再说。”柳神道。

石昊觉得，柳神虽就在他的近前，但又像远在天边，仿佛真的要离去了。

“柳神！”他赶忙呼唤道。

“伴混沌而生的原始之门，自古至今只出现过几次而已，之前便引发了太古一役和上古神战，不承想而今又出现了。”小塔叹道。

霞光一闪，柳神没入太古宝界深处，消失不见。石昊抱住小塔和那不灭的生灵一起，跟了过去。这里混沌澎湃，法则交织，大道符文密布，神秘莫测。

“那混沌之门无论是在上界出现，还是在小世界中显化，都隐在混沌中。”不灭的生灵目光灼灼，道，“我不会闯入门内，只进到这混沌界中，汲取元气，而后便去上界闹个天翻地覆。”

“我打算进去看一看。”小塔道。

“那我呢？”石昊问道。

“你进不了混沌界，在外面寻一些机缘吧。”小塔嘱咐道。

“喂，你们别急着进去啊，万一不老天尊、西方教主等再次投影下来怎么办？”石昊露出焦急之色，喊道。

"想下来哪里有那么容易，即便是投影也要付出巨大的代价。而且他们是被打回去的，就难下来了。"小塔道。

说话间，它直接出手，将石昊传送了出去，而后混沌界便剧烈地震动了起来。

"喂，我父母还被你封在法阵中啊！"石昊大喊道，结果却已经离开了那个混沌界。

柳神和小塔都走了，想到这里，石昊感觉很不适应，他还有好多问题想问他们。

"别担心，走之前我会彻底解决这些问题。"柳神传音道。

"柳神，我想跟你一起进那混沌之门。"石昊大声喊道，可惜，柳神再也没有回应。

"他们都不在了，那就只能靠我自己了。"石昊握紧了拳头，轻语道。

忽然，他在这里感到了一丝熟悉的气息。他立刻明白，刚才在入口见到的那几位上界的贵女与奇才，此时已到了这太古宝界的最深处。

与此同时，他看到一只金乌横空而过。金乌是这片宝界中的生灵，若一轮大日般璀璨，散发恐怖威压。

金乌这种生灵算是天地中最强的物种之一，在神话传说中，其更是有着平常生物难以企及的地位，相传连那空中的太阳都是一头沉睡的古老金乌。

不过，这一头肯定远没有达到那种高度，与神圣还相去甚远。不过，它浑身金黄，羽翼散发刺目光束，居然有尊者的气息，应该也不是一般的生灵。

石昊不愿节外生枝，收敛自身气势，避过了金乌。它向远方飞去，于虚空中留下一道金色光芒。

"这太古宝界内还有强大的尊者，果真不一般啊！"他自语道。

天地大劫刚过，八域内的尊者死的死，失踪的失踪，除却那少数的几个大教，很难再寻到这等层次的生灵。

不过，太古宝界之前一直被封印着，躲过了大劫，因此现在这里还有强大的生灵倒也在情理之中。

"嗡！"

突然，远处传来轰鸣声，虚空都被震得颤抖，石昊感到了一股滔天的气息。

"那是什么？"他心头一震。

只见那里金色火光漫天，仿佛有成片的火山在喷发，虽然隔着很远，但炽热仍旧袭了过来，这片天地似乎都要被烤干了。

石昊定睛一看，不禁心中一凛，头皮发麻。

那竟然是密密麻麻的生灵，足有十万个以上。每个生灵都通体发光，犹若火炬，席卷高空。

这些生灵大多为黑色，还有部分为淡金色，口中喷吐离火，羽翅璀璨，燃烧神性光辉，横空而过。

这是火鸦，是一种很强的生灵，拥有金乌的血统。不管个体是否强大，单是这么多聚在一起就足以战胜一切。

“有点古怪。它们似乎在搜捕，难道是那几位上界的贵女与奇才惹怒了它们？”石昊自语道。

说罢，他化成一道虚影，以疾速在山林中穿行，逃离这片区域。他就算再强大也不愿招惹这群生灵，而且看起来这还不是全部。

“这些火鸦太多了，它们是一个族群，而且有自己的城池，我们根本不可能登临他们的祖地。”

“可是那祖地多半有至宝。你也看到了，那里竟然有尊者级的金乌出没，若是能进去，我们也许能得到金乌族的繁奥宝术。”

石昊刚离开那片区域，就在一座山谷前听到了一些人在低声讨论。那几个人气喘吁吁的，显然也是刚逃过来的。

他在暗中仔细一看，发现是上界的那几个奇才。他们看起来有些狼狈，不知道被追杀了多少里，连袍袖都被烧焦了。不过，他并没有看到那几个贵女。

“两三头尊者级的金乌倒也无妨。我们自身足够强大，还带着秘宝，足以镇压它们，所以我们不能错过金乌族的宝地。”其中的一个人说道。

看来，果然是他们惹的祸。石昊不想蹚这混水，一闪而没，离开了此地。

飞出去上千里后，石昊再次听到振翅声。只见远方火光滚滚，烧得苍穹都扭曲了，这一次的火鸦不下十五万头。

石昊不想卷入风波中，再次疾速转移。不过，这一次他前进的方向恰好是火鸦族的栖居地，前行数百里后他见到一座城池，里面有很多人身鸟头的生灵出没。

在城池的附近，有很多火山，山口岩浆汩汩，十分灼热。

这个地方虽然非常炙热，但是散发着一股浓郁的灵气，让人因燥热而毛孔舒张的同时，觉得有充沛的灵气入体。

“地火液！”

石昊吃惊地发现这座巨城附近并非全是火山，当中还有几个灵池，它们散发着强大的精气，从里面涌出的火红液体竟是地火液。

这是一种火性灵液，虽不是顶级神液，但因为其一般蕴含在岩浆中，很不好提取，所以也很宝贵。石昊没想到这里竟能形成几个灵池。

这些灵池有八个，有一个都快成了赤红的小湖。

石昊突然感到自己胸口一阵火热，那是至尊骨感应到了强大的神能，想要将其吸收，用以滋养。

“不行啊，这里的火鸦与金乌不下百万头，真要去动这些地火液，估计会被它们满世界追杀。”石昊心语道。

他可不想成为上界那几位奇才的挡箭牌，那几人招惹了金乌，他现在凑过去，一定会成为替罪羊。

“先等一等，若是他们再来探什么祖地，我再来此寻机会。”他仔细观察，发现火鸦族对地火液的守护不是很严，因此决定伺机而动。

城门那里，一些强大的火鸦，在城墙上巡视。它们中大部分穿着黑色甲胄，少数穿着金色甲胄。

城中强者气息不少，甚至还有尊者的波动。无尽的神能从里面逸出，强大得令人深深忌惮。石昊在城外看了一会儿，便转身离去了。

两日后，他躺在一个小池中，神性精华在他身上流转。池中洁白的液体散发着馨香，不远处的藤蔓极其丰盛。

“真是难以想象，太古宝界内竟这么神奇，有些地方的灵气都化成了液体。”

这是一处洞府，早已荒废多年，当中有个池子，里面有满满一池的石乳，洁白的灵气散发芬芳，非常惊人。这绝对是数以万年的积累，蕴含着强大的灵性精华。

石昊“咕咚咕咚”先喝了个饱，然后整个人都躺在当中。他如沐仙光，浑身轻盈舒服。

“可惜，没有进化成地乳，要是那样的话效果会更好。”

石乳虽然也不是顶级神液，但是这样一池宝液也很惊人了，其中最精华的部分化成一道白光没入他的胸腔，滋养着那块骨。

近日来，这块骨越来越活跃，在天地精气浓郁的地方时，便会自动复苏，进行汲取，显然它快要成长好了。

几个时辰后，一池石乳化成清水，精华被全部吸收了。石昊感觉通体暖洋洋的，胸骨中有一股强大的力量在汹涌。

到了这一刻，他的胸骨发光，上面的符文都显现了出来。这些符文密密麻麻，繁奥无比，如一部刻在那块洁白的骨上的天书。

这是一种至强神通，是属于他一个人的至尊宝术。

“这个封印的世界中有很多神性物质，也许不用去金乌那里寻机缘了。”石昊自语道。如果时常能够碰到这样的灵池，便足以滋养至尊骨了。

太古宝界被封印了无尽的岁月，里面有太多的灵物，其价值难以估量。若是外界人知道其已开启，一定会蜂拥而至。

“趁现在知道的人还不多，赶紧收集。”石昊心语道。

在接下来的几日里，石昊又发现了几个强大的族群，并且知晓了它们各自城池的所在地。

“轰！”

突然，远方传来强大的波动，腾起一股冲霄的火光，击穿了云层。只见金乌族的城池火光澎湃，那里显然有大事发生。

石昊本不想过去，但他看到几位尊者横空前往，便也展开了鲲鹏法，向那边冲了过去。

那几位尊者是太古宝界内的强者，是此界中的至强生灵，连他们都赶过去了，说明那里可能有什么机缘。

石昊隔着很远就看见前方赤红一片，有一股热浪喷涌至高天。

一些尊者，如强大的银狮、九头巨蛇、远古遗存下来的黄金巨人等，也守在此地，眼神炽热，目不转睛地看向远方。

金乌古城的后方，有一座古老的法阵解体，那封印的太古神土重现世间，散发无尽火光，震得天崩地裂。

石昊非常震惊。他早先看到的火山与地火液等根本算不上什么，那古城的后方竟出现了一片岩浆海。

这片岩浆海非常壮阔，一直蔓延至天际尽头，里面的赤红浆液汹涌澎湃，散发灼热能量。

最为诡异的是，海面上竟然有船在航行。这艘船的样式古老，随着岩浆上下浮动。这样的岩浆海真是闻所未闻。

“金乌族的封印祖地今日开启，将有天大的机缘啊！”一位尊者大笑道，与其他人相互看了一眼，都看出了彼此眼中的炽热。

那岩浆海深处散发出一股浩瀚的神能波动，一股惊人的精气带着馨香汹涌而来，让人吸入一口都觉得浑身轻飘飘的。

其中一位尊者大喜，化成一头五色鹿，四蹄踩踏虚空，冲向岩浆海深处。可其刚冲出去不远，便“扑通”一声坠落在浆液中，身上冒起轻烟，眼看就要燃烧起来了。

他大叫一声，面露惊容，急忙冲起，退回到岸边。

这里竟然是一片“禁空”，强大的尊者都无法在其中飞行，而且这岩浆海的温度高得过分，可伤尊者肉身，实在是令人惊恐。

“咦，他也来了，要不让他过来与我们一起去探那岩浆海？”不远处出现几个年轻人，其中一人开口说道。他们正是上界的那几位奇才。

其中一人通体笼罩神圣光辉，眸子深邃，此人正是宣明，曾有意招揽石昊，结果被拒。他扫了一眼远处的石昊，轻语道：“没有必要，一个下界天才纵然不凡，在这里也帮不上什么忙，带着他只会多个累赘。”

突然，更加强烈的波动传来，浩瀚神力汹涌而出，在那岩浆海的深处显化出一幕壮阔的景象。一株参天古树，通体金黄，托着日月星辰，扎根在海中。树冠上有一座宏大的殿堂，若隐若现，散发不朽的光辉。

“难道是……”宣明震撼，身体发抖。

“是太阳神树，那殿堂是……”上界的几位奇才和贵女震惊不已，彼此看了一眼，简直不敢相信这一切。

“神话起源，遗迹再现！”有人的声音都在发颤。

石昊也很震惊，隐约间觉得，这里不比柳神还有小塔去的混沌界差，当中的机缘甚至会更大。

第289章 争渡岩浆海

WANMEI SHIJIE

岩浆成海，赤红一片，茫茫无尽，非常壮阔，这是古今从未有的奇观。

在那赤红的汪洋深处有一株黄金宝树，被日月星辰环绕，树冠上建有一座巨殿，神秘而惊人。

很多人都想起了金乌族的神话，该族于太阳神树上诞生。众人光是看那株神树就可知那里有莫大的机缘。

“一定要渡海过去。”有尊者低语道。尊者们彼此联手，想方设法过海。

一位尊者驾驭法器，刚跳入岩浆，其法器便被鲜红的液体熔掉了部分。这不是一般的岩浆，其温度高得吓人。

“随我走！”一头银狮威猛狰狞，通体锃亮，祭出一块不会受损的骨，招呼两人与它一起破海而去。

“那是一块神骨。”有人低语道。此时，众人终于知晓，一般的法器根本无用，必须用神人宝物才行。

“这是我金乌族的祖地，诸位道友还请退散。”这时，两道金光降落，两个身着金色羽衣的道人出现在众人面前，阻止他们渡海。

“哧！”

其中一个金乌道人用手一点，那岩浆海中大浪翻涌，赤红浆液溅起，释放灼人热能。早先下去的银狮等都一惊，急忙对抗。

“道兄，这太阳神树在神话中可不是专属你金乌一族的，只不过被你族的至尊夺去了而已。”九头蛇吐着蛇信子，十分狰狞地说道。它非常庞大，浑身的碧绿鳞片闪闪发光。

“封印解开，太阳神树重现，自可另择新主，你金乌族难道还想独占不成？”黄金巨人说道，声音瓮声瓮气的。他通体金黄，十分高大，如一座小山似的。

一些尊者纷纷表态，给金乌道人造成了极大的压力。远处虽有百万头火鸦强者，但是面对一群尊者肯定也没有胜算。

“我觉得你金乌族不能这么霸道，各族强者都有权进去，到时有缘者自可得之。”地面颤抖，不断龟裂，一株古树移动而来。

它枝叶茂盛，通体碧绿，有些叶片上带有血色，根茎如触手般，在地上爬行。

铁血古树!

所有人都一惊。这是一种好战的古树，铁血冷酷，一旦发怒，满身叶片都会变成血红色。这种树很少见，一旦修行有成，就会变得非常强大，超越同境界的修士。

事实上，但凡植物系的强者，各个都有独到的神通与宝术，一般情况下无人愿意招惹，更何况是这铁血古树。

“我等也觉得，封印开启后，天地神物该由有缘者得之。”一只蚂蚁出现。它有丈许长，浑身闪烁紫金光泽，散发着强大的尊者气息。

这是一只紫金蚁，为纯血黄金蚁的变种，其力量之大没有生灵可以与之相比。

九头蛇、黄金巨人、铁血古树、紫金蚁都是尊者中的佼佼者，在这个太古宝界中享有盛名。面对他们，强势的金乌道人面色难看，但又不敢发作。

“好，就依各位道友所言，各凭机缘与本事吧。”一位金乌道人冷冷地说道。

“哼，等到了那里，有你们好看的。”几头金乌看着众人，冷笑连连。它们毕竟拥有太阳神树多年，还是知道一些秘辛的。

“轰！”

岩浆大浪汹涌，赤红一片，封住了整片苍穹。那是铁血古树在发怒，它刚一入海就出现了根茎焦黑的现象。

“该死！”它大喝一声，祭出一根赤红的法杖。这根法杖流动神霞，如血钻般透亮，看得所有人都眼神火热。这是铁血族的祖器。

这根法杖变大，如一根赤红的巨木，载着它驶向前方。众人也纷纷行动，各展手段，要横渡这片赤色的汪洋。

上界的几位奇才与贵女也先后赶到，准备出海。他们自然不缺少神物，迅速取出三件法器。

“我们分成三队，乘坐不同的宝船，齐头并进，这样既安全，又可相互照应。”碧古说道。他满头发丝碧绿，身材高大，眼睛炯炯有神。

“喂，石昊，你也来了，跟我们一起走吧。”红凰一身火红衣衫散发赤霞，如一位真凰女。

宣明等人闻言蹙眉，不想让石昊登船。

“我们的人已经够了，如果再加一个外人进来，相互间不熟悉，会影响配合。”一人说道。

“他是个奇才，在下界能修行到这一步也算是罕见了，让他过来吧，反正他只是一个人，不会有事的。”蓝雨说道。她容貌倾城，性格温婉，被一层淡蓝色薄雾笼罩着。

“希望他不要坏事，成为我们的累赘。”一个名为赵启的年轻人皱着眉头说道，他不希望外人加入进来。

他们比此界的尊者了解得更多，知道那太阳神树上到底蕴含了怎样的大机缘。他们这些人彼此间相互戒备着，关键时刻可能会动手，一个外人加入进来会让他们之间的关系更复杂。

石昊原本想拒绝的，但想了想，最终还是走了过去。上界的奇才与贵女肯定了解不少秘辛，与他们同行，也许能有大收获。

“造化只有那么多，我们各凭本事吧。”宣明说道。他扫了一眼众人，目光掠过石昊时，精光一闪。

“此时同舟共济，大家需要共同努力，到了之后，再各施手段吧。”碧古提醒大家道。

“我希望上船的人都有用，而不是白白地借力，我们可不是来此地当好人的。”一个名为卓云的年轻人看了一眼石昊，没好气地说道。

“小石别听他们的，跟我们来吧。”红凰说道，眼中精光一闪。

石昊笑了笑，走了过去，并没有表现出不快。最终，蓝雨、水月、红凰、石昊以及另外两名奇才乘坐一艘船，驶向赤海深处。

三船并行，威势惊人。说是船，其实是神灵法器，每艘船都散发着瑞光，守护住了所有人。

“太古宝界中没有神灵吗，否则发生了这等大事他为何不下来？还是说，他是在静等时机呢？”石昊暗自思忖。

“喂，石昊你不是去不老山做客了吗，怎么这么快就出来了？”红凰满身赤霞，如火焰一般，大声问道。

其他人听到了红凰的问话，都望向石昊。

“那里很无趣，我待腻了，就出来了。”石昊答道。

另一艘船上，赵启嗤笑道：“不老山再怎么说也是下界中的一个不朽的大教，你确信在那里能出入自由，可以这样想来就来，想走就走？”

其他人闻言都摇头，觉得石昊所言不实。

“祸从口出，这次你比较幸运。上界不老山那个家伙没跟我们同行，要是被他听到了，肯定不会放过你。”卓云扫了他一眼，淡淡地说道。

石昊一副无所谓的样子，静静地看着他们。他总不能告诉这些人，他将不老山给掀翻了吧。到时，他们不仅不会相信，还会把他当成“失心疯”。

而且，他很有自知之明，知道那些事都是小塔做的，也知道上界的这些奇才与贵女都很强大。

“哧！”

一道金虹划破赤海，带着灼热的大浪一冲而过，险些将他们这三艘宝船掀翻。

“该死，那是一艘由金乌骨化成的大船，它在这里占尽优势，居然还冲撞我等。”一个年轻的强者大怒道。

“他们看我等年轻，在警告我们。”宣明冷笑道。

“等到了那里他们就会明白孰弱孰强。”碧古冷冷地说道。他们都带着秘宝，自身又非常强，因此都很自信。

“怎么会有一些古船在这岩浆海上沉浮，难道它们都是神物所化？”他们中的一个人对那些古船很好奇，催动法力，想召唤一些过来。

仅刚一召唤，几艘古船自行就向这边驶来。

“不好，避开他们！”水月叫道。她一身银白衣裙，雅洁出尘，灵觉甚是敏锐，感应到了一股阴森气息。

“这是鬼船！”亦有人大叫道。他通过特别的法器看破虚妄，见到了古船中的一切。

这些古船都是太古以前遗留下来的，里面满是尸骸，不知道为何，这些尸骸并未腐坏，这有点不可思议。

这几艘鬼船被黑雾笼罩着，从里面飞出一道道乌光，许多人影从乌光中显现出来，手持刀剑，向这边劈杀。

“嗷呜……”阴风怒号，鬼哭神嚎。这里明明是岩浆海，此时却让人觉得有些冰寒。

“该死的，有人诅咒了这些船，让这些尸体不腐，化成了鬼神兵！”

不止于此，鬼船下的岩浆中出现一具又一具白骨，每具白骨都探出骨爪，向他们抓来。突然，岩浆海沸腾，雪白的骷髅成群地跃出海面，向他们扑来。

“破！”

他们纷纷出手，催动神光，各展法器，向外扫射。转眼间，白骨爆碎，鬼船被掀翻，惊起滔天岩浆大浪。

然而，刚毁掉近前的，远方一下子便出现了上百艘鬼船，“呜呜”呼啸而来。并且，这岩浆海中的白骨更多了，斩之不绝，一下子便将这里淹没了。

众人头皮发麻，即使是来自上界的贵女与奇才也都色变，简直像坠入了地狱中，神色非常难看。

“这是太古一战中折损的祭灵与无尽的天兵天将。”赵启说道。

“招惹了这种东西真是麻烦，宣明，动用你手中的那件秘宝，赶紧脱离此地，不然杀之不绝。”蓝雨说道。

宣明有些犹豫，后来见所有人都向他望来，点了点头，道：“好吧。”

紧接着，他的掌心出现一座石拱小桥，这座小桥化成一道虹芒，瞬间与赤海深处相连，三艘船沿着此桥，直接从此地消失。

“好厉害的秘宝！”石昊暗自惊叹道。这是一片禁空领域，此石拱小桥居然可以如此轻易地横跨一片虚空。

随后，他们避过所有古船，疾速航行了五日，终于到达了目的地。前方宝光无尽，瑞霞无穷，一株神树仿佛生于开天辟地前，神辉流动，精气滚滚，扎根在海中。

“它怎么变小了？”

所有人都到了近前，见到眼前之景，不禁惊异不已。他们看到那株太阳神树就扎根在不远处的赤海中，看起来不过一尺高而已，比早先见到的异象小了许多。

“怎么只有一尺高?!”众人有些不敢相信。

不过，即便是一尺高，这株神树也非常惊人。它被星河环绕，每一片叶子上都托着一颗星，树冠上还有一座巴掌高的古殿，吞吐着混沌气。

“我先去看看。”一位尊者大叫道。

当他抓向那尺许高的太阳神树时，令人震惊的事情发生了。随着他的靠近，他自身在疾速缩小，最后化成一粒微尘，没入神树中。

“啊，好古怪，难道是芥子纳须弥？”许多人惊呼道。

太阳神树虽然只有一尺高，但是即便是强大的尊者只要一接近它，也会变成微尘，消失在那里。

“是它，没错！”几位尊者大喜道，疾速冲去。

太阳神树是太阳栖居之地，诸神沉眠之所，伴着神话起源，有夺天地造化的大机缘。所有人一起向前冲去，上界的奇才和贵女也纷纷祭出秘宝，并肩前行。

“嗡！”

突然，一股莫名的气息出现，震得虚空都扭曲了，只见一条血色的根茎如真龙向着他们俯冲而来。

“砰”的一声，来自上界的一位天才竟然被击中，当场殒命。这一切来得太突然了，这条血色根茎比神矛还锋锐，闪动赤红光泽，横空而击，袭杀了一位来自上界的年轻强者。

这正是铁血古树所为。它以一根法杖护体，藏于岩浆中，进行偷袭。紧接着，那根血色根茎卷起那上界天才的遗骸，将其一身的精华吸收了个干净。

“你好大的胆子！”来自上界的这群人皆怒喝道。他们本不想惹事，可现在被人偷袭，他们必须要为那人复仇。

“轰”的一声，岩浆大浪翻涌，这片赤海上方符文交织，法则密布，一群尊者一起出手，同时向这些奇才和贵女攻击。

“大胆！”赵启大喝一声。仅一瞬间而已，他就被几道光束扫中，若非秘宝在关键时刻起了保护作用，他肯定就殒灭了。

“突围！”蓝雨轻喝道。

他们被截断前后路，遭到九头蛇、黄金巨人等尊者的围攻，形势十分危急。

“轰！”

法则成片，光雨如瀑，岩浆大浪翻腾，杀气冲霄。他们没有想到，大战来得如此之快，还没有真正登临太阳神树，便被人这样围攻。

一头五色鹿甩头，神芒飞出，那是一件宝具——鹿角，它威力强大，流动着五彩，直接飞到了石昊近前。

“锵！”

一声颤音发出，石昊双手发光，发出通天剑气，劈在鹿角上，使之没入了岩浆海中。他没有散发尊者气息，相对来说受到的攻击并不强，很多人并不以除掉他为目标。

“嗷！”

一头神兽满身都是蓝色光芒，大吼一声，以横扫千军之势，撞向众人。

“这是什么，一条蓝龙?!”来自上界的奇才和贵女也都大吃一惊，因为这个物种太强了。

它通体碧蓝，散发着强大的神能，形似一只蜥蜴，但生出了龙头，且背后长着一对翅膀，喷吐蓝光，俯冲而来。

它头上悬浮着一件宝具，那竟是一个铜铃。铜铃悠悠而鸣，加持其宝术，竟将其威能提升了数倍。

“轰！”

这片天地剧烈震动。一群人皆遭到威胁，纷纷对抗。卓云身体一震，迅速躲避，几枚符文冲破他的护体圣光，若非秘宝绽出一朵青色莲花抵住了符文，他可能会就此殒命。

蓝龙再度发难，那个铜铃与其宝术合一，俯冲过来，“砰”的一声将卓云身边的一人震倒。

卓云大叫，紧握护体秘宝。他脸色难看，只差一点，遭劫的人就是他了。

“那铜铃是极其强大的神器，大家小心。”水月传音道。她周身的银白色光芒更加闪亮，护着她的玉体。

不用她提醒，所有人都已看出，那个铜铃很不一般。其可以将宝术的威力提升数倍，即使是在上界，也算是稀世秘宝。

“斩了他们所有人，这些外界的生灵一个都不要留。”一头银狮说道。显然，这些尊者早已达成共识，要联手先斩尽这些外来者。

金色火焰燃烧，两名金乌道人出现，掌控岩浆，镇压这些上界的奇才与贵女。金乌族虽不满众人来此，但此时也暂时放下成见，一致对外，先斩杀外界的这群强者。

石昊出手，一只朱雀从他的掌中飞出，反向而行，牵引岩浆，引发大浪，全部扫向太古宝界的这群尊者。

“嗷——”

九头蛇大吼一声，疾速碾轧而至。它的九个蛇头全都炽盛起来，喷薄神芒，将前方淹没。

最为可怕的是，它催动一枚九色神环，爆发滔天威能，席卷四方。那是一件神灵祭炼过的秘宝，震得很多人都倒退。

它绝对是此界最强的尊者之一，实力恐怖。

另一边，一只紫金蚁力大无穷，无坚不摧，连破众人的多重防线。它天生拥有神力，将数位奇才震退。

碧古冷笑道：“诸位还要留后手吗？再这样下去，我们都得死在这里。”他深知他们中的一部分人绝对没有动用真正实力，一直有所保留。

“宣明，还请出手，带我们进太阳神树。”红凰喊道。

宣明掌心霞光一闪，一座玲珑剔透的石拱桥浮现。石拱桥疾速变大，贯通虚空，连接太阳神树。

“走！”

一群人跨桥而行，瞬间突围。

“追！”太古宝界的尊者喝道，奋力追杀。

在临近这株金色的古树时，所有人都变得如微尘般渺小，坠落在树根前。这株金色的小树看起来只有一尺高，可是一旦临近，每个人都会变得比它还小无数倍。

在登临那石拱桥时，石昊被挤在了最后。这些上界的奇才和贵女再怎么说也都来自上界，相对于外人而言，他们更愿意信任彼此。

后方传来吼啸声，九头蛇、蓝龙、黄金巨人等咆哮而来，他们的速度也非常快，几乎就要追上来了。

“挡住！”赵启大喝一声，看了一眼最后面的石昊，眼神有点冰冷。他对这个下界的少年多少有些轻视。

“你也要尽一份力！”卓云低语道。他离石昊很近，竟暗中出手，封住了石昊的前路，想让石昊殿后。

这么多尊者追来，要真是落在最后面，被追上的话绝对危矣。

“这有什么可怕的？”石昊不紧不慢地紧跟着卓云，懒洋洋地说道。

卓云想不到自己竟没有挡住石昊，脸上露出些许惊讶之情，眸子更冷了。随后，他不再多语，疾速逃向前方。

他们突破进来后，宣明将石拱桥收了起来。因为变小了的缘故，那株一尺高的太阳神树，此刻在他们的眼中如一株苍天巨树，高得看不到顶。

“太壮阔了！”在这种危急关头，众人仍忍不住惊叹道。

这株古树霞光流转，被一条又一条星河环绕，每一片叶子上都托着一颗星，简直像是世界树。

“它们不是真正的星，还在孕育中，但是也很惊人了！”蓝雨惊叹道。

不过，现在他们可没有太多的时间来感慨，因为后方的尊者已经杀到了。

“截住他们！”后方有人大喝。

在那最前方还有几道身影，他们是早先进来的尊者，此时闻言皆掉头，向着这些年轻强者杀来。

“你们这群混蛋。”宣明又惊又怒，恨恨地骂道。若只有几位尊者也就罢了，可现在有一群尊者，他们纵有秘宝也难以与之相抗。

“外界的几条小鱼，来了就不要走了。”铁血古树喝道，声音似雷鸣。

“跟他们比速度。登上太阳神树，冲进那树冠上的混沌古殿，率先夺取大机缘。”蓝雨说道。

一行人闻言，疾速冲向金色的古树。因为此地不能飞行，他们只能快速腾跃与奔跑。此时，宣明手中的石拱桥有了极大的用处，它可以不断突破出去，帮助他们更快地接近神树。

“轰！”

当他们真正碰到这株金色的巨树后，所有人都被掀翻了出去，根本靠近不了。

“不好，有禁制。”碧古脸色一沉，忧虑地说道。

后方，那些尊者也都是一惊，因为他们全都被一层黄金光挡住，难以靠近此树。

“这株树了不得。你们看，它孕育星河，分明诞生了大世界之力，因此需要以小世界为媒介才能进到树中。”一位尊者道。

与此同时，蓝雨、宣明等也推测出了这一结果，他们面面相觑，一个个都脸色难看。小世界虽然很珍贵，但也不是寻不到，只是谁会将其带在身上?

“我这里有一个残破的……”那个名为莹莹的少女说道。她取出一个晶莹的石块，上面有些许裂痕。

石昊心头一动，看向众人。他怀中也有一个小世界，就封印在那世界宝盒中。

“诸位，我助你们一臂之力。”石昊取出世界宝盒，对他们说道。

众人见状，莫不愕然。早先他们中有不少人不愿带石昊一起渡海，没想到他现在会帮他们这样一个大忙。

他们动作迅速，快速激发小世界之力。转眼间，这里虚空塌陷，黄金光四射，众人疾速冲进黄金光幕内。

后方，那群尊者立刻疾速跟来，也想借助这条通道登上神树。

“不好，他们追上来了！”红凰叫道。

“收起宝盒！”宣明大喝道。

就在这一刻，石昊惊讶地发现上界奇才中竟然有人对他下毒手，不仅要将他打落，还要夺走他的宝盒。

石昊冷冷地扫了那几人一眼，并没有点破，而是故意落在后面，将一些尊者放进了黄金光幕中。

随后，他自己则装作被人击中，坠落下去，跌进那赤红的岩浆海内。

第290章 至尊骨完满

WANMEI SHIJIE

石昊之所以主动坠入岩浆海，是因为他发现太阳神树的根部全是地火液。

“扑通！”

他落入赤红的浆液中，浑身毛孔舒张，胸部的至尊骨一下子复苏了，疯狂吞纳精华，这种感觉实在是太舒服了。

“咦，下方的黄金根须处似乎还有灵液，而且神能看起来更加浓郁。”石昊仔细感应后，心中又震撼又激动，一个猛子扎了下去。

“好舒服！”

在下潜的过程中，石昊百脉通畅，吞吐精气，浑身骨节作响，血肉晶莹，精气神达到了一个巅峰状态。

越向下灵气越浓郁，同时温度也越高，烫得他躯体鲜红，略微有些痛。

然而，他下潜了数十里后，依旧没有到达太阳神树的根须处，只见到了那粗大金黄的主根，细小的根须还在下方。

“不行，太深了，即便是潜下去几日估计也很难到尽头。这株神树过于粗大，每片叶子都托着一颗星，虽然这些星还在孕育中，但也足以说明它的巨大。”

石昊疾速冲了上来，回到海面上，因为他有更重要的事情要去做。

地火液成海，无穷无尽，这可是世间难得的灵液，正好用来恢复至尊骨。现在他胸口发光，暖洋洋的，通体无比舒畅。

不过，他自然不会放弃太阳神树上的大造化。他一直在借助世界宝盒之力，感应上方的波动。

“最关键的还是恢复至尊骨，若是在此归于完满，那么其他机缘就是错过也无所谓了。”

很难想象，世间会有这么多的地火液。这株神树壮阔无边，在它的根部，那鲜红的液体伴着金色的树干，交相辉映。

无论是太阳神树还是地火液，都有强大的灵性，精气滚滚。

“太舒服了。”石昊舒展身体，以最放松的姿态泡在赤红的灵液中。

一般的人若像他这样估计早就被烤熟了，好在他修为强大，并且肉身至坚，能承受住这么高的温度。

其胸口处出现了一个旋涡，正在疯狂地掠夺四周的赤红精华。此地形成了一股灵力风暴，把地火液都吸收了起来。

可以看到，赤霞沸腾，顺着石昊胸口上的那个旋涡没入他的体内，去滋养至尊骨。到了最后，这已不是吸收，而是一种掠夺。岩浆海面波澜滔天，鲜红的光芒无穷无尽，全部汇聚向此地。

石昊沉浸其中，清晰地感应到他那至尊骨化成了一轮小太阳，正在不断生长。

那里之前长出了一截，莹白透亮，刻满符文，但还不是全部，而今它不断生长，符文一枚又一枚地跳出，烙印在上。

一个拳头高的小人盘坐在骨上，宝相庄严，口诵真经，随着灵气的汹涌而共鸣，气息越来越强大。

这是一种惊人的变化，他的至尊骨正在向好的方向发展。

此时，石昊抛掉一切，只想这样沉浸下去，不断蜕变，达到自身的最强状态。他犹若浴火的凤凰，等待着一场新生。

打神石被惊醒了，直接从他的发丝中跃起，震撼地看着周围的一切，简直不敢相信自己所见之景。

“人生最幸福的事莫过于此。我以为自己身在圣土，结果却发现这里是天堂，比我想象中的还要美丽一万倍。”

打神石面对岩浆中滋生出的精华物质，欣喜若狂，“扑通”一声跃进赤色的汪洋中，大口大口地汲取神性精华。它通体发光，由淡金色向赤红转变。

除此之外，在石昊的发丝间，有一颗金色的珠子在颤动。眨眼间，这颗金珠变成皇蝶，振动双翅，飞向太阳神树，附在黄金光幕上，汲取神源。

石昊太投入了，陷入一种妙境内，对此一无所知。他的整片心海中回荡着洪大的诵经声，让他感悟无穷。

到了后来，石昊的胸部直接开启了一条金色通道。这条金色通道由各种符文构建而成，与外界相连，疯狂汲取精气。

这一刻，他终于惊醒了，为自己感到震惊。他从未想过这块骨的再生需要如此磅礴的神性能量。

之所以会这样，一是因为至尊骨的复苏被耽搁得太久了，二是因为他本身已到了列阵境，宝骨的蜕变相应地也需要更多的神性精华。

石昊仔细地体会，默默地感悟，感到有一股强大的力量在其体内波动，而后全部集中在那块骨上。

他听到血液流动的声音，特别是胸腔内有一团与众不同的精血，正在滋养那块骨，使之生长。

“在这里，我能让这块骨彻底完满。”石昊默默推算，得出这样一个结论，心中充满了喜悦。

太阳神树扎根在此，地火液也十分充足，这样无穷的赤色液体和浓郁的灵性精华足以支撑他的至尊骨彻底涅槃成功，全部长好。

就这样，整整过了三天三夜，石昊觉得那骨快要长成了。

“不对，还是差了一点。这地火液虽然很多，但并非神液，始终难以将至尊骨推向一个巅峰，达到最后的完满。”

石昊轻语，猛地向海底深处冲去。这一次他施展鲲鹏法，不断下潜，打定主意要得到更为浓郁的灵液。

这主根太粗，根茎太长，他依旧没有到达底部，但是发现了一些黄金根须。

“神液！”

在那黄金根须的附近，石昊惊讶地发现，那里有部分赤红的液体释放不朽的光辉，红得耀眼与透亮，气息惊人。

他疾速冲了过去，汲取那种液体。

仔细感应后，他发现这不是神液，但也快接近了，神能惊人。这些液体的量不是很多，都是黄金根须淬炼地火液形成的。

石昊不知道这是什么物质，但是发现吸收后对他的效果极大。他不断寻找，准备把这些液体都吸收进去。

最后，“轰”的一声，石昊冲出了海面，深呼吸了一口气，而后长啸一声，通体发光，骨节咔嚓作响。

他那至尊骨上的符文显化在体外，形成一个神环，定在虚空中，释放不朽的气机，将他笼罩。这块骨莹白透亮，其上刻满了符文，就要涅槃完满。他即将踏出关键性的一步。

石昊暗自思索，取出世界宝盒，击穿黄金光幕，冲上太阳神树，而后落在了一根巨大的枝丫上，盘坐在那里。

树干苍劲，通体金黄，若虬龙蛰伏。

在其周围，每一片巨大的金色叶子上都有一颗朦胧的星，那还不是真正的星，却孕育着世界力，早晚有一天会化成真正的大星。

石昊吐纳八方神源，汲取金色树干、叶片，还有正在孕育的大星的精华，金色雾霭向他体内涌去。神光越来越盛，将他覆盖在当中，让他看起来犹若一位亘古盘坐在那里的神灵。

最后的刹那，石昊内心一片空灵。他觉得自己像是跳脱了出来，以一个旁观者的身份在看自己的那块骨蜕变。

轰然一震，所有的符文都从那块骨上冲了出来，烙印在虚空中，化成神盘，加持在石昊的身上，释放出强大的神能。

与此同时，骨中传出的诵经声震动天地，太阳神树都仿佛在与之共鸣。

“咦，难道混沌古殿中有仙经出世？”在那太阳神树的上方，有尊者感应到了一股大道波动。

“这是什么，有诵经声，仿佛就在耳畔，可是听不清。”来自上界的奇才们也都很吃惊，他们看向天穹，加速奔行，要去探索。

没有人意识到，这声音是来自下面的，也没有人想到一个少年的至尊骨正在完成最后的蜕变。

也不知道过了多久，石昊体外的各种符文没入了他的胸部，那块骨在经历了最绚烂的刹那后，归于平静。

他进行内视，看到那至尊骨莹白剔透，彻底生好，不再有缺。

“这经文……”他发现经过最后的蜕变后，骨上的符文重组，变得更加繁奥与不同了。他非常震惊，因为那些符文都像是涅槃了，让他一时间竟难以彻底解析。

“正好可以慢慢研究。我在列阵境，需要在血肉中铭刻法阵，不如到时就铭刻它吧。”

早先石昊还准备铭刻鲲鹏法、一株草的神通和狻猊术，现在他觉得不如利用这个机会钻研至尊骨，将那些符文铭刻在血肉中。

而且，这些东西可以随时改变，日后觉得不妥还可以修正。

“我是受到柳神的影响了吗？它曾说过，人形的生灵最适合天地，为道的载体，所以我才会想着将至尊骨的符文烙印在每一寸血肉中……”石昊轻语道。

他一跃而起，换了一个地方，盘坐在一片巨大的黄金叶子上，伴着一颗正在孕育中的星，汲取它的本源，开始冲关。

这是一种修行，也是一次闭关。他看着至尊骨上的符文，认真揣摩，不断演化，而后开始在血肉中刻写。

下一刻，他通体晶莹，道鸣声不断，每一寸血肉中都闪烁着神霞。他整个人变得绚烂夺目，像是在走向不朽。

仅过去一天一夜，石昊就有了惊人的进展，他突破到了列阵境后期。这个境界要在体内铭刻各种符文与法阵，以提升战力，一般的人花费很长的时间都很难做到，而他一夜之间便突破了。

石昊睁开眼睛，停止了刻阵。他不想太快，虽然这里有大量的神性物质，但是若继续提升下去，他将会错过应有的积淀与感悟。

此外，他觉得上面的争斗应该快结束了，他该上去了，要是再晚点的话多半会彻底错过那混沌古殿中的机缘。

站起身来的刹那，石昊犹若谪仙，浑身散发着一种空灵气韵，举手投足间亦充满无穷的力量。

“那两个家伙呢？”涅槃结束后，石昊发现发丝中的打神石和皇蝶都不见了。

他从树上一跃而下，破开守护太阳神树的金色光幕，坠入下方的岩浆中，散发神念，寻找它们。

“嗷……”一块晶莹的石头缭绕着赤霞，微微带着淡金，在岩浆大浪中沉浮，嚎叫。

打神石欣喜若狂。这几日它吞纳了大量精华物质，全身流动晶莹光泽，变得越发超凡。它现在已是顶级的至宝粗坯，根本不用祭炼，也无须刻什么法阵，其自己就能进化为最强兵器。

“将来能成为至宝啊！”石昊轻语道，而后一招手，打神石怪叫了一声，带着赤光，屁颠屁颠地飞了回来。

“大哥，你就是我人生路上的灯塔，指引我从迷雾海中通向彼岸，走向超脱……”它最近跟在石昊身边，连获机缘，现在可着劲地拍马屁。之后，它化成一个赤金色的小石头，再次挂在了石昊的发丝上。

另一边，皇蝶也出现了。它附在太阳神树的光幕上，汲取黄金光，得到了极大的好处。它虽是金虫形态，但是身体两侧生出了一层透明的薄膜，犹若透明的翅膀，可以让它在此地飞翔。

“这么多的地火液，不弄走一些太浪费了。”石昊看着眼前的地火液，熊孩子本性尽显，流着口水说道。

他所奉行的原则一向是：我的，我的，都是我的。虽然这些地火液他现在用不上，但是石村的人能用上，石国的宝库也能够得到补充。

他打开世界宝盒，将倾国倾城的月婵仙子放了出来，用世界宝盒来装地火液。

“这是……”月婵仙子白衣胜雪，清丽出尘，见到眼前的这一幕，非常惊讶。

“婵婵，我在攒老婆本。有了这些好东西，我们就能生出几个拥有最强血脉的孩子。”石昊摸了一下她莹白的下巴，调侃道。

“轰”的一声，赤色海浪滔天，灵气四溢，地火液向世界宝盒内涌去。可惜，世界宝盒空间有限，并不能将这些灵液全部装走。

这灵液炽热难挡，也只有世界宝盒才能盛装，不然用乾坤袋的话可以装得更多，石昊对此颇为遗憾。最后，石昊将月婵仙子封进了乾坤袋中。

“太阳神树上有大造化，我们也上去。”石昊带着打神石和皇蝶，冲上了粗壮无边的神树。

金黄的树体散发着一股强大的神能波动，无论是叶子、枝干，还是树皮，都是无价的瑰宝。特别是那黄金树皮，随便斩下一块都会得到神性精华，可惜它坚固不朽，外力根本就无法将其斩开。

越往上攀登，石昊越震撼。这金色的巨树庞大无边，上面星河流转，简直像在开天辟地。他认为这株神树早已超出了太阳神树的力量范畴。

“这是真正的神话啊！我知道了，这株神树超越了自我，正在涅槃，而今正在向世界树进化。”打神石惊呼道。

此前，昆树曾为世界树，贯通各界，为人神互通的桥梁，可惜在绝世一战中被伐。漫长岁月过去了，如今太阳神树也要进化为世界树了吗？

“咬不动啊。不过就算能咬下来，我也消化不了。”打神石吭哧吭哧地咬了半天，那金色的树皮完好无损。它只能吃土石或岩浆类的物质，觉得坚硬的黄金树皮近似于金石，结果却咬不动。

皇蝶对这株正在蜕变的世界树更为垂涎，可惜这树有灵，散发圣辉，进行自我保护，让它无法啃咬那些叶片。

“这是神药，若是能咬下一块就是一场大造化。”石昊一边向上攀爬，一边试着劈斩树皮，可依旧难以斩开。

皇蝶虽然很强大，但现在毕竟还是幼虫，它竭尽所能也只能汲取少许的本源金辉，用以滋养己身。

不过即便如此，石昊也能感觉它的力量变强了一些。它那对透明的薄翼变得越发晶莹了。

“可惜啊，皇蝶若是能吃到太阳神树，肯定能蜕变。”他轻语道。

“赶紧向上冲吧。这可是世界树，说不定会结出世界果，要是能得到一个，那可是天大的造化。”打神石催促道。

石昊闻言心中一动，加速赶路。不过，他看到皇蝶能汲取一点嫩叶的神辉，也许有突破的可能，便让它在下方慢慢汲取。

数日后，石昊与打神石也不知道冲了多高，感觉早已到了域外，可还是没有冲到树顶。

“哧！”

五色宝光一闪，一件法器突然出现，击向石昊的后脑。这是一根鹿角，挟尊者神威而至，狠辣而精准。

石昊轻移脚步，轻盈地躲向一旁，转过身看向后方。只见一头五色鹿，目露凶光，盯着石昊。刚才的偷袭正是它所为。

“又是你！”此前，石昊已经与它交过手了。

“你胆子倒不小，连尊者都不是，就敢来此。自行献上所有法宝，我便饶你一命。”五色鹿盛气凌人地说道。

“凭啥？”石昊问道。他观察四方，发现这里竟是一处古战场。这里的树干和叶片上有一些骸骨，显得很诡异。显然，太古年间就有不少生灵来过这里。

“修士相争，弱肉强食。就凭我是尊者，你是一个小小的列阵境修士。”五色鹿冷漠地说道。与此同时，它轻轻一点，那根鹿角回旋，迅速变大，垂下五色神瀑，将石昊淹没在下方。

然而，让它惊诧的事情发生了。石昊胸部发光，一片神秘符文浮现，而后化成一道光环将他笼罩在内。五色鹿的力量难以破入那道光环，那根鹿角竟然在龟裂。

“这是什么力量？”五色鹿大吃一惊，不敢相信这一切。

石昊非常果断，化成一道神虹冲了过去。五色鹿几次催动宝术，结果都被那道光幕化解，它十分震惊。一个列阵境的强者而已，其体内的神力不可能与尊者比肩，可是这种宝术为何会让它如此恐惧？

它转身就走。对一位尊者来说，在一个列阵境的修士面前避退，简直是奇耻大辱，但是它也顾不了那么多了。

尊者神觉敏锐，它能预感到若不及时避退，这一击会让它有殒灭的危险。

然而，它还是晚了一步。石昊转瞬即至，体外符文密布，犹若一篇经文，尽显无上奥义，散发无上神威。

而且他的这种宝术还能干扰五色鹿的五感，靠近它后还能夺其神觉，让它行动更加迟缓。

“不！”五色鹿大叫道。

它的护体符光熄灭，几件宝具先后自其体内冲出，进行抗击。然而在那道神环面前，它们皆若朽木，瞬间爆碎。

“这怎么可能?!”五色鹿眼中满是惊恐。它从来没有听说过列阵境的修士可以战胜尊者，除非借用祖先所赐的秘宝。然而，这个少年仅凭宝术便做到了。

“难道是初代至尊?!”它像是一下子明白了什么，大声狂吼，奋力挣扎。

然而一片符文落下，将它覆盖在当中，汲取它的修为。它最终化成一道光，从这里消失了。五色鹿在尊者中不算强大，一直小心翼翼地落在后面，不承想遇到了列阵境的石昊，本想恃强凌弱，却就此殒命。

石昊体悟良久，对自身孕育的符文信心倍增，他没想到其力量比他想象的还要强大。

石昊和打神石继续前进。这片古战场的上方，黄金雾弥漫，一些叶子上竟建有楼阁，那是古人所留。除此之外，还有一些石像，那是对太阳金乌的礼敬。

“快到了！”石昊看见了那座混沌古殿，这说明他们已经接近太阳神树的顶端了。同时，他还看到在古殿旁的一座神山上，有一些人影正在激烈对战。

“还有山？”石昊惊讶地说道。这座山缭绕着混沌气，若隐若现，散发着强大的生机。

“这是世界山，为世界树孕育而成。这可是绝世造化啊，我们赶紧冲上去。”打神石叫道。

第291章 世界山

WANMEI SHIJIE

世界山为黑褐色，浮在太阳神树上，附近的叶子上点缀着大星，踏在上面，望穿星空，仿佛站在世界的尽头。

“神啊，让我疯狂吧！”打神石见到世界山，犹若见到了生命之源，立即扑了上去，张口就咬向那些山石。

“当！”

火星四溅，打神石惨叫连连。这山石太坚固了，任打神石如何坚硬，也难以咬动它。对打神石来说，哪怕让它吞食一块山石，都足以让它进化到一个难以想象的高度。

世界山举世难寻，只有开天时才出现过一座。它能砸穿一界，毁掉万物，不用祭炼，就是一个混沌至宝粗坯。

据传，哪怕是世界山上指甲盖大小的一块山石，都足以压碎一座真正的巨山。

如果用心炼化，结合山中的本源法则，在上面刻上自己的道，世界山便会成为无上至宝。

这山很奇妙，有时人一靠近它便会被其巨力压碎，有时它又很平静，滋养其上的万物。现在就是它的平静期。

此时，山中有人影出没，还不时传来巨响，且有神光冲起。有人在山中大战，也有人在切割世界山。可惜，任宝具飞舞，世界山依旧完好无损。

这就是世界山，是真正的混沌至宝粗坯，即便是神器也不能损它分毫，有时甚至会让神器自身受损。

“这是当年伴着昆树而生的那座世界山，现在竟来此与这太阳神树相伴。”打神石惊讶地说道。

这里果真有大机缘，无论是太阳神树，还是世界山，都足以让人疯狂。

“柳神和小塔怎么还不回来？”石昊遗憾地说道。因为他觉得要是柳神和小塔在此，这两样东西多半会不会落入别人的手中。

不说其他，仅这一座世界山，就足以让小塔疯狂。这是跟它一样的混沌至宝，且是一个粗坯，它可以直接用来重塑真身。

山上雾霭很浓，不时有激烈的大战爆发，还有人在暗中猎杀对手。

“这山虽好，但是根本收不走，在这里争夺没有什么意义。”石昊自语道。他觉得就算是小塔也不能一口吞下这座山，得慢慢炼化。

“这山上可能有什么东西，不然他们不会争斗得这么激烈。”打神石道。

石昊点头，疾速冲向山巅。不得不说这山体很壮阔，以他的速度依旧行了一段不短的时间。山顶的雾霭越发浓重，伴着混沌气，压得人几乎要窒息了。

“咦，你还活着？”一个惊讶的声音传来。几道身影一闪而过，正是上界的那几位奇才与贵女。他们在这里与尊者交锋，被打散了，有点狼狈。

石昊见到了卓云、宣明、水月、蓝雨等，他们中有人蹙眉，有人微笑，对石昊的态度各不相同。

“快走，九头蛇与铁血古树追来了，它们十分凶悍。”红凰提醒道。

这些人一冲而过，避向另一边。他们处于劣势，早已染血，只得边躲边战。当然，尊者那一边也有人殒灭。

石昊没有跟着他们，而是从另一边继续向山顶进发。他闻到了淡淡的清香，觉得山顶可能有什么了不得的灵物。

“嘿，他倒是很有主见，一个人也敢上去，真是找死。”卓云一边逃，一边冷笑道。

“小心，上面很危险。”蓝雨提醒了一声。

在靠近山顶的地方，石昊看到了碧古、赵启等上界奇才。他们手持秘宝，正在与人激战，不过尊者数量比他们多，他们边战边退，最终遁走了。他们在游击，不让这些尊者得逞。

石昊掩藏了自身的气息，避过他们，登上了山顶。太阳神树的一条枝丫伸展到这里，上面开了一朵花。这朵花离地几丈高，流转金色光辉，璀璨夺目，恰好处在世界山的巅峰上。

“太阳神树开出的神花。”石昊立时明白了。

“若是成熟，也许能结出世界果。”打神石也怪叫道。

说来也奇怪，在别处，太阳神树的叶子大得能托起一座巨山，然而在此处那些叶子明显小了很多，连那朵花亦很小，只有磨盘那么大。

“应该是世界山的法则影响了它。”打神石说道。

虽然不是世界果，但是这样一朵太阳神花也蕴含了无量的精粹，无论谁吃下去都会立时脱胎换骨，发生难以想象的蜕变。

一些尊者站在此地，都仰头看着，守着这朵花，没有一个人去摘花。

“这花有些古怪。”石昊心中疑惑，仔细观察，发现地上有很多血迹，马上得出了这一结论。

石昊将刚才得到的那根鹿角祭出，而后自己快速转变方向，躲向一旁。

五色鹿角飞向太阳神花，要将它斩落，然而就在这时，那太阳神花轻轻摇动，扫出一条可怕的秩序神链，将鹿角截断。

石昊见状非常吃惊。这鹿角可是宝器，居然刚一靠近就被那太阳神花毁掉了，难怪这些人不敢去采摘。

“小子，你也敢来凑热闹?!”一位尊者看到了石昊，向他逼去。

“有金色汁液要落下来了！”就在此时，有人惊呼道。

只见那磨盘大的太阳神花上挂着三滴金色汁液，每一滴都有龙眼那么大，金光璀璨，馨香扑鼻，就要滴落下来了。

这是神液，可以让人起死回生。怪不得那些尊者即使无法采摘此花，也等在这里，他们就是为了能获取这些金色汁液。

“轰！”

法器轰鸣，四周宝光浮现，碧古、赵启、蓝雨、莹莹等十几名上界的奇才贵女出现，一起向前攻去。与此同时，尊者这一方的生灵也各自祭出宝具，占领地盘，都想争夺那几滴神液。

“小辈，早先的两滴就被你们得去了，还不知足。”紫金蚁冷笑道。它力大无穷，轻轻一震，虚空都扭曲了。

“黄金宝液，有缘者得之。”卓云嘲讽道。

石昊从他们的对话中得悉，早先这朵花就淌下过两滴神液，被上界的那些年轻强者取走了，而这批尊者光顾着去混沌殿，因而错过了机会。

那混沌殿十分危险，尊者死伤了几人，又退到了这里。

“找死！”这些尊者出手，攻向那些年轻强者。

“石昊快过来与我们联手。”红凰喊道。

石昊没有回答，只是慢吞吞地往他们那边走去。他信不过这些人，早先他们中便有人对他下毒手，想谋夺他的世界宝盒。

“轰！”

混战爆发，十分激烈。

那金色的神液就要滴落了，所有人都急红了眼，纷纷冲上前去。还有些人已经跃起，催动玉鼎，去接神液。

“哧！”

那朵太阳神花中飞出一条秩序神链，当场将一些法器击毁，一位尊者更是被击中，当场殒命。

“你还不出手？我们白带你渡海了，一点用处也没有！”上界中的一个奇才对着石昊低声喝道。

石昊循声望去，发现说话的人正是曾暗中对他出手的人之一。

此外，赵启、卓云等也都面色阴沉，神色不善，其中更是有人想暗中将石昊推出去，阻挡那些尊者。

“大敌当前，不要自乱！”蓝雨轻喝道。

“轰！”

铁血古树的根茎若神矛刺来，九头蛇的巨大的头喷吐神芒，疯狂杀至。

“你真敢对我出手？”石昊本就没有想加入他们，现在有人居然再次暗中出手，想将他推向九头蛇那里，当作挡箭牌。

这一刻，他通体发光，依旧是列阵境的修为，也没有穿上不灭金身战衣，却爆发出一股非常恐怖的气息。

石昊体外出现一个由符文组成的光环，将他笼罩在当中。他震碎飞来的宝器，向后扑击，一把将一个男子揪住。而后，他一扬手，将此人扔给了黄金巨人。

此人落在尊者堆中，先是被黄金巨人一掌拍落，接着被蓝龙以一个铜铃震碎其护体秘宝，最后铁血古树伸出一根枝杈，给了他致命的一击。

这一切发生得太快了，水月、碧古、红凰等人都一阵发呆。

“你敢乱来！”卓云、赵启等人喝道，要对他出手。

“你们先暗算我，还怪我出手。卓云、赵启，你们再出手试试看？”石昊平静地盯着这几人，冷冷地说道。

“好大的胆子！”有人怒喝一声，向前出手。与此同时，卓云也向前进攻，因为在石昊的身后，紫金蚁、银狮也向他冲了过来。

“嗡！”

一声轻鸣，虚空震颤。石昊身上的那片符文飞出，将冲在最前面的那个人笼罩。所有人都大吃一惊，仅一瞬间而已，此人便化成了一道光，形神俱灭了。

“哧！”

卓云的一条手臂遭到了重击，身体四周的护体神光也消散了。他惊得脸色苍白，连连倒退。

“咦，好古怪。”后方的尊者心中一凛，不敢再轻易攻向他。

“黄金液落下来了！”有人惊呼道。

众人一起向前冲，纷纷施展宝术，抢夺那几滴神液。

石昊通体亮起璀璨瑞光，构建出护体光幕使他万法不侵，径直冲到了最前方。

“轰”的一声，他将黄金巨人撞了一个趔趄，硬生生挤到了中间。

那空中的三滴神液落入一个玉鼎中，那玉鼎的主人大喜，刚准备收回玉鼎，却见石昊探出双手，祭出符文，将玉鼎夺到了手中。

这个洁白的玉鼎只有拳头大，当中有三滴黄金液，缭绕灿霞，弥漫金色薄雾，清香扑鼻。

石昊将玉鼎托至鼻端，闻了闻，顿时觉得身体空灵，轻飘飘的，仿佛就要飞升成仙了。

“哐当”一声，他盖上鼎盖，迅速将玉鼎收了起来。

“你敢！”一声大喝传来，与此同时一道绿光冲到了石昊的身前。

“当！”

石昊用手一点，一片符文绽放，形成一个银色盾牌，与那绿光撞在一起，此地顿时如烟花般绚烂。

那竟是一株鬼藤，其名字便道出了它神出鬼没的手段和强大的神能。它碧绿欲滴，身若一条虬龙，粗大无比，是除铁血古树外的另一个植物系尊者。

它刚才甩动一条藤蔓，飞出的湛湛绿霞犹若剑光，结果被阻挡，没有伤到石昊分毫。

“嗷！”

黄金巨人怒吼一声，祭出成片的符文密布于虚空中。一时间，虚空中腾起滚滚的黄金血气，仿佛有一个大火炉在燃烧。

黄金巨人体形庞大，力大无穷，可以拔起山峰，手托大岳而行。它刚才被石昊撞离了中心位置，错失了太阳神液，因此极度愤怒。它那硕大的拳头带着无量的血气，挟滔天威压向石昊砸去。

石昊身上乌光一闪，与拳头高的黑色小人融合，穿上了不灭金身战衣。他很谨慎，但并未退避，挥拳迎击。

“轰！”

两拳相撞，若惊涛拍岸，似骇浪击天，声音震耳。

黄金巨人倒退，拳头淌血，脚步不稳，每一步落下都让这地面轻颤，可见那种撞击的力道有多么大。

众人心惊。这清秀的少年有何等的力量，竟然能将一个黄金巨人震开。

“‘不灭金身’，这可是太古时期的瑰宝！”来自上界的奇才中有人惊呼道。他们见识很广，当即就看出了端倪。这种法器十分稀有，在太古时期就是重宝，随着岁月的流逝，如今就更加罕见了。

“难怪他在列阵境就可以战尊者。不灭金身可以助其突破桎梏，极大地提升战力。”赵启轻语道，眼中精光闪烁。

石昊早先动用至尊骨，催动其上的符文，化成一道神环笼罩着他，因此无人看透，现在这些人误以为那是“不灭金身”在显威。

相传，“不灭金身”可以铭刻各种法阵，并能组合宝术，形成威力至强的法术。

一些人认为这便是石昊的底牌，自觉心中有数了，其实他们不知道这不灭金身战衣有损，铭刻的法阵不能施展，一切都是石昊的至尊骨在发威。石昊这样做，是不想被人知道其实力。

“拿下他！”鬼藤怒吼道。它被石昊夺走玉鼎，痛失三滴黄金液，非常不甘。

它绽放一朵黝黑的花，一时间，黑雾弥漫，笼罩此地，让所有的景物都模糊了，并且使虚空扭曲。

鬼藤出击，神出鬼没，在黑雾中不断探出藤蔓，向石昊偷袭。石昊接连出手，与那藤蔓碰撞。这里神辉绽放，砰砰声不绝于耳。

“杀！”银狮、金乌等也都出手了，它们都想抢走黄金液。

除此之外，宣明、碧古等也行动了起来。他们祭出秘宝，在战场中冲击。

刹那间，神光飞舞，宝具横空。这里发生了一场大混战。

石昊被围在中间，但并不被动。他施展狻猊法术，击出雷电，喷吐云雾。

这种云雾很特别，即使是天眼也难以看清其中的情况，但是身在其中的人却能看穿。

“轰！”

石昊出手，紫金雷电爆发，各种电芒交织，一下子让这里化成雷海。

紫雾澎湃，瞬息笼罩虚空。

果然，这紫雾与鬼藤的黑雾一样十分诡异，将其他人的神识与灵觉都隔绝了。

这样一来，场面更混乱了。所有人为了自保都释放强大的宝术，并用秘宝护体，防止别人近身。

“当！”

法器碰撞，火花四溅，场面越发混乱。

“啊……”有人惨叫。显然，有人在这一战中被击杀。

这种双目失明、灵觉失效的对决令人不安。众人疾速逃遁，不愿身陷险境。

“我知道你在这里！”鬼藤冷笑道。它精通这种法术，自然有相应的辨识能力，毫不费力地便寻到了石昊的真身。

它以秘法告知其他尊者，让他们一起向前围拢。尊者气息澎湃，神力汹涌，十分慑人。

石昊化成一道光，直取那鬼藤。身在迷雾中，他放开了手脚，毫不掩饰地释放至尊骨的威能，检测其威力究竟有多强。

由符文组成的神秘光浮现，以极速笼罩那株鬼藤，击散了它的符文，将其禁锢在当中。

“这是什么，给我破！”鬼藤惊叫道，它与五色鹿临死前一样恐惧。这一宝术加身后让它洞悉了真相，瞬间大惧。

它想挣脱这片符文的笼罩，结果接连毁损了三件法器，而它自身也在快速衰老，仿佛一下子老了数千年。

“这是轮回——”鬼藤惊恐地大叫道，而后戛然而止。

它体表干枯，失去光泽，叶片发黄，簌簌飘落，随后老皮龟裂，通体发光，像是在燃烧，然后成为劫灰。

石昊心中思忖道：“原来可以这样用。”他对至尊骨的力量更清楚了一些。

浓雾中，一头恶魔猿冲来。它背后生有一对翅膀，通体乌黑，黑色毛发浓密，带着一股乌光，力大无穷。

它双眼血红，牙齿雪白尖锐，挥动着拳头咆哮着，凶狂无比。

这恶魔猿发狂后，力量可以在原有的基础上提升一大截。世界山上，神力滚滚，众人几乎要窒息了。

它是真正的凶兽，此时血气沸腾后，自然带着一股绝世煞气，那是屠杀过成千上万头生灵所留下的气机。

石昊身体微倾，避过这一拳，然后探出右手，抓住它的手腕。他体内的鲲鹏力汹涌而出，一时间的以暴制暴，以狂制狂。

恶魔猿大吼，伸出另一只手抓向石昊。它通体乌光大盛，无尽的符文全部集中向手臂。它想活活震死石昊。

“轰！”

剧烈震动后，两者皆松手倒退。

石昊无恙。恶魔猿的一双手臂龟裂，不断淌血，显然它的骨头断了。

“杀！”

石昊大喝一声，疾速冲至，再施展鲲鹏法。他体内犹若冲起一只神鸟，笼罩着他，展翅而鸣，震动了天地。

“砰!”

石昊徒手将恶魔猿扔在地上，一代强者就此毙命。

与此同时，雾霭散得差不多了，众人陆续冲出场外，石昊也退到了边缘，以免被人围在中间。

这一刻，众人皆发寒。到底谁是凶兽？那个少年眉清目秀，看起来飘逸出尘，结果却将恶魔猿给镇杀了。

混战之中，石昊连杀两位尊者，着实震慑住了不少人。

在修行界中一切都按实力来说话，尤其是在这种生死决杀的情况下，强者更加让人忌惮。

石昊站在一旁，看起来眉清目秀，正在自语道：“此前的五色鹿太可惜了，我的鹿茸，我的宝肉。”

一些人听到后，心中有些发毛。这家伙看起来空灵若仙，可是怎么比上古凶兽还凶残，竟然想吃掉五色鹿。

“太厉害了，下界的少年至尊果然名不虚传！”红凰赞叹道，眼中满是惊奇。

几位贵女皆大受震动，对他的战力表示惊讶。赵启和失去一臂的卓云亦颇为吃惊与不安。

虽然九头蛇、铁血古树等尊者都很强大，但也有些顾忌，并没有立刻出手。他们觉得石昊是块硬骨头，即使最终能把他擒住，自身也要为此付出很大的代价。

一时间，气氛有点微妙，众人均没有行动。

第292章 混沌古殿

WANMEI SHIJIE

"啵！"

突然，奇怪的声响发出，引得众人全都抬头望去。

只见在世界山的山峰上，那朵太阳神花在绽放。它金霞闪动，氤氲圣洁，犹若一轮金色的大日。

这一次，没有金色汁液淌落，却显露了花朵中的真相。

"里面怎么会有一个人？"众人惊呼道。

无论是上界的贵女奇才，还是太古宝界中的尊者，都大吃一惊，觉得非常不可思议。这实在是太神秘和诡异了。

金色霞光炽盛，花朵中有一个晶莹的蛋。它汲取了金色的汁液，吸收了神药的精华，近乎透明，蛋内的生灵清晰可见。

蛋内有一个绝美的少女。她蜷缩着，金色发丝披散，双眸紧闭，睫毛很长，胴体雪白。她紧闭的双眼上那长长的睫毛微微颤抖，像是随时会睁眼苏醒。

太阳神花周围金色雾霭弥漫，神光璀璨，花蕊上的金色汁液晶莹剔透，芬芳扑鼻，本来还有十滴以上，结果全被那个蛋吸收了。

众人眼巴巴地看着，不敢出手。因为攻击过这朵神花的人都被金色的秩序神链击毙了。

"这难道是一个天生地养的神胎吗？"打神石咕哝道。

石昊也有些发蒙。他第一次见到这样的生灵，凭感觉他知道此女来历超凡，日后多半了不得。其他人也在思量，暗自打着主意。

"这难道是太阳神树的精魂，通过花朵孕育成人形，化成了一个绝代佳人？"有人低语道。

上界的奇才与贵女都很心动。无论如何，这一定是个有大造化的生灵，若能带回上界，让她加入自己的大教，认真培养，日后她必能成为俯瞰众生的强者。

"因为太阳神树要进化为世界树，所以这可能是世界树孕育的精灵，超凡脱俗，不在五行中。"也有人产生这样的联想。

九头蛇最先行动。它的一个头发光，暗中呼唤那个少女。这是一种神念引导，可让人与之亲近。它觉得这个少女刚出生，应该懵懂无知，如果让她感受到自己的亲近，说不定可以就此带走。

太阳神花上清辉漾起，一道金色光束飞出，冲向九头蛇。它惨叫一声，直接翻滚在地，险些被斩灭。

另一位尊者更惨，在一片金色符文落下时，其身体顿时消失，就这样瞬间形神俱灭。

“那是太阳精火，好恐怖！”

众人色变，无法确定那道金色光束是由那个蛋发出的还是由太阳神花发出的。

“她究竟是什么，是一个秉承天地大气运而生的生灵吗？”

人们疑惑不解，一时间难以确定那个少女的来历。

突然，金乌族的一位道人激动，盯着那个蛋，颤声道：“难道是乌皇再生？”

传说金乌族起源于太阳神树上，它们的一位先祖在此树上孕育而生，从蛋中破壳而出，最终成为天帝。

它便是初代乌皇，为这一族的最强者。它为天地所孕，先天有成，在九天十地内没有敌手。

现在，这个女子同样是在太阳神树上孕育而生，同样是在一个蛋中，金乌族的道人自然会认为她是乌皇再生。

忽然，这朵太阳神花动了，它速度非常快，直接向那混沌古殿飞去。它没有从树上脱落，而是连着一根藤蔓飞了出去。

这个变故出乎所有人的意料。它快得不可思议，几乎是一闪而没，只在虚空中留下一道金黄的残影。

“它进去了，快追！”

众人如梦初醒，顾不上围剿石昊，迅速行动起来，因为那混沌古殿中有更重要的东西。

在这里，虚空被封禁，很难飞行。

混沌殿宇与世界山并排立在太阳神树上，均被一些金色枝叶托着。它们两者被一根枝丫连接着，众人攀着这条枝丫，疾速而行，追入混沌殿宇内。

石昊落在最后面，也跟了上去，想看一看那里到底有什么大造化。

这混沌殿宇十分宏大，壮阔无边，众人站在殿前深感自身如一粒微尘般渺小。它古朴而神圣，被混沌气笼罩。

殿宇中符光流转，压力迫人，尊者在这里犹若蚁虫在望着一条沉睡的巨龙。早先，曾有一批尊者来过此地，结果没能进去。

这一次，那朵太阳神花飞了进去，连着它的那根藤蔓一直延伸至殿内。众人不需要研究殿门口的符文，只要沿着这根藤蔓往前走就可以了。

“我们竟然进来了！”一位尊者大叫道，非常激动。

上界的奇才与贵女也很震惊。他们曾听过这座混沌殿宇的传说，知道这里可能藏有无上经书，因为这座殿宇曾经属于一位天帝。

“不，这乃是我族先祖的栖居地，你们不能进去！”一位金乌道人大叫道。

但是没人理会他，众人加快速度，踩着那根黄金藤蔓，冲进了混沌殿宇。石昊依旧慢吞吞地落在最后。

殿宇中混沌雾霭弥漫，虽然不是很浓，但依旧压得人几乎窒息。不少人都觉得浑身疼痛，很不适应。

混沌古殿根本不是他们这个等阶的人能久留的地方，只有天上地下无敌的生灵才可以长久栖居。

众人刚一进来就自动分好阵营，一边前进，一边相互戒备。

殿宇非常空旷，众人四处寻觅，并没有发现什么。他们只得继续往里走，而混沌雾霭越发浓郁了，一些人承受不住，只能祭出秘宝护体。

“啊……”有人惨叫，被袭杀在此。他们本就互相敌对，现在有人率先发难，气氛一下子紧张了起来。

“我们先灭掉他们如何？”银狮提议道。它想先除掉外界来的这群年轻人。

“同意！”立刻有尊者附和道，表示赞同。

混沌古殿内可能有惊人的大造化，双方本就敌对，不如趁早将这些外来者击灭，好扫除障碍。

毕竟，他们占据绝对优势，若是联手，足以杀尽这些外来者。

“石昊快过来，与我们联手，一同对抗他们！”红凰大声招呼道。

“不行，他杀了我们的人，怎么还能和他联手？”卓云当即便脸色铁青。他的一条手臂刚被石昊重伤，心中非常不满。

除卓云之外，还有几人也神色不悦。他们早先曾经暗算过石昊，担心与他合作会有风险。

不过，让卓云惊诧的是，宣明竟点头道：“他实力很强，值得拉拢。”

还有几人也同意这一观点。他们来自不同的大教，彼此间本身就存在竞争关系，死去的人跟他们非亲非故，现在情况不妙，自然会毫不犹豫地答应与一个强者联手。

石昊淡定地走了过来，没有说什么。

“我们暂时先避开他们，得到机缘为妙。”有人说道，率先向前冲去。

“还想走，痴心妄想！”尊者们冷笑道，纷纷祭出了宝具，向前攻来。

“宣明祭秘宝！”碧古说道。

依旧是那座石拱桥，前几次它都发挥了关键性作用。它一下子贯穿虚空，没入前方，众人踏了上去，疾速远遁而去。

霞光一闪，他们到了混沌古殿深处，暂时摆脱了尊者。

此时的气氛很微妙，毕竟石昊杀过他们的同伴，虽然他们彼此不是来自同一个大教，但毕竟都是上界人，对此还是心有芥蒂。

“既然同行，我们也算是同伴了，你身上那三滴黄金神液，能否分出两滴，给大家保命用？”赵启忽然说道。

黄金神液可以续骨生肉，绝对是无价神液。其他人都看了过来，卓云还有此前暗算过石昊的人都纷纷点头，表示赞同赵启的话。

“凭什么？”石昊嗤笑道，根本不在意。

“大家现在可谓是同舟共济，那些尊者很强，人数又多，你拿出神液可以增强我们的战力。”另一人说道。

“我们带你出海，又几次用石拱桥带你逃遁，对你也算仁至义尽了，你也应该有所表示吧。”卓云冷笑道。

“如果不是我用世界宝盒破开太阳神树的光幕，你们能上来吗？”石昊神情冷淡，看向卓云、赵启等人，道，“你们几个暗中对我出手，将我从太阳神树上击落，这笔帐还没算呢！”

“那就来算一算！”卓云冷笑一声，招呼那几人向石昊围拢过去。

“都这个时候了还在内讧，我们应该保存实力，赶紧去寻机缘要紧。”蓝雨严肃地说道。

“对，这些以后再论。”宣明和碧古等人亦点头附和。

“咦，竟然到了！”水月惊呼道。

宣明的这件法器果然了得，它不断穿越虚空，竟然到了混沌殿宇的最深处。

只见前方的一座道台上放着几个蒲团，那朵璀璨的太阳神花托着完美无瑕的金发少女立在蒲团上，成片的符文笼罩着金发少女。道台中有大道神音传出，金发少女像是在聆听大道，非常沉静。

除此之外，殿宇深处还有石桌和书架等摆设。那书架是石质的，表面没有光泽，看起来很古朴。石桌和书架上，各自放着一部骨书，每部骨书都很老旧，而且都散发着混沌气。

“无上经书！”众人看到骨书后都非常震惊。无须细想，这两部经书绝对是天大的造化。众人急不可耐，纷纷向前冲去。

“砰！”

突然，冲在最前面的几个人被震飞，没有人能够接近那两部被混沌气笼罩着的骨书。

“你身上有不灭金身战衣，你先去试试。”卓云不怀好意地说道。他对石昊重伤他手臂的事情耿耿于怀，想让石昊陷入险境。

“你一路嗡嗡叫个不停，真是令人心烦，不想死的话就一边待着去，别惹我。”石昊扫了他一眼，而后认真地盯着那两部骨书。

“你……”卓云大怒道。他觉得石昊这样说，是将他当成苍蝇，根本就没有把他放在眼里。他给其他几人使眼色，要他们一起出手。

“找死，那就成全你们！”石昊冷冷地说道。

“我看你有什么本事！”卓云喝道，与另外三个人同时祭出了秘宝，一起向石昊冲去。

“你以为你来自上界我就不敢杀你了吗？如果你知道我是怎么对付不老山的，就不会这么嚣张了。”石昊淡淡地说道。

“锵”的一声，石昊拔出神灵法剑向前劈去。这一次他再次动用至尊骨，想速战速决。

“嗡”的一声，剑体发光，释放出一片神秘的符文，将卓云和那三个人笼罩。

“啊，这是……”他们惊恐地大叫道。

一瞬间而已，他们四个人疾速变小，像是“返老还童”般，变成了垂髫小儿。与此同时，他们的修为也退化到了那个层次。

几人惊恐大叫，心中既震惊又害怕。

“原来还可以这样用，的确可以称为‘轮回’。”石昊心中自语道。他很镇定，挥动神灵法剑，将卓云击倒在地。

卓云惨叫着，脸上满是惊恐。他张了张嘴，想说些什么。

“你是想让我把你扶起来？”石昊惊讶地说道。

卓云的求生欲望很强。他使劲张着嘴，拼命眨动眼睛，眉心内的神魂在闪烁，想要遁走。

“哧”的一声轻响，一道剑气逼来。卓云在极度的恐惧与不甘中，被神灵法剑洞穿眉心，神形俱灭。

“你不要过来！”另外三人大叫道，转身就走，脸上满是惊惧。他们被夺去半身道行，失去了巅峰战力，如丧家之犬四处逃窜。

“住手！”赵启大声喝道。他心中不安，因为他也一直针对石昊。

与此同时，水月、宣明、碧古等也祭出秘宝，阻拦石昊。他们心中十分震撼。卓云并不弱，居然就这样在下界殒灭了。

“道友，我等一同渡海而来，闯入混沌古殿，纵有不睦也不该内讧啊，毕竟后面还有一群外敌。”碧古说道。

这些人的心思各异，有人想拉拢石昊，也有人对他有很强的杀意。

“石兄放过他们吧，那些尊者很快就到了，你这样做是在削弱我们自己的实力。”水月说道。她周身浮现银白色的光晕，看起来十分圣洁。

石昊并没有立即动手。他在观察那三个人，想弄清楚“轮回之力”能持续多长时间。

“啊……”一人大叫，身体发光，而后逐渐恢复原貌。他的修为在三个人中最高，最先恢复了过来。接着，另外两个人也身体发光，神魂凝聚，从那种古怪的状态中解脱了出来。

“时间并不是很长。”石昊摸着下巴，仔细琢磨了一番。

“你这个魔鬼！”其中一人惊魂未定，躲在众人身后，惊叫道。另外两个人也都神色难看，像是被惊掉了神魂。

“我是魔鬼，还会放过你吗？”石昊平静地说道。他在仔细分析后，进一步了解了至尊骨的威能。

那个人脸色发青，十分愤怒，但不敢再说话了。

“石兄，就此罢手如何？大敌将至，我们应一致对外。”莹莹诚恳地说道。

现在的气氛很微妙，有人对石昊怀有敌意，也有人心中窃喜。他们虽然都来自上界，但也是竞争对手，相互间的关系十分复杂。

“他此前就杀了我们的人，现在又斩掉卓云，再与他联合，我上界的尊严何在？”赵启暗中传音给几位同伴，反对这一提议。

不过，他低估了石昊的灵觉。石昊感应到了一股晦涩的波动，开启神觉，捕捉到了这一暗中的神念。

“不能放过他！我等均来自上界，而他只不过是下界牢笼中的凶囚后代，体内流着罪血，我们应该一起出手将他镇杀，不能让他再这样放肆。何况他还有三滴黄金神液，正好可以补充我等的损耗。”另一人暗中传音道。他脸色苍白，正是刚才那三个人中的一个。

有人表示赞同，也有人蹙眉反对，一时间难以达成共识。石昊的神觉异常灵敏，捕捉到了此人的神念。石昊并不冷血，但也不会对敌人手软。

石昊冷笑一声，向前迈步，浑身散发出一种灵动超然的气息，像一位谪仙向那个人冲去。

“住手！”有人大声喊道。

谁也没有料到，石昊竟会如此果断。他的动作快到极致，脚下浮现一头鲲鹏，载着他一冲而过。虚空中，一片密密麻麻的符文于混沌雾霭中绽放，将那个提议斩杀石昊的年轻男子笼罩。

“砰！”

石昊身前的那个神环，若星河般光芒炽盛。有人祭出秘宝向石昊砸去，但是被一道光幕撞飞，无法靠近石昊。有人祭出的宝术，让虚空都扭曲了，但是依旧没能够突破进去。

石昊展现出一种惊人的防御力。虽然有几人对他同时出手，但都被他抗了下来，颇有些万法不侵的架势。

刹那间，只听“砰”的一声，一个脸色苍白的年轻强者摔在地上，痛苦大叫。他挣扎着想要爬起来，但是笼罩着他的那片符文没入其体内，让他瞬间模样大变。

“这是……”众人心中一凛，惊呼道。

仅一刹那而已，年轻男子变得如一个百岁老人，须发皆白，双眼浑浊，肌肤松弛，老迈不堪。

这个场景与此前正好相反，像是剥夺了一个人的半生岁月，使之瞬间衰老。变成老人的男子惊恐地大叫。他通体发光，生命精气外泄，像是在燃烧一样。

“这也有时间限制吗，他最后能恢复吗？”石昊自语道。他有些疑惑，但这次并没有迟疑，一掌拍落，将那衰老的人击灭。

“你太过分了。”宣明沉下脸来，说道。

“我怎么过分了，他要杀我，难道还不让我反抗了？”石昊平静地问道，言语中有一种令人敬畏的从容与镇定。其他人闻言都一阵沉默。

突然，赵启沉声道：“无论如何你也不应该杀了他们。你是想与上界决裂并镇杀我们所有人吗？”

“好大的帽子。我只是自保而已，怎么就与上界决裂了？再说，你能代表上界吗？若是能，你是不是还想代表上界的各大教主发号施令？”石昊哂笑道。

气氛顿时紧张了起来，赵启还有几人神色不善，但也没有轻举妄动。

“何至于此？”蓝雨轻叹道。她觉得现在的情况更复杂了，如果再想联合石昊，赵启等人肯定会生怨。

一时间，众人全都僵在这里，谁都没有动。

石昊倒是很坦然。到了现在他没有什么好顾忌的了，谁想对他不利，他接招便是。他看向赵启等人，目光慑人。

那几人顿时感到了一股压力。石昊本身足够强大，根本不惧怕他们的上界身份，这对他们来说着实是个麻烦。

那两部骨书是所有人都渴望得到的大机缘，那被太阳神花托着的金发少女反倒暂时无人关注了。

石昊向前迈步，向石桌走去，想要将骨书夺到手中。赵启等人目光冷厉，紧紧地盯着石昊，就等他拿起骨书时，群起而攻之。

石桌的附近有股莫名的压力，越靠近越强大，一般的人都会被其震开。此外，那部骨书弥漫出的混沌气也能起到阻隔的作用。

第293章 群雄夺骨书

WANMEI SHIJIE

“轰！”

石昊还未靠近石桌，就有人闯了出来，向他出手。那群尊者赶到了，他们看到了那两部混沌骨书，非常激动，二话不说便冲出来阻拦石昊。

“真是妙啊，来得早不如来得巧！这两部骨书放在混沌古殿中，肯定是无上仙经。”黄金巨人大笑道。

九头蛇身躯庞大，鳞片发光，冰冷森寒，九张血盆大口都在吐蛇信子，发出嘶嘶声，让人听起来浑身发毛。

“一边待着去！”银狮盯着前方的石昊，毫不客气地说道。

所有尊者对那两部骨书都垂涎三尺，谁阻挡他们，谁就是他们的仇敌。

“诸位，你们尽管出手，此人与我等无关，要杀要剐，随你们的便。”赵启冷冷地说道，眼神中带着一股森寒的杀意。

他这样做彻底断了蓝雨、碧古等人的心思，让他们无法联合石昊，使石昊陷入绝境。

“对，此人与我们无关，任你们处置。”上界的另一名年轻奇才说道。他早先也针对过石昊，并将他从太阳神树上“击落”。

“有意思。”九头蛇、金乌道人等都露出一丝冷笑。他们心中窃喜，想着正好趁这些外来者内讧，斩杀石昊这个十分厉害的人物。

“既然这样，那就由我们代劳，将他斩灭。”铁血古树冷冷地说道。

“早该杀掉他了！”黄金巨人瓮声瓮气地说道，抬起拳头便向石昊轰去。

银狮也立即出手。它大吼一声，混沌气暴涌，震得这座古殿嗡嗡作响。这是真正的狮子吼神功。

石昊与不灭金身战衣融合，浑身亮起乌光，冲出一股强大的战气，让他看起来如同一尊魔神般神圣强大。

“轰！”

石昊将手中的神灵法剑在虚空中一点，那里金色符文绽放，将狮子吼神功所扩散过来的银色涟漪震散。

“砰！”

与此同时，石昊挥拳，迎向黄金巨人。他的拳头带着无量神光，与那金色拳头撞在一起。古殿轰然剧震，响声震耳欲聋。

“杀啊！”大战爆发，尊者纷纷出手。

与此同时，宣明、碧古、水月等人也都行动了。他们一起扑向前方的石桌与书架，想突破过去，带走那两部骨书。

“谁敢妄动?!”尊者们喝道。最为激烈的混战随之爆发。

“我们也出手，先合力击毙他！”赵启联合身边那几人，与对面的尊者成合围之势，将石昊堵在当中。

“逼我大开杀戒！”石昊声音冷漠，一声咆哮，震动了整座混沌古殿。

“一个凶囚后代而已，对上界不敬，还如此穷凶极恶，今日就是你的死期。”一人说道，身影模糊。他对石昊很忌惮，因此以秘宝护体，让自己隐身，好暗中袭杀石昊。

“哧！”

突然，一道瑞光自虚空中出现，挟滔天威压飞向石昊的后脑。

石昊转身，挥动神灵法剑向那里劈去。“轰隆”一声，一道巨大的剑芒从神灵法剑中飞出，与那道瑞光相撞，震得虚空轰鸣。

一个紫发男子在剑光中浮出。他目光阴鸷，手中持着一杆锋锐的短矛，发出符文，让那里一阵模糊。突然，霞光一闪，他再次消失。

“虚空兽的骨头祭炼成的短矛，那可是罕见的秘宝。”石昊有些惊讶。

虚空兽十分罕见，无论是皮毛还是符骨都价值连城，而且可遇而不可求。

“轰！”

石昊无惧，伸手一点，一株草浮现。这株草射出漫天剑气，攻击每一寸虚空。

“噗”的一声，一朵血花绽放，虚空中一道身影踉跄而出。只见上界的这位紫发男子肩头淌血，脸色阴沉。

“大家一起上，那不灭金身战衣蕴含着太古之秘，杀了他那就是我等的了。日后带回去仔细研究，也许能仿制出几件。”紫发男子喊道。

“轰！”

黄金巨人再次出手。他已发狂，满头金色发丝如瀑布般垂落，浑身上下血气滔天。他几次与石昊硬撼，都吃了大亏，已经怒不可遏。其他尊者一起向前出手，宝术接连亮起，将前方笼罩。

“‘不灭金身’可是好东西，既可作为法衣，又可用作兵器，乖乖交出来吧！”银狮吼道。

即使他们身在太古宝界，与外界隔绝，但也听说过这种稀世珍宝。

要炼制“不灭金身”十分困难。一是用以祭炼它的各种材料十分难寻，二是所要刻进去的法阵过于繁奥。不过，它的确非常有用，可以让修为不高者击败神圣。

“好，看他如何逃走。”上界的一位年轻强者大喜，在一旁协助尊者。

到了现在，众人都还以为石昊施展的神通与“不灭金身”有关，丝毫没有觉察到那是他的至尊骨的威力。

“嗷——”一位尊者咆哮一声，化成一头金狼，向石昊冲去。它的速度极快，在石昊身边变换位置，只留下一道道残影，金色巨爪在石昊身边闪烁。

与此同时，其他人亦出手。那个隐藏在虚空中的紫发青年，也手持短矛再次无声无息地向石昊刺去。

“轰！”

石昊一拳轰出，震得黄金巨人踉跄倒退。黄金巨人拳头淌血，骨节错位，浑身金色血气澎湃，释放强烈的波动。

“开！”

石昊轻喝一声，释放无穷的电芒。十头狻猊在电光中冲起，带着雷海冲向十方。这是最适合群战的宝术。一时间，每一寸虚空中闪耀着金色电芒，紫气从电光中氤氲而出，释放出强大的威能。

石昊击退银狮、金狼后，集合四头金色的狻猊攻向那隐藏在虚空中的紫发青年。他的短矛刺来时，泄露了他的行踪。

四头狻猊体形庞大，都是雷电所化。它们齐声咆哮，挟金色闪电与紫色云雾，一起向那人扑去。

“快出手！”紫发青年脸色苍白，大声呼唤众人。他的身体再次模糊，手持那杆短矛破开虚空，想要逃离。黄金巨人、银狮、金狼等尊者，以及赵启等人一起攻向石昊。

眨眼间，殿内响起震耳的轰鸣，整座古殿剧烈地震动着。

石昊通体发光，浑身上下符文密布，疾速冲了出去，避过了这必杀的一击。与此同时，他开启十大洞天，将其迅速连成一片。刹那间，他的周围犹若大日绽放，霞光炽盛，璀璨无比。

这一刻，整片虚空都凝固了。虽然这只能维持一刹那，但是足够了。那四头金色狻猊扑了过去，将刚没入虚空中的紫发青年禁锢。

“杀！”石昊大喝一声。

金色狻猊挟着无尽电芒，将紫发青年的护体光幕击穿。他满身毛发皆倒竖，通体雷光密布。他身上的一些法器被震碎，无法阻挡闪电侵入他的体内。他惨叫不已，痛得险些跌落虚空。

“砰！”

石昊也冲到近前，挥动神灵法剑，劈出一道金色剑光。紫发青年带着惊恐与不甘的神情，飞了出去。

而后，虚空恢复正常，不再被禁锢。这刹那的时间便足以让石昊完成一次完美的绝杀。石昊在被围杀中还能斩落一人，这让每个人都心中一凛，脸色铁青。

石昊冲起，向那杆短矛抓去。这可是一件秘宝，若是能得到，能够助他隐匿行踪，给对手造成极大的威胁。

“阻止他！”所有人都色变。若是让这么强大的石昊得到那杆短矛，那就更麻烦了。

“砰”的一声，石昊一脚蹬开金色狻猊，将那杆由虚空兽骨祭炼成的短矛抓到手中，心中大喜。

突然，他听到了龟裂声，紧接着，手中的短矛爆发璀璨神光，燃烧了起来。他将那杆短矛刺向前方，自身疾速倒退。

“嗷——”金狼冲来，正好迎上这杆短矛。此时，短矛的矛锋上密布裂纹，而后炸开，爆发出惊天的能量风暴。

这件秘宝上刻有特别的法阵，若是主人战死，为避免它落入外人手中，上面的法阵将自毁，并爆发出强大的威能将敌人镇杀。

不过，这头金狼很强大，虽然被炸得遍体鳞伤，但是并未殒灭。其他人都在倒退，避免遭受冲击。

石昊神觉敏锐，退后一段距离后，感应到那能量风暴已经减弱，便又猛地冲向风暴中心。他运转鲲鹏力，拳头发光，若一轮大日照亮整片混沌古殿。

“轰！”

他一拳打在金狼的身上，一下子将它击落在地。金狼倒在地上，一动不动，就此殒命。所有人都心中大惊。石昊太强大了，竟将那么厉害的金狼尊者一拳击灭。

远处，碧古、蓝雨、红凰等都露出惊容，心中感叹下界这个少年实在是太强了。不过他们并未多说什么，依旧冲向那两部骨书。

未加入这一战的九头蛇、蓝龙等也都心中一惊，它们在冲向石桌与书架时，回头张望，眼神中满是惊异。赵启等人更是脸色大变。石昊越强大，他们心中就越不安，恨不得立刻将他诛灭。

仅一会儿工夫，石昊就斩了两位高手，在场的人自然非常震惊。

“你……”黄金巨人气愤至极。

“绝对不能放过他！”银狮吼道。

这一刻，铁血古树动了，它是此地的最强者之一。此外黄金巨人、银狮等也爆发出极尽战力，挟着如海的血气，向前冲去。

赵启与两名上界奇才，全都施展最强神通，一起向石昊冲去。他们现在没有了退路，若是石昊缓过一口气来，必定会将他们一一斩杀。

一时间，法则冲起，宝光绚烂，殿内的每一个角落都流动着恐怖的波动。

石昊即使再强，也不会与这么多人硬碰硬。他施展鲲鹏法，若一道光在殿内穿梭，避过一道又一道法则。

“罪血之人，受死！”

这些强者大吼着，施展最强手段，攻向虚空中的那道身影。

石昊长啸，也是手段尽出。他用鲲鹏法避过法则，同时开启十大洞天，守护己身，并且竭尽所能催动至尊骨。

突然，虚空中符文密布，殿内一下子明亮了起来。只见一片光幕散发着一股宏大的气息，向着围攻石昊的那些人罩去。

“不好！”有人大叫道。他们并不是第一次看见石昊施展这种神通。不过，这片光很快，还没等他们反应过来，很多人被击中。

眨眼间，被符文扫中的人都变得脸面容苍老，咳嗽不止，身体状况糟糕到了极点，像是走到人生的尽头。

赵启满头白发，颤颤巍巍地向前飞逃。他身边那两个人的状态更差，他们神力衰竭，奋力跃起，想要逃走，可是未能如愿。

石昊如神魔般，乱发飞舞，从天而降，祭出符文，结果了这让人的性命。

铁血古树极为强大，虽然枝叶暗淡了一些，但依旧能进行战斗。它爆发无量血光，满树叶片飞舞，化成羽箭，射向石昊。石昊为了躲避那些树叶羽箭的偷袭，让赵启暂时逃过了一劫。

石昊非常惊讶，他没想到这铁血古树的生命力竟这么旺盛，在“轮回”中都没有走到生命的尽头。

“咦？”石昊色变。因为这一次同时向众人出手，至尊符光过于分散，结果作用时间很短，那铁血古树的气息迅速强盛了起来。

他并未与铁血古树硬碰，而是冲向另一边，攻向那头银色的老狮子。它也在慢慢恢复，但还没有复原。

“轰！”

石昊一拳砸下，爆发无量神光。老狮子祭出几件宝具阻挡，但没有任何作用，那些法器均被鲲鹏拳震碎。

“啊！”老狮子的身体被砸得龟裂。它大吼着，声音中充满了不甘。它马上就要复原了，结果被震裂了躯体。

“嗷——”与此同时，石昊亦对着老狮子大吼着。声波如海啸一般，奔涌向前。老狮子本就身体龟裂，现在顿时倒地不起，被石昊活活吼死。

它擅长狮子吼神通，结果却死在了相似的音波功上。

另一边，黄金巨人即将复原。他通体爆发无量金光，金色血气澎湃，怒视着向他冲来的石昊。

石昊催动一身神力，手持神灵法剑立劈而下。黄金巨人吐出法器阻挡，同时疾速倒退，但是依旧中剑。

“啊！”

他躲过了致命一击，但一条巨大的手臂被重伤，让他痛得大声嘶吼。

这个时候，九头蛇、蓝龙、紫金蚁等都觉得情况异常，纷纷向石昊杀去。铁血古树已经恢复了过来，也冲了过去。

“咦，刚施展完‘轮回’宝术，不能马上再施展吗？”随着战斗的进行，石昊进一步了解到了这一宝术的奥秘。

这种至尊术不能瞬间连出，需要间隔一定的时间。不过细想之后，他也释然了，因为任何强大的宝术都有一定的局限性。而且，催动“轮回”宝术时消耗极大，若非是他将肉身修炼到了极致，一般人根本承受不住。

石昊疾速倒退，避过了众人的联手一击。

“这些血液激活了法阵！”有人大叫道。

只见石桌周围出现许多符文，上面的骨书悬在符文当中。这是血液流到那里所致。有人试着用宝术去取那两部骨书。

“啊，成功了！”一片惊呼声响起。

碧古看着手中的骨书，简直不敢相信，刚才他百般尝试都没有成功，现在却轻易做到了。然而，无尽的杀气向他冲来，所有人都盯住了他。

“带走！”

碧古眼中闪烁精光，果断地施展宝术，将这部骨书传送给了最外围的赵启。

“嗷！”九头蛇、铁血古树、蓝龙等都嘶吼着，挟着滔天杀气，向前扑去。

赵启脸色苍白，惊慌失措。这混沌宝书落在他手中，他就算速度再快也逃不出去。

在这一瞬间，他果断地做出决定，一扬手，将骨书抛向石昊。他眼中闪过一股杀意，嘴角泛起冷笑。

石昊身在包围圈中，除非击败所有人，不然这骨书落到他手中，只会引来所有人的疯狂攻击。赵启真可谓恶毒无比。

石昊神觉敏锐，反应迅速，在赵启扬手的刹那，就已知晓了他的想法。他先发制人，以鲲鹏法疾速向前冲去。

两者几乎是同时动的，故此看起来好像是石昊主动过去的。

“砰！”

一瞬间而已，石昊杀至。在骨书到他手中的刹那，他舒展身体，如一名神魔，通体绽放绚烂光辉，将赵启置于死地。

石昊浑身发光，明明杀气冲天，看起来却清秀空灵。这是一个奇异的景象，震撼人心。

第294章 骨书真解

WANMEI SHIJIE

石昊一冲而过，不灭金身战衣晶莹闪亮。这些都发生在一瞬间，惊得殿中的众人目瞪口呆。

很快，所有人都回过神来，目光热切地盯着石昊手中的骨书。众人迅速封堵殿宇，截断石昊的去路。

众人沉默不语，将石昊围在中间，与他对峙着。一时间，整座古殿气氛紧张，鸦雀无声，杀气沸腾。

石昊也默不作声，立在中间没有行动。他捏了捏手中的骨书，摸起来有些粗糙，骨质坚硬，难以破开，不知是何种凶兽所留。

他低头凝视着那骨书。它表面很暗淡，并无光泽，沉甸甸的，虽然只有巴掌那么大，但足有数千斤重。

从某种意义上来说，赵启的计谋得逞了。他将这部骨书抛给石昊，让石昊被众人围攻。只是，赵启自己也为此付出了生命的代价。

杀意扩散，众人将石昊围在中心，准备随时展开攻击。

“交出骨书！”九头蛇声音嘶哑，吐出蛇信子，瞳孔射出幽幽的光束，庞大的躯体挡在前面。

铁血古树早已恢复，枝叶繁茂，满树都已赤红，犹若充血，随时要准备爆发最强一击。还有蓝龙扇动巨大的翅膀，摆动粗壮的尾巴，腾起蓝色电光，怒视石昊。

另一边，宣明、碧古等也站在有利的位置上，寻找机会。这两部骨书的价值不可估量，即便是上界的教主，也会出手争夺。

形势危急，石昊没有急着做决定。究竟是扔出去以陷害其他人，还是强行突围留为己用，皆在他的一念之间。

石昊探出神识，在这最为紧要的关头，他竟要一观宝书，看一看里面究竟记载了什么。神识刚一探进去，就激发了骨书中的某种禁制。眨眼间，暗淡的骨头发光，从上面冲出大片的太阳精火，火焰呈金黄色，腾腾跳动。

石昊心中一惊，赶忙祭出符文护住己身。若是一般的人绝对会瞬间命，要知道，太阳精火可是天地间最厉害的天火之一，其温度之高，无论是法器还是肉身皆难以抵挡。

太阳精火烧散了些许混沌雾霭，让殿内异常炽热，明亮了许多。这火光冲出去很远，差点波及周遭的强者。众人都很震惊，疾速倒退。

一位金乌道人神色激动，目露精光，忍不住大叫道：“这是天帝所留，为我族的无上传承。”

石昊神目如电，极力破开太阳精火形成的光幕，盯着骨块，要看清骨书里面的内容。

“阻止他！”其他人也都大叫，怕石昊窥尽经文。

黄金巨人第一个行动。他祭出一座金色的矮山，矮山疾速变大，眨眼间便变成了一座金色大岳，向石昊压去。

蓝龙喷吐电芒，祭出一个铃铛。这个铃铛每摇动一次都让人的神魂欲离体而去，非常诡异，让人不敢靠近。混沌气激荡，太阳精火燃烧，各种宝术飞舞，多件法器压落，整座古殿都沸腾了。

“轰！”

金色大岳压来，压得虚空扭曲。这是黄金巨人的祖先祭炼出的一座太古神山，它早已化为神灵法器。金色大岳带着无穷的金色霞光，震开了石昊的护体神光。

石昊为了看经文，没有对抗。他横移脚步，若鲲鹏般遁向远处。“轰”的一声，金色大岳砸在地上，震得古殿剧烈摇动。若非这座古殿为禁忌强者所留，必定会化成齑粉。

“哧！”

赤霞满天，叶片飞舞。铁血古树爆发至强之力，它的所有叶片都化成光刃，向石昊劈去。它之前遭到石昊“轮回之力”的攻击，现在要予以反击。

“束缚！”

石昊轻喝一声，开启十大洞天，禁锢虚空，让那些叶片暂时静止。他避过这一击，横移到另一片区域去。

“杀！”紫金蚁也出手了。它虽然只有一丈长，但是神力惊人，比黄金巨人还强大。紫金蚁化成人身，探出右手，挟着滔天紫气，向石昊轰去。他手掌间的秘力和波动，震得其他人倒退，即使隔了很远也能感应到那种巨大的压力。

石昊依旧在观阅那部骨书，没有与之对抗。他再展鲲鹏法，如流星般避退，想要弄个清楚。

“怎么办，我们出手吗？”上界的奇才与贵女虽然也很想夺得骨书，但又不想去蹚这浑水，一直在一旁等待时机。

石昊集中神识，终于看清骨书上的印记。看着那些密密麻麻的符文，他顿时心中一震。这些符文他并不陌生，因为那是《原始真解》。

柳神曾说过，一些禁忌人物都曾看到过《原始真解》第一篇，现在看来所言非虚，不然这里何以有记载。

“轰！”

莫大的压力袭来，所有尊者一起出手。古殿内霞光四射，像是星河在此地炸开。石昊处在绝对的危险中，无法继续看下去，只得收回心神，疾速躲避。

蓝龙的铃铛已经变大，跟一口大钟似的，悠悠鸣颤。那音波冲到石昊近前，震得他元神不稳，离体而出。

石昊为了观阅古经，一时大意，让自己身陷险境。

“神火焚天！”一位金乌道人喝道，抬手就是一片金色火焰，笼罩石昊的元神，要将其烧成灰烬。

“看你如何逃过这一劫！”黄金巨人吼道。那座金色大岳应声压落，砸向石昊的肉身。其他人也纷纷出手，分别攻向石昊的肉身和元神。

在这最危险的时刻，石昊的元神虽然离体，但并未惊慌。他的元神将其肉身当成宝具，催动肉身，瞬间遁到远处。在这千钧一发之际，他避过了所有人的轰杀。

“哧！”

神光一闪，石昊的元神冲进其眉心，与肉身相合。他不再分神，眸子一下子亮了起来。

与此同时，他锁定了一位较为强大的尊者——九头蛇，将这部骨书扔了过去，自己则退到一旁。

“咦？”众人一惊。

九头蛇眸光闪烁，以蛇尾卷住骨书，警惕地看向所有人。而后它扫出电芒作为掩护，想逃出古殿。

“哧！”两位金乌道人出手，开启某种禁制。古殿内腾起太阳精火，猛烈地燃烧了起来。

“哈哈，果然是我族的祖地！”金乌道人大喜，笑声震耳。

“出手！”上界的奇才与贵女开始行动。水月的手中出现了一张大网，这张大网若星空闪烁莹莹亮光，笼罩而下，捆住了九头蛇。九头蛇奋力挣扎，一时间竟无法挣脱束缚。

水月扯着那张大网，疾速倒退。

“轰！”

黄金巨人祭出金色大岳，向九头蛇砸去。九头蛇被砸得大口咯血，虽然心有不甘，但还是一甩蛇尾，将骨书透过网孔扔了出去。

太阳精火腾起一道火焰，裹住骨书向一位金乌道人那里飞去。铁血古树迅速出手，抽出一根枝丫，拍向金乌道人，震得他咯血不止。

古殿中，太阳精火腾腾，所有人都祭出秘宝护体，一场混乱的大战正在进行。

石昊冲向书架，并将地上的强者精血引向那里，想要激活法阵，获取第二部骨书。不过，不止他有这样的打算，宣明、红凰等也在行动。他们面色平静，沉默不语，相互戒备着。此外，紫金蚁等几位尊者也冲到了那里。

精血流入地上的凹槽，让此地发生了奇特的变化。一道道光束亮起，法阵被激活，石质书架上的骨书悬浮在半空。就在此时，宣明以极快的速度祭出石拱桥，迅速冲到最前面，一把抓住了骨书。

紫金蚁天生神力，其演化的宝术与法器破坏力惊人。此时他已是人身，紫发飞扬，张嘴吐出一把紫金小锤，“咚”的一声，敲在石拱桥上，震碎了光幕。

“唰”的一声，紫金蚁冲上了石拱桥。

宣明色变，向碧古、红凰等求助。

“哧！”

红凰的手中出现一把赤色宝扇，一扇之下，狂风大作，火光腾腾，神能无量，将紫金蚁笼罩。

这是一次可怕的攻击。这把赤色宝扇的威能无穷，压得紫金蚁倒在地上，滚出了石拱桥。与此同时，宣明也受到了波及，从石拱桥上跌落了下去，骨书也因此掉在了地上。

蓝雨、碧古等人迅速飞出，抢夺骨书。

“当！”

悠悠钟声响起，震得人神魂不稳，就要离体而出。蓝龙以那个铃铛开道，俯冲而来，所有人都避退，它一口便将骨书衔在了嘴里。

石昊腾空而起，竭尽所能出手，对此骨书志在必得。

经过这段时间后，至尊骨可以再次施展“轮回”宝术了。石昊催动至尊骨，祭出大片符文，以“轮回之力”横扫整座古殿。众人见状大叫不好，纷纷避退。蓝龙首当其冲，既惊又怒，迅速祭出法器进行抵挡。

“当！”

蓝龙身前的铃铛遭到了符文的攻击，迅速龟裂，并横飞了出去。紧接着，蓝龙被一大片符光笼罩着，身体迅速变小，从一条成年巨龙变成了幼龙。与此同时，它的神力也在锐减，从尊者境退回到了初级修士的水平。它惊惧万分，转身就逃。

“轰！”

石昊冲到蓝龙近前，一拳轰出，将它嘴里的骨书砸落。他把骨书接到手中，转身就走。

“这难道是《原始真解》的第二篇《超脱》？”他心中自语道。

“应该不是。”他轻轻一叹，又做出这样的判断，因为他曾听说《超脱》篇在至尊殿堂，而非混沌古殿。

“留下骨书！”

紫金蚁大喝一声，那把紫金小锤流动蒙蒙紫气，攻击力惊人，向石昊砸去。与此同时，碧古、宣明也出手了。他们想趁乱夺得骨书，然后逃离。

石昊并未杀向众人，而是向一团蓝光冲去。蓝龙生命力极强，居然在一瞬间就重新回到了巅峰状态。它燃烧精气，暗中向他冲来。

“嗷！”

它咆哮着，喷出一团蓝火。这团蓝火很特别，并不炽热，反而冰冷得吓人，像是来自地狱。

“地狱幽火！”宣明和碧古齐声惊叫道，疾速倒退。

地狱幽火相传可点燃人的灵魂，其威力非常可怕，不比太阳精火差。

“饶你一命，却不知进退。”石昊冷冷地说道。虽然“轮回”宝术不能接连施展，但是他自身与“不灭金身”合一后，战力同样惊人。

石昊演化真正的鲲鹏法，一拳金光滔天，击出一轮金色大日，一拳乌光烁烁，击出一片黑色汪洋。

两拳合一，太阴与太阳互转，爆发出无与伦比的威势，向前轰去。“轰”的一声，那地狱幽火被瞬间震散。

蓝龙惊退，大口咯血。石昊并没有就此罢手，他的左掌中飞出一条黑色的鲲鱼，荡起水波，封住了虚空；右掌中飞出一只金色鹏鸟，仰头长鸣，带着无尽的金光，俯冲而下。

刹那间，蓝龙与石昊对战了数十个回合，震得虚空扭曲。蓝龙的身体亦光泽暗淡，剧烈颤抖。

蓝龙摆尾，想强行突围，结果触到了那条黑色鲲鱼发出的黑雾，使得太阴之力侵入体内，让肉身遭到了强大的压力。

“轰！”

紧接着，金色大日和金色鹏鸟一起向蓝龙冲去，瞬间将它震落在地，蓝龙显出本体，就此毙命。

“真好运，不是人形的。”石昊看着那具龙形遗骸，脸上露出了灿烂的笑容，仿佛又变回了当年的那个熊孩子。众人看在眼里，心中一阵发毛，不敢相信强大的蓝龙竟然就这样被石昊击毙了。

“唰！”

石昊打开乾坤袋，将蓝龙收了进去。袋中的月婵仙子心中一惊，她明白这样一头血脉高贵的瑞兽成了石昊的战利品，就表示他变得更强了。

“我怎么好像看到里面有一个女子。”碧古看着乾坤袋，惊疑不定地说道。

“不会是你日思夜想的月婵仙子吧？”宣明也瞥到了乾坤袋中的景象。下界后他们早已看过月婵仙子的画像，对她的样貌非常熟悉。

“石昊，你那乾坤袋中可是囚禁着一个女子？”碧古问道。

石昊摇头否认，并没有说什么，他不想节外生枝。水月、红凰这些贵女有些招架不住了，她们向石昊传音，希望与他联手闯出去。

“谁都不能走！”一位金乌道人披头散发，似已癫狂，在古殿中不断乱拍，开启各种可能存在的禁制。

“轰！”

太阳精火更为炽烈了，殿内到处都是熊熊燃烧的金色火焰。此外，还有一些只有金乌族才能看懂的符文烙印在虚空中。

“金乌族的道友，你若是再乱来，别怪我不客气！”铁血古树咆哮道。它是植物系尊者，虽然为此地的最强者之一，但最怕火焰。若不是有祖传法杖护体，它早就逃走了。

“这是我族的宝藏，你们都不能动！”金乌族的尊者大喝道。

“一派胡言！无尽岁月前，这混沌古殿根本没有主人，只不过是你族的先祖暂时住了一段时间而已。”一位尊者说道。各位尊者间也不再合作了。

大战激烈，众人互相戒备着，战况不断升级。

石昊持有一部骨书，自然是战场的焦点之一。他被堵在殿中，难以脱困。

“咦，不对！”突然，石昊感到手中的骨书在颤动，像是要挣脱出去。他握紧骨书，浑身发光，禁锢这块粗糙的骨头。

远处，一声惊叫传来。显然另一部骨书的持有者也遇到了类似的情况，而且没能像石昊那样将其禁锢。

那部骨书飞起，化成一道光束，冲到道台的上方。道台上方云蒸霞蔚，光辉灿烂，一朵太阳神花悬在当中，花中有一个晶莹透明的蛋，蛋内蜷缩着一个金色发丝的绝代丽人。

那部骨书落入了太阳神花中。

“不！”众人大叫，纷纷祭出宝术，试着将骨书吸回来，但都没能成功。

“斩！”

这朵太阳神花中有神液，还有仙经，现在还多了部骨书。不少人心有不甘，祭出法器，对太阳神花施以猛烈的攻击，而后迅速躲避。

“哧！”

让人震惊的是，那几件法器没入太阳神花中后，竟然开始慢慢熔化，最后化成一股本源精气被神花吸收了个干净。

“这是何等的力量？”其他人心中发毛，不由自主地倒退。这太阳神花太可怕了！难道真是太阳神树产生了意志，其精魂要化形而出不成？

“哈哈……”一位金乌族的尊者大笑着，状若癫狂。

另一位金乌道人也很激动，自语道：“天助我金乌族啊！一定是乌皇再现，这一世我族注定会极其兴盛！”

众人闻言色变。他们看着那透明的蛋，觉得金乌道人所言并非没有可能。要知道，无尽岁月前，金乌族可是出过一位天帝的，而且传说那位天帝就是由太阳神树孕育出来的。

有人依旧不肯罢休，祭出一张禁忌画卷。那张画卷燃烧着，释放超越尊者的威压，要将太阳神花炸开。

然而，那张画卷同其他法器一样被熔化，化成本源精气，被太阳神花吸收了进去，用以滋养那透明的神蛋。

与此同时，太阳神花的花蕊中飞出一条秩序神链，将刚才那位出手的尊者斩杀在当场，像是在警告众人。

众人见状，噤若寒蝉。

此时，石昊遇到了极大的麻烦。他手中的骨书剧烈震动，眼看就要飞走。他开启十大洞天，禁锢整片虚空，都很难将其困住。

众人一起望向石昊，杀意毕露。要知道，两部骨书只剩下这一部了。

“你们想让这部骨书也飞走吗？还不快来助我！”石昊喝道，转身就走。

众人面面相觑，心有不甘。不过细想之后，他们也觉得先离开此地，然后再争夺骨书是比较明智的选择。

“石兄这边走，我们护你离开！”水月喊道，与此同时，蓝雨、碧古等人也冲了过来。他们几人并未与石昊发生过正面冲突，现在合作是不错的选择。

“走，先离开这里。”其他尊者也低声商量着。现在，他们也有点怕了，因为那太阳神花实在是太神秘与恐怖了。

“谁也走不了！”一位金乌道人叫道。他催动太阳精火，开启一些法阵，想困住所有人。

“找死！”铁血古树怒气冲天，通体赤红，发出成片的血色符文，将一根枝丫化成一杆锋锐的血矛，刺向那位金乌道人。

“噗！”

那位金乌道人痛苦地大叫，在地上翻滚。他虽然没有伤到要害，但双腿受到了重创，失去了战斗力。

铁血古树实在太强大了！众人不禁倒吸了一口凉气。

“定住！”此时，石昊感觉手中的骨书震动得更剧烈了。他不仅开启了十大洞天，还动用了鲲鹏法，双手用力握紧，想留住这部骨书。然而道台上似乎有股神秘的力量，要将这部骨书吸走。

“出手！”

蓝雨、红凰等上界奇才和贵女一起出手，帮助石昊对抗那股秘力。

“快，先抵住这股秘力！”其他尊者也出手了。此时帮石昊就是帮他们自己，因为若是这部骨书飞走了，他们所有人都将与此书无缘。

众人一起出手，似乎暂时稳住了局面。

石昊疾速向外冲，同时双目射出电光，艰难地破开骨书上面的那层光幕。他预感到自己多半带不走这部骨书了，因此想赶紧看看上面到底记载了些什么。

“这是天帝所留，是我族的大造化，你们没有金乌血脉，是得不到这一机缘的！”一位金乌道人喝道。

“捉住这金乌道人，让他带着骨书离开这里。”铁血古树与紫金蚁相互看了一眼，又向其他尊者传音，做出了这样的决定。

与此同时，骨书上出现几行文字，映入石昊的眼帘。

石昊非常激动，赶紧认真研读了起来。可才读到第一句话，他就震惊不已。因为开篇的那句话便是：我没有得到那个大造化。落款为天帝。

这句话之后是数十枚奇怪的符文。这些符文极其神秘，像是记载了某种惊天的大造化，流动着混沌气。

石昊认真研读，可是完全弄不明白这几十枚符文的意义。不过，他觉得这些符文肯定与天帝所说的大造化有关，因此，即使不明白意思，他也将其牢记了下来。

这部骨书上的其他符文加起来不足一百枚，而且并不是特别繁奥，所以石昊一下子便把骨书上的内容全部记在了心中。

另一边，铁血古树、紫金蚁等尊者联手，镇压了那位金乌道人，押着他迅速冲向石昊，道："交出骨书，让他掌管。"

"轰！"

突然，古殿剧烈震动，隆隆而鸣，一股至强的气息在殿内弥漫。

与此同时，石昊手中的骨书抖动得更加剧烈了。石昊心中一惊，感到一股莫大的威压正在向自己迫近，他赶紧松手，骨书"嗖"的一声飞了出去。

九头蛇赶忙用蛇尾缠住骨书，准备向殿外冲去。此时，道台上的一个蒲团发光，上面出现一道淡淡的虚影，发出慑人的神灵气息。

"砰！"

眨眼间，九头蛇的尾巴碎裂，那部骨书瞬间冲向道台，落在了那个蒲团上。石昊疾速向外冲，跃出了混沌古殿。其他人也觉得情况不妙，全都逃了出来。

就在这一刻，整株太阳神树爆发无量神光，树根从岩浆海中拔出，似乎要离开此地。

"我怎么感应到了上界的气息！"红凰惊叫道。

第295章 离去

WANMEI SHIJIE

太阳神树剧烈抖动着，满树的树叶哗哗作响，一股浩瀚的波动传遍四方。太阳神树上的每一片叶子都巨大得可以托起一座山峰，这样摇动起来，当真是如天地在轰鸣。

突然，苍穹裂开，巨大的太阳神树托着世界山和混沌古殿向那苍穹裂缝冲去。众人被摇落了下来，向着那岩浆海中坠去。

“就这样离开了？”众人瞠目结舌，不敢相信太阳神树就这样离开了这一界。

他们疾速下坠，耳畔风声呼呼。看着满树的黄金叶，有人想摘下一两片，却无法让自己停止坠落。

“我不甘啊！”有尊者大喊道。他非常懊恼，自己明明已经进入了混沌古殿，看到了那两部骨书，却什么机缘也没有得到。

很多人在下坠的过程中都想抓住些什么，却都无法触及太阳神树。

“扑通，扑通……”

所有人都落入了岩浆海中。他们仰头眺望，看着太阳神树越来越远，最后进入了那苍穹裂缝中，从这一界消失了。

“为什么会这样?!”有人哀叹道。

“只差一点就得到了两部仙经，到头来却只能眼睁睁地看着它离去！”有尊者咆哮道。

随着太阳神树的离开，此地的法则发生了变化。岩浆海慢慢干涸，最终化成了坚硬的石地，众人也可以在此地飞行了。

“地火液……”石昊低声叹息道。在太阳神树冲起时，那巨大的黄金根茎带走了太多的精华，吸干了岩浆海中的地火液。

此时，一道金光没入他的发丝中。那是皇蝶，它安然无恙，重新化成了一颗金色的珠子，回到了石昊的头上。

这片岩浆海化成的石地很烫，上面飘动着一缕缕烟雾。这里像是一片废土，没有一点生机。

众人非常失落，纷纷发出哀叹声。他们与一场大造化如此接近，却在即将得手之际，与之擦肩而过，自然心有不甘。

“只差一点啊！”就连蓝雨这种温婉的女子也不禁握紧双手，遗憾地喊道。

“应该是进入上界了。”红凰用力挥了挥秀拳，仰望着苍穹，眼中满是失望。

水月、宣明等也都做出了这样的判断。那一刻他们明显感应到了上界的气息，只可惜他们都被震落了下来，无法跟着回去。

“此树有灵，肯定会避过所有人。而且上界那么大，它要是进入星坟、阴域等地，谁也奈何不了它。”碧古轻叹道。

“小子，都怪你，若是早点将骨书交出来，何至于此！”一位尊者看着石昊，恨声说道。

他们捉住了金乌道人，觉得他可以避开混沌殿堂中的秘力，持着骨书出来，结果还是慢了一步。

“关我什么事？”石昊瞥了他一眼，冷冷地说道。

“若不是你，我们也许真的能拥有一部骨书！”黄金巨人大声咆哮道，眼中寒光闪现，杀气腾腾。他之前被石昊重伤了手臂，现在还没有恢复过来，因此对石昊颇为不满。

“不服就来一战！”此地没有了太阳神树上的各种禁制，石昊更加无惧了。

“诸位，我们联手拿下他。他可是盯着骨书看了许久，肯定记下了一些经文。”九头蛇阴冷地说道。它虽然断了尾巴，但战力未减。

它是蛇族，气息森寒，其眼中的寒光会让人觉得很恐怖。一般的人即使是被它扫一眼，也会觉得浑身发毛，心中十分惊恐。

许多人听了九头蛇的话，眼睛顿时亮了起来。他们觉得，那两部骨书石昊都曾看过，也许他真的记住了部分经文。

“小道友，我们共闯古殿，你得了造化，应该跟我们一起分享吧？”紫金蚁说罢，向前迈步，与其他尊者围住了石昊。

宣明、碧古、水月等人都没有表态，只是站在一旁看着。他们也怀疑石昊掌握了部分经文。

“那是仙经，不是什么虫子、蚂蚁的传承，谁看了一眼就能记住啊？”石昊揶揄道。

谁都知道，越是强大的传承，其符文越复杂，比如鲲鹏法，其中最核心的印记只有一枚符文，但仔细研究，便能发现里面的变化无穷无尽。

九头蛇、紫金蚁闻言神情不悦。它们觉得石昊那虫子、蚂蚁的一番话，是在讽刺它们。

“核心印记的确难以在短时间内记住，但开篇的一些浅显符文应该能记下吧。”铁血古树瞪着石昊，逼问道。

“关你什么事！别说我没得到，就是真有所获，也跟你们没有关系。刚才你们还在围攻我，现在却想从我这儿得到机缘，做你的春秋大梦去吧。”石昊言语轻佻，但也符合他熊孩子的本性。

众人只是围着石昊，并没有轻举妄动。通过刚才的那一战，众人已经知道石昊的强大，若非关乎两部骨书，没人会轻易发难。

“诸位还等什么，拿出最强手段将他镇压，此子连杀我们这一界的尊者，无论如何也不能把他放走。”九头蛇道。

“我们出手吗？”上界的一位天才暗中传音，询问其他同伴。

“不急，先看看情况再说。”宣明说道。

“你们可要想好了，一旦与我开战，便是你死我活，我可不会留情的。”石昊坦然地说道。

黄金巨人森然一笑，道：“小子，休得张狂，现在就镇杀你！”

石昊心头一凛，感觉身后有一阵杀意袭来，他赶忙横移出去千百丈远。只见虚空中出现一道璀璨的金光，击在他刚刚站着的地方，震得整片石地剧烈颤动。

就在此时，虚空中出现一座金色岛屿，上面站着一些巨人，刚才的那道金光就是从那里轰出的。

“黄金巨人族的战岛？”一位金乌道人惊呼道。

虚空一颤，强大的波动传来。只见不远处又飞来一座黑色的大岳，上面符文密布，散发恐怖威压，镇压一方。

“九头蛇一族的蛇山？”有尊者低语道。

“嗡！”

振翅声不绝于耳。另一边，一个巨大的蚁巢悬在半空，上面有许多大如牛马的蚂蚁，每只蚂蚁的背上都有一对翅膀。

这个蚁巢本是一块陨石，但早已被挖空，成为紫金蚁一族的战争堡垒，上面刻有许多杀阵。

除此之外，四周又浮现了一些庞然大物，散发威压，笼罩虚空。

石昊轻语道：“原来如此。我就说你们的底气怎么会这么足，原来早已召唤族人，带着撒手锏而至。”

在这些尊者攀上太阳神树前，他们早就让族中的高手守在此地接应。现在一召唤，这些高手自然瞬间现身。战岛、蚁巢、蛇山等，都是镇族的法阵。它们如乌云悬在半空，压得人呼吸困难。

这些后来的生灵中并没有什么尊者，毕竟各族的至强早已代表本族进入了太阳神树，但它们带来了本族的各种大杀器。

“杀了他！”九头蛇大喝一声，高空中的那座黑色蛇山上顿时发出幽光，一条条蛇形光束向石昊冲去，让人看了毛骨悚然。

“轰！”

蚁族的巢穴内，符文密布，遍布蚁虫。这些蚁虫其实是由神秘符文构建而成的，皆具有极大的神能。

与此同时，虚空中出现了很多种子，它们迅速发芽，瞬间便长成了一株又一株血色小树，要将石昊笼罩。这是铁血古树一族的法阵。

这一刻，天摇地动，一场可怕的围猎大战正式开始。尊者们盯住石昊，想从他手中夺取一小段仙经。

“也拦住他们！”有尊者指着蓝雨、碧古等上界的奇才和贵女，大声喊道，其想击杀所有的外来者。

宣明早已退到边缘，此时他祭出石拱桥，带着其他同伴，瞬间移出了包围圈。

“真当我是软柿子？”石昊冷冷地说道。他在虚空中疾速穿行，踏过成片的符文，避过各种攻击，始终没有遭劫。

“这是四象阵。向左一丈、向前十丈……”在他的发丝中，打神石传音道。

“这是利用五行化成的战岛，从金门入，从火门出……”打神石不断传音，帮助石昊躲避攻击。

“啊！”

突然，打神石大声喊叫。它被石昊祭出，化成一道光，向前撞去，“砰”的一声打在了黄金巨人的头上。

“嗷！”黄金巨人即便身为尊者，这一击也让他头破血流，双耳嗡嗡作响，头骨都出现了裂痕。

“好硬，好痛啊！”打神石嗷嗷地大叫道。

黄金巨人被这突如其来的一击，气得怒发冲冠，浑身金光暴涨，奋力向打神石拍去。石昊一招手，将打神石召回。而后他催动神力，将打神石再次祭出。

“当！”

这一次，那撞击声更加震耳。赤红中带着淡金色光泽的打神石击在黄金巨人的脑门上，痛得他大声惨叫。

石昊也非常惊讶，他没想到打神石在吞食了这么多神料后，居然进化到了这一步。他心中暗喜，庆幸自己得到了这样一个至宝粗坯。

“嗖！”

下一刻，石昊如离弦之箭，在打神石的带领下，化成一道光束，向黄金巨人冲去。他冲到黄金巨人近前，舒展身体，若大鹏展翅，似鲲鱼跃天，右拳神焰滔天，像挟着诸天之力，奋力向前击去。

“砰！”

黄金巨人虽然竭尽所能地抵抗，但根本无法挡住石昊的威压。他“轰”的一声倒在地上，就此毙命。

紧接着，石昊以极速冲至紫金蚁的身边，与它对战。两者的肉身都极其强悍，紫金蚁虽然只有一丈长，但是比黄金巨人的力量要大得多。

这是肉身的极致搏杀!

最后，紫金蚁的身体龟裂多处，不断咯血倒退。

“哧！”

石昊挥出一掌，给了紫金蚁致命的一击。而后，石昊将紫金蚁的肉身收进乾坤袋中，因为这可是难得的血肉宝药。

“嗷！”九头蛇大吼一声，向石昊发起疯狂的攻击。石昊十分淡定，扫出“轮回之力”，将它瞬间变小，而后把它拎在手中，结果了它的性命。

“嗷！”铁血古树暴怒，向石昊杀去。可惜经过一番激烈的对战后，它最终还是被石昊用一株草的通天剑气斩碎了。

石昊一路突围，斩杀了最强的几大高手，震慑住了所有的人。战岛、蛇山、蚁巢等全都退走，因为这样战斗下去已经没有意义，只会徒增伤亡。

石昊化成一道光，消失在天际。

“走，去看看他要去做什么？”红凰说道，她指的自然是石昊。

“初代？那个人真让人意外与吃惊啊，他若去了上界，那些人估计不会寂寞了。”碧古感叹道。

他这样一说，其他人都面露异色，思忖着石昊可能是一个初代。他们觉得石昊实在是厉害得离谱，真的有必要认真调查一番。

“嗯，我很希望他能进入上界。不过，上界疆土浩瀚，天骄辈出，初代崛起，他上去后会不会就此埋没？”莹莹轻语道，美眸中闪烁着晶莹的光彩。

“对了，水月，你不是有婚约吗，听说对方好像也是初代吧？”蓝雨问道。

“乱说！”水月反驳道。

说到这里，他们结束了谈话，朝着石昊离去的方向追去。

石昊离开岩浆海后，很快便到了另一个地方。那里是一片矮山区，混沌气弥漫，丘陵起伏。丘陵间有一座法阵，石昊的父母和弟弟便被封在法阵内。

这个法阵是小塔布下的，即便是上界的教主也难以将其破开。石昊知道父母在里面肯定不会有危险，不过牢固的法阵意味着他也进不去，他只能站在法阵外，等着小塔回来。

“塔爷果然厉害，我已经推演了上百次，还是摸不清这法阵的门径。”打神石由衷地赞叹道，难得地谦虚了一回。

石昊盘坐在丘陵间，安心地修行。找到了父母，在太古宝界内又收获很大，这让他的心情非常不错。

石昊等了没多长时间，小塔就出现了。它直接破开虚空而至，通体笼罩着朦胧的混沌气，散发着宝辉。

石昊大喜，立即迎了上去。

“外面发生了什么？”小塔严肃地询问石昊道。它早已进入混沌海深处，在与柳神追逐那道门时，感应到了一股莫名的气息。

“发生了一件大事，可惜你与柳神都不在，白白放走了一桩大造化！”石昊感慨道，而后将刚才发生的事情细说了一遍。

“哎呀，心疼死我了！”小塔惨叫一声，一个跟头从虚空中跌落了下去。

“塔爷，你怎么了？”打神石吓了一跳，喊道。

“我的世界山，我的神料，我的混沌殿堂，全都跑了，心疼死我了！”小塔气得满地打滚，哀嚎不已。

很难想象，像小塔这样一个混沌法器，竟然会像三岁孩童般，躺在地上打滚吵闹。石昊看着地上的小塔，撇了撇嘴，一脸的鄙夷之色。

“小子，你什么眼神，这种事发生在你身上，你还不是一样？”小塔愤懑道。

石昊赧然一笑，没有反驳小塔。有时候，他自己也会心疼敌人的法器受损，从某种意义上来说，他跟小塔还真像。

“塔爷，你还会回到混沌海中去吗？”打神石问道。

“不去了，我就在外面静待结果。”小塔没好气地说道。混沌海浩瀚无边，它这样一走，再想回去寻觅，估计很难追上那原始之门了。

“别说了，赶紧撤掉法阵。”石昊说道。

小塔二话不说，收起法旗，吸收周围的混沌气，撤去了丘陵间的这座法阵。

“父亲，母亲！”石昊大叫道，冲了过去。

“孩子！”石子陵夫妇惊喜地喊道。

法阵中很安全，里面草木丰盛，没有凶兽，还有一个精气汩汩的灵湖。这些天来，他们夫妇二人非常担忧，生怕石昊发生意外，毕竟他的敌手太强了。

“孩子，你没事就好。”秦怡宁紧紧地抱住石昊，石子陵的大手也搂住了他的肩膀，他们一家人终于团聚了。

石子陵很英武，秦怡宁也美丽依旧，岁月并没有在他们的身上留下多少痕迹，只是在他们的眉宇间积聚了一股郁气。那是他们终日思念石昊所致。

“母亲，父亲，我没事，而且得到了一些造化！”石昊开心地说道。其实，有父母在他身边，即使没有得到这些造化，他也会觉得非常温暖。

秦昊沉默地站在一旁，身上的银色战衣闪烁光辉。秦怡宁把他拉了过来，催促他道：“快叫哥哥。”

他一阵沉默，没有发出任何声音。

石昊笑了笑，道：“没关系的。我俩才见了两次面，他肯定还不习惯，以后熟识了就好了。”

“你这孩子！”石子陵声音低沉，双目中神光湛湛，看着秦昊。

“哥哥！”秦昊像是费了很大的力气，艰难地吐出了这两个字。他瞥了一眼石昊发丝中的晶莹小塔，便不再言语了。

“哈哈，我是哥哥，得给弟弟点礼物才行！”石昊取出一个玉鼎，带着灿烂的微笑，说道，“送给你。”

秦昊木然地站在那里，没有去接那玉鼎。

“你哥哥送你礼物，你怎么不接呢？”秦怡宁蹙着眉头，对秦昊说道。她知道秦昊的心结所在，心中非常无奈。

“他杀了秦法。”秦昊说道。

“你哥哥是为了救我们才那样做的，他也是迫不得已呀。”石子陵解释道。

“谁要他来救了！我在不老山生活得很好，可他不仅杀了秦法他们，还把那里掀翻了！”秦昊说道。

“你哥哥这样做都是为了我们。别说了，快收下哥哥的礼物。”秦怡宁说道。

她知道秦昊一时半会儿是不会听他们的解释的。

"咦，这是……"石子陵闻到了淡淡的馨香，打开拳头高的玉鼎，朝里面看去，不禁震惊。

玉鼎中有三滴黄金神液，每一滴神液都有龙眼那么大。它们像三轮小太阳，璀璨夺目，散发出浓郁的香气，让人闻一闻便觉得浑身舒泰。

"这是神液！"秦怡宁也吃惊地说道。

"这是我在太阳神树上得到的三滴神液。"石昊解释道，而后告诉了他们自己这几日来的经历。

夫妇二人听得心惊肉跳，无比心疼。他们的长子独自与诸多尊者大战，这三滴黄金神液可是他用性命夺来的呀。

"即便是神液我也不要！"秦昊说道。

石子陵再也忍不住了，打了秦昊一巴掌，道："你怎么这么不懂事！"

秦昊倔强地扭过头去，一语不发。

"孩子，你不能这样。这些年来，你哥哥没有我们在身边，在外面吃了很多苦。他靠自己的努力，一路摸爬滚打，走到了今天这一步，实在是不容易啊！"秦怡宁认真地开导道，"他是为了寻找我们，才来不老山的。要不是不老山百般阻拦，他也不会出手。"

说到这里，秦怡宁的眼睛红了，眼泪止不住地流了下来。这些年来他们夫妇二人没有照顾过石昊，反倒是他自己寻来，还要送神液给秦昊，想到这些，她的心中酸楚无比。

石子陵也鼻中发酸，心中发堵。他没有为长子取到圣药，长子反倒要送次子黄金神液，这让他觉得自己没有尽到父亲的责任。

"不管怎么说，你是在我们身边长大的，而哥哥一直流落在外，比你吃了更多的苦。他好心送你礼物，你怎么能不领情呢?!"石子陵严厉地看着他，斥责道。

石昊见状赶忙转移话题。他不想在这件事上纠缠不休，免得秦昊对他的成见更深。他知道，这些事情需要时间去改变。作为哥哥，他只做自己应该做的事。

石昊没有勉强秦昊，而是将黄金神液转交给了父母。

黄金神液无论是用来救命还是修行都有奇效，拥有三滴便相当于多了三条命。石子陵夫妇觉得这是长子用性命夺来的机缘，他们执意不要。

这一次，石昊坚持要将神液送给父母。

"好吧，我们收下一滴。"最后，怕石昊多想，他们收下了一滴黄金神液。

随后，他们走出法阵，准备离开太古宝界。

“咦，那三个人是谁？”此时，上界的天才与贵女赶到了这里，恰好碰到了石昊他们。

石昊自然也看到了他们，朝他们点了点头。

“这是你的朋友？”石昊的母亲像是看出了什么，询问道。

“嗯，刚认识不久，他们都来自上界。”石昊回答道。

蓝雨等人走了过来，邀石昊他们同行。虽然在混沌古殿中他们与石昊也有冲突，但也算不上仇敌。而且，这些人现在十分看好石昊，都希望将他拉入自己的教中，因此都表现得很热络。

当走出太古宝界时，众人见到玄域中的一些人守在外面。这样一个宝界，自然会引得很多人来寻找机缘。

然而，当石昊出现时，玄域中的人看到他，比看到这一宝界还震惊。他们中的许多人跟见了鬼一样，惊惧不已，有些人甚至失声大喊了起来。

“石昊！”

“魔帝！”

一些人的声音都在发颤，语气中透着深深的惧意。

“他们为何这么怕石昊？”上界的奇才和贵女都非常疑惑。蓝雨等人十分好奇，想弄个明白，便暗中向玄域的人了解情况。

“怎么回事？”石昊问道。他也不知道，为何自己才消失了几日，便多了一个“魔帝”的称号。

“他是魔帝。不，我说错了，他是石国人皇，是最年轻的皇者。”说话的人心中发毛，话说得都不利索了。

蓝雨、红凰、水月等人打听清楚后，个个呆若木鸡，完全不敢相信打听到的一切。

“他是石国人皇，但现在很多人都称他为魔帝。他只身一人进入不老山，把那里掀翻了！”红凰忍不住尖叫道，怎么也不敢相信这是真的。

“不可能！”碧古也大叫道。他知道不老天尊的宝印镇在下界中，那可是混沌法器，几乎无人能够撼动。

“千真万确，没有比这再真的了！”那些被询问的人惊呼道。他们心中紧张无比，同时也很疑惑，为何这些跟石昊走在一起的人，会不知道他做过的事情。

上界的奇才和贵女都呆住了，有些不知所措。他们回想着混沌古殿中的经历，暗自庆幸自己没有像赵启、卓云那般同石昊开战。

经过多方询问，反复求证，红凰、水月、宣明等人终于确认这些消息都是真的。

“这太神奇了！”宣明喃喃自语道。当初他还想把石昊收为战仆，现在想想还真是讽刺啊！

“不可思议！”上界的奇才和贵女惊叹不已，全然没有了之前的超然与淡定。

石昊没有理会这些人，带着父母和弟弟离开了太古宝界，准备回石都。半个月后，石昊一行回到了石国皇宫。若非小塔犯懒，他们本来会更快一些。

“我的孩子成了石皇？”石子陵站在中央皇宫前，感慨万分。回到石都，他想起了太多的往事。

“陛下，那个魔女来了，等候你数日了。”鹏九第一时间前来迎接石昊，并向他禀告了这个消息。

石昊闻言，先嘱咐侍女将自己的父母和弟弟安顿好，而后便让鹏九带自己去藤园见魔女。

藤园中，灵气浓郁，草木清新，石山错落，各种稀珍古藤缠绕着石山，别有一番生趣。

石昊再次见到魔女，她依旧古灵精怪，让人难以琢磨。“魔帝陛下，我给你带来了好消息，你家月婵在劫难逃了，嘻嘻！”魔女故作神秘地说道。

第296章 月婵仙子的秘密

WANMEI SHIJIE

魔女肤色莹白，一双大眼睛水汪汪的，笑时嘴角微翘，贝齿晶莹，显得有些狡猾与俏皮。石昊坐在一张藤椅上，饶有兴致地看着她，想知道她到底带来了什么好消息。

"你这样看着我，我会不好意思的。"魔女笑得很灿烂，也很甜美。她说是不好意思，其实脸皮厚得能和石昊有一拼。

"说吧，你到底带来了什么好消息。"石昊笑着问道。

现在，魔女或许可以称为"天狐仙子"，因为她的身后多出了几条雪白的狐尾，格外引人注目。

"月婵的秘密被我彻底找到了。"魔女笑得十分开心，大眼微眯，看起来像个小机灵鬼。

"月婵不是真身！确切地说，你所捉到的月婵不是她的真身。"魔女道出了月婵的秘密。

"你说我捉到的是她的一道灵身？"石昊听了魔女的话，觉得很不可思议。他当时捉住月婵仙子后，亲自验证过那绝不是虚化之身。

"忘记我曾经说过的话了吗？当初我们第一次与那丫头在石都对战时，我就说过她并非真身。"魔女道。

石昊紧锁眉头，依旧认为自己捉到的是血肉之躯。

"哈哈，看来你很相信自己的判断嘛。"魔女笑了笑，坐到石桌旁，倒了一杯茶水，小饮了一口，道："我只是说她不是真身，但并没有说她是灵身呀。"

"有什么不一样吗？"石昊问道。

"如果只是捉到一具灵身，你是不是很失落？"魔女笑着调侃道。

"那她到底是什么状态？"石昊有些好奇，想了解清楚。他曾经进入月婵仙子的识海，在里面发现了一道黄金门，门内有神灵气息，还有一个沉睡着的女子。随后，他把他知道的这些也告诉了魔女。

魔女道："月婵的野心很大。她想要超脱，因此实行了'神胎再变计划'，使自己一分为二，分出一个主身和一个次身来。"

这一次，魔女多方探寻，寻到了月婵仙子曾经闭关的地方，并在那里找到了月婵仙子神胎进化的蛛丝马迹。最终，魔女知道了月婵仙子的“神胎再变计划”，并确定其主身完好无损，没有被镇封。

“主身、次身……”石昊脸上阴晴不定，喃喃自语道。毫无疑问，他镇压的肯定是月婵仙子的次身，这让他有些沮丧。

“虽然有主次之分，但都是她的血肉之躯，对她都很重要，只不过是主身更强大一些。”魔女解释道。

“她为什么要这样做？”石昊问道。

“当然是为了让自己更强。神胎分成两身，便等于多了一条命。要是其中一身死了，还可以凭借另一身复活。”魔女羡慕地说道。

“神胎再变”是一种古法，魔女也在寻找，只是一直没有找到。看到月婵仙子找到并修成了此法，她自然非常羡慕。

“变成两个自己，未免有点古怪。”石昊说道。

“有什么古怪的？这可是不灭宝体，两身只要不在一起她就很难被杀死。而且，最为关键的是，两身可以同时修行，将来合为一体时，便是她的圆满之日。”魔女道。

所谓圆满，那肯定是强大到睥睨天上地下、俯视九天十地的无敌境界。由此来看，月婵仙子真如魔女所言，野心确实很大。

“这么麻烦！如此说来，我捉了她的次身根本没用，她还能再变出一个来。”石昊郁闷地说道。

“不，非常有用！”魔女笑了起来，像是个狡猾的小狐狸，眼中流动异彩，道，“只要你捉的这个次身不死，她就无法再变出一个来。”

“还有这个说法？”石昊的眼睛亮了起来，笑着问道。

“那是自然。这种古法虽然非常神奇，但也并非完美。”魔女笑得十分欢快。

“那你知道她的主身在哪里吗？”石昊问道。

“我一直在找，可没有发现半点踪迹。不过我想她的主身一定是寻到了一个造化地，正在闭关苦修。”魔女说道。

魔女继续说道：“所以说，你一定要照顾好这个次身，将她养得白白嫩嫩的，这样也算是牵制住了那主身。”

石昊闻言忍不住哈哈大笑了起来。笑罢，魔女忽然又严肃了起来，告诉他这次身并不简单，千万不能掉以轻心。

“她就是一个俘虏而已，还能翻天不成？”石昊笑道。他的心情很不错，和父母一家团聚，又从魔女这里得知了月婵仙子的秘密。

“你千万不要小看了月婵，要知道，她出生时可是天降异象，瑞光冲霄，天日都暗淡了很长时间。”魔女认真地说道。

“她出生在上界，你怎么会了解得这么清楚？”石昊一直怀疑魔女并非下界中人，现在更加肯定了自己的猜测。

魔女坐在那里，摆动着雪白的狐尾。她一脸平静，双目清亮，没有理会他，自顾自地说道：“有人猜测，她出生伴着异象，是因为她有惊人的来历。”

关于月婵仙子的过去和她出生时的种种不凡，魔女并没有细说。她只是告诉石昊，月婵仙子的体内有诡异的神圣潜力，超越了她自身的境界。

石昊心头一动，再次想到了月婵仙子识海深处的那个沉睡着的美丽女子。那个女子晶莹洁白，璀璨绚丽，状若神灵。

“虽然被俘并不是她自愿的，但她没有强行遁走，反倒隐忍不发，肯定是另有所图。”魔女道。

按照魔女的说法，月婵仙子是想探知石昊的所有秘密，包括鲲鹏法和让他成长这般迅速的终极法门。

要知道，这些东西中的随便一件，都可以让各个大教疯狂。

“一个阶下囚，还敢惦记我的东西！她就不怕引火烧身吗？”石昊冷笑道。

“她出生时就瑞象惊人，体内又有神圣潜力，而且依据你刚才所言，那道黄金门后肯定隐藏着至强的力量，关键时刻，说不定能给你致命的一击。”魔女道。

“照你这么说，我反倒成了她手中的猎物？”石昊心中一惊，问道。

魔女笑着摇了摇头，道：“我猜她现在很难催动那股力量，若是强行催动也一定会付出极为惨重的代价，所以不到关键时刻她是不会开启那对黄金门的。我想只有她自身受到伤害，或者得知你的秘密后，她才会冒险一试，就此挣脱出去。”

“她还真是胆大包天啊！”石昊的气息强盛了起来，心中腾起一股无名怒火。

“不过，你也要小心。因为你捉到的是次身，关键时刻她可能会自斩次身逃脱出去，反正主身还可让次身复活。”魔女说道。

石昊思忖着，觉得这种法门真是既神秘又可怕。

魔女进一步推测道：“我觉得次身之所以没有冒险出逃，可能是因为主身知道她出事后，亲自来了一趟，指示她这么做的。”

魔女甚至觉得，次身自己并不知道“神胎再变计划”的全部内容，只有识海深处的那道黄金门后面的潜意识——那个沉睡着的美丽女子，才知道所有的事情。

“虽然同为月婵的肉身，但是主身的魂力应该更强大，因此能主导次身的行动。”魔女道。

“那我们就将那主身找出来，将其一起镇压。”石昊道。

“主身肯定早就离开了。该做的事她都做完了，怎么还会留在这里冒险。她现在应该在一个造化地闭关修炼，静等结果。”魔女道。

石昊闻言，目光慑人，轻语道：“舍身饲虎？”

“嘻嘻，不错，让她玩火自焚吧。”魔女笑着说道，眼中霞光闪烁。

“你有什么建议吗？”石昊问道。

“自然是把这次身养得白白嫩嫩的，让她永远不能和主身相合。不过，你要是喜欢的话，也可以娶了她。”魔女取出一个石盒，狡黠地笑道，“我带来了传说中的镇神珠，此珠可镇其神识，让其不能自斩。此后，这次身便不是什么祸患了。”

石昊接过魔女手中的石盒，仔细看了看。这个石盒是由一块暗淡的石头做成的，上面没有什么花纹，做工也非常粗糙，看起来很陈旧。石盒里面有一颗灰暗的珠子，既没有光泽，又不圆润。

“这就是你说的镇神珠？”石昊把那颗珠子拿在手上，看了又看，并没有看出它有什么特别之处。

不过，如果非要说特别的话，那就是它太不像宝物了，反倒像孩童打磨出的石珠，毫无美感可言。

“好东西都是如此。它们经过岁月的检验，在时间长河中造就传奇，最后返璞归真。”魔女故作深沉道。

石昊听了魔女的话，还是有些不敢相信这石珠是宝物。他运转神识探向石珠，刹那间便感觉到了一股宏大的波动。这东西果然了不得，能镇压人的识海。此刻，石昊终于确认这石珠是难得的宝物。

“怎么用？”石昊问道。

“我们先要布下一座锁识法阵，困住一方天地，然后进入月婵的识海，将此镇神珠镇在其识海的核心印记上。”

“这么麻烦？”石昊蹙眉道。

“若是一般人，我们抬手便可镇压。可是月婵很不一般，我怀疑她的识海深处沉眠着一尊神灵。”魔女道，难得地露出了郑重之色。

“这样做有一定的风险，我觉得不值。”石昊道。

“放心好了，此石珠乃是上古瑰宝，就是寻遍八域，也难以找到第二颗。仅凭这一颗，就算是真神的识海都可以镇封。”魔女道。

魔女还告诉石昊，若能成功镇封，说不定能得到补天教的最高奥义。说到这些，魔女目露精光，透出她对那神胎涅槃古法的渴望。

“好！”石昊答应道。而今他不缺材料，布下一座锁识法阵还是轻而易举的。

说罢，石昊便决定与魔女一起先去布阵。去之前他告诉父母和弟弟自己要去闭关几日，叫他们不要担心，而后他便消失了。

重归故土，石子陵心潮澎湃，感慨万千。回到石都的第二天，他便带着妻子在城中游逛，引得石都一阵轰动。石子陵当年可是石都有名的奇才，他一走就是十几年，当中的隐情与原因很多人都已经知道。

“你们可知，太上皇是人皇亲自接回来的，人皇打进玄域，掀翻了不老山！”

“你所说的可是真的？这未免太吓人了。”

石昊与魔女在一间密室中布阵。他们一起推演，仔细考虑了所有的问题，在觉得万事俱备后，准备镇封月婵仙子的次身。

月婵仙子即便成为俘虏，也很从容淡定。她站在法阵中，雪白的长裙拖在地上，雅洁出尘，让她看起来更加超凡脱俗。

她的肌肤如象牙般洁白，乌黑的长发柔软光亮，眸子若宝石般透亮，睫毛细长，红唇艳丽，她就如画中走出来的绝代佳人，完美无瑕。

“月婵，我们啥时候成亲？”石昊轻佻地问道。这是他故意为之，为的是扰乱月婵仙子的心绪，而后趁机进入她的识海。

“你要是能把魔女捉来，让她当我的丫鬟，我倒是可以考虑考虑。”月婵仙子的回答与平日很不相同，这让石昊很意外。

石昊心头一动，想着，难道这月婵已经有所觉察，是在故意试探吗？

“这个简单。我们成亲后，我会把她捉来，与你作伴。”石昊带着笑容说道。

“她不是来了吗？”月婵仙子说道，脸上露出一抹意味深长的微笑。她笑得很美很灿烂，环视着四周。

石昊心头咯噔一下，暗自感叹，这个女子果然非凡。

“妹妹既然来了，为何不现身，难道你是特意来夺我的道果的吗？”月婵仙子的声音很动听，若天籁般，在法阵中回响。

石昊摇头道：“你不要乱猜。”

“小石，我给你一个忠告，在这个世界上，最可怕的人便是那魔女，你可要当心啊！”月婵仙子说道。

石昊无言以对，心中感叹，这两个女子还真不是省油的灯，都到了这种关头了还在互相指责。

“你看到过魔女的两种样貌，肯定知道其中有一种是她的灵身。不过，你能确定哪一种是她的真身吗？”月婵仙子道。

“你想说什么？”石昊平静地说道，没有着急动手，因为他想从月婵仙子那里进一步了解魔女。

月婵仙子浅浅一笑，整间密室都灿烂了起来，她柔声道：“你连她的真身都没有见过，就那么信任她，当心她连你一起算计了。”

石昊叹了口气，心中有些不安。月婵仙子的这几句话，让他对魔女有些怀疑了。魔女知道的东西那么多，这次说是与他联手，可真要把他连锅端了也是很有可能的。

“她连真身都不曾显化，怎么值得信任？”月婵仙子笑了笑，继续说道，“她的真面目你根本不知道。她是在帮你还是对你包藏祸心，她是妖魔还是与我是一体两面，所有这些你都无法求证。”

月婵仙子说了这么多，最后一句让石昊倒吸了一口凉气。他觉得很有必要用上古重瞳者留下的那颗神眼看一看魔女，否则她要真是月婵仙子的主身那就麻烦了。

“月婵姐姐，我来这儿可是为了要亲眼看着你嫁人呀！”魔女轻灵地从法阵外走了进来，她白了石昊一眼，轻哼了一声，表示心中的不满。

“我为神性，你为魔性，何至于此？”月婵仙子说道。

石昊闻言有些吃惊，但是没有言语。

“月婵姐姐，我不得不佩服你。你的神觉真是强大得可怕，竟然能够预知未来的事情。”魔女讽刺道。

石昊静静地站在一旁，思忖了片刻后，坦然地说道：“出手吧。”

魔女感到意外，道：“你不相信她的挑拨之语？”

石昊笑了笑，道：“我自信可以镇压一切。皇宫是我的地盘，若让谁在此逃脱，我不如一头撞死算了。”

“真是自负！”魔女咕哝道。

“那我们挽臂共进吧。”石昊调侃道，过来拉住了魔女那晶莹透亮的藕臂。

“少占我便宜！”魔女瞪着他，喝道。

最后，为了表示坦诚，两个闪亮的小人分别自他们的眉心冲出，手挽着手，一同没入了月婵仙子的眉心。

此时，月婵仙子的修为被封，无法阻止他们，只能在自己的识海中做好迎战的准备。

在这片识海内，月婵仙子的元神站在入口处，看向石昊，道："这一战，无论结果如何，你都应该防着魔女，她才是最可怕的人。"

"月婵姐姐你可真不厚道，明明都要嫁人了，还这样算计我，挑拨我和石昊的关系。唉，原来仙子并不都是好人呀！"魔女叹了口气，故意责备道。

月婵仙子嫣然一笑，道："究竟孰是孰非，日后自会明了。"

毫无疑问，月婵仙子挡不住他们两人。魔女手持镇神珠，可定住这片识海，牵制月婵仙子的元神。而石昊头上的一枚宝印，垂落下一缕缕皇道龙气，将他们护在当中，万法不侵。

那枚宝印是人皇印，蕴有一国气运，在这皇宫中，可镇压一切。

"轰！"

石昊与魔女共进，推开了那对黄金门。里面的潜意识——那名沉睡的美丽女子，才是他们要对抗的敌手。

这片识海晶莹透亮，无瑕无垢，这说明了月婵仙子的潜能巨大，神魂纯净。这片识海的上空，云雾笼罩，悬浮着许多琼楼玉宇。

在一座宏伟的玉宫中，一个美丽的女子在沉睡。她通体笼罩着金色的霞光，肌肤雪白透亮，看起来神圣无比。

在黄金门被推开的刹那，她睁开了双眼，射出两道由神秘符文组成的光束。与此同时，她整个人都飘了起来，立在半空，宛若神灵。

她是月婵仙子的潜意识，与月婵仙子有着相同的样貌，只是其气息要恐怖强大得多。她冰肌玉骨，乌发飘飘，通体金辉灿灿，飘到了石昊近前。

"你放她进来，就不怕她将你我一同镇压吗？"月婵仙子的潜意识问道。

"不怕。"石昊负手而立，通体笼罩着皇道龙气，整个人看起来非常朦胧。

"出手！"

石昊没等月婵仙子的潜意识回答，便大喝一声，对她出手了。刹那间，三道人影如神灵横空，在这片晶莹的识海的上空激烈对战。

魔女祭出镇神珠，此时它上面的尘埃尽去，绽放瑞彩，简直要将这里的虚空禁锢了。然而，月婵仙子的潜意识，似乎拥有超凡的神魂之力，竟抵住了镇神珠的禁锢，依旧与石昊他们激烈对战。

“你不是说这珠子连真神都可以封住吗？”石昊问道。

魔女笑得很灿烂，道：“这才说明她来历非凡。所以说擒下她，绝对可以得到莫大的好处。”

“哧！”

石昊连发通天剑气，斩向月婵仙子的潜意识。这虽然是神识的对抗，但同样可以演化各种宝术。

“哧！”

一头真龙浮现，盘绕在月婵仙子的潜意识旁。它昂首长啸，磨灭了所有的剑气。魔女吟诵咒语，祭出一片又一片晶莹的花瓣，每一片花瓣上都刻着道之印记，威力无穷。这些花瓣向前冲去，将月婵仙子的潜意识笼罩。

“轰”的一声，月婵仙子的潜意识旁，出现一只仙凰。这只仙凰沐浴火焰，宛若涅槃，燃尽所有花瓣。

月婵仙子的潜意识远超其原有的境界，实在是不好对付。若非镇神珠早已极大地削弱了她的神魂，恐怕这场战斗将完全是另一番景象。

这片识海上光束飞舞，神能无量，每个人的宝术都全部施展了出来。这是一场激烈的大战，持续了很长时间。

“轰！”

月婵仙子的潜意识发光，祭出一根条秩序神链。她就像九天上的女神般，有着俯视万物、睥睨天下的无上威严。

月婵仙子的潜意识的力量超乎想象，这让石昊和魔女感到很不妙。

“姐姐，你果真来历非凡，不过镇神珠为上古至宝，你怎么挣扎都没有用。”魔女说罢，施展秘法，催动镇神珠。

一时间，神秘气息弥漫，干扰了这片识海的规则。石昊心中惊异，不过也庆幸自己有底牌在手，不怕魔女将他镇压。

“出手！”魔女对他传音道。

这一刻，魔女施展截天术，祭出一道威能无限的光。与此同时，石昊施展鲲鹏法，伴着那道光，向月婵仙子的潜意识冲去。

最后，在一声巨大的撞击声后，这片识海恢复了平静。那月婵仙子的潜意识，被压在一颗石珠上，被彻底镇封了。

月婵仙子的识海浩瀚无边，纯净透亮，宛若月光下的仙界海，流转出不朽的光辉。石昊与魔女盘坐在一座玉宫中，闭目凝神，吞吐灵气，在此恢复神识力。

这场大战下来，他们都精疲力竭。月婵仙子的潜意识威能巨大，神能无穷，若非有镇神珠的协助，这一战绝对不是这个结果。

月婵仙子的身上绑着一条条秩序神链，她被捆得结结实实的，难以挣脱出来。她状若神灵，通体晶莹洁白，被这样的神链捆着，对她着实是一种亵渎。

那些神链已经锁进了她的元神中，将她一身的道行禁锢，使她失去了神灵应有的手段。而且，那颗镇在她眉心的镇神珠，洒下缕缕清光，凝成一枚枚符文，没入其体内，进一步镇封她的修为。

这种镇封之力将会越来越牢固，越到后面她便越难挣脱。不过，月婵仙子虽然被俘，但依旧从容淡定，冷静地思考着该如何应对。

月婵仙子平静地说道："一切都会在将来见分晓。"这是她说给石昊和魔女听的。而后她又看向石昊，告诫道："你在与最危险的生物共舞。"

"姐姐，你现在连元神都被封了，就不要耍花招了。"魔女懒洋洋地说道。

她同样绝美，但却是另一种气质。月婵仙子圣洁无瑕，而她却因为沾了一个"魔"字，连美丽中都带着一种狡黠。

魔女坏笑着，轻佻地摸了下月婵仙子的下巴，故意亵渎那种圣洁。她笑得很灿烂，道："月婵姐姐，你这样超凡脱俗，让妹妹我都很嫉妒。"

"魔头，别乱动本座的仙子！"石昊义正词严地说道。

魔女闻言先是一怔，而后大笑不已。她笑得花枝乱颤，又伸出手去摸月婵仙子的下巴。

"她是我媳妇。"石昊推开魔女伸出去的那只手，没好气地说道。

"真没良心！你这媳妇还是我帮你镇压的，怎么说也该让她陪我玩两天吧？"魔女嗔笑道。

"想得美！这是我孩儿他娘，怎能借给他人。你想都别想！"石昊拒绝道，一把搂住月婵仙子的腰，将她拉到了自己身边。

月婵仙子微微蹙眉，觉得很不自在。但细想之后，她觉得自己此时也无力反抗，不如沉下心来，伺机而动。

"你不想将她一起镇压吗？"月婵仙子把嘴凑到石昊的耳边，低声说道，想让他镇压魔女。

石昊转过头来，平静地看着月婵仙子，没有做出任何回应。

"月婵姐姐，你别白费力气了。"魔女似笑非笑地看着月婵仙子。

此时的月婵仙子，比平日更为淡定。她没有理会魔女，继续轻声地对石昊说道：“我有一秘法，可以将她镇压。”

“当心她使诈。”魔女闻言，提醒石昊道。

“你若再不出手，会很危险的。她可能会借助镇神珠的神力将你一起镇压，到了那个时候你后悔都来不及了。”月婵仙子轻语道。

石昊面色平静，心中却波澜起伏。这两个女子都很不好对付，尽管一个已经成了俘虏，另一个也是他的盟友，但都不让人放心。

“该结束了，姐姐你就不要再动什么歪脑筋了。”魔女说罢，用手一点，祭出一道神秘光束。与此同时，镇神珠飞速旋转，流转出成片的符文。

这些带着雾霭的诡异符文没入月婵仙子的体内，让她浑身一震。她知道自己再难脱困。这一刻，她看向石昊，美眸闪动，不甘心就这样成为他的俘虏。

“收工！”魔女畅快地笑道。她发丝飞扬，笑容灿烂，非常美丽。

“你确定镇压得住她？”石昊传音道。

“放心，一切尽在掌握中。”魔女答道。

石昊看了一眼月婵仙子眉心的镇神珠，他头上的人皇印随之发光，垂下更多的皇道龙气，把他护得严严实实的。

看来，这镇神珠的威力确实强大，对石昊来说也是极大的威胁。

“嘿嘿！”魔女笑了笑，道：“要不你也给我一个机会，让我试试看？”

石昊淡淡一笑，道：“难道你也想对我出手？”

魔女眉目如画，越发美丽。她笑着说道：“我这颗镇神珠可是真正的上古至宝，不是什么仿品，可镇压世间万物。”

石昊沉默不语，平静地看着她。

魔女像是在犹豫，又像是在吓唬石昊，问道：“你觉得我该怎么做？”

“随你。”石昊平静地说道。

“唉，真是让人头疼。”魔女用手摸着莹白的额头，双眸转来转去，最后她拢了拢秀发，道，“算了，我还是实行‘少男养成计划’吧。”

月婵仙子红唇微启，在石昊的耳畔传音道：“她可不是在吓唬你，也不是在开玩笑，刚才她几乎就要动手了，只是因为有些忌惮才没有出手。她很狡猾，从来不做没有把握的事情。”

石昊面色平静，对这两个女子都很警惕。无论是对补天教的仙子，还是对截天教的魔女，他都没有掉以轻心。

“我突然觉得，媳妇还是要单纯一些的才好，心思太多的女人在身边，真是让人头疼啊。”石昊说道。

“厉害的女人，将来对你的帮助会很大。不过，也要看你能不能将月婵姐姐调教好，这可是一道难关。”魔女神采飞扬，微笑道，“至于我，你就不要多想了，你不是我喜欢的类型。”突然，镇神珠轻震，产生一股巨大的吸力。即便是石昊都心中一惊，觉得有些毛骨悚然。

只见月婵仙子身体一震，眉心发光，飞出一股清气。这股清气化成一朵大道之花，被镇神珠斩落，吸入珠体。

随后，月婵仙子的眉心再涌清气，一朵大道之花又被镇神珠斩落，再次被吸入珠体。

最后，当第三朵大道之花被吸入珠体后，镇神珠滴溜溜地转动着，逐渐变回了最开始的古朴与粗糙状态，飞回了魔女的掌心。

“很好！你竟敢斩我三花，夺我道果。”月婵仙子冷冷地说道，面容依旧平静。

魔女托着镇神珠，仔细感应，忽然蹙眉道：“月婵你真厉害，这种情况下都不放松。”

而后，她示意石昊，叫他一同退出这片纯净的识海。

下一刻，石昊与魔女的元神飞出月婵仙子的眉心，迅速归位，而后两人都从地上站了起来。

与此同时，月婵仙子也睁开了双眼。这一次她的元神被镇封，失去了最后的手段，没有了真正的底牌。

“魔女你得到了补天教的最高奥义？”石昊问道。

“没有！”魔女摇了摇头，眸光湛湛，看着月婵仙子，咬着牙说道，“你真够狠的，竟然自缚印记。”

“你分明得到了我的道果，获取了想要的一切，现在反倒诬陷我，你是不想与石昊分享吧？”月婵仙子说道。

“胡说！分明是你自缚印记，使得镇神珠无法斩出那些奥义。”魔女神色不善，眼神中第一次有了杀意，她恨恨地说道，“真以为我不敢杀你吗？”

石昊摸了摸下巴，道：“我想研究下补天术，以及真龙和仙凰的变化，你们谁能为我演示一番？”

“你斩我三朵大道之花，现在还做出这种姿态。”月婵仙子摇头道。

“月婵，你别枉费心机了。”魔女转动手中的镇神珠，冷冷地说道，“你自缚印记，把一切都藏在了本源烙印中，别逼我强取。”

突然，四周腾起成片的符文，将虚空笼罩。眨眼间，这里出现了五重法阵，而且皆是神灵法阵。这些法阵一重围着一重，将这里封锁。

“两位，到底谁能教我宝术？”石昊心平气和地问道。

第297章 两代圣女

WANMEI SHIJIE

石昊站在场中，一道道皇道龙气腾起，将他环绕着，使他万法不侵。

魔女心中一凛，本能地倒退了几步。她环顾四方，娥眉微蹙，轻语道："小石你这是要做什么？"

"我怕月婵仙子逃掉，为了保险起见，便用神灵法阵封住了这里。"石昊坦然地说道。

月婵仙子闻言嘴角微翘，淡然一笑，对这个结果很满意。

魔女咬了咬牙，眸光闪烁，道："石昊，你我合作一向很愉快，难道你还想对我动手不成？"

"怎么会，我们两人多默契，好得都快穿一条裤子了，我绝不会对你不利。"石昊义正词严地说道。

"呸，谁跟你穿一条裤子。"魔女说罢，开启神目，四处察看。

"真让我伤心。我们的关系还不够好吗，我那只是打比方而已。"石昊微笑道。他相信，有着五重法阵的守护，就算是一群尊者同时出手都不能杀出去。

"石昊，赶紧出手将魔女擒下。她很狡猾，可能会使诈逃掉。"月婵仙子传音道。她很想把魔女捉住。

魔女神色不善，看着石昊，道："石昊，我帮你捉了一个这么漂亮的仙子，你就这样对我？她还没有同你成亲，你就这样偏袒她，真是太伤我这个朋友的心了。"

"别误会，我不是针对你，只是想研究一下补天教的宝术，两位谁能教教我？"石昊打定主意要得到宝术。

这里符文成片，每一寸空间中都闪烁着符文，犹若一条星河守护着这里，没人能够冲出去。

与此同时，石昊头上的人皇印更加耀眼了。它的周围霞光点点，龙气滚滚，像是积聚了九天十地中所有的大造化，用来守护石昊。不得不说，在这皇宫中，人皇印便是至宝。

"石昊，我并未得到补天教的宝术奥义。如果你真想要的话，还得与我联手，一起对付月婵。"魔女说道。

“你夺我道果，却还这般惺惺作态，你只不过是不想与石昊分享罢了。”月婵仙子摇头道。

魔女和月婵仙子皆是八域中最惊艳的女子。她们不仅貌美，而且实力强大，让人捉摸不透。

“石昊，你将他擒下，我教你宝术！”月婵仙子这般说道。她青丝飞舞，神色严肃，美眸中闪动异彩。

“当真？”石昊脸上露出笑意。

“你觉得我现在还能逃走吗？”月婵仙子袅娜而行，来到石昊的身边，与他并肩而立。

“月婵，你还真够狠的！”魔女娥眉紧皱，吃惊地看着月婵仙子，双目中霞光流转。

“你盗了我教奥义，却不愿同小石分享，现在我来教他，你有什么好说的。”月婵仙子微笑道。

“月婵，你果然了不得，为了对付我，竟不惜将补天教的奥义教给外教的人。”魔女叹道。

“魔女，咱们是老交情了，要不你配合一下，待我修得补天术，再放你走如何？”石昊无比诚恳地说道。

魔女美眸闪动，双目中神光点点，她无奈地说道：“小石，你不相信我？我真的没有得到她的神通。”

“我相信你才这么做的。等我得到后，我立马就教给你。”石昊暗中传音道。

“呸！臭小子，你敢打我的主意。我真是不小心啊，竟然被你算计了。”魔女咬着牙说道，身后那雪白的狐尾摆动着，看起来既美丽又有些可爱。

石昊头上的人皇印发光，射出皇道龙气，让法阵更为强大。转眼间，成片的符光形成光幕，将这里彻底笼罩。

“赶紧擒下她！我既然逃不走，便只能留在你的身边，我是绝对不会害你的。”月婵仙子说道。

“魔女，我们都是老交情了，你就不能配合我演场戏吗？”石昊传音道。

“没良心的家伙，连我都想算计，我白帮助你了！”魔女心中不满，紧握双拳，白了石昊一眼。

“刚才你想用镇神珠来对付我，我都没说什么。现在我只是想请你演场戏而已，你都不肯。”石昊传音道。

“你这种手段能骗得了谁。想让我束手就擒，门儿都没有！”魔女疾速倒退，浑身发光，掌心的镇神珠爆发璀璨宝辉，比一轮小太阳还要炽盛。

石昊早已开启大阵，此时符文如流星横空，密密麻麻，格外灿烂，将前方锁困，向魔女镇压而去。

“不行，还不够，如果有秘宝就赶紧动用。”月婵仙子提醒道。她非常希望石昊能镇压魔女。

镇神珠发出宝光，形成光幕，将魔女笼罩，挡住了所有的符文。与此同时，镇神珠祭出一道符光，射向石昊。

石昊头顶上方的人皇印中冲出上百条天龙，盘绕在其身旁，阻挡住那道符光。与此同时，整座皇宫震动，弥漫出海量皇道龙气，全部向此地集中。

“区区一块玉玺竟这么厉害？”魔女惊讶道。随后，她看到石昊去摘发丝中的小塔，顿时心中一凛，立即催动掌心的镇神珠，祭出一道符光，将法阵击穿。

石昊相当震惊，心中不禁感叹，这镇神珠实在是太厉害了，竟然能将五重神灵法阵给击穿。

“小塔，还不快出手。”石昊呼唤小塔道。

“忘记对故人的承诺了吗？”魔女浅浅一笑，对着一寸高的小塔说道。

小塔静静地躺在石昊的发丝间，没有任何表示，仿佛变成了化石。

魔女轻盈地退到了远处，对石昊摇手道：“少年，你还不行哦。”

石昊十分惊诧，猜想着小塔与魔女间是否有什么关系。

“这镇神珠为我的一位故人所留。无尽岁月前，我曾承诺过，不伤害任何一个这镇神珠的拥有者。”小塔平静地说道，言语间有些怅然与落寞。

“这……”石昊愕然，而后又笑了笑，对着魔女说道，“看来我们真是天造地设的一对，你看连我们手中的法器都这么有缘。”

“刚才算计我，现在还好意思这样说？”魔女瞪着石昊，没好气地说道。

“你敢说你之前没想过用镇神珠镇压我。要不是觉得不稳妥，我看你早就动手了。”石昊撇了撇嘴，称这样他们算是扯平了。

魔女的脸皮跟石昊一样厚，自然不会承认曾想捉他，反倒还要叫石昊赔偿她。

“只要你肯留下，这后宫之主的位置就送给你了。”石昊嘿嘿笑道。

“我早就说了，你不是我喜欢的类型。臭小子，你等着啊，下次我一定会收拾你一顿的！”魔女很谨慎，不会让自己身陷险境。她摆动雪白狐尾，化成一道光，向皇宫外冲去。

与此同时，小塔轻叹了一声，也跟了过去。它想去了解一些情况。

“没义气的小塔，变节塔！”石昊冲着小塔叫道。

“少男，努力吧，你还在我的‘养成计划’中！”皇宫外，魔女笑道，随即消失在了天际。

“我早就说过她很危险了，这次没有遭到她的暗算，下次就不见得有这么幸运了。”月婵仙子说道。没能擒住魔女，她感到很遗憾。

月婵仙子国色天香，清丽出尘，整个人圣洁得让人不敢亵渎。

不过，石昊并不受此影响，他揽过身畔的仙子，笑着说道：“孩儿他娘，接下来要好好教我宝术哦。”

月婵仙子很无奈。若是在其他人面前，她的这种仙子气韵足以让人敬畏，可惜石昊的脸皮太厚了，根本不在乎这些。

她虽然没有沮丧，也没有感到惶恐，但是心中却难以平静，不愿相信自己竟会沉沦至此。

石昊收起人皇印，让神灵法阵恢复平静，带着月婵仙子离开密室，进入中央天宫。此时，石子陵夫妇恰巧带着秦昊访友归来。离开石国这么多年，再次见到故人，他们两人皆有一种重逢的喜悦与感慨。

“昊儿，这是……”当见到月婵仙子时，石子陵夫妇都是一怔。他们觉得眼前的女子像是从画卷中走来的一样，十分美丽。

就连秦昊也难得地没有转过身去，而是立在一旁上下打量着月婵仙子。

“这是我捉到的一个俘虏。”石昊回答道，表情有些尴尬。

尽管石昊的脸皮很厚，可是当着父母的面也不敢胡言乱语。要是换作其他人问他，他肯定会说：“这是我孩儿他娘。”

月婵仙子何其聪慧，很快就知道了眼前这对中年夫妇的身份。她眸光一亮，很有礼貌地走到前面去问候。

石子陵夫妇惊讶于月婵仙子的美丽，向石昊询问她究竟是什么身份。石昊只得如实回答。

“什么，补天教的仙子?!”石子陵愕然，有点回不过神来。他没想到自己的长子竟有这么大的本领，连不朽大教的圣女都捉了回来。而且，他的灵觉何其厉害，自然看出了石昊表情中的尴尬，一下子就明白了许多。不过，对于这些，他还真是不知道该说些什么好。

“补天教的月婵仙子？”秦怡宁在知道月婵仙子的身份后，先是一怔，而后眸子一下子亮了起来，露出灿烂的笑。

“您是秦怡宁圣女？”月婵仙子眸光点点，言语中多了些亲近，对秦怡宁也更加尊敬了。早前，她在调查石昊的情况时，意外得知他的母亲是上界不老山的圣女。

“你就是当年在出生时让天日无光、诸天星辰都为你齐耀的女婴？”秦怡宁笑着问道。她越看月婵仙子，便越觉得亲切与欢喜。

“前辈，您知道我？”月婵仙子浅浅一笑，表现得与平日大不相同。

“我怎会不知？我在下界前，恰好听说了这一切，还特意去补天教看过你呢！你当真是秉承天地神华而出世的女子啊！”秦怡宁拉着月婵仙子的手，感慨道。

“前辈您当年那么惊艳，我也听说过很多关于您的传说，对您十分敬仰。”月婵仙子笑得更甜了，与石昊的母亲聊得很开心。

石昊在一旁看着，有点无奈。自己的母亲跟自己的俘虏这么亲近，这让他有点犯难了。

“昊儿，你怎么能对月婵如此轻慢，还不快向她赔礼道歉。”秦怡宁用手指点了点他的额头，责备道。

月婵仙子聪慧过人，有意与秦怡宁套近乎，两人越来越亲近。她装作不经意地瞥了一眼石昊，眼角眉梢皆是淡淡的笑意。

“娘！”石昊为难地喊道。

补天教与不老山的关系很不错，月婵仙子与秦怡宁谈得越发投缘，显得十分亲密。月婵仙子觉得凭着两教的关系，她应该可以脱困了。

“昊儿，今后不得欺负月婵。”秦怡宁白了一眼石昊，叮嘱道。

“我没有！”石昊嘴上这么说，可是心中很不甘，他可不想这样就把月婵仙子给放走了。

月婵仙子黛眉舒展，瞥了石昊一眼，脸上露出淡淡的微笑，心情越发轻松了。她笑得越来越甜，挽着秦怡宁的手臂，像是在对长辈撒娇，尽显亲近，这与她以往的那种超凡脱俗的气韵截然不同。

秦怡宁点了点头，笑道：“昊儿，你们成亲后，一定要相敬如宾。月婵与我这么投缘，我真的很喜欢她，你们要早点把婚事办了。”

“什么?!”月婵仙子的笑容一下子凝固了，不敢相信秦怡宁刚才说的话。

石昊闻言先是一怔，而后看到母亲眼中那狡黠的慧光，立马明白了过来。

月婵仙子莹白的俏脸上原本还挂着甜美的微笑，可是听闻此言后，美丽的双眸瞪得很大，表情凝固在那里。刚才，她刻意表现得与秦怡宁十分亲近，想借此脱困，可没想到会是这样的结果。

石昊回过神来，不禁感叹自己的娘亲果真是圣女，竟也这般有心思，把月婵仙子这个年轻的圣女唬得团团转。他恭敬地点了点头，笑着说道：“娘，你放心好了，我们马上就成亲。”

“嗯，这我就放心了。”秦怡宁笑着说道。

月婵仙子此时也醒转了过来。她双眸眨动，黛眉微蹙，拥着秦怡宁手臂的那只手依旧没有松开。她故作镇定，轻轻地说道：“前辈，您误会了。”

秦怡宁和颜悦色地看着月婵仙子，避重就轻地说道：“月婵，你不仅清丽出尘，聪慧过人，还这般善解人意，与我又如此投缘。我一直想有一个像你这样的女儿，现在终于得偿所愿了。”

“前辈，那我给您当干女儿好了。”月婵仙子赶忙说道，脸上再次露出甜美的笑容。

“行呀，等你嫁给昊儿后，不就跟我的亲女儿一样了吗。”秦怡宁微笑道。

月婵仙子闻言，心中不禁有些气恼。她第一次觉得，圣女都不是“善茬儿”，尤其是老一辈的圣女，其心思更加厉害。

“前辈，您误会了，我与石昊之间并没有什么，其实是这样的……”月婵仙子能言善道，把前因后果迅速讲明白了，不过，她自然隐瞒了一些实情。

秦昊一直站在旁边听着。当他得知自己的哥哥竟然强抢圣女，顿时感到十分震惊，对石昊露出了鄙夷之色。

这一次，石昊没有客气，直接表现出兄长的威严，在秦昊的头上敲了一下，道：“敌人说的话你也信？”

其实，秦昊没有完全相信月婵仙子的话，就是有点看不过去，故意鄙视石昊。

“前辈，我们两教一向交好，即使我与石昊有些误会，也不能这般囚困我，这会影响补天教和不老山的关系。”月婵仙子继续说道。

“放心，我会替你做主的。”秦怡宁宽慰月婵仙子道。

月婵仙子表现得很乖巧，与她平日里的圣洁气韵大不相同。

秦怡宁看向石昊，责备道：“昊儿，这就是你的不对了。你怎么能让月婵受这么大的委屈呢？无论如何你也不该镇压她，她可是要陪你走过一生的人，你得好好疼惜她才是。”

月婵仙子听她这么一说，再也笑不出来了。她彻底看出来了，这位前辈圣女看似在帮自己说话，其实处处向着石昊，根本就不打算帮自己。

石子陵轻咳了一声，提醒自己的妻子注意分寸。秦怡宁却嫣然一笑，显得毫不在意。

“不会出问题吧？”石子陵蹙着眉头，暗中传音给秦怡宁。

秦怡宁回应道：“是她先对昊儿不利的，昊儿抓她并没有错。”

“可是就这样定下婚事，是否有点草率？”石子陵问道。

秦怡宁认真地回应道：“昊儿将不老山掀翻，惹下了大祸。而月婵仙子身份超凡，惊艳于世，其身后更有无敌的大人物。同她成亲，便是与补天教联姻，这样或许能帮助昊儿消除祸患。”

夫妇二人以神识密语，并没有当面讲出。

“前辈您也是圣女，应该知道我的感受，您怎么能这样对我呢？”到了这一步，月婵仙子也不再露出笑颜，冷冷地对秦怡宁说道。

“哎呀，这是婆媳间的第一场战争吗？”秦怡宁笑了笑，满不在乎地说道，“圣女怎么了，我不是也嫁人了吗，而且还是嫁在下界。你想以我为榜样的话，嫁给石昊就对了。”

月婵仙子心中难以平静，她没有想到两代圣女竟会这样针锋相对。

“补天教知道后是不会同意的。”她尽量让自己平静下来，没有多说什么。她知道秦怡宁对自己的神秘来历肯定略知一二，因此只是略微暗示他们不要轻举妄动。

“怎么会不同意呢？我可是知道，上界补天教的圣女有嫁人的先例。”秦怡宁带着笑意，夸赞着自己的长子道，“我家昊儿不比那些上界的‘天骄’‘初代’差，绝对配得上你这个补天教的仙子。”

石昊看着自己的母亲，有些愣神。他第一次发现自己的母亲竟然这么能言善道，简直能把死人都给说活了。

“前辈您可知道，一个错误的决定，可能会造成难以挽回的可怕后果。现在，不老山和补天教都经不起一战啊！”月婵仙子恢复了平日里的端庄圣洁，冷静而平淡地述说着这一切。

“我没觉得啊！你俩成亲是两个大教的盛事，注定会让补天教与不老山更加强盛。”秦怡宁淡淡地说道。

“前辈，您未免也太乐观了吧。蚂蚁掘洞都能引发溃堤，蝴蝶振翅都能引发海啸，我和石昊若是成亲，甚至可能引起整个上界的动荡。”月婵仙子说道，语气越发不客气了。

“若为蝴蝶，翩翩起舞就可以了；若为蚂蚁，享受掘土的乐趣便足够了。女人要知足，想那么多容易老。月婵你只要做那成双的蝴蝶中的一只便行了。”秦怡宁微笑道。

月婵仙子绝美的脸上带着一丝淡然之色，讽刺道：“前辈是那只蝴蝶，还是那只蚂蚁？”

这对准婆媳间的第一次对决，真是十分激烈。双方唇枪舌战，言辞激烈，互不相让。

石昊、石子陵和秦昊三个男子站在一旁，看得目瞪口呆，无不感叹这女子间的争斗可真是厉害啊！

月婵仙子全然没有了圣女应有的从容。她情绪激动，口若悬河，甚至开始拐弯抹角地讽刺秦怡宁，似乎真的把这一口舌之争当成了一场战斗。

不过，秦怡宁身为前辈圣女，任她唇舌如剑，依旧无比淡定，她平静地说道：“任你有千般法术，万般神通，我只说一句，昊儿娶定你了。”

月婵仙子闻言气得张口结舌，愤愤地说道：“你真要当一个恶圣女？”

“错，我是要当恶婆婆。当然，你若对昊儿真心，以后我便把你当亲生女儿一样对待。现在，你还是赶紧跟昊儿成亲，替我生个孙儿吧。”秦怡宁淡定地说道。

“你觉得我会甘心做你的儿媳妇吗？”月婵仙子雅洁出尘，大声问道。对于这个前辈圣女，她真的动怒了。

到了这一步，秦怡宁也不掩饰了，淡淡地说道：“你谋昊儿的石国在前，之后联合三教围攻他，这一切都是你咎由自取。”

秦怡宁看向四周，大声问道：“鹏九何在？”。

“老奴在！”鹏九如鬼魅般出现在中央天宫中，恭敬地回答道。

“准备酒宴，为昊儿办婚礼。”秦怡宁此语一出，不光鹏九吃了一惊，就算是石昊自己都十分愕然，他没想到母亲竟会这么雷厉风行。

石子陵和秦昊也在旁边呆呆地看着秦怡宁，一句话也说不出来。月婵仙子见秦怡宁这么果断，终究是怕了，眼神闪烁，偷偷地看向秦怡宁。

“如此女子，国色天香，当为我儿妻。良辰吉日，岂能错过，就此成婚吧。”秦怡宁拍板道。

石昊看着自己的母亲，觉得她虽然在与月婵仙子舌战时表现得很从容，但肯定对月婵仙子讽刺她的话心存芥蒂，现在这样做也有些报复的意味。

“母亲，这是不是太快了？”石昊说道。

“为避免夜长梦多，你们早点成亲吧。”秦怡宁果断地说道。

“娘，月婵仙子可是补天教的圣女，这样做未免有些不好吧。”旁边的秦昊忽然开口道。

“啪！”

秦怡宁二话不说便在秦昊的头上拍了一下，道：“什么仙子，什么圣女，叫嫂子！”

石子陵很了解自己的妻子，他知道她虽然看似占了上风，但也被伶牙俐齿的月婵仙子气得不轻。

鹏九适时地建议道：“太后，月婵仙子被俘的事外界还不知道，若是大肆操办这场婚礼的话，恐怕会引来诸多麻烦。”

“那就办得简单点吧，只有我们一家人参加就行了。”秦怡宁微笑着看了月婵仙子一眼，仍旧坚持要办婚礼。

“母亲，有些事你可能不知。其实，这是月婵的次身，她修有一种神秘的功法……”石昊道。

秦怡宁听说过这种古法，因此对月婵仙子能够修成此法感到十分惊讶，连声赞叹月婵仙子的天赋惊人。不过，她随后又为难地说道：“这一个月婵就这么难对付了，若是两个，将来我就算有三张嘴也说不过她了哟。”

月婵仙子听了这话恨得牙痒痒，她知道秦怡宁这是在故意讽刺她。

“不能再拖延了，今晚你俩一定得成婚！”秦怡宁拉着石子陵的手，美其名曰这是他们两人作为父母的共同决定。

石昊看着母亲脸上那狡黠的笑容，觉得她年轻的时候肯定也是一个“魔女”，不然何以到了而今还如此的古灵精怪。

“要尽早生个娃儿，将来我们一起去上界。我想，到了那时补天教一定会认可我家昊儿这个好女婿的！”秦怡宁笑着说道。

“你是想让我学你吗？”月婵仙子愤懑不已，再次讽刺道。

“有道理。”秦怡宁嫣然一笑，并没有动怒。月婵仙子看着秦怡宁，终是怕了，脸色惨白地呆立在一旁。

而此时，鹏九转身走出中央天宫，去准备婚宴了。

（本册完）